Barbara Biegel

Forever Yang

Roman

Bibliografische Information der Deutschen Nationalbiblio-
thek: Die Deutsche Nationalbibliothek verzeichnet diese
Publikation in der Deutschen Nationalbibliografie; detaillier-
te bibliografische Daten sind im Internet über dnb.dnb.de
abrufbar.

Herstellung und Verlag:
BoD – Books on Demand, Norderstedt

ISBN: 978-3-7481-6307-7

Für William

Inhalt

Wurzeln

Hör mir zu, ich werde dir eine Geschichte erzählen, damit du, wenn du erwachst, nicht gar so verloren bist.

Nein, du bist nicht Paula, meine Liebe. Nach langem Grübeln, wie ich meinen Brief an dich beginnen soll, habe ich die Schreibaufgabe ausgeführt: „Nimm ein Buch aus dem Regal, notiere den ersten Satz und schreibe damit eine eigene Geschichte weiter." Manchmal, wenn sich eine Blockade ankündigt, wenn sie heranzieht wie eine Regenfront, die die glatten, zur Saat bereiten Flächen verdunkelt, greife ich auf dieses Hilfsmittel zurück, um im Fluss zu bleiben, um nicht ans Ufer gespült zu werden und trocken zu fallen. Ich las die Worte und bin erschrocken über diesen ersten Satz. Paula von Isabel liegt in schwererem Schlaf als du, sie wird nicht mehr erwachen. Aber auch du schläfst, mein Kind, ich nenne dich so, weil unsere gemeinsam verbrachte Zeit mich ermutigt, es zu tun. Obwohl du dich bewegst in dieser Welt, schläfst du. Ich fühle es, wo auch immer du bist.

Die Geschichte, die ich dir in diesem Brief erzählen will, handelt von einer Frau. Vielleicht kannst du dich in ihr wiederfinden. Die erste Ahnung von ihr flog mich in einem Gespräch an, dessen Zeugin ich wurde, in einem Gespräch zwischen zwei Frauen. Die eine sagte zu der anderen, die sie eben erst kennengelernt hatte: „Ich sehe mich als Künstlerin und Heilerin." Was das mit dir zu tun hat? Ich bin überzeugt, mein Kind, dieser Satz passt auch zu dir.

Da sind deine dunklen Locken. Mit ihren Enden lässt sich das feinste Erschauern der Natur aus der Luft fischen. Kleine atmosphärische Störungen unter oder über der Erde bilden sich im Beben der Haarspitzen ab und du musst dem nur noch nachspüren, dich auf die Suche machen, dich erden oder himmeln, je nachdem, dann nimmst du wie eine zitternde Nadel die Ausschläge auf einer imaginierten Skala wahr, die Schönheit der Welt oder auch starkes Unwohlsein und den flehenden Ruf des Planeten nach Heilung. Wenn diese Zeit herannaht, wenn du dich deinen Ressourcen öffnen willst, werden alle Wesen dich unterstützen. Sie werden dir Eingebungen schenken, was zu tun ist, sie werden dich anleiten, sie werden deine Hände führen und deine Energie bündeln.

Es ist an dir, dich zu erinnern. An alles, was geschehen ist, an die Tage deiner Kindheit, die sich aneinanderreihten wie Perlen einer Kette, und daran, dass diese Kette riss, als deine Mutter dich verlassen hat. An das Weiter-Auffädeln von Wochen und Monaten auf den Zeitstrahl bis hin zu dem Tag, an dem du dem Tod begegnet bist, an einer Biegung des Weges, unerwartet und am hellen Nachmittag. Nichts hatte darauf hingedeutet.

Erst im Nachhinein kann man manche Fäden der Vergangenheit aufheben, neu verknüpfen und das Gewebe des Lebens aufscheinen lassen. Auch wenn es Risse im Stoff der Erzählung gibt und Löcher, wenn Fasern abstehen oder manche Stellen dunkler gefärbt sind, wird der große Zusammenhang deutlich, und somit auch dein Muster, dein Stoff und selbst das, woraus deine Träume gemacht sind, die früheren, die jetzigen und die zukünftigen. Denn dass du träumst, konnte ich schon sehen, als ich dich damals in deinem Kinderschlaf betrachtete. An dem Zucken deiner Augenlider und dem zarten Krümmen deiner Finger. Und an dem Herumwerfen in manchen Nächten. Besuchen sie dich immer noch, die Botschaften aus dem Anderswo?

Mag sein, du träumtest von dem kleinen rosafarbenen Rad mit den breiten Reifen. Auf ihm hast du gelernt, das Gleichgewicht zu halten, und hast, noch keine vier Jahre alt, darauf bestanden, dass die Stützräder entfernt wurden, weil sie dich behinderten. Von diesem Tag an bist du verschmolzen mit dem Rad, bist auf ihm mit wehenden Haaren den Feldweg bis ans Ende des Tälchens am Bach entlang geflogen, manchmal jauchzend, und hast bei jedem großen Haufen der schwarzen Waldameisen laut geklingelt.

Geht man heute diesen Talweg, bemerkt man viele Veränderungen. In den Baumkronen gibt es tote, abgebrochene Äste, die sich beim Herabfallen verhakt haben und sich nach und nach im Wechsel der Jahreszeiten auflösen. Die Rinden mancher Bäume haben sich Kleider aus rotem Pilzbefall übergezogen, die im Kontrast zum Grün interessant aussehen, aber nichts anderes als Leichenhemden sind.

So lange bist du bereits fort. Daran misst sich die Zeit. Ein deutlicher Gradmesser ist das. Dein Fortgehen war der Anfang. Dein inneres Strahlen fehlt von diesem Moment an. Die Spitzen der Gräser sehen weniger vorwitzig in die Welt, die Felsen ringsum sind verblasst, selbst die Tritte der Rehe auf den Feldern fallen zaghafter aus, als wäre der Grund verschwommener, die Kruste der Erde weniger tragfähig.

Doch, obwohl du weggegangen bist und ich besonders am Anfang sehr traurig darüber war, kam mir bald der Gedanke, es müsse sogleich dort, an dem neuen Ort, zu dem du aufgebrochen warst, die Heilung einsetzen. Dort würde sich nun jedes gesträubte Fell glätten und alle Blüten würden sich tiefer färben und alle Regentropfen ausgelassener auf den Oberflächen der Seen springen. War das der Fall? Wirst du es mir sagen, Kind, wenn du zu mir zurückkommst? Wenn du erwacht bist?

Von Anfang an rollten sich kleine Flecken Land für Yang aus wie weiche Teppiche, damit sich seine Fasern früh mit Anderem verbinden konnten als mit Menschen. Im Garten und im Wäldchen nahe der Wohnung baute er aus Zweigen und Steinen kleine Landschaften. Er hielt sich bei den Tieren auf dem Bauernhof am Rand der Siedlung auf und beobachtete viele Stunden lang, wie die Schweine mit sichtlicher Freude das frische Stroh durchwühlten. Offensichtlich liebten sie es, sich gemeinsam hinzulegen und in engem Kontakt miteinander zu sein. Besonders mochte Yang die munteren Ferkel, die Neugier, mit der sie in die Welt aufbrachen, und die Gründlichkeit, mit der sie alles erforschten. Menschen konnte man an Fingerabdrücken unterscheiden und Schweine an der Form ihrer Ringelschwänze. Yang gab ihnen Namen und freundete sich mit einem der Tiere an, das zum Gatter gerannt kam und den Kopf hob, um sich kraulen zu lassen. Als er erfuhr, dass die halbwüchsigen Jungschweine zur Mast an einen Bauern verkauft und geschlachtet wurden, weigerte er sich, Fleisch zu essen.

Er ernannte die Mäuse am Wiesengrund zu seinen Freunden, obwohl sie ihn bissen, wenn er sie bei Hochwasser von den Maulwurfshügeln rettete und in den Jackentaschen nach Hause trug, wo er sie zum Entsetzen seiner Mutter im Garten wieder frei ließ. Alljährlich erwartete er die Zeit der Schneeschmelze, um sich, manchmal überwölbt von einem Regenbogen, in die glitzernden Gewässer der überschwemmten Wiesen vorzutasten. Es gab Untiefen und man durfte den Flutgraben nicht übersehen, dessen Verlauf an den tiefer braun gefärbten Schlammwolken aus den Löchern der Bisamratten ablesbar war. Einmal blieb Yang mit einem Gummistiefel im Morast stecken und er verlor das Gleichgewicht.

Heimlich zog er sich zu Hause um und trocknete die nassen Sachen auf einer besonnten Hecke.

Die Pappeln des nahen Wäldchens waren als Geldanlage gepflanzt worden zu einer Zeit, als das kurzfaserige Holz für die Herstellung von Streichhölzern hoch gehandelt wurde. Yang betrat die geheimnisvolle Insel aus Bäumen und tauchte in eine scheinbar alterslose Wildnis aus Gewächsen und Insekten ein. Dass sie in die Jahre gekommen waren, merkte er erst an den Lücken in ihren Reihen und nachdem die eine oder andere Krone vom Sturm umgeknickt worden war.

Obwohl die Pappeln sich schlank in die Höhe reckten, eigneten sie sich wegen ihres geraden und glatten Stamms nicht zum Klettern. Großzügig stellten ihm jedoch die Kiefern des nahen Waldes ihre Quirle als Leitersprossen zur Verfügung und ihre Nachbarn, die Buchen, die höckerigen Auswüchse auf ihrer Rinde. Bekrönt von den äußersten Zweigen von Obstbäumen thronte Yang nah am Himmel und kostete deren fruchtige Geschenke. Selten schloss er sich den wenigen Kindern der Siedlung an. Als Neunjähriger nahm er mit pochendem Herzen in der abendlichen Dunkelheit des Herbstes an einer Mutprobe teil und tastete Fuß für Fuß nach dem Weg. Nur das Rascheln von lockerem Laub verriet wegen des fehlenden Mondlichts den falschen Schritt. Nie vergaß er den Käuzchenschrei dicht über seinem Kopf und den nahen, fremd klingenden Ruf des Weibchens. Lange hielt er es für Frage und Antwort zweier Geistwesen.

Beim Übergang in die weiterführende Schule pflegten die älteren Mitschüler in einem jährlich wiederkehrenden Ritual die Fünftklässler in die Mülltonnen zu stecken, die an der Turnhallenwand etwas abseits vom übrigen Schulhof aufgestellt und wenig einsehbar für die Lehrer waren. Yang verschwieg seiner Mutter, wie viel Angst er vor diesem ersten Tag an der neuen Schule hatte, und bereitete sich in den Ferien darauf vor. Anstatt wie bisher Lineale oder Haselnussstecken mit der Hand herumzuwirbeln, so geschickt, dass sich vor den Augen ein Kreis auffächerte, übte er mit einem langen, angespitzten Stock. Beidhändig konnte er ihn zwischen den Fingern drehen und wenden, kreisen lassen, hoch werfen und wieder auffangen.

Seine Gegner damit zu beindrucken, gelang ihm nur kurz. Mit einem „Hey, damit kannst du im Zirkus auftreten, aber jetzt heißt es Abtauchen!" kamen sie auf ihn zu und nahmen ihm den Stock ab. Verbissen teilte er Tritte und Schläge aus, bis sich der Anführer den Arm rieb, den zornigen Zehnjährigen in Kampfstellung musterte und sagte: „Na gut, Kleiner, ein andermal." Aber sie behelligten ihn nicht mehr.

Yang hatte ungewöhnlich starke Arme und Fingermuskeln. „Du wirst deiner Freundin einmal wehtun, wenn du nicht aufpasst", sagte seine Mutter nach einer stürmischen Begrüßung kopfschüttelnd. Vielleicht war diese Kraft ein Erbe seines Vaters. Das abweisende Schweigen der Mutter pulverisierte die Fragen nach ihm zu winzigen Sandkörnern, die vergeblich versuchten, auf einem mächtigen, versteinerten Berg eine Lawine auszulösen und irgendwelche Wahrheiten freizulegen.

Yangs Lieblingslehrerin in der weiterführenden Schule hatte ihn beiseite genommen, war in die Hocke gegangen und hatte zu ihm gesagt, es gelänge selten, andere Menschen zu ändern, und sie und auch Yang müssten manchmal die Leute so nehmen, wie sie waren. Aber bei Ungerechtigkeiten müsse man seine Stimme erheben, und da würde sie ihn immer unterstützen. Das gab ihm Rückhalt. Einmal begleitete er seine Mutter zur Sprechstunde und wartete mit ihr gemeinsam vor der Klassenzimmertür, als eine andere Mutter dazukam und sich ruppig mit feindseligen Bemerkungen über Ausländer im eigenen Land vordrängte. Yang sah seine Mutter der Frau ruhig in die Augen blicken, was ihn beeindruckte, und dann einen Schritt zurücktreten, was ihm furchtbar weh tat. Da öffnete sich die Tür des Klassenzimmers und die Lehrerin wies die Frau zurecht, sie ignorierte deren Protest und bat seine Mutter freundlich herein.

„Sie ist nett, deine Lehrerin!", waren die einzigen Worte, mit denen seine Mutter den Vorfall auf dem Rückweg zur Bushaltestelle kommentierte.

„Lasst mal den Yang in Ruhe!", ermahnte die Lehrerin die anderen, wenn sie sich über ihn, seinen Namen oder seine Mutter lustig machten. „Was jemand kann, hat nichts mit seiner Herkunft, dem Aussehen seiner Eltern, seiner Größe oder Ähnlichem zu tun."

Wegen dieser Unterstützung gefiel es Yang besser an der Schule. Der zweite Grund war Maria. Sie war ihm von Anfang an aufgefallen.

Maria saß zwei Reihen hinter ihm. Ihr Leben hatte im Vergleich mit seinem offensichtlich genau umgekehrte Vorzeichen. Sie hatte deutsche Eltern und keine chinesische Mutter. Sie war in der Kleinstadt aufgewachsen und sprach den Dialekt der Gegend, doch dass sie anders war, sah man gleich. Sie besaß einen dunkleren Teint und die mandelförmigen, schmalen Augen einer Asiatin unter einem dichten, schwarzen Pagenkopf.

Im Gegensatz zu Maria sah Yang normal aus. Wenn man einen schlanken Körperbau mit langen Gliedmaßen als normal bezeichnen wollte. Seine Haare kringelten sich, wenn er sie wachsen ließ, zu Locken. Die blauen Augen glänzten ebenso wie das Weiß seiner Zähne, wenn er lachte. Er war von einer Bedächtigkeit, die Lehrer manchmal dazu brachte, seinen Namen etwas lauter als üblich auszusprechen. Yang! Vor allem dieser Vorname war es, der ihn nicht dazugehören ließ. Und das Aussehen seiner Mutter.

Lass mich noch etwas anmerken, bevor es an das Eigentliche geht. Dass die Vögel wieder Nester bauen, rührt mich. Sie haben große, weißweiche Flaumfedern im Schnabel. Ihre Körpergröße und ihr Verhalten zeigen mir, welcher Art sie angehören. Es sind Grünfinken, die im Schutz der Efeublätter brüten wollen und sich durch ihren Gesang verraten, ein Geräusch wie das Aufziehen einer Uhr, weshalb manche Leute „Uhrmacher" zu ihnen sagen. Gestern war das Eichhörnchen an dem efeuumrankten Ahorn. Auf dem Gehweg klatschte jemand in die Hände, um es zu vertreiben. Es erschrak kurz und zuckte zusammen, ließ sich aber ansonsten nicht stören und erkundete weiter sein Revier, schnupperte an der Rinde, setzte sich in eine Astgabel und putzte sich. Ich hoffe, dass der dichte Efeu es daran hindert, das Nest der Grünfinken zu erreichen.

Weiter unten in der Straße steht eine Birke, zu deren Krone Elstern seit Tagen Zweige tragen. Ich habe nachgelesen. Elstern bauen Nester mit Dach. Manchmal, wenn sie verlassen sind, halten sich Eichhörnchen darin auf, um zu schlafen. Beide rauben die Gelege von Singvögeln aus, ernähren sich von deren Eiern und Jungen. Auch die Welt der Vögel ist ein Geflecht aus Regeln und Abläufen und gehorcht Gesetzen. Ein Geben und Nehmen.

Wie beim Schreiben. Du siehst, ich schreibe noch. Diesen Brief und anderes. Auch mein Buch wächst. Ich gehorche den Gesetzen der Grammatik und werde, wenn es gut geht, mit stimmigen Bildern, die aus Worten gemalt sind, belohnt. Sie bereichern mich wie Kunstwerke, die in mir nachschwingen wie die Amsel, die jedes Mal nach dem Anflug auf die durchhängende Stromleitung lange rhythmisch hin und her schaukelt. Seit einiger Zeit können sich meine Auftraggeber wieder in meine Texte einschwingen und fremde Menschen rufen mich an und sagen: „Was ich gelesen habe, war sehr gut." Lange Zeit schob sich der Wortfluss nur zähflüssig aus mir heraus, Angst und Trauer drosselten das Tempo, ich war ihnen ausgeliefert. Erst seit ich in vollem Bewusstsein meiner selbst schreibe, mit dem Mut zu meiner Wahrheit und gerichtet auf dich, strömt dieser Fluss wieder kraftvoll und sich umschlingende Sätze werden an seine Oberfläche gespült.

Glaub mir, meine Liebe, auch dein Inneres darf nicht immerfort schlafen, zugedeckt, unentdeckt, wie verborgen in den Höhlen, die du als Kind gebaut hast.

Ich sehne mich nach dir. Und nach deinem Sommerhautgeruch. Im Frühjahr konnte ich es kaum erwarten, dass du mir lächelnd den Arm hin hieltst, sobald Sonnenstrahlen die Luft soweit erwärmt hatten, dass man die Jacke von den Schultern streifen konnte. Ich durfte an deiner Haut riechen und dieser besondere Geruch, nach dem ich mich den ganzen Winter über gesehnt hatte, kam mir entgegen wie ein Geschenk. Er gab sich plötzlich frei in meine Nase, nahm gleich tief in mir Platz, dehnte sich auf dem Grund meiner Lunge aus, nistete sich dort ein und stieg wohldosiert auf, wenn im April erneut Schnee die Luft erfüllte und wenn im Mai die Eisheiligen das junge Grün erfrieren ließen.

Wem wurde dieser Duft zuteil, seitdem du deinen eigenen Weg gehst?

Wie gern ich dich bei deinem Namen rufen werde, wenn ich eines Tages die Tür öffne und du vor mir stehst!

Früher glaubte ich, man könne seinem Vornamen nicht entkommen. Nimm Yang zum Beispiel. Yang, das männliche, und Yin, das weibliche Prinzip, Teile eines landauf, landab verbreiteten Zeichens, als Tattoo, auf Jutetaschen oder auf Flyern von TaiChi-Schulen, ein Zeichen, bei dem sich Weiß und Schwarz gegenseitig durchdringen, bei dem das Helle unablässig im Dunkeln geboren wird und umgekehrt. Yin und Yang steigen und sinken unentwegt. Wie gut das zu Yangs Leidenschaft, dem Klettern, passte!

Namen haben sich im Lauf der Jahrhunderte mit Bedeutungen aufgeladen, davon kann man sich schwer lösen. Der Einstieg ins Leben ist kein weißes Blatt Papier, unberührt und bereit, sich erstmalig beschreiben zu lassen; es ist bedeckt mit unsichtbaren Zeichen, die nicht verändert oder getilgt werden können. Vergangenes kann man nicht wie Bleistiftspuren wegradieren oder wie markierte Bereiche eines Worddokuments durch das Drücken der Enter-Taste verschwinden lassen. Schönes und Schweres, die Gaben und Bürden unserer Ahnen bis hin zur Gewissheit des Todes sind auf dieser weißen Fläche bereits verzeichnet, ehe der Name dazukommt.

Nimm meinen Namen. Maria. Ein Name, von Anfang an verbunden mit Muttersein und Glaube. Maria ist in fast allen Sprachen zuhause, Maria ist ebenso aufgeladen wie Yang, nur schwerer durch Gebet, Tränen, flehende Bitten und ungezählte Wiederholungen, durch eine Fülle von Mantras. In der Figur der Maria hat sich eine Sehnsucht verkörpert, vielleicht die Sehnsucht nach der weiblichen Seite oder die nach der Heilung von Wunden, die der Erde und ihren Geschöpfen im Lauf der Zeit zugefügt wurden, vielleicht auch die

Frage nach dem Schicksal und dem, was uns tröstet. Mother Mary. Bevor du in mein Leben kamst, mein Kind, habe ich mich nie mütterlich gefühlt. Eher wehrhaft und streitbar, Unabhängigkeit war mein oberstes Gebot.

Worte waren da, damit ich mich wehren konnte. Ich behandelte sie wie Diener, die sich mir zu fügen hatten, ich presste sie in kurze Satzkammern und ließ sie nicht mehr frei. Lese ich meine alten Tagebücher, springen mir die Worte entgegen wie ein Rudel kläffender, gereizter Hündchen, kurz und spitz. In Schulaufsätzen und Berichten für die Schülerzeitung habe ich sie auf andere Weise benutzt, ich habe sie ausgedehnt und an ihnen gezogen, um mich wichtig zu machen, ich habe sie mit Fremdwörtern durchsetzt und so die Inhalte verdunkelt. Seltsamerweise traf das auf Zustimmung, man wollte Texte, die sich geheimnisvoll gaben, damit man sich nicht mit ihrem Inhalt befassen musste.

Während des Praktikums in einem kleinen Verlag entdeckte ich die Wörter als Einkommensquelle, ich kam auf die Idee, aus ihnen Kapital zu schlagen, als ich einem Gespräch junger Frauen lauschte. Da hörte ich zum ersten Mal das Wort, das mir den Einstieg zum professionellen Schreiben eröffnete.

„Nimm Micha zum Beispiel", sagte die eine. „Textbörsen sind eine super Möglichkeit für ihn, Geld zu verdienen. Dort fragen Auftraggeber an, die Texte brauchen für ihre Webseiten oder Produkte oder was auch immer."

„Oh, ich wusste gar nicht, dass der Schriftsteller ist", bemerkte ihr Gegenüber.

„Ist er auch nicht. Das Ganze ist ja anonym, wie auf einem Marktplatz, die Kunden kaufen Wörter wie Ware und weil er so vielseitig ist, kann er einen Haufen Kategorien bedienen. Ihm gefällt das, sagt er."

Von da an verfolgte auch ich diesen Weg, machte ihn zu meinem, ging ihn unbeirrt und entschlossen trotz der vielen Schwierigkeiten in der Anfangszeit, als ich erst lernen musste, was Sprache auszudrücken imstande ist. Mein Horizont erweiterte sich im Studium. Ich schrieb für Magazine und für Privatleute, verfasste Katalogtexte und Nachrufe, lieferte Bewerbungstexte und Filmkritiken.

Dieser früh gelegten Spur folge ich bis heute. Sie hat mich bis zu diesem Brief an dich geführt, und aus den Wurzeln auf dem Weg, über die ich stolpere, speist sich und wächst mein Buch.

Meine Liebe, kannst du dich an das Nachbarhaus zur Linken mit dem großen Wintergarten erinnern? Die junge Familie, die seit einigen Jahren darin wohnt, ist von ihrer Weltreise zurück. Thailand, Australien und Neuseeland. Manche Orte und Erinnerungen wirst du mit ihnen teilen. Ich glaube, der kleine Junge wollte nicht weg, deshalb hat er sich knapp vor der Abfahrt noch schnell den Arm gebrochen, als wolle er sich mit dem Gips am Haus festbinden. Aber es half nichts, man braucht nicht unbedingt zwei heile Arme, wenn Helfer mitreisen. Nun sind sie wieder da, er sitzt seit Stunden in seinem Sandkasten und holt entgangenes Spielen nach.

Und du, meine Liebe, was wirst du nachholen, eines Tages? Wenn es nach mir ginge: eine lange Umarmung zwischen uns beiden!

Der alkoholkranke Mann, der seit einigen Jahren am Fahrradständer des Supermarkts steht, hat seinen Stammplatz verlassen und biegt langsam in unsere Straße ein. Seltsam, wie viele Dinge sich parallel ereignen. Wenn ich überlege, wie viele Gedanken ich mir zu den wenigen Ereignissen in meinem Umfeld mache, und da ist noch nicht einmal unsere Geschichte gemeint, wie viele Gedanken werden dann weltweit von den Ereignissen ausgelöst, die alle zur gleichen Zeit ablaufen und mein Bewusstsein nie erreichen? Aber ich schweife ab. Ich muss aufpassen, dass ich nicht ins Fabulieren komme, wie etwa die Frau, die lügt. Du weißt, die im Haus mit dem Nussbaum wohnt. Sie ist alt geworden und es ist mir immer noch ein Rätsel, wie ihr Kopf all diese Lügen hervorbringt. Ich stelle mir vor, sie verdichten sich zuerst wie Mehlklumpen in einer Soße und kochen anschließend über. Unablässig sprudeln hanebüchene Geschichten aus ihrem Mund. Sie fliege beständig zwischen hier und Tokio hin und her, um Vorträge zu halten. Sie habe Schlagzeug spielen gelernt und letzte Woche eine Band gegründet. Sie habe ihr Auto verschenkt. Das Tapezieren ihres Hauses koste mehr als ein Mittelklassewagen. Ich erspare dir Weiteres. Es reicht, wenn ich ihr zuhöre. Ich bin mir nicht einmal sicher, ob sie sich danach besser fühlt. Mir tut es auf keinen Fall gut. Lügen dringen wie Schadstoffe durch meine dünngewordene Haut, lähmen selbst die rührigsten Gehirnzellen und bringen meinen Energiefluss zum Stocken.

Ich bin müde, meine Liebe. Es war ein langer Tag. Ich würde gern wissen, was du machst, jetzt, in genau diesem Moment. In welchem Land bist du im Einsatz? Mein Brief ist noch lange nicht fertig. Wann und wo wird er dich erreichen?

Schmiegt sich die Kette, die dich an Carmen erinnert, um deinen schlanken Hals? Trägst du den Goldplättchen-Anhänger mit der feinen Spirale ihres Fingerabdrucks, den sie dir geschenkt hat? Baumelt er vor den Augen deiner großen und kleinen Patienten? Erkennen sie sich selbst darin, als Menschen, die ebenfalls über diese einzigartigen Kennzeichen verfügen? Nimmt ihnen das ein wenig die Schmerzen? Geschieht das auch, wenn sie in deine Augen sehen? Bewirkt die Berührung deiner Hand immer noch diese außergewöhnliche Entspannung, so dass sich Wunden schneller schließen? Wann wirst du mir diese Fragen beantworten?

Schon früh hast du für Heilung gesorgt. Wahrscheinlich haftet dir der feste Glauben, durch Berührung heilen zu können, seit dem Tag an, an dem du als kleines Kind mit deinen Fingern den vermeintlich toten Spatz berührt hast, der an die

Fensterscheibe geprallt war und wie leblos am Boden lag. Bei deiner Berührung flog er sofort auf und du hast ihm überrascht nachgeschaut und lange deine Hand betrachtet. Jede Katze, die du gestreichelt hast, schnurrte, jeder Hund warf sich vor dir zu Boden, und jeder Hamster erwachte am hellen Tag bereitwillig, um mit dir in Verbindung zu sein, um von einer deiner Hände in die andere zu laufen. Lebst du dort, wo du bist, noch Reste dieses Vertrauens? Oder hast du dich der Schulmedizin verschrieben?

Morgen mehr.

Es waren die Angeber, die sich die Überquerung des Flusses nicht zutrauten. In der Woche im Schullandheim wurde Yang bewusst, dass er es mit ihnen aufnehmen konnte. Seile überspannten das Wasser zwischen zwei dicken Weiden. Man konnte sich am oberen Seil festhalten und auf dem unteren laufen oder eines mit Händen und Beinen umklammern und sich vorwärtsbewegen. Die, die sonst immer vorne dabei waren, wagten weder das Eine noch das Andere und rannten am Ufer entlang bis zur nächsten Brücke.

Marias schwarze, dichte Haare schimmerten im Sonnenlicht und das blaue Band in der Haarsträhne schien auf den Fluss zu deuten, als sie ihre langen Beine ohne zu zögern um das obere Seil schwang und sich von einem Ufer zum anderen hangelte.

„Bei der ist's ja kein Wunder. Die kommt ja auch aus dem Dschungel!", sagte ein Mädchen unter den Wartenden. Sofort reagierte die Lehrerin und fragte, weshalb es schlecht über jemand reden würde, der nicht da wäre und sich nicht wehren könne, und ob es wisse, wie verletzend das gewesen sei? Yang wurde wieder leichter ums Herz und das Mädchen senkte den Kopf.

Der Ausflug in ein bewohntes Museumsdorf war der Klasse als einer der Höhepunkte der Woche angekündigt worden. Um eine alte wehrhafte Kirchenburg in der Ortsmitte drängten sich uralte Häuser als suchten sie Beistand und Schutz vor der Gegenwart. Bauerngehöfte, Schulhaus und Laden versuchten, sich durch Vorführungen alter Handwerke und bäuerlichen Lebens in lang vergangenen Zeiten zu verankern. Die Klasse hatte den Vormittag zur freien Verfügung und sollte sich zur Mittagszeit im alten Schulhaus einfinden. Beim Aussteigen aus dem Bus waren schon die Hammerschläge

23

eines Schmieds zu hören und bald stand Yang mit einigen Mitschülern vor einem bärtigen Zweimetermann mit rußgeschwärzter Schürze, um einen Nagel zu schmieden. Die Flammen des Feuers fauchten auf, wenn sie vom Blasebalg angefacht wurden. Der Hammer zwang das glühende Eisen mit seinen Schlägen in die gewünschte Form und entlockte ihm dabei laute Protestschreie, die sich mit den Schlägen auf den Amboss abwechselten, wenn das Eisen gedreht wurde. Yang versuchte, den Nagel mit der riesigen Zange festzuhalten, und dass er die Kraft hatte, mit nur einer Hand den schweren Hammer zu heben, erfüllte ihn mit Stolz. Es zischte, als er den fertigen Nagel in einen Wassereimer tauchte. Nach dem Abkühlen trug Yang ihn wie eine Trophäe in seinen Händen weiter bis zum Gasthaus, vor dem Händler ihre Stände aufgebaut hatten. Ein Korbflechter schien sich wegen seiner weidenähnlich hell- und dunkelbraungemusterten Kleidung hinter seinen ausgebreiteten Waren aufzulösen, eine Frau verkaufte mit bestickter Schürze Brettchen, Schalen und Löffel aus Holz, ein Imker bot Honig an zum Probieren. Mitmach-Angebote wie Lederarbeiten oder Filzen interessierten Yang weniger, er blieb an einem Stand mit einfarbigen und gefleckten Schaffellen stehen. Wie aufgeklappte Körper lagen sie auf Stapeln und streckten die Glieder suchend nach allen Seiten aus. Die Gestalt der Tiere, die in ihnen gelebt hatten, war nicht zu übersehen. Wie weitere Beweise für das beendete Leben der Schafe erhoben sich daneben Hügel aus gesponnener und nichtgesponnener Wolle, als wollten sie die einstigen Körper an die verlorene Form erinnern und ihnen zu neuem Leben verhelfen. Seitlich und etwas abseits davon entdeckte Yang noch einen großen flachen Korb. „Kaninchen" stand auf dem dazugehörigen Schild, darunter der Preis. Im Korb erhob sich eine weiche Wölbung aus Fellen. Zuoberst lag eines mit einer Farbe von warmem Grau und mit hellen, an Wolken erinnernden Flecken.

„Mal anfassen?"

Der dünne, ältere Mann mit den vielen Querfalten auf der Stirn und den blauen Augen sah eher nach einem Professor aus einem Film als nach einem Kaninchenschlächter aus. Er hielt Yang das obere Fell hin. Der nahm es in die Hand. Noch nie hatte er etwas so Weiches berührt. Die Haare umflossen seine Finger und schenkten ihm augenblicklich innere Ruhe, ein wohliges Gefühl. Zwar zeigte ihm der Mann ungefragt noch andere Felle, aber bei keinem anderen gefiel ihm die Farbe und bei keinem anderen konnte er trotz der samtenen Zartheit das kraftvolle Wesen des Tieres erahnen. Als er sein Geld zählte, fehlte ein wenig. Er hielt es dem Mann hin, der nahm es und reichte ihm die weiche Rolle mit den Worten: „Hier, nimm es. Das ist in Ordnung so".

Zuhause legte Yang das Fell auf seinen Schreibtischstuhl, spürte der Wärme nach, die seinen Körper erfüllte, wenn er darauf Platz nahm, und kraulte beim Nachdenken mit den Fingern selbstvergessen darin herum.

All die Jahre, die wir uns nicht mehr gesehen haben, jeden Monat, an jedem Tag und in jeder Stunde, versuche ich, zu erspüren, wie es dir geht. Hast du es bemerkt? Weißt du, was ich oft annehme? Dass du dich abgeschnitten fühlst vom Eigentlichen. Fremd. Ist das richtig?

Damit du das, wenn es so ist, besser verstehst, damit du die nötigen Schritte zu deiner eigenen Wahrheit gehen kannst, deshalb schreibe ich diesen Brief, deshalb zwinge ich mich, mich zu erinnern und meinen Weg von Anfang an zu beleuchten, nur für dich.

Mich hat Fremdheit immer begleitet. Am Anfang im Verborgenen und unentdeckt, dann lange Zeit groß und bedrohlich wie ein Schatten, dann wieder wie etwas, das zu mir gehörte, angenommen und Fundament meines Selbst. Fremd gefühlt habe ich mich oft. Im Kindergarten drang es in mein Bewusstsein.

„Meine Mama sagt, du hast keine richtige Mutter!"

Mit großen Augen wartete der Junge auf meine Antwort. Was er sagte, war ungeheuerlich. Natürlich hatte ich eine Mutter. Als er nicht aufhörte damit, schubste ich ihn, er fiel hin und weinte. Die Erzieherin sagte nichts. Zuhause berichtete ich empört, was geschehen war. Da ging Mama in die Hocke und nahm mich in die Arme. Die Art, wie sie ihre Stirn auf meiner kleinen Schulter ablegte, und ihr Schweigen machten mir Angst.

„Mama?"

„Wenn Papa nach Hause kommt, Maria, dann setzen wir uns mal hin und...", sie suchte nach Worten.

„Spielen?", warf ich ein. Schnell sollte die eigenartig schwere Stimmung sich verabschieden, etwas Schönem und Heiterem Platz machen. Seltsamerweise erinnere ich mich genau an diese Szene. Scheinbar hat das Gedächtnis in jenen

Tagen nur darauf gewartet, mit dem Sammeln von Beweisen dafür zu beginnen, dass ich nicht dazugehörte.

An diesem Abend erfuhr ich, warum ich anders war. Dass meine „Schlitzis", wie ich später als Jugendliche meine Augen bezeichnete, nicht der Norm entsprachen. Dass ich wirklich kein Kind dieses Landes, sondern auf einem Schiff von weit her gekommen war. Abtransportiert, oder, wie meine zweite Mutter sagte, gerettet aus einem Land, in dem die Armut so groß war, dass Mütter nicht für ihre Kinder sorgen konnten. Sie gaben sie in Heime, aus Liebe, denn dort bekamen Kinder zu essen und mussten nicht verhungern oder unter schrecklichen Umständen ein hoffnungsloses Leben führen. Ich hatte keinerlei Erinnerung von meinem ersten Leben in das folgende hinübergerettet.

Aber das ist meine Geschichte. Du, mein Kind, bist erwachsen und brauchst dich nicht fremd zu fühlen. Du kannst wählen. Doch du bewegst dich in der Welt wie Millionen andere, ohne dir deiner selbst bewusst zu sein. Ich spüre es. Für ein Leben mit Leib und Seele brauchst du indes deine ganze Kraft, sonst fegen dich Sturm und Gegenwind hinweg, sonst gerätst du auf Irrwege, fällst in Gruben, und erkennst deiner Blindheit wegen die Schätze nicht, die dir begegnen. Ich will nicht, dass es so kommt. Ich möchte, dass du klar siehst und die Schicht abstreifst, die dich von dem Lebendigen trennt. Vielleicht kann dieser Brief der Impuls sein, der alles anstößt und ins Fließen bringt. In deinem Inneren liegt die Antwort bereit.

Ich träume am helllichten Tag und sehe es vor mir. Auf der Suche nach deiner Ganzheit berührst du das Land, das Land in dir und das Land außerhalb deiner selbst. So wird es sein. Bewusst wirst du allem begegnen. Wiesen werden sich ausbreiten, helle Wege werden aufscheinen und du wirst voranschreiten. Du wirst selbst bestimmen, wann du stehen bleibst, welcher Blume, welchem Wesen oder welcher Wolke du deine Aufmerksamkeit schenkst. Du wirst wissen, was gut und richtig für dich ist. Die Wärme, die aufsteigt aus deinem Sonnengeflecht, wenn du mit dir im Einklang bist, wird in alle deine Fasern ausstrahlen. Mit jedem Schritt wird sich die Landschaft der Trauer aufhellen, Regenbogen werden zu Zeichen werden, Bilder und Worte sich immer tiefer erschließen lassen wie Brunnen.

Als Kleinkind sah ich nur wohlmeinende Gesichter, Gesichter, die meinen Namen riefen, damit ich herschaute. Auf den Fotos sehe ich mit meinen schmalen Augen, dem schwarzen Pagenkopf und den Pausbäckchen aus wie eine Puppe. Diese Helmfrisur ist mir bis heute geblieben, auch wenn sich unter die dicken schwarzen Haare graue gemischt haben. Während der Schulzeit verflocht ich oft ein dünnes blaues Band mit einer meiner seitlichen Strähnen. Wie ein kleiner Bachlauf glitt er an meiner Schläfe hinab und Yang sagte, das gefiele ihm besonders, weil der Reflex dieser Farbe in meinen dunklen Augen sie noch mehr leuchten ließe, als sie es ohnehin schon taten. Als er das sagte, wölbte sich hinter ihm wie ein Echo die blaue Kuppel seines Zelts, er hatte die Ellbogen auf den Knien aufgestützt und hielt in den Händen ein Croissant und eine Banane, das weiß ich noch. Er mochte Bananen schon damals, vor allem gebratene, und er liebte Reis, zu jeder Tages- und Nachtzeit, am liebsten mit Kokossoße. Ich frage mich, wo er seine Kraft hernahm. Die Muskelkraft für das Klettern auf der einen Seite und die innere Kraft auf der anderen, die Kraft, zu sein, wie er war, mit dieser besonderen Mischung aus Hingabe, Reife und Gelassenheit.

Du, mein Kind, hast ebenso viel Kraft. Innen wie außen. Das habe ich schon gespürt, als ich dich das erste Mal sah, als Dreijährige. Du warst bereits eine Persönlichkeit, ernst und gleichzeitig ein Wirbel aus Vorhaben. Du wusstest, was dir in deinem Schmerz half, und bautest dir Höhlen, Bunker für das

Auf- und Ab deiner Gefühle, Dämme gegen die Außenwelt, um allein mit dir zu sein. Wann fingst du an, all das zu vergessen und zu verlieren? Seit wann lebst du verschattet? Du hast studiert und Karriere gemacht, du hast viel Kluges gesagt und getan, deine Schönheit hat sich vermehrt und die dunklen Locken, um die dich halb Asien beneidet, haben nichts von ihrer Lebendigkeit verloren und von der Gabe, wie Antennen oder Sonden Unsichtbares zu orten. Besinne dich darauf! Manches aus den Genen der Vorfahren lässt sich nicht schmälern, auch wenn man es am liebsten abschütteln möchte. Aber irgendwo auf deinem Weg muss dir etwas Wesentliches, ein Teil deiner Ursprünglichkeit abhanden gekommen sein.

Als Yang mich zum Klettern in einen Steinbruch mitnahm, habe ich es das erste Mal gesehen. Yang rollte auf der Decke neben mir sein Seil zusammen, da bemerkte ich das Zucken unter der Haut seiner Beine, das unvermittelt an wechselnden Stellen auftrat, mal am Unterschenkel, dann auf dem Fuß, als nächstes oberhalb des Knies.

„Krass, da zuckt was bei dir!" Fasziniert starrte ich auf seinen Körper.

„Ach, das", sagte er beiläufig, „das hab ich schon immer. Keine Ahnung, warum. Ich spür das nicht, es tut nicht weh."

Manchmal, meine Liebe, überlege ich, ob sich bei dir Ähnliches zeigt, ob auch deine Nerven unter der Haut zucken. Ich habe mich jedenfalls damit angesteckt. Erinnerungen an Yang durchzucken mich bei vielen Gelegenheiten. Aber im Gegensatz zu seiner Aussage geschieht es nicht schmerzfrei, es tut weh, vor allem im Herzen. Du wirst wissen, warum. Aber das Wichtigste ist doch: Mit Yang bin ich fest verbunden. Er tut das Seine. Er reicht mir von der anderen Seite die Hand. Im Garten hat er den weißen Flieder mit vollen Blütenrispen geschmückt, die sich alle in meine Richtung neigen, wenn ich vorbeigehe. Sie nicken mir zu und bestärken mich, sie schenken mir Kraft. Sicher kennt er den Grund, warum die große Birke abgestorben ist, die so lange am Ende des Zauns das weitläufige Grundstück bewacht hat. Da sie weiß ist, müsste sie doch seiner Welt angehören. Binnen weniger Jahre hat sie ihre Frische und ihren Glanz verloren und ist nur noch ein Gerippe. Kann es sein, dass sie meine Trauer in sich aufnahm? Sie über die Wurzeln ansaugte und hochpumpte bis in die Blätterherzen, an die höchsten Bereiche der Krone? Ich trauere nicht nur um Yang, musst du wissen, geraume Zeit trauerte ich auch um meine unerfüllte Sehnsucht, woanders zu sein. Denn lange Jahre wollte ich weg von hier. Besonders am Anfang. Und dann wieder, nachdem du fortgegangen warst. Da kam alles zusammen, ich hielt es hier nicht mehr aus und bin in den Wald gezogen. Weshalb ich danach doch hierher zurückgekehrt bin, wirst du verstehen, wenn ich dir mehr erzähle, mehr von mir und meinem Nichtankommen.

Wann hatte Yangs Liebe zu Bäumen begonnen? Vielleicht hatte es mit seinem Lieblingsbuch zu tun, dem „Herrn der Ringe". Wenn er als Zwölfjähriger das Haus verließ, dann als Frodo, der aufmerksam seine Umgebung betrachtete. Auf den Obstbäumen, Kiefern und der großen Buche mit der glatten Rinde am Waldrand war er Legolas, der Elb, und beim Umherstreifen verwandelte er sich in Aragorn, den Waldläufer. Der Wald bestand aus Ents, den großen, baumartigen Wesen, die laufen konnten und deren Wissen weit in die Vergangenheit zurückreichte.

Deutlich trat seine besondere Zuneigung für Bäume zu Tage, als er das kleine Apfelbäumchen im Garten rettete. In der Nacht hatte ein Hase ein großes Stück der Rinde abgeknabbert. Erst hatte das Tier sich, so hoch seine Vorderpfoten reichten, an dem kurzen Stamm aufgerichtet und alle jungen Triebe in Reichweite abgebissen, dann hatte es Geschmack an der Rinde gefunden und rundum große Stücke abgenagt. Die Zahnspuren hoben sich als helle Wunden mit schmalen orangefarbenen Rändern vom Grau des Stämmchens ab.

„Der ist nicht mehr zu retten", meinte der Gartennachbar und Yangs Mutter seufzte und sagte:

„Dann werden wir ihn am besten gleich herausreißen oder ausgraben, bevor er vor sich hin kümmert."

„Warte mal, Mam!", rief Yang. „Ich will nachlesen. Vielleicht hat er eine Chance."

„Das überlebt er nicht", wiederholte der Nachbar. „Nirgendwo ist die Rinde noch durchgängig heil. Das Bäumchen kann die Nährstoffe nicht weitertransportieren."

Yang verschwand im Haus und kam mit der Information zurück, man müsse dem kleinen Stamm einen Verband anlegen, aus Mullbinden, in flüssige Lehmerde getaucht. Der Nachbar schüttelte den Kopf. Yang holte sich einen Eimer aus dem Schuppen und lief los, um nach lehmhaltigem Boden zu suchen. Auf dem Weg vorbei an den Gärten traf er auf ein Ehepaar und fragte, wo in der Gegend Lehm zu finden sei.

„Da hast du Glück, junger Mann. Das einzige Vorkommen weit und breit ist dort hinten in unserem Garten. Du kannst dir gern einen Eimer voll mitnehmen. Neulich habe ich die Mauer von Brennnesseln freigemacht, du kannst dir ungehindert etwas abstechen."

Yang lieh sich eine Schaufel und schleppte kurz darauf den schweren, halbvollen Eimer zurück. Er zerstieß die großen Brocken in kleinere und goss aus den Regenfässern Wasser dazu, bis eine breiige Masse entstand, in die er die aufgewickelten Mullbinden aus dem alten Erste-Hilfe-Koffer seiner Mutter tauchte. Damit umwickelte er das Bäumchen vom Boden bis zum ersten Querast, als verarzte er ein Bein. Dunkelbraun passte sich der Verband an die Farbe des Stamms an.

Im nächsten Frühling sah das Bäumchen gesund aus und nach zwei Jahren blühte es prächtig innerhalb des Zauns, mit dem die Mutter es umrundet hatte, um den Hasen abzuhalten. Der Verband ähnelte braunem Schorf, der mit der Zeit an einigen Stellen Risse bekommen hatte und mürbe geworden war.

Die Mutter rief Yang in den Garten und legte ihm den Arm um die Schulter. Dann sagte sie, an den kleinen Baum gewandt: „Bäumchen, spreng deinen Schutz und befreie dich, sobald du stark genug bist. Ich wünsche dir Glück. Und dein Retter bekommt einen Kuchen. Welchen soll ich backen?"

Yang lachte: „Rettern des Auenlands gebührt ein Marmorkuchen."

Gerade wollte ich zu schreiben beginnen, da wurde ich unterbrochen. Die Frau, die lügt, hat bei mir geklingelt. Ich bin zur Tür gegangen und habe nach einem langen Zögern, weil ich hoffte, sie würde wieder gehen, geöffnet.

„Sehen Sie? Meine Frisur!", sagte sie und drehte sich einmal um die eigene Achse. Ihre Haare waren dünn und formlos wie immer. „Hat mich eine schöne Stange Geld gekostet!" Vertraulich beugte sie sich vor und flüsterte: „Ein Mittel, das sie kräftigt, zum Einnehmen, wissen Sie? Ich hab es ausprobiert, und ich finde, man sieht schon etwas, finden Sie nicht auch?"

Ich drückte mich um die Antwort: „Sie werden das Richtige tun, davon bin ich überzeugt."

Ich sagte, ich müsse weiterarbeiten und mit einem „Selbstverständlich, ich verstehe, ich lasse Sie allein!" reichte sie mir die Hand und fügte im Gehen an: „Heut war der Mann bei mir und hat mich besucht."

„Welcher Mann?" rief ich ihr nach, und bekam wegen eines vorbeifahrenden Autos nur etwas mit, das sich wie „Der Mann, der trinkt" anhörte. Sie ging die Straße hinunter und ich dachte, dass das nicht sein kann. Die Frau, die lügt, bekommt Besuch von dem Mann, der trinkt. Wenn das wahr ist, ist das Stoff für eine Geschichte, findest du nicht auch?

Nach dieser Begegnung hat es nur noch für eine Art Gedicht gereicht, meine Liebe:

Ich wünsche mir sehr, du wärst wie der Dampf bei Tauwetter über der Hochebene, zu der ich so oft aufsteige, ich wünschte, du würdest dich ebenso erheben. Dieser Dampf hat seine ganz eigene Schönheit, seine ganz eigene Botschaft, seine Aufgabe. Er, den die Sonne aus Gefrorenem zaubert und auffordert, in die Welt zu gehen

– *„Es ist Zeit, sagt sie, ich bin über die Hügel in der Ferne geklettert, um die Eiskristalle zu erlösen" - er formt sich, ohne zu zögern und breitet sich aus. Er macht sich groß, nur für mich.*

Mach dich bitte auch so groß, mein Kind. Steh auf, meine Liebe.

Marias Sportlichkeit imponierte Yang ebenso sehr wie ihre Stachligkeit. Wenn sie sich gekränkt fühlte, feuerte sie blitzartig mit scharfer Zunge Worte ab, um deren Treffsicherheit er sie manchmal beneidete. Die schwarzen Haare, die etwas kantigen Bewegungen und vor allem die schrägstehenden Augen erinnerten ihn an etwas sehr Vertrautes. Im Alter von fünfzehn, sechzehn geriet sie in eine unausstehliche Phase, in der sie jede Ruhe verlor, sich mit jedem anlegte und gegen alles aufbegehrte, zu Hause und in der Klasse. Yang warf sie vor, er sei bequem und nur an Bäumen und Klettern interessiert, die wirklich wichtigen Dinge fänden anderswo statt. Sie begann, für die Schülerzeitung zu schreiben und scharte eine Gruppe Mädchen um sich, die allesamt ziemlich wild auftraten. Nach ein oder zwei Jahren, kurz vor dem Abitur, war die Gruppe wieder auseinandergefallen, Marias Angriffslust hatte sich gelegt und brach nur während der Streitigkeiten hervor, die sie mit ihren Eltern ausfocht. Auf langen Spaziergängen mit Yang ließ sie sich über deren Unverständnis aus, während er zuhörte. Weil er sie ungern zu Hause abholte, hatten beide einen Treffpunkt vereinbart, eine Bank am Rand des kleinen Wäldchens hinter den Gärten.

„Entschuldige, diesmal bin ich zu spät!" Maria ließ sich erhitzt neben Yang auf die Bank fallen.

„Was war denn los?", wollte er wissen.

„Ach, das Übliche. Ich hab mich mit meiner Mutter gestritten." Unwillig scharrte sie in dem staubigen Oval vor der Bank mit den Füßen und kickte missmutig einen Kronkorken weg.

Yang schwieg.

„Die bringt mich echt auf die Palme. Ich kann gar nichts dafür!", beschwerte sich Maria in der Hoffnung auf Zuspruch.

„Worum ging's denn diesmal?", fragte er nach.

„Sie fing wieder an mit der Vietnamreise. Sie hat tatsächlich Geld gespart und will mit mir hinfliegen."

„Aber du nicht." Yang kannte die Einstellung Marias. Er hatte sie oft genug gehört.

„Nein! Ich lass mich nicht erpressen. Und dir muss ich das ja nicht nochmal erzählen."

„Nein."

Maria schnaubte, aber sie wollte sich deswegen nicht auch noch mit Yang streiten. Sie zuckte mit den Schultern und wechselte das Thema.

„Außerdem bin ich spät, weil ich noch etwas ganz Süßes beobachtet habe. Stell dir vor, ich gehe über die kleine Brücke am Bach und sehe, wie sich eine Ente mit sage und schreibe elf flaumigen Entenküken daran macht, den kleinen Wasserfall hinunter zu schwimmen. Erst hat sie ihren Nachwuchs versammelt, es sah aus, als hätte sie erklärt, wie man sich bei einem Wasserfall verhält, dann stürzten sich alle hinunter und schwammen bis zu der Engstelle mit dem kleinen Felsen. Dort haben alle angehalten bis auf ein Entchen, die Strömung hat es einfach mitgerissen, zack, war es weg, und ist weiter unten auf einer Art Insel aus Ästen gestrandet."

„Und die Anderen?", wollte Yang wissen.

„Die sind mit der Mutter in einer Reihe an ihm vorbei und weiter geschwommen. Da steht es wahrscheinlich immer noch, ist völlig geschockt und traut sich nicht weiter."

„Was?" Yang stand auf.

„Was hast du vor?"

„Ich will nachsehen."

„Yang, das ist fast fünfzehn Minuten her. Das ist sicher weg inzwischen." Maria sah ihn mit großen Augen erstaunt an.

„Trotzdem!"

Der Ton, in dem er das sagte, machte ihr klar, dass es ihm ernst war. Er ging los und wollte das Entenküken retten.

„Yang, was willst du mit einer Ente?", rief sie ihm nach, aber dann nahm sie doch ihre Tasche und eilte hinterher. Als sie die Brücke erreichten, hielten sie vergeblich Ausschau nach dem Küken. Maria hatte recht gehabt. Es war fort.

„Können wir jetzt los gehen?", fragte sie schließlich. Yang nickte.

Bisher hatte sie sich für Bäume nicht sonderlich interessiert, aber Yang zuliebe wollte sie sich von ihm eine große Eiche zeigen lassen, die eine Dreiviertelstunde Fußweg entfernt als Naturdenkmal auf einer Wiese stand. Sie war umzäunt, damit sie niemand anderer berühren konnte als Insekten, Vögel, Regen und Wind. Das beständige Rauschen der Papierfabrik drang Tag und Nacht zu dem Baum empor, ebenso der Autolärm von der an ihr vorbeiführenden Straße. Leise fächelte der Wind durch die Blätter und beschwor den Klang eines Zwiegesprächs herauf, ein Geräusch, das existierte, seit es Bäume gab, ein. Der Stamm erinnerte an die Haut eines Elefanten, die Borke war grau und faltig aufgeworfen. Einige Äste reichten in dicken Biegungen bis zum Boden und ließen sich von der Erde stützen.

„Oh, der ist wirklich unglaublich dick! Und riesig!", staunte Maria, als sie den Baum gemeinsam umrundeten.

„Lass uns über den Zaun steigen!", forderte Yang sie auf. An einer Stelle waren Querlatten angebracht, die man wie eine Leiter benutzen konnte. Maria lehnte seine angebotene Hand ab. Langsam gingen sie durch das hohe Gras bis dicht an den Stamm und berührten die Rinde.

„Einige hundert Jahre steht er hier schon und wirkt trotz allem, was er gesehen hat, so stark und ruhig", sagte Yang bewundernd. „Er hat sicher jede Menge zu erzählen und man kann viel von ihm lernen."

„Ja, sogar für mich hat er was Beruhigendes und das will was heißen", scherzte Maria und sagte nach einer Pause: „Ich komme mir klein vor, aber es fühlt sich gut an."

„So geht es mir auch beim Klettern", stimmte Yang zu. „Da ist gar nicht so viel Unterschied. Es ist schön, draußen zu klettern. Man klebt an der Wand und sieht alles ganz deutlich, alle Ritzen und Wölbungen. Es gibt kaum Spinnennetze", fügte er wie zu Marias Beruhigung an. „Man hört die Geräusche der Natur, spürt, wie der Wind geht, fühlt sich dazugehörig. Ich werde dann ein Teil des Felsens, so komisch das klingt. Es ist eine Art Einssein. Man kann süchtig danach werden."

Maria breitete die Arme aus, als wolle sie den Baum umarmen.

„Jaa, mein Guter!" Sie schmiegte den Kopf an die Rinde, nicht ohne vorher auf Ameisen geachtet zu haben, und schloss die Augen. „Soo ein lieber Baum." Dann sagte sie: „Ich muss was für die Schülerzeitung schreiben. Nimmst du mich mit, wenn du mal draußen kletterst? Ich würde es auch gern versuchen."

Yang konnte nicht verbergen, dass er sich freute.

„Guck doch mal, ein Falke!" rief sie auf dem Rückweg begeistert und deutete mit ausgestrecktem Finger auf eine dicke Ringeltaube, die mit ihren typisch welligen Flugbögen über sie hinweg auf die andere Talseite flog.

Beeindruckt stand Maria vor den drei glatten, hoch aufragenden Wänden des Steinbruchs. Wie riesige Balgfalten einer Ziehharmonika erhoben sie sich senkrecht aus klarem Wasser, das unbewegt dalag wie ein Spiegel aus türkisfarbenem Glas.

„Was für ein toller Ort!"

„Nicht wahr?", rief Yang vom geöffneten Kofferraum zu ihr herüber. „Und heute wirkt es besonders, weil gerade niemand außer uns da ist. Bestimmt wird es später noch voll hier."

Maria wollte unbedingt vor dem Klettern das Gelände erkunden.

„Vielleicht kann man da hoch." Sie sah zur Abbruchkante hinauf. „Von oben muss es toll aussehen!"

„Weshalb, glaubst du, klettern die Leute hier?", fragte Yang.

Mit den Worten „Durch Klettern komme ich da nie hin!" war sie schon losgelaufen.

Er folgte ihr auf den steilen Trampelpfad, der sich seitlich des Steinbruchs nach oben schlängelte. Lose Steine und fehlende Wurzeln oder Sträucher, an denen man sich hätte festhalten können, erschwerten den Aufstieg und es dauerte eine Weile, bis sie sich nach oben gekämpft hatten. „Naturschutzgebiet" stand auf dem Schild vor der weitläufigen Hochfläche, auf der sich blassgelbe Gräserrispen dicht an dicht wie ein Fell reihten.

„Puh!" Eben noch schweratmend an das Schild gelehnt, begann Maria, die Arme locker um den Körper zu schlenkern und auf und ab zu hüpfen. Ihre schwarzen Haare wippten und glänzten im Sonnenlicht blau.

„Ich stelle fest, das war eine gute Aufwärmübung. Meine Arme und Beine wollen mehr davon und mein Kopf hat sich schon ein bisschen an die Höhe gewöhnt." Sie grinste gutgelaunt und kniff die mandelförmigen Augen zusammen. Yang stand im Gegenlicht und schien auf etwas zu hören.

„Ein Trommeln." Er deutete in die Richtung über den Bruch, dorthin, wo der Bereich welliger Abraumhügel in einen flachen, breiten Streifen Brachland überging, der an einen Kiefernwald grenzte. Maria stand still und lauschte. Dann nickte sie.

„Ich höre es auch."

„Da treffen sich öfters Leute", erklärte Yang. „Am Waldrand ist ein Lagerfeuerplatz."

Weit wurde das tiefe rhythmische Pochen wie ein ferner Herzschlag über die Kraterlandschaft aus Kuhlen und Steinhaufen bis zu ihnen hinauf getragen. Es kam Gesang dazu, erst einzelne Töne einer Frauenstimme, dann setzten mehrere Stimmen ein. Der Wind wehte sie in Bruchstücken heran. Worte waren nicht zu verstehen.

„Indianerland! Wo ist mein Pferd?" Maria schirmte ihre Augen gegen das helle Licht mit der flachen Hand ab und spähte in alle Richtungen.

Yang musste lachen und sah dann abgelenkt nach oben. „Der Flieger nervt."

Ein Motorsegler zog eine knatternde Schleife über ihnen. Aus der Entfernung war die Sirene eines Krankenwagens zu hören. Die Stadt lag ganz in der Nähe. Maria zuckte mit den Schultern und ging ein paar Schritte zu einer kleinen Erhebung. Sie ließ den Blick schweifen. Vereinzelte Büsche hatten stachlige Gebilde geformt und ähnelten struppigen Raupen. Der Wind kämmte das Gras in Wellen von Süd nach Nord.

„Kein Pferd weit und breit!"

„Lass uns hier weggehen", sagte Yang unvermittelt.

„Wieso?" Erstaunt sah sie ihn an. „Ist doch toll hier oben."

„Schon, aber wir stören den Neuntöter."

„Wen?"

„Den Neuntöter. Schau, der Vogel dort drüben, der gerade in die Schlehenhecke fliegt. Und da kommt schon der zweite. Ein Pärchen. Die brüten sicher hier."

„Neuntöter? Noch nie gehört. Veralberst du mich?"

„Neuntöter heißen so, weil sie ihre Nahrung, meist Insekten, fangen und auf Dornen aufspießen."

„Unglaublich. Das muss ich mir unbedingt merken."

Er wusste nie, ob sie es ernst meinte.

„Und deshalb gehen wir woanders hin? Wer sagt denn, dass wir dort, wo wir hingehen, niemanden stören? Gibt es das überhaupt, Orte, wo wir niemanden stören?"

„An der Wand klettert ständig jemand, am Waldrand ist schon jede Menge los, da muss nicht auch noch hier die Brut der Vögel behindert werden. Du wolltest doch klettern. Oder nicht? Wenn du magst, können wir uns auch bei den Leuten mit den Trommeln umsehen."

Mit einem Schrei flog ein Bussard nicht weit entfernt von der Abbruchkante auf. Sie sahen ihm nach, wie er sich höher schraubte und dann in Richtung Norden abdrehte.

„Na gut, wenn die Natur hier oben unberührt sein soll, dann tauchen wir eben wieder ab." Maria verabschiedete sich mit einem Winken vom Grasland oder ihrem imaginären Pferd, bevor sie den Rückweg antrat.

Yang folgte ihr. „Unberührte Natur, könnte man denken. Aber das hat hier alles mal ganz anders ausgesehen. Lange nachdem sich wieder Tiere und Pflanzen angesiedelt hatten, kamen die Kletterer und haben geputzt, was die Bürsten hergaben. Sand, Moose, Flechten und ein Haufen Müll wurden aus der Wand entfernt. Von dem Teil des Wandfußes, der nicht im Wasser liegt, hat man das Gestrüpp entfernt und neue Pfade dorthin angelegt."

Vorsichtig Fuß vor Fuß setzend, stiegen sie wieder in den Bruch hinab. Kleine Steinchen lösten sich und rollten eilig vor ihnen her in das Wurzelwerk von Ginsterbüschen.

Maria bemerkte über die Schulter. „Na, ist ja auch ein Steinbruch, unberührt ist hier eigentlich gar nichts. Aber es wirkt so still und ruhig."

„Gleich wirst du verstehen, weshalb hier kein Uhu mehr brütet."

Als sie wieder bei ihrem Auto angekommen waren, trafen sie wirklich jede Menge anderer Leute auf dem Gelände an. Zum überwiegenden Teil waren es Kletterer, aber es gab auch Leute mit einem Schlauchboot. Aus mehreren Fahrzeugen wurden Campingstühle, Ausrüstung und Feuerschalen ausgeladen.

„Wir sind ja auch Teil davon." Maria, die sich neugierig umsah, hatte das Bedauern in Yangs Stimme nicht überhört. „Doch besser viele an einem Ort als alle an unberührten Orten, stimmt's? Hast du eben selbst gesagt. Kann's denn losgehen mit dem Klettern? Ich bin schon aufgeregt."

„Gut", Yang hob seinen großen Rucksack aus dem Kofferraum. „Wir suchen uns eine Stelle, die etwas abseits liegt und perfekt für Anfänger ist."

Sie mussten nicht lange gehen, dann half Yang Maria, den Gurt anzulegen und einzustellen. Er ließ sie die Exen ausprobieren, zwei Karabiner, die mit einer kurzen Schlinge verbunden waren, zeigte mit der Hand nach oben auf die Route und sagte dann: „Los!"

„Einfach so?" Maria stand vor der Wand aus Fels und starrte hinauf.

Yang lachte: „Nein, ich werde den Vorstieg übernehmen. Ich fixiere das Seil, so dass du vom ersten Meter an gesichert bist. Du kletterst und bist an der Umlenkung gesichert, das sind die zwei Bohrhaken am Ende der Route."

Als sie sich mit der Hand unsichtbaren Schweiß von der Stirn wischte und die Augen verdrehte, musste er lachen. „Kein Stress. Probier es einfach aus."

Maria suchte sich die ersten Unregelmäßigkeiten im Stein, an denen sie sich festhalten konnte, und zog sich hoch,

Stück für Stück. Die Füße tasteten lange nach Halt und es dauerte, bis sie dem neuen Ausgangspunkt traute. Nach wenigen Metern schüttelte sie die Hände nacheinander aus und stöhnte: „Ich hänge wie ein Äffchen am Fels, es ist total anstrengend."

„Setz deine Füße und Beine gezielter ein. Versuch, den Po so nah wie möglich an die Wand zu bekommen. Dann hat die Schwerkraft, die dich versucht, runter zu ziehen, weniger Chancen."

Dadurch fiel ihr das Klettern leichter und fühlte sich mit der Zeit eher an wie ein automatisch ablaufender Vorgang.

„Super! Es ist ein bisschen wie als Kind, als ich ohne Nachzudenken auf den Gerüsten am Spielplatz unterwegs war!", rief sie. Ihre Hände suchten sich Einbuchtungen, an denen sie sich hochziehen und abdrücken konnte und ihre Füße fanden den Weg zu Vorsprüngen, die ihr Halt verschafften. Nach einer halben Stunde gab sie das Zeichen zum Ablassen.

„Klasse! Aber anstrengend", brachte sie heraus, als sie wieder mit beiden Beinen am Boden stand und den Gurt auszog. „Jetzt Pause! Ich muss das alles aufschreiben."

Yang traf einen Bekannten, der ihn auf einer schwierigeren Route sicherte, und Maria saß, an einen Stein gelehnt, im Gras und notierte das ganze Geschehen und ihre Gedanken dazu wie ein Drehbuch.

Nach einer ausgedehnten Essenspause lagen sie beide eine Weile mit zusammengerollten Pullovern im Nacken auf den flachen Steinplatten in der Sonne, bis Maria sich umdrehte und auf den Ellenbogen stützte.

„Wollen wir jetzt mal rüber zum Waldrand gehen?"

Die ganze Zeit hatten sie die Trommelklänge und das Singen gehört. Seit kurzem hatte sich eine Klarinette zum Schlag der Trommel gesellt. Yang und Maria packten ihre Sachen ins Auto, dann rannten sie ausgelassen über die welligen Hügel und imitierten Fahrzeuge, gaben Gas und bremsten beim Hinauf- und Hinunterfahren.

Auf dem flachen Gelände vor dem Wald standen Leute zusammen, in kleinen Haufen lagen ihre abgelegten Taschen und Jacken im Gras. Die Musiker mit ihren Instrumenten bildeten eine eigene Gruppe und unterhielten sich gerade.

„Oh", rief Maria. „Das sind die Leute vom Verein für Mitmachtänze. Über die habe ich schon einen Beitrag geschrieben. Sie spielen Klezmermusik, alte jüdische Volksmusik. Der Große mit dem blauen T-Shirt hat mir damals alles erklärt, der ist immer voll begeistert dabei. Und der mit den langen weißen Haaren, den kurzen Hosen und dem kleinen Tuch in der Hand, das ist der Lehrer." Sie winkte dem älteren Mann zu, der sie erkannte und grüßte.

„Manchmal ist es von Vorteil, anders auszusehen. Dann kennt die Welt einen!", sagte Maria lachend.

Mittlerweile hatten die Besitzer von Tuba, Klarinette, Trommel und Posaune ihre Pause beendet und warteten, bis sich etwa zwanzig Leute aller Altersstufen im Kreis aufgestellt hatten. Der Mann hielt am ausgestreckten Arm das Tuch in die Höhe und lief im Takt der Musik los, leitete die Gruppe durch Rufe an, zählte einfache Schritte nach beiden Seiten, brachte die Leute durch kurze Kommandos zu immer neuen Richtungsänderungen. Der Kreis öffnete sich ab und zu für neue Mittanzende aus den Reihen der Umstehenden. In einfachen Schrittfolgen wurden kreisende oder schlängelnde Ketten gebildet, man hörte das Lachen der Ungeübten. Ein kleines Kind mit schwarzer Hautfarbe, kaum drei Jahre alt, begann begeistert, sich zu drehen und ahmte die Bewegungen der Tanzenden nach, bis sich eine Hand löste und es in den Kreis aufnahm. Aufmerksam, ganz der Musik und den Bewegungen ergeben, ohne nach der Mutter in ihrem gemusterten afrikanischen Gewand zu schauen, tanzte es mit. Alle lachten liebevoll, wenn es durcheinander kam.

Yang klatschte im Rhythmus und Maria genoss es, all das zu beobachten, die Offenheit der Leute, die Bereitschaft, alle mitzunehmen. Zusammen mit vier Kindern, die eben vom Steinbruch herüber kamen, reihten sich auch Yang und Maria zu einer fröhlichen Melodie in den Kreis ein. Sie tanzten mit dem Lehrer an der Spitze in einer langen Menschenkette und formten sich zu immer neuen Figuren, indem sie unter Torbögen aus Armen hindurch schlüpften. Mit dem letzten Ton der Klarinette löste sich alles in Klatschen und Lachen auf.

„**Meine Eltern** nerven."

Wie ein missliebiges kleines Tier an einer unsichtbaren Leine schubste Maria einen Kiefernzapfen mit den Füßen herum und fing ihn dribbelnd, mit ein, zwei Sprüngen, wieder ein, um ihn von Neuem weg zu kicken.

„Wieso?" Yang war nicht überrascht.

„Du sollst am Sonntag zum Essen kommen. Ich hab ihnen erzählt, dass ich geklettert bin."

Diese Nachricht ließ ihn nicht in Begeisterung ausbrechen.

Maria zuckte mit den Schultern. „Tut mir leid, war nicht zu vermeiden. Komm um zwölf. Wann sonst?" Mit einem letzten Weitschuss lief sie los. „Ich bin spät!" Sie schien gerade all ihre Worte im Streit mit der Mutter verbraucht zu haben.

In der Wohnung roch es nach angebratenen Zwiebeln, süßlich und würzig. Yang hatte die Jacke ausgezogen und sah sich an der übervollen Garderobe nach einem Platz dafür um.

„Oh, warte! Das hab ich gleich!" Marias Vater beeilte sich, mit beiden Armen eine große Stoffwulst samt mehreren Bügeln zu umfassen.

„Nur eine einzige, riesige Umarmung, dann wird Platz für dich!"

Nach kurzem Ringen war ein Teil der Kleidungsstücke abgeräumt. Yang schob seine Mütze in den Ärmel der Jacke, weil er befürchtete, sie könne im noch übrigen Grau und Schwarz verlorengehen. Ein mit hellgrüner Wolle umhäkelter Kleiderbügel nahm seine Jacke auf und nachdem er die Schuhe ausgezogen und in eine Lücke in der Schuhreihe gestellt hatte, konnte er in der Küche Marias Mutter begrüßen. Die dunklen Haare zu einem Knoten zusammengefasst, aus denen sich kaum ein Haar gelöst hatte, und mit einer fleckenlosen Schürze kam sie ihm entgegen, begrüßte ihn und gab ihm die Hand. Prüfend ruhte ihr Blick auf ihm, und als sie die Tulpen entgegennahm, wusste er schon, dass er nicht ihren Geschmack getroffen hatte. Im Gang streckten sich Strelitzien und Gladiolen aus großen kristallenen Gefäßen edel und unnahbar der Decke entgegen.

„Vielen Dank! Wie schön!", bemerkte Marias Mutter dennoch und rief unvermittelt ein ungeduldiges „Maria!" über seine Schulter nach oben, das wenig mit der Anbetung einer Heiligen gemein hatte.

Endlich kam Maria die Treppe herunter, ganz in Blau gekleidet und ihr Anblick gefror in Yangs Augen kurz zum Abbild einer Madonna, die erhaben auf ihn herabschaute. Lächelnd, aber nicht so ungezwungen wie sonst, berührte sie mit einer vertrauten Geste seinen Arm. Ihre Mutter hielt ihr die Blumen entgegen wie einen Vorwurf und bat sie, sich um eine Vase zu kümmern. Wie im Versuch, sie aufzumuntern, neigten die Tulpen aus der Tischmitte ihre noch halb geschlossenen Kelche den vier Menschen entgegen. Über dem Tisch machte sich eine gedrückte Stimmung breit und ließ die Unterhaltung während des Essens immer wieder stocken. Marias Mutter erzählte von ihrer Arbeit im Museum, von ihrer Liebe zur Landschaft und zur Ortsgeschichte und ihr Mann lauschte aufmerksam, als wäre für ihn alles neu, was sie sagte. Maria trug fast nichts zum Gespräch bei und Yang fühlte, wie ihn die Situation langsam gegen sie aufbrachte. Schließlich war er ihretwegen hier, weil sie ihren Mund nicht hatte halten können und jeden Anlass nutzte, um einen Streit zu entfachen. Er überlegte, Marias Eltern von sich aus auf den Grund der Einladung anzusprechen. Vielleicht war es das, was sie erwarteten. Aber dann sagte er sich, dass das nicht sein Problem war und ein Drängen vielleicht alles noch schlimmer machen würde.

Nach dem Nachtisch wurde eine alte Spieluhr aus dem Schrank geholt, ein brauner Kasten zum Aufklappen, in dem gestanzte Metallscheiben in der Größe von Schallplatten nach einem Drehen an der seitlichen Kurbel das Klingklang alter Melodien abspielten. Maria warf ihm einen schuldbewussten Blick zu, während ihr Vater die Mechanik erklärte. Erst, als es nichts mehr zu erklären gab und Yang im Begriff war, aufzustehen und sich zu verabschieden, kam das Gespräch aufs Klettern.

„Maria hat mir – erzählt ist vielleicht das falsche Wort, sie hat es mir an den Kopf geworfen, dass sie in diesem Steinbruch unter deiner Anleitung geklettert ist. Um ehrlich zu sein, diese Sportart ist nicht gerade die, die ich mir für meine Tochter wünsche." Marias Mutter stellte beiläufig die Schälchen zusammen und lächelte Yang an, als wollte sie ihre Worte dadurch abschwächen. „Ich würde mich freuen, wenn du mir etwas darüber erzählst, damit ich mir ein genaueres Bild machen kann."

Yang drückte sich voll Unbehagen wieder an seine Stuhllehne und ließ sich von ihrer Geradlinigkeit den Rücken stärken. Maria sah unbeteiligt aus.

„Man muss aufpassen beim Klettern, aber Sie müssen sich keine Sorgen machen." Yang bemühte sich, gelassen und zuverlässig zu wirken. „Das Sichern ist das Wichtigste. Dann kann eigentlich nichts passieren."

„Aber oft genug passiert etwas, Yang!", mischte sich Marias Vater in das Gespräch. „Was sind deiner Meinung nach die Ursachen dafür?"

„Das kann man nicht so pauschal beantworten", meinte Yang. „Unfälle gibt es in jeder Sportart."

„Aber das Risiko, sich schwer zu verletzen oder dass noch Schlimmeres geschieht, ist größer als bei anderen Sportarten", warf Marias Mutter ein.

„Das glaube ich nicht. Eigentlich sind Kletterer ruhige und entspannte Leute. Eine vernünftige Sorte Mensch, keine

Draufgänger. Freunde der Natur, denen das Draußen sein wichtig ist, auch weil es verbindet, weil man leicht miteinander in Kontakt kommt. Sie zelten oft auf Campingplätzen und mögen es einfach." Yang lächelte. „Kletterer haben wenig Geld, viele essen Müsli, sie bringen dem Tourismus auch selten etwas ein, sie sind sparsam und so weiter."

Er hatte Marias Mutter nicht überzeugt. „Das klingt sehr friedlich. Weshalb gibt es dann so viele Beispiele von Leuten, die über ihre Grenzen gehen und den Tod in Kauf nehmen? Gerade ist dieser Film im Kino über die beiden Extrembergsteiger. Denken diese Leute an ihre Angehörigen? Abgesehen davon, dass man auch ohne übergroßen Ehrgeiz abstürzen kann. Es bleibt immer ein Risiko, das musst du zugeben."

Yang sah ihr gerade und offen ins Gesicht. „Ich kann nur für mich sprechen. Ich versuche, vorsichtig zu sein."

Alle drei sahen ihn an, und er dachte an die vielen Bäume, auf die er geklettert war und an den Mut, den sie ihm geschenkt hatten. Dankbar stellte er fest, dass er ihretwegen diesen Satz so ruhig und gelassen hatte aussprechen können. Die nächste Frage riss ihn aus seinen Gedanken.

„Gibt es denn auch Frauen, die klettern?"

„Ja, natürlich. Ob Mann oder Frau, das macht keinen Unterschied, auch ganze Familien klettern. Es gibt da schon eine längere Tradition. Man trifft an den Felsen auf Leute beiderlei Geschlechts und aller Altersgruppen."

Marias Mutter stand wortlos auf und räumte den Nachtisch ab. Yang erhob sich erleichtert. Seine Informationen schienen fürs Erste ausreichend zu sein. Marias Vater schüttelte Yang die Hand und beim Verabschieden sagte seine Frau sowohl zu ihm als auch zu Maria, die neben ihm stand, sehr betont und mit Nachdruck in der Stimme:

„Yang, ich möchte nicht, dass Maria klettert. Ich mache mir Sorgen um sie. Du magst überlegt handeln, aber Maria ist sehr emotional. Das willst du nicht hören, ich weiß", sagte sie, als Maria sich abwandte und die Arme verschränkte.

„Aber ich kenne dich schon eine Weile. Und du kannst nicht behaupten, dass ich mich nicht kundig gemacht habe."

„Ich gehe mit raus", war alles, was ihre Tochter darauf antwortete, bevor sie ihre und Yangs Jacke vom Bügel zerrte und aus der Haustür stürzte, als wolle sie so schnell wie möglich eine große Entfernung zwischen sich und die Eltern legen.

Yang holte sie ein und mit einer Geste, der man ansah, wie wütend sie war, hielt sie ihm seine Jacke hin. Er nahm sie und sah in ihr Gesicht.

„Deine Mutter", fing er an, aber sie unterbrach ihn sofort, drehte sich weg und ging einfach weiter.

„Über meine Mutter will ich jetzt auf keinen Fall reden!"

Als er stumm neben ihr her lief, schien ihr ihre Schroffheit leid zu tun, und sie forderte ihn in einem etwas versöhnlicheren Ton auf: „Erzähl mir lieber was."

„Was denn?", fragte er irritiert.

Sie ließ sich anscheinend eine Zeitlang alle möglichen Antworten durch den Kopf gehen, während ihre Füße über den Teppich aus gelb und rot gefärbten Ahornblättern eilten.

„Na, was über Frauen, die klettern, zum Beispiel."

Sie lief schnell, so als würden ihre Schritte immer noch aus dem Ärger auf die Mutter gespeist, und schlug den Weg zu dem kleinen Wäldchen ein.

Yang hielt ihr Tempo mühelos mit und sagte auf Höhe der ersten Pappeln, die wie riesige, brennende Dochte gelb leuchteten:

„Früher waren Frauen bei den Kletterern nicht gern gesehen, viel Sexismus und wahrscheinlich auch Nationalstolz spielten da eine Rolle. Die Männer konnten sich nicht vorstellen, die Rolle der Eroberer abzugeben." Er lachte und sah sie vorsichtig von der Seite an. „In den siebziger Jahren begann die Karriere einer Frau, die sehr bekannt wurde. Lynn Hill ist Amerikanerin und immer noch sehr gut. Sie konnte im Yosemite Nationalpark als erster Mensch eine schwere Route frei klettern, an der zuvor viele Männer gescheitert sind. Alles, was sie danach sagte, war der berühmte Satz ‚It goes, Boys'."

Maria gab ein kleines Glucksen von sich. Dass ihr das gefallen würde, war klar gewesen. Ermutigt brachte ein Windstoß die Pappelblätter zum Rascheln und die gelben Flammen der Baumkronen flackerten.

„Frauen klettern mittlerweile überall", fuhr Yang fort. „Auch High-End. Es gibt viele Vorbilder unter ihnen. Sie haben einen anderen Stil. Ich finde, sie klettern besser, versuchen viel über Technik. Männer machen mehr mit Kraft."

Maria blieb plötzlich stehen, sah ihn eindringlich an und forderte: „Ich möchte, dass du mich das nächste Mal wieder mitnimmst."

Er ging noch ein, zwei Schritte weiter, wie um einer Zwickmühle zu entkommen, und drehte sich dann zu ihr um.

„Du solltest vielleicht erst mehr Erfahrung sammeln, in der Halle oder in einem Kurs. Dann können sich deine Eltern an den Gedanken gewöhnen. Gerade bist du einfach sauer. Bist du sicher, dass du nicht nur deine Mutter ärgern willst?"

Das brachte sie auf die Palme. „Yang!", rief sie empört.

So laut und scharf gesprochen hatte er seinen Vornamen selten von ihr gehört.

Schon immer hatte sein Name für Irritationen gesorgt. In der Schule wurde er deswegen gehänselt. Alle fragten nach, ob sie ihn richtig verstanden hatten. Ja, Yang, mit Ypsilon. Yin und Yang? Nein, nur Yang. Er musste seinen Namen, solange er denken konnte, wiederholen, wenn ihn jemand das erste Mal hörte, er musste ihn buchstabieren und erklären, dass es kein Spitzname war. Aber eigentlich mochte er ihn, wegen des Klangs. Und weil sein Name, wenn ihn die Leute einmal kapiert hatten, ein Aha-Erlebnis auslöste, weil er überall verstanden wurde, egal in welchem Land. Das Yin- und Yang-Zeichen war weltweit bekannt. Wörtlich stand „yang" im Chinesischen für eine sonnige Anhöhe. „Yang" bedeutete weiß, männlich, aktiv und stand für Bewegung. Damit war er einverstanden. Weniger gut umgehen konnte er mit der Frage, was der Grund für diesen ungewöhnlichen Vornamen gewesen war. Verwunderlich war die Frage nicht. Er sah überhaupt nicht asiatisch aus. Dass seine Mutter aus China stammte und damit an ihre Wurzeln hatte anknüpfen wollen, gab er selten preis.

„Maria, schalte doch mal runter", sagte er ruhig. Sie warf den Kopf herum, so dass ihr dichtes schwarzes Haar wie ein Schwarm Stare aufflog, und blieb erst stehen, als seine Schritte ausblieben. Yang strich sich mit der für ihn typischen Geste der Ratlosigkeit seitlich über den Kopf. Das tat er oft in letzter Zeit. Ihre Empörung löste sich plötzlich in Luft auf.

„Typisch Yang, immer, wenn du diese Bewegung machst, weißt du nicht weiter", bemerkte sie.

Er riss sich aus seinen Gedanken los, holte sie ein und lachte. „Ja, das ist bereits meinem Lehrer in der Grundschule aufgefallen." Mit tiefer Stimme zitierte er:

„‚Von weitem schon habe ich Yang erkannt, als er der Schule den Rücken zukehrte und loslief, weil er nicht zum Sport wollte. An seinem besonders elastischen Gang und der Geste, mit der er sich über den Kopf gestrichen hat.'"

Maria grinste, und Yang fuhr mit unverstellter Stimme fort.

„Das hat er auf Band gesprochen, als er, nachdem er mich eingeholt hatte, bei mir zu Hause Bescheid gab, dass ich den Unterricht schwänzen wollte."

„Du wolltest nicht zum Sport?"

„Ich habe Sport gehasst." Er musste lächeln, als er daran dachte.

Maria wartete auf der Stahltreppe, die an der Außenwand der Kletterhalle das Erdgeschoss mit dem ersten Stock verband. Riffelblechmuster drückten sich an ihren Händen und Unterarmen ab, als sie sich auf der nächsthöheren Treppenstufe abstützte. Von dort konnte sie den Vorplatz und den Eingang beobachten. Eine mächtige Kiefer stand neben dem Tor, deren dichte Quirle in Kronenhöhe dem Baum etwas Massiges gaben. Der Vorplatz war gekiest und zwischen zwei stämmigen alten Holzpfählen hatte man eine Reihe von Gebetsfahnen aufgehängt, durch die unaufhörlich eine sanfte Welle ging. Aus der weitgeöffneten Tür waren Gespräche, Lachen, dumpfes Poltern oder helles Klirren der Seile zu hören. Auf dem benachbarten Grundstück hatte ein Gebrauchtwarenhändler seinen Fuhrpark ausgebreitet und verursachte einen seltsamen Kontrast zu dem eher naturbetonten Gelände der Kletterhalle.

Yang kam und begrüßte sie und Maria zückte ihren Stift, den Schreibblock auf den Knien.

„Bevor wir reingehen, noch ein paar Fragen. Wie entscheidet man, welche Routen man klettert?"

Er überlegte. „In der Kletterhalle stehen die Schwierigkeitsgrade an den Routen. Je höher die Zahl, desto schwerer. Man folgt den farbig markierten Griffen. Die Routen werden ständig neu geschraubt, so dass Kletterer immer wieder Lust haben, die Halle zu besuchen. Deshalb bleibt es spannend. Man kann als Anfänger auch ohne Plan vorgehen, fängt einfach an und sucht den nächsten guten Halt, aber man sollte die Tritte im Blick haben. Wenn man nicht mehr weiterkommt, bei einer schwierigen Stelle, ist entweder unten jemand mit Überblick und sagt zum Beispiel ‚Den Fuß rechts ein Stückchen höher', oder man sieht die nächste erreichbare Stelle vor sich und versucht es. Wenn man nicht mehr kann, weil einem die Kraft ausgeht, denn oft ist es ein Kraftproblem, eine ungünstige Situation für die Muskeln, dann lässt man los und fällt ins Seil."

Maria hatte mitgeschrieben. „Und wie fühlen sich die Griffe an?"

„Fest und rau. Es gibt verschiedene Größen, manchmal mit mehr Greiffläche, manchmal kleiner. Viele Leute fassen die Griffe an, hinterlassen Schweiß, es wird rutschig. Deswegen benutzt man Magnesia."

„Da ist ja viel los in der Halle. Kann man sich da konzentrieren?"

„Du musst es ausprobieren, dann siehst du es selbst. Das Geschehen in der Halle ist nebensächlich, das blendet man aus. Das ist ein wichtiger Grund, weshalb manche klettern: um mal abzuschalten."

Die Geräusche in dem großen, hohen Raum ähnelten denen in einer Turnhalle. Seileschlagen, hallige Akustik, Rufe, Gespräche. Es gab Leute auf Sofas, die etwas tranken, Kinder spielten und rannten herum. Man hörte das metallische Einklinken der Exen, dann Kommandos: „Zu", „Seil", oder „Ab!"

Maria lieh sich Kletterschuhe aus, die eng und vorn zu hart für die Zehen waren, und obwohl Yang versicherte, nur so habe man festen Halt, zog sie sie wieder aus und verabschiedete sich übergangslos.

„Lass uns lieber morgen zum Frühstücken treffen", meinte sie. „Immer nur Klettern. Ich habe alles aufgeschrieben, das reicht."

„Ich werde in einem Verlag arbeiten", sagte sie zu Yang am nächsten Morgen in dem Café in Uninähe. „Ich will weiterschreiben, dafür sehe ich nach meinem Verlagspraktikum Chancen. Man soll doch am meisten Erfolg haben mit Dingen, die man gern macht. Schau dich an."

Der grüne Tee kam als Erstes. In den Sanduhren neben den dampfenden Tassen rieselte eine türkisfarbene Masse zart und fadenähnlich durch die Engstelle, als ganz feiner Strich.

„So dünnen Sand kann es nicht geben", stellte Maria fest. „Sieht fast aus wie eine Flüssigkeit."

Beide beobachteten sie, wie das anrührende Häufchen wuchs und mit jedem Körnchen mehr zu strahlen schien. Zwei Italienerinnen am Nachbartisch führten eine lebhafte Unterhaltung. Sie hatten sich mit dem Rücken zur Glaswand des Wintergartens gesetzt und ihnen entging die Amsel, die draußen den Kopf schiefhielt und sie ansah. Im Innenhof behaupteten sich so nahe am Stadtzentrum zwei Apfelbäume und erzählten Geschichten von Obsternten und Gemüsegärten. Efeu und wilder Wein an den begrenzenden Mauern unterstützten die Illusion von Grün und Naturnähe. Bei Marmelade, Käse, Ei und dem duftenden Tee erzählte Maria Yang von den Anforderungen ihres Studiums, aber aus allem konnte er schließen, dass sie ihr Leben als Studentin sehr genoss.

„Schreibst du noch für die Textbörse?", fragte er.

Maria nickte. „Ja, nicht nur wegen des Geldes. Gerade in der Literatursparte sind Praktika und persönlicher Einsatz entscheidend, um sich von der Masse abheben zu können. Dass das anstrengend bleibt, ist mir klar. Aber man muss immer am Ball bleiben. Ich glaube, dass es oft die kleinen Gespräche sind, die große Türen öffnen. Ich habe damit begonnen, Erzählungen zu verfassen, Essays über irgendwelche Themen zu schreiben oder Rezensionen, das schärft meinen Stil, wie es so schön heißt. Zurzeit schreibe ich über Julia Butterfly Hill."

„Wer ist das denn?"

„Solltest gerade du kennen. Eine junge Frau in Kalifornien, die Bäume rettet. Redwoods."

Sie freute sich über seine verdutzte Miene und erzählte ihm von der Aktivistin und „Luna", dem Baum, auf dem sie lebte. Yang war beeindruckt.

„Kommst du mit?", fragte er Maria. „Das nächste Wochenende über will ich mit Toni und Ben zum Klettern. Wir zelten."

„Du willst mich klettern sehen, was?", lachte sie. „Na gut. Warum nicht?" Sie überlegte kurz. „Ich war fleißig und kann mich auch mal rausnehmen. Außerdem garantiert das Schreib-Nachschub."

Yang freute sich. „Der Campingplatz liegt am Rand eines kleinen Ortes. Und er hat ein besonderes Baumdenkmal zu bieten."

„Ach, was für ein Zufall!", neckte ihn Maria.

„Mit dem Baum hab ich nichts zu tun, der steht schon seit über tausend Jahren", wehrte sich Yang und musste lächeln, als Maria so tat, als würde sie sich totlachen.

Seit dem Tag, an dem ich begriffen hatte, dass es noch eine andere Mutter und einen anderen Vater gab oder gegeben hatte und dass ich für immer anders aussehen und niemals dazugehören würde, war ich zornig. Ein zorniges Kleinkind, ein wütendes Schulkind, eine bockige Jugendliche. Als ob ein Schalter in meinem Kopf umgelegt worden war. Heute kann ich nachvollziehen, weshalb ich keinen anderen Weg fand, mein Verletztsein auszudrücken. Mit Mädchen, die selbst voller Zorn waren, fühlte ich mich verbunden. Wir befeuerten uns in unserer Sicht der Dinge, ließen unsere Augen blitzen, unsere Worte stechen und unsere Körper von der Leine, die außer Rand und Band gerieten, die Risiken eingingen und verletzt wurden. Von außen gesehen war ich eine Zumutung, im Inneren eine einzige Wunde.

Du, meine Liebe, stehst mit beiden Beinen auf der Erde. Werde dir dessen bewusst. Du hast Wurzeln. Ich bin sicher, sogar die Kugelameisen, die ich neulich in einem Film sah, und die es, wie ich hörte, in dem Land gibt, in dem du des Öfteren deiner Arbeit als Ärztin nachgehst, tun dir nichts. Ihr Rund aus Körpern treibt über die überschwemmten Wiesen, wenn der Himmel seinen Wolken befohlen hat, diese zu fluten. In der Mitte ihrer roten Kugeln beschützen sie die Königin. Als Knäuel aus Leibern rollen sie über das Wasser. Wenn sie zu dir hin treiben, schaden sie dir nicht, sondern bilden Kreise um dich, so dass die Wasserschlangen sich lieber verziehen und dir nicht zu nahe kommen wollen, denn der Schutz der Ameisen ist mächtig. Irgendetwas hält alles Bedrohliche in deiner Nähe auf Abstand. Hast du dich nie gefragt, wer oder was? Auch in der Luft hast du mächtige Verbündete. Mücken umtanzen dich in Schwaden und verdunkeln den Himmel, du schlägst nach ihnen, aber sie verbergen dich, sobald ein Mensch sich nähert, der dir Böses will. Ihn lockt eine Spur auf einen weiten Bogen weg von dir, und du hast es nicht einmal bemerkt. Woher ich das weiß? Die Lüfte tun es mir kund, die Schleier aus Regen unter den Wolken und die Sterne am Nachthimmel. Aus Wörtern geformt schreiben sie sich ans Firmament. Wir werden zusammenstehen, trotz der Entfernung. So sagt es das Lied in „Sky fall", ich habe den Film gesehen, mein Kind. Du auch? Lass den Himmel einstürzen, egal, was passiert, heißt es im Titelsong.

Auch unser Band ist unzerstörbar. Daran glaube ich, und daran halte ich fest.

Yang saß in der Schule zwei Bänke vor mir. Während der ersten Klassenstufen waren wir Kinder, später sah ich ihn mit anderen Augen. Mir gefielen seine aufrechte Haltung, die dunklen Locken, die er damals schulterlang trug, seine Bewegungen und sein blauer intensiver Blick. Ich fand so ziemlich alles interessant, was er sagte. Und er konnte auch mich gut leiden, das war das Beste. Trotz meiner Aufsässigkeit oder vielleicht auch gerade ihretwegen. Ihm machte es häufig Mühe, sich zu wehren. Ich war auf alle Fälle mehr im Kopf unterwegs als Yang, der sich mit Hilfe von Bäumen und Steinen erdete. Ich verfügte über hochtrabende Ideen und ein Bündel von Vorwürfen meinen Eltern gegenüber, ich zementierte die Abwehr gegen meine Herkunft und meine Ahnen. Von den Wurzeln war mein Ich weit entfernt.

Geht es dir genauso, meine Liebe? Ich sage nicht, dass das schlecht ist. Wer bin ich, dir zu sagen oder zu raten, was du tun sollst? Jede muss ihren eigenen Weg gehen.

Mein Kind, es geht mir wie dem Starenkasten, den du mit dreizehn oder vierzehn unter dem Dachfirst an dem alten Haken aufgehängt hast. Mittlerweile hat er Sprünge bekommen und etwas die Form verloren. Er vermisst dich ebenso wie ich. Mir haben zum Glück Fotos von dir erzählt, zum Teil in der Zeitung, zum Teil auf dem Bildschirm und besonders in den Broschüren und Spendenaufrufen deiner Entsendeorganisation, seit du als Ärztin dort angefangen hast, zu arbeiten. An deinen Augen und deiner Haltung konnte ich all die Jahre ablesen, wie es dir ging, ob du Stress hattest, ob dir das Klima zusetzte, an deinem Körper konnte ich Verspannungen wahrnehmen oder Gelöstheit, in den Augen deiner Patienten konnte ich von der Hoffnung lesen, die du in ihnen erweckt hast, durch deine Sanftheit, deine Liebe, deine Zuwendung.

Ich sitze am alten Holztisch unter der Tischlampe, von deren Rand die Federn herabhängen, die du gesammelt hast, Fundstücke deiner zahlreichen Streifzüge. Jeder Luftzug bringt sie in Bewegung, erinnert mich so an dich und bestärkt mich, weiter an diesem Brief zu schreiben, in der Hoffnung, dass dich meine Anrufung eines Tages erreicht, äußerlich und innerlich. Vielleicht werde ich es nie erfahren, auch wenn mein Körper noch keine Anstalten macht, sich von dieser Welt zu lösen. Mein asiatisches Gesicht hat nicht mehr die alte Straffheit, die Haut liegt lockerer auf den hohen Wangenknochen, aber ich bin drahtig und gelenkig geblieben und noch immer kann ich mich im Schneidersitz unter einen Baum setzen und, ohne mich abzustützen, wieder aufstehen.

Ich löse den Blick vom Blatt und sehe hinaus. Mit einem Mal scheint die Welt jenseits des Fensters angefüllt zu sein mit Abgüssen der Vergangenheit. Es versammeln sich all die Vögel auf der Esche, die jemals auf ihren Zweigen gesessen haben oder an ihrem Stamm auf- und abgelaufen sind, alle Stare, die in den Nesthöhlen ausgeschlüpft und abgeflogen sind. In unaufhörlicher Wiederkehr flattert der Taubenschwarm darüber, der im Dorf auf der anderen Talseite wohnt. Es finden sich alle jemals projizierten Sonnenreflexe auf der Fassade des Nachbarhauses ein zu einem hellen Leuchten. Es stehen all die Menschen unten am Weg, die irgendwann am Haus vorbei oder in ihm ein und aus gegangen sind, viele Kletterer sind darunter, und alle starren zu mir empor. Der Himmel über ihnen ist von unzähligen, wie festgepinnten Monden besetzt und von ebenso vielen Sonnen und Wolken, dazu gesellen sich die Töne und Klänge aus fast drei Jahrzehnten, vom Verkehrsgeräusch vorbeifahrender Autos bis hin zum Glockenschlag der Kirchturmuhruhr. Und ich, mit großen Augen und offenem Mund, bestaune dankbar diese Fülle an Begleitung.

Seit der Zeit im Wald wird mir alles zu einem großen Gewebe aus Wörtern, zu einem Gebräu aus Buchstaben und Satzzeichen, ungefiltert, oder doch gefiltert – durch mich, durch meine Art zu sehen und zu fühlen. Alles ist von Bedeutung. Wie die Ziegen, die mit den Schafen zusammen auf die Hochfläche getrieben werden, immer wieder aus dem Strom der Tiere ausbrechen, so brechen manchmal Geschichten oder Bilder aus meinem Leben aus, beanspruchen mehr Platz als andere und werden unabhängig, richten sich auf und stemmen sich gegen mich wie die Ziegen gegen die Stämme der jungen Bäume. Wieder andere gehen verloren und finden nicht mehr zurück. Mein Kind, auch Menschen brechen aus, wie du, aber ich bitte dich inständig: Geh mir nicht verloren. Wenn es dennoch geschieht, muss ich es annehmen, dann wird auch das in Ordnung sein, und sich am Ende wieder einfügen ins große Ganze. Das ist zumindest meine Hoffnung. Objektivität gibt es nicht, es gibt nur die subjektive Wahrheit, meine, deine, die persönliche jedes Menschen, nicht eine für alle geltende. Jeder versteht Wahrheit anders, gleicht seine mit der der Anderen ab.

Eines ist sicher: misstrauisch lebe ich nicht mehr. Misstrauisch und zornig war ich früher, gegen meine Eltern, gegenüber meinen Wurzeln und auch gegen die Leute der Gegend, nachdem ich hierhergekommen war. Es hat lange gedauert, bis ich aus dem Schuttberg des vom Schicksal zerschlagenen Porzellans Umrisse erkennen und daraus Geschichten wie bemalte Vasen, türkisfarbene Schalen oder kleine goldene Becher hervorziehen konnte.

Viele Scherben hat mich mein Wunsch nach Zugehörigkeit gekostet. Ich wollte wie jedes Kind Teil der Gemeinschaft sein. Ich sprach den Dialekt unserer Gegend, diesen weichen Singsang mit dem verkleinernden A am Wortende, ich kannte die Welt, die alle kannten, den Ort und seine Bewohner, sofern sie mich interessierten, ich kannte die Schule, die Gärten und Läden. Ich fuhr mit Freundinnen in die Stadt und verhielt mich wie sie, dennoch legten andere fest, dass ich nicht dazugehörte und anders war. Sie sahen mein Äußeres und gaben es mir durch Blicke und Worte zu verstehen. Vielleicht rührt daher mein Versessensein auf Sprache, ich wollte sie mit ihren Waffen schlagen. Sie machten mich wütend. Es war ganz natürlich, dass ich ab und zu vergaß, wie ich aussah. Auch ein Mensch mit schwarzer Hautfarbe denkt nicht ständig daran, dass er schwarz ist. Am Ende meiner Kraft bin ich zu den Bäumen gegangen, um eine andere Erfahrung zu machen. Ich folgte Yangs Beispiel. In ihrer Welt war Aussehen unwichtig. Sie nahmen mich, wie ich war.

Meine Mutter war sehr traurig wegen meines Zorns und meiner Bockigkeit, weil ich anders war und nicht anders sein wollte. Sie kaufte sich Bücher über die Folgen von Adoption und schlug vor, in eine Beratungsstelle für Familien zu gehen.

„Was soll das denn bringen?", rief ich. „Werden meine Augen dadurch weniger schräg?"

Mein Vater hoffte, nach der Pubertät würde sich das geben. Es gab wichtigere Dinge für ihn, seinen Verein, seine Kartenrunde. Auch er wollte nichts mit dem Land zu tun haben, aus dem ich gekommen war. Da waren wir beide uns einig.

„Nie im Leben! Was soll ich dort?", fragte ich meine Mutter empört, als sie vorschlug, nach Vietnam zu reisen.

Sie meinte, jeder müsse sich mit seinen Wurzeln auseinandersetzen, auch ich, aber damals wollte ich davon nichts hören. Wenn mich die Leute fragten, aus welchem Land ich käme, antwortete ich trotzig:

„Von hier!"

Sie dachten, sie hätten mich falsch verstanden und hakten nach. Welche Landsleute ich hätte? Und rieten „Korea? Philippinen? China?", zählten alle Länder auf, in denen die Menschen ihrer Meinung nach diese Form der Augen hatten. Aber ich zuckte mit den Schultern, drehte mich auf dem Absatz um und ließ sie stehen.

Mein Kind, ich war mehr als verbohrt und auch verletzend. Aber ich war Klassenbeste, keinem wurde ich etwas schuldig. Bis zum Beginn des Studiums änderte sich mein Verhalten kaum. Ich legte mir eine Reihe von Schimpfwörtern zu, mit denen ich die überschüttete, die wagten, über mein Aussehen Bemerkungen zu machen, und kam ganz gut damit durch. Ich hatte den Ruf, eine scharfe Zunge zu besitzen und jemand setzte das Gerücht in die Welt, ich betriebe Kampfsport, was mir noch einige andere Leute vom Leib hielt. Wen ich mir nicht vom Leib halten wollte, war Yang. Ich wünschte mir seine Sanftheit, was ich aber nie zugegeben hätte. Er konnte die Herzen von Menschen öffnen, ob es Kinder oder alte Leute waren, während mein Verhalten sie verschloss. Ich weiß nicht, was an mir ihn anzog, abgesehen von dem blauen Band in meinen schwarzen Haaren, wahrscheinlich meine Sportlichkeit und, wie ich hoffe, auch irgendwo der Grund meiner Seele, den er erspürt hatte. Wahrheitsliebe und Zärtlichkeit, Eigenschaften, die ich tief verborgen hatte, stiegen in seiner Gegenwart langsam auf wie Seerosen, wurden nicht mehr in den Grund verdrängt und öffneten mich zu einem freundlicheren Wesen.

Mit meinen Eltern stritt oder schwieg ich unverändert, je nach Laune, und verbat mir alle Einmischung in meine Zukunftsplanung. Ich sagte, sie hätten sich ja schon einmal eingemischt und das würde reichen. Ich schrie ihnen ins Gesicht, sie seien daran schuld, dass ich am Leben war, weil sie sich wegen ihres Reichtums eingebildet hätten, die Welt retten zu müssen. Aber wahrscheinlich musste ich diesen Weg gehen, ich musste mich erst entfernen von ihnen, um dann wieder zu ihnen zurückkehren zu können.

Ich denke oft an meine Mutter. Meine Mutter, damit meine ich die Frau, die mich aufzog und mir all ihre Liebe schenkte, was ich erst spät begriff und heute weiß. Sie hatte ihre eigene Geschichte und sich gleich in meine schwarze Mähne verliebt. Nach Kriegsende lag ihre Heimatstadt in Trümmern und es vergingen Jahre, bis das Stadtbild wieder annähernd dem früherer Zeiten glich. Meine Mutter fuhr mit ihrer Freundin mit der Straßenbahn zur Arbeit und lernte eines Tages meinen Vater kennen. „Wir waren gemeinsam ausgestiegen und standen im Hellen wie in großer Kälte", so drückte sie sich aus. Sie war so hübsch, meine Mutter, mit ihren dunklen Haaren, die sie damals schon meist in einem Knoten bändigte. Mein Vater schenkte ihr eine Reproduktion des Tadsch Mahal, das Gebäude eines ewigen Liebesversprechens, wie er sagte, und ein Armband aus Kaurimuscheln. Das Armband hat sie mir bei meinem Auszug geschenkt. Ich sehe noch die Tränen auf ihrer Wange. „Abschied nehmen, keine leichte Aufgabe", sagte sie. Die gleichen Worte habe ich dir gegenüber benutzt. Wie einen längst vergessenen Geschmack auf meinen Lippen habe ich sie gekostet, an dem Tag, als du gingst.

Du gehst deinen Weg. Du siehst Falken am portugiesischen Himmel, fährst in Lissabon mit der Zahnradbahn und bereitest dich auf den Einsatz in Afrika vor, wie ich dem Bericht deiner Organisation entnehme.

Auch ich hatte einen Einsatz zu leisten, ich komme gerade vom Friedhof. Du wirst es nicht glauben. Der Mann, der trinkt, ist tot. Er hatte wirklich bei der Frau, die lügt, geklingelt. Er betrat ihr Haus, legte sich auf ihr Sofa und starb. Sie lief auf die Straße, um Hilfe zu holen, aber die Wandersaison pausiert, es ist zu kalt geworden, so eilte sie bis ins Dorf und erzählte es den wenigen Leuten, die sie antraf. Aber weil sie als eine Person bekannt ist, die es mit der Wahrheit nicht genau nimmt und weil jeder schon einmal auf ihre abstrusen Geschichten hereingefallen ist, glaubte ihr niemand. Schließlich kam sie zu mir. Ich habe selten jemand mit so leeren Augen gesehen. Anscheinend hat sie sich so erschöpft, ist sie so lang gegen Wände gerannt, bis es ihr selber wehtat, bis sie sich zurückzog, ganz tief in sich selbst oder irgendwohin sonst, ich weiß nicht, ob sie eine Mitte hat. Sie hat mir Angst gemacht, sie sagte nichts, ließ nur alles hängen, Kopf und Schultern und Arme, und wirkte verloren und völlig aus der Bahn geworfen. Ich fragte, was los sei, ob ich ihr helfen könne. Als sie nicht hereinkommen wollte, beschloss ich, sie nach Hause zu bringen, vielleicht würde sie sich in ihrer vertrauten Umgebung wieder fangen. Wir gingen die Straße hinunter. Mit der Zeit wurde sie schneller, als würde etwas in ihr auftauen und ihr helfen, in ihre alte Beweglichkeit zurückzufinden. Erleichtert wollte ich wieder umkehren, als wir am Türchen zwischen den Ligusterhecken standen, aber sie ergriff meine Hand und zog mich in Richtung Eingang.

Ein Falke rief, zweimal. Am Himmel konnte ich ihn nicht entdecken. Meine Kopfhaut kribbelte und ich fragte mich, was ich bemerken sollte. Die verholzten, dürren Stängel des Beifußes am Zaun? Die Hummel, die an mir vorbei flog und Kurs auf die Linde nahm, unter der wie ein hellgrüner, weicher Teppich abgefallene Blütenreste lagen? Aber ich hatte noch durch die Tür in das große Wohnzimmer zu gehen und im Halbdunkel des Raums, die Gewächse im Blumenfenster lassen kaum Licht durch, führte sie mich zu dem Sofa, auf dem der Mann lag. Ich wusste sofort, dass er tot war. Wenn man einmal eine ganze Nacht mit einem toten Menschen verbracht hat, weiß man das. Hast du eine Erklärung dafür, weshalb es mir erneut zufiel, die Verantwortung für einen Toten zu tragen?

Abgesehen von den ein, zwei Jahren, in denen alle Jugendlichen zweifeln und sich neu sortieren, wusste Yang, dass er gut aussah. Im Sommer war seine helle Haut durch das viele Draußensein gebräunt und die strahlend blauen Augen blitzten. Eine Zeitlang ließ er sich die Haare wachsen und in der schulterlangen Lockenmähne fingen sich Staub und Grashalme. Im Winter setzte er nie eine Mütze auf und als seine Mutter ihn ermahnte und mit den Worten, so dicke Locken könnten unmöglich verdrückt werden, über seinen Kopf streichelte, duckte er sich weg.

Am liebsten trug er bis in den Herbst hinein weiße T-Shirts und, wenn es kühler wurde, Jacken und Pullover mit weiß abgesetzten Reißverschlüssen oder Bändeln. „Weiß steht für Frieden", sagte er, wenn er nach dem Grund gefragt wurde. Mit Maria verband ihn eine vertraute Freundschaft und sie zeigte es nicht, falls sie verletzt war, als er sich kurz vor Schulabschluss in das einzig unerreichbare Mädchen der Schule verliebte, in die Heldin der Theater-AG, die ganze zwei Jahre älter war und ihm, nachdem er seinen ganzen Mut zusammengenommen und ihr gesagt hatte, wie sehr er sie bewunderte, unumwunden sagte, sie fände ihn sehr nett, brauche aber einen Freund mit Führerschein, um leichter in die Stadt zu kommen. Nach dieser direkten Abfuhr dauerte es nicht lange und er verliebte sich erneut, in eine Medizinstudentin, die er in der Bahn kennengelernt hatte und die ihm nach einigen Anrufen zu verstehen gab, dass sie gerade dabei war, nach Australien zu ihrem Freund abzureisen. Als wären die Locken für seine Fehlversuche verantwortlich gewesen, ließ er sich die Haare kurz schneiden und begann ein Krafttraining mit selbstgeschmiedeten Eisengewichten. Der Leiter der Kletter-AG der Schule sagte bewundernd, Yang müsse genetisch vorbelastet sein, er habe unheimlich starke Finger und könne sich ungewöhnlich lange mit einer Hand festhalten.

Die Kletterhalle, die in der Stadt ihren Betrieb aufgenommen hatte, wurde sein zweites Zuhause, ihre bis zu zwölf Meter hohen Wände boten Abwechslung und eine große Bandbreite an Schwierigkeitsgraden. An vielen Wochenenden fuhr er mit der AG zu den beeindruckenden Felsformationen des Elbsandsteingebirges, in die Gegend, in der das Freiklettern die längste Tradition hatte. Unverändert wach schenkte er seine Aufmerksamkeit Bäumen und Pflanzen. Zog ihn sein Seilpartner Toni deswegen auf, blieb Yang ganz gelassen, deutete auf irgendein Gewächs in der Nähe und klärte ihn darüber auf, ohne Rücksicht darauf, ob Toni daran interessiert war oder nicht.

„Schau doch mal, eine wilde Möhre!", sagte er zum Beispiel und wies auf eine weiße Dolde am Wegrand. „Siehst du den kleinen schwarzen Punkt in der Mitte? Daran kannst du sie erkennen, und an ihrem Geruch. Riecht stark nach Möhre. Die Dolde wölbt sich abends über den schwarzen Punkt und hüllt ihn ein."

Oder er trat zu einem Baum, schlang seine Arme um ihn und fragte, wenn jemand lachte und es peinlich fand, was daran so ungewöhnlich sei. Niemand würde zögern, einen Freund zu umarmen.

In den Himmel wachsen

In den letzten Schulferien bewarb sich Yang für eine Ferienarbeit im Grünflächenamt. Er wurde Karl zugeteilt, einem städtischen Arbeiter, von dem er ungefragt alles über die Vorgänge im Ort erfuhr und über die richtigen und falschen Entschlüsse des Stadtrats. Karl wusste genau Bescheid. Er hatte den Überblick über die Grünflächen der Stadt, die gemäht und vom Müll befreit und deren Sträucher zurückgeschnitten werden mussten, er kannte die zeitlichen Abstände für die Leerungen der öffentlichen Mülleimer und wusste, wann Rabatten gegossen und Bäume bewässert werden mussten. Einmal pro Woche holten sie mit einem Kleintransporter vom Friedhof die Grünabfälle ab. Danach stand stets eine längere Mittagspause an Karls Küchentisch an; sein Schäferhund Rollo, der eine Wurst bekam, ließ bei Yangs zweitem Besuch das Bellen sein und versenkte den großen Kopf zwischen seine Knie, um sich kraulen zu lassen.

Eine von Karls Aufgaben war die Zuarbeit für den Stadtförster, der als Baumpfleger für die Sicherheit und Standfestigkeit der Straßen-, Park- und Friedhofsbäume zuständig war. Mit einem besonderen Hartgummihammer klopfte er in verschiedenen Höhen auf die Stämme und lauschte, ob es hohle Stellen gab und wo das Holz noch fest war. Staunend beobachtete ihn Yang dabei. Musste ein Baum gefällt werden, kam der Hubwagen zum Einsatz und Yang gestand sich ein, dass er trotz der unerfreulichen Maßnahme den Ausflug in die Baumkrone großartig fand.

Der Förster nahm ihn mit in seine Aufzuchtstation. Dort wuchsen in Folientunneln lauter kleine Baumsetzlinge, wegen ihrer Standfestigkeit und Widerstandskraft gegenüber Abgasen zum überwiegenden Teil Ahorne. Yang sah zum ersten Mal Elsbeerbäume, die stattliche Höhen erreichen konnten, obwohl sie zu den Rosengewächsen gehörten, und deren Holz mit zu den wertvollsten Holzarten gezählt wurde. In den Reihen der Obstbäume bestaunte er Speierlinge, die so selten geworden waren, dass Name und Früchte nur noch in Märchen Erwähnung fanden. In vielen schmalen Schubladen und Säckchen lagerten Samen, die mindestens zwei Jahrzehnte brauchen würden, bis man den aus ihnen gezogenen Baum nicht mehr als Bäumchen oder Jungbaum bezeichnen konnte.

Yang fragte, ob er sich eine Handvoll Samen mitnehmen dürfe und ging noch am selben Abend in den Wald in der Nähe der Siedlung und legte dort Same für Same in ein Stück von Laub befreite, aufgelockerte und feuchte Erde. Für die Nacht war weiterer Regen angesagt.

Um die Zeit des Abiturs kamen die Schwalben zurück. Yang saß seiner Mutter beim Essen gegenüber. Sie hatte wieder den Wunsch geäußert, er würde Medizin studieren und schob seinen Einwand, er habe nicht die Noten dafür, mit einer Handbewegung beiseite.

„Das kann man überbrücken. Du könntest einen vorbereitenden Beruf lernen, das wird dann angerechnet. Überleg es dir. Du kannst gut mit Menschen umgehen, da habe ich keine Zweifel."

Das Licht ließ den Stoff ihrer blauen Bluse schimmern und der runde Anhänger aus buntem Millefiori-Glas gab bei jeder ihrer Bewegungen ein helles Klicken von sich, wenn er die Knopfleiste berührte. Vor dem Fenster stand für einen Moment eine Schwalbe mit weißem Federkleid am Bauch wie ein Kolibri in der Luft und sah in Yangs Richtung.

„Mama, seit wann denn das?" Yang nahm sich noch von seiner Lieblingsnachspeise, Äpfel mit Streuseln überbacken. „Ich mag Natur, Bäume, Felsen und Tiere, Menschen weniger."

„Dann kannst du ja Tiermedizin studieren!"

Er verschluckte sich fast. „Das ist nicht dein Ernst. Abgesehen davon, dass ich nicht jahrelang stur irgendwelche Begriffe auswendig lernen will, kann ich mir nicht vorstellen, später Schweinen die Schlachtreife zu bescheinigen oder Kater zu kastrieren."

Als sie mit einem Seufzen den Dessertlöffel zur Seite legte, erwiderte er, er hätte sich bereits ein Ziel gesetzt.

„Ja? Und das wäre?"

„Ich habe doch den Ferienjob bei der Stadt gemacht, vor ein paar Jahren."

Sie nickte und wartete.

„Und ich mag Bäume."

Wieder nickte sie.

„Und ich kann klettern."

Ihr Blick wurde fragender.

„Ich werde Baumkletterer."

„Yang! Seit wann ist das ein Beruf? Was denkst du dir?"

„Ich habe mich genau erkundigt. Man beginnt mit zwei Kletterscheinen. Das ist kein Problem. Dann macht man Zusatzqualifikationen und Prüfungen. Und fertig."

Sie musste die Nachricht erst verdauen und schenkte sich Wasser nach, was er für weitere Informationen nutzte.

„Man kann selbstständig oder angestellt arbeiten. Es gibt ein großes Aufgabenfeld. Baumsicherung, Baumpflege, auch Fällung, wenn es nötig ist. Man ist immer an der frischen Luft und bleibt sportlich."

Seine Mutter schüttelte den Kopf. „Yang, so etwas kannst du unmöglich dein ganzes Leben machen. Was, wenn du nicht mehr so jung und fit bist? Außerdem ist es gefährlich."

„Heute hat man nicht mehr diese Berufsbiografie, die über ein ganzes Leben geht. Dann switche ich eben."

„Wohin denn, ohne Alternative?"

„Mama, das weiß ich jetzt noch nicht. Das wird schon, vertrau mir. Lass es mich versuchen. Und wegen der Risiken, du weißt, ich bin nicht der Typ, der welche eingeht."

Er stand auf, kam um den Tisch herum und schlang die Arme um sie. „Ich bin gut im Klettern. Das liegt mir. Es ist mir wichtiger als alles andere. Und da finde ich am ehesten Leute, mit denen ich klarkomme."

„Aber Yang", so leicht gab sie nicht auf, „Leute in einer Klettergruppe zu kennen, ist das Eine. Dir wird etwas anderes, sehr Wichtiges fehlen. Du bist ein kluger Mensch und kannst dich gut ausdrücken, willst du nur noch mit Bäumen und Felsen reden?"

„Nein, Mam, ich hab doch gesagt, es gibt wirklich tolle Menschen unter den Kletterern. Vielleicht kann ich später mal die Natur zum Thema machen, Vorträge halten, Menschen für Bäume begeistern, keine Ahnung. Ich bin doch grad erst am Anfang."

Auf der Suche nach Gegenargumenten fiel seiner Mutter noch etwas ein.

„Was macht denn Maria?"

„Maria will Literaturwissenschaften und wahrscheinlich als Beifach Geschichte studieren."

Yangs Mutter hob fragend die Augenbrauen. „Und was will sie damit am Ende machen? Deutsche Geschichte? Sie hat doch ganz andere Wurzeln."

„Sag ihr das bloß nicht, Mam. Die springt dir an die Gurgel."

Als ich mich zum Studium der Literaturwissenschaften einschrieb, hatte Yang schon den zweiten Kletterschein und begann mit der Ausbildung zum Baumpfleger. Ich hatte wegen eines Auftrags für eine kunsthistorische Zeitschrift indirekt mit Bäumen zu tun, mit dem Holz von Linden. Du erinnerst dich an die Schwarzweiß-Postkarte neben dem Badezimmerspiegel mit der Abbildung von den geschnitzten Händen? Sie stammt aus dem Süden, wo in den Kirchen oft noch viele Figuren und Altäre an den Plätzen stehen, für die sie erschaffen worden sind. Unweit einer mit Touristen überfüllten, mittelalterlichen Stadt wies mir in einem Seitental ein Schild den Weg zu einer Kapelle. Lebhaft grüne Grasbüschel auf dem Schotter des kleinen Parkplatzes gaben mir zu verstehen, dass nicht sehr viele Autos dort anhielten. Im Inneren der Kapelle herrschte eine irgendwie verdichtete Atmosphäre, es war eng dort, vermutlich war ein geschnitztes Holzgitter vor dem eigentlichen Altar vorgeblendet, auf Abbildungen kann man es sehen, doch das zeigt meine Erinnerung nicht mehr genau. Was ich aber noch sicher weiß, ist, dass mich die Hände der Gestalten sehr berührten. Unwillkürlich prüfte ich bei einer betenden Heiligen, ob der Puls in ihren geschnitzten Adern schlug. Sanft fiel das Licht auf die hölzerne Haut und erzeugte Schatten. Die Gesichter wirkten still in sich gekehrt oder sahen mich schmerzerfüllt und durchdringend an, mit Blicken, die bis heute an mir haften.

Auch das Holz, aus dem wir geschnitzt sind, springt unter Schicksalsschlägen auf, klaffende Risse bis zum Herzen zeigen all die tiefen Kerben, die sie uns geschlagen haben.

Mit einem breiten Lächeln verhakte der Chef, ein ehemaliger Forstarbeiter in den Vierzigern mit kurzen dunklen Haaren, die im Nacken und an den Schläfen grau wurden, seine Finger in den Hosenträgern und hieß Yang in dem kleinen Team seines Baumpflegebetriebs willkommen. Mit den Worten „Steig ein, die Arbeit ruft", wies er auf die offene Tür des Transporters. Von da an lernte Yang mehr über Bäume, als er sich je hätte ausmalen können.

„Zurzeit wollen ziemlich viele Leute diesen Beruf ergreifen", meinte der Chef und steuerte den Wagen vom Betriebsgelände auf die Straße. „Weil sie einen Beruf suchen, der mit Klettern zu tun hat. Anfangs sind viele total begeistert, informieren sich, machen die Kletterscheine und so weiter, aber nach zwei, drei Jahren springen sie meistens ab." Eine Zeitlang fuhr er schweigend durch den Stadtverkehr, dann sagte er mit besonderem Nachdruck: „Der Beruf ist sehr anstrengend, zum Einen die Baumpflege und im Winter kommt die Fällung dazu. Du wirst sehen, das ist Leistungssport, man kommt an seine Grenzen. Frauen schneller als Männer, aber auch als Mann muss man nach drei, vier Tagen etwas anderes machen."

„Das stimmt", pflichtete ihm Yangs Sitznachbar bei. „Aber was mir persönlich gut gefällt, ist, dass bei den Baumkletteren viele Freigeister dabei sind, Leute, die einfach ein bisschen anders leben als die Normalos." Manfred hatte ursprünglich als Holzschnitzer gearbeitet, nannte sich jetzt European Tree Worker und fuhr zu den jährlich stattfindenden Baumklettermeisterschaften. „Dort gibt es Wettkämpfe und Workshops rund um die Themen Baumpflege, Baumklettern und Baumkontrolle. Kannst ja mal mitkommen, aber für dieses Jahr ist es vorbei."

„Vielleicht nächstes Jahr", nickte Yang. Sie passierten ein altes Gutshaus am Eingang zu einem Park. Von den Fenstersimsen des Nebengebäudes flogen vor zerbrochenen Scheiben Tauben auf.

„Soviel ich weiß, geht es bei diesen Meisterschaften darum, so schnell wie möglich oben auf dem Baum zu sein", sagte der Chef mit einem Grinsen. „Endlich mal eine Situation, in der der Spruch Sinn macht. Bei drei auf den Bäumen sein."

„Oben muss man eine Glocke läuten, dann wird die Zeit gestoppt", antwortete Manfred ruhig und fügte mit einem Seitenblick auf den Fahrer hinzu: „Aber es geht natürlich auch um Arbeitssicherheit und um alles, was es über Baumarten zu wissen gibt."

„Ich hätte nicht gedacht, was alles an dem Beruf dranhängt", bemerkte Yang.

„Es gibt auch eine politische Komponente. Unter den Baumkletterern habe ich schon viele Leute kennengelernt, die sich politisch engagieren. Auch für Greenpeace arbeiten einige."

Der Chef hatte zugehört und sagte: „Geht mir manchmal zu weit, das hat mir zu wenig mit Bäumen und Baumschutz zu tun."

„Unterschätze das nicht, Chef", meinte der stämmige Typ mit langer Mähne und Bart, der bisher geschwiegen hatte und den Spitznamen Baumbart trug. „Bei der letzten Aktion haben die Aktivisten ein bleibendes Zeugnis hinterlassen. Sie haben Schwarzpappeln gepflanzt. Du weißt, die sind vom Aussterben bedroht."

Sie hielten im hinteren Teil eines Parks, dort, wo in der nächsten Zeit ihr Arbeitsplatz sein würde. Der Betrieb war mit der Fällung von drei großen Buchen beauftragt worden, die nicht mehr standsicher waren. Die langanhaltende Staunässe an ihrem Standort hatte den Boden aufgeweicht und es konnte nicht ausgeschlossen werden, dass die Bäume umstürzten. Die Äste der drei Baumriesen waren miteinander stark verwachsen und man kam mit den üblichen Schleppermaschinen nicht heran.

Yang stand neben den Kollegen. „Wenn ich ehrlich bin, tut es mir leid um die Bäume", sagte er. „Ich sehe gerade nicht ein, wieso die wegmüssen."

Baumbart nickte. „Kann ich verstehen. Geht mir genauso. Aber ich habe gelernt, wir sind Dienstleister. Manchmal kann man Entscheidungen beeinflussen, manchmal nicht. Und wenn ich ehrlich bin, die Verantwortung möchte ich nicht haben, der linke Baum sieht aus, als würde er beim nächsten Sturm umfallen. Ein Laie kann das oft nicht erkennen." Er machte Yang auf die Anzeichen aufmerksam, während der Chef mit Leuten von der Parkverwaltung sprach.

Es gab einiges auszuladen. Yang, im gleichen grünen Overall und mit Arbeitshandschuhen ausgerüstet wie die anderen, hob die schwarze Kiste mit den Sägen von der Ladefläche und half, den Schredder über ein breites Brett herunterzuziehen. Baumbart holte die Leitern vom Wagen und setzte sich dann den orangefarbenen Schutzhelm mit dem Gesichtsschutz auf. Bei aufgeklapptem Visier erinnerte er an einen Ritter kurz vor der Schlacht. Der Chef fuhr die seitlichen Stützen des Autos für die Hebebühne aus und der lange Teleskoparm erhob sich in den Raum zwischen den Buchen bis ganz in die Höhe. Yangs Aufgabe war, die abgeschnittenen Äste vom Boden aufzusammeln und auf den Hänger zu laden. Unter dem Gehörschutz vernahm er das Geräusch der Kettensäge nur gedämpft. Mit lautem Krachen fielen die Äste zu Boden. Die Holzstücke waren schwer und ließen erkennen, wie viel gespeichertes Wasser und Leben in dem Baum steckten. Yang kam ins Schwitzen und wischte sich mit der Hand über den Nacken, wenn sich im Kragen kleine Rindenstücke verfangen hatten. Er war froh über die durch den Ruf des Chefs angeordnete Pause. Ihm tat der Rücken weh. Mit Klettern hatte das nichts zu tun. Bei einem der nächsten Einsätze würde er sein Klettervermögen unter Beweis stellen können, versprach ihm der Chef.

„Es gibt Angenehmeres als Fällungen. Zum Erhalten der Bäume braucht es Kletterer. Man lernt mit Bäumen umzugehen, aber auch mit Menschen. Das Verständnis für die Bäume fehlt ja oft, besonders auf dem Land. Die Bauern sind oft befremdet, wenn ich sage, dass man Bäume erhalten kann. Sie sind schnell bei der Hand mit der Säge und sind der Meinung: Wenn er krank ist, dann wird er gefällt."

Die Arbeit mit der Hebebühne, der Einsatz der Sägen, die betankt und gewartet werden mussten, der Lärm des Schredders und die Abgeschnittenheit von der Natur durch den Gehörschutz waren gewöhnungsbedürftig, doch das wurde wettgemacht durch den nächsten Arbeitseinsatz auf einem Bauernhof, der in Alleinlage an einer Straße stand. Eine riesige Linde schob neben dem Stall groß ihre Krone in den Himmel. Der Bauer schob seine Mütze nach hinten und kratzte sich hinter dem Ohr.

„Wir machen uns Sorgen um sie. In der Linde ist ein Loch, wir wissen nicht warum. Vor hundertfünfzig Jahren ist der Blitz eingeschlagen, bis zum ersten Drittel ist alles abgebrannt. Durch den Straßenbau wurden die Wurzeln verletzt, seitdem hat er den Pilz, der sieht schwarz aus wie Erde. Unten ist schon alles ganz morsch. Wegen Verkehrssicherheit soll der Baum weg. Wir wollen aber, dass er bleibt."

Yangs Chef bohrte mit einem kleinen Ast in der Stelle am Stamm herum, die ihm der Bauer gezeigt hatte, und förderte eine schwarze, krümelige Masse zutage.

„Brandkrustenpilz. Gegen den Pilz gibt es nichts, das muss der Baum selber schaffen. Aber laut Gutachten der Naturschutzbehörde müssen wir handeln. Ein Kompromiss zur Fällung wäre, die Krone einzukürzen."

„Was sein muss, muss sein", sagte der Bauer. „Hauptsache, wir können ihn erhalten. Wenn ich in der Früh aufstehe, schaue ich hinaus und das erste, was ich sehe, ist der Baum.

Wenn er weg wäre, das wär schlimm. Ich würde einen neuen pflanzen."

„Wie wär's, Yang?", fragte der Chef. „Willst du heute das Seil einbauen?"

Für sich alleine hatte Yang schon oft geübt, das Seil in den Baum zu werfen. Er holte die Wurfschnur mit Bleigewicht, mit der man das Kletterseil im Baum platzierte. Ruhig und konzentriert stand er da, ließ das Gewicht einige Male an der Seite seines Körpers pendeln. Nach jedem der zwei Fehlwürfe glitt die lange Schnur beim Zurückholen in den Behälter neben ihm. Beim dritten Mal fiel das Seil richtig, aber der Ast erschien dem Chef zu schwach.

„Der ist zu weit im Außenastbereich, deine Körperlast kann zu schwer sein und der Ast brechen. Wirf lieber nochmal, damit er genau in der Gabel drin ist und den richtigen Zug bekommt."

Erst beim vierten Mal klappte es.

„Trotzdem gut, Yang", meinte der Chef. „Es dauert ein paar Jahre, bis man in alle Höhen hineintrifft."

Das Klettern übernahm als erstes Baumbart. Danach durfte Yang nachklettern. Es war großartig dort oben, anders als auf Felsen. Er stand auf einem Lebewesen, das sich im Wind wiegte. Er trug Gurt, Helm und die Säge wie eine Waffe. Einen Moment lang kam er sich wie ein Ritter vor, der einen Baum retten wollte, ein Ritter, der bereit war, sein Leben dafür einzusetzen. Wie manchmal beim Klettern stellte sich das aufregende Gefühl ein, als Erster an einer Stelle zu sein, an der noch nie jemand vor ihm gewesen war. Zu diesem Ausnahmegefühl passten auch Vokabeln wie Kronenschnitt, Kronensicherung, Wundbehandlung und Pflege.

Gemeinsam mit Baumbart verkleinerte er die ausladende Baumkrone, sie verringerten ihren Umfang und nahmen ihr kleine Glieder wie Zweige oder Äste und dickere wie Arme ab. Unten war die Straße gesperrt und der Asphalt von Blättern gesprenkelt, das herabgefallene Astwerk wurde immer wieder beiseite geräumt, damit der Verkehr nicht zu lange angehalten werden musste. Während des etwa drei Stunden dauernden Einsatzes geriet die Krone des großen Baums in Bewegung, erzitterte und kam schließlich, dunkler und in sich gekehrter, wieder zur Ruhe.

Nach den letzten Aufräumarbeiten standen Baumbart und Yang nebeneinander und blickten zu dem gestutzten Baum empor, dessen Rund ihnen vom Straßenrand aus nur wenig kleiner vorkam, obwohl sie einige Anhänger mit Astwerk und Zweigen beladen hatten.

Baumbart sagte bedächtig: „Der Baum war toll zum Klettern, er hat super Wege drin, alles war offen. Als ob er nichts gegen uns gehabt hat. Das habe ich schon anders erlebt. Er ist leichter zum Klettern, als er aussieht."

Yang stimmte aus vollem Herzen zu.

„Ja. Und ich war total überrascht. In jeder Astgabel wächst etwas anderes. Ich habe eine kleine Eibe gesehen, dann Hartriegel, Hasel, sogar eine Johannisbeere. Auch Misteln und eine Heckenkirsche."

„Ja, alles von Vögeln vertragen. Alte Bäume bieten häufig großzügig Platz an für Untermieter, für Flüchtlinge oder für andere Welten, nenn es, wie du willst."

Der Chef sprach mit dem Bauern. „Manche Schnittstellen sind dreißig Zentimeter breit, tiefe Wunden für den Baum. Der wird für die nächsten Jahre zu kämpfen haben. Aber eine Linde kann man nicht so schnell umbringen, die kommt jedes Jahr wieder."

„Ich mag diesen Job", sagte Yang zu Maria bei einem ihrer selten gewordenen Treffen. „Ich finde es cool, Bäume zu retten. Manche Exemplare sind schon hohl und haben die Weißfäule, aber, wenn man dran bleibt und die Sicherheit ständig überprüft, können sie ewig stehen bleiben."

Er erzählte, dass er bald mit zwei Kletterfreunden zusammenziehen würde, mit Ben und Toni.

„Ich kann mir vorstellen, was mein Auszug für Mam bedeutet. Von Anfang an haben wir ein Leben zu zweit geführt."

Maria nickte. „Ich warte noch etwas. Komisch, nicht wahr?", seufzte sie. „Anscheinend brauche ich meine Dosis Familie länger als du."

Sie besuchte Yang in der neuen Wohnung und fand Ben und Toni so unterschiedlich, wie zwei Freunde nur sein konnten. Ben trug ein schmales dunkles Lederband mit einer Muschel um den Hals, das von einem silbernen Ring zusammengehalten wurde; er hatte einen kompakten Körper und ein breites, offenes Gesicht, darüber einen blonden Bürstenhaarschnitt mit Fransenpony, den er sich wirkungsvoll ab und zu aus der Stirn wischte. Toni war klein und drahtig, besaß dunkle Augen und wirkte immer wie frisch gebräunt.

„Yang hat uns einen Haufen Geschichten von dir erzählt." Toni grinste, als er Maria die Hand gab und Ben lächelte.

Maria fragte misstrauisch: „Welche denn?" Und sah von einem zum anderen.

„Na, dass du die zweite Lynn Hill bist."

Maria warf Yang einen Seitenblick zu: „Wunschdenken, was?"

Yang boxte Toni leicht an die Schulter. „Lass dich von Tonis Aussehen nicht täuschen. Er hat kein südliches Temperament. Der braucht nur ,Sonne' zu sagen, dann ist er schon braun. Hinter seinem Gerede steckt genauso wenig."

„Ach!", Toni tat empört. „Das sagt der Herr Schlau!" Er erklärte Maria, dass Yang die letzte Pflanzenfrage nicht hatte beantworten können. „Er hat gesagt, das duftende Ding heißt Jelängerjelieber. Und das soll ich glauben!"

„Hm, aber so eine Pflanze gibt es", sagte Maria zögernd, weil sie nicht einschätzen konnte, ob Toni sie zum Narren hielt.

„Bist du sicher?", fragte er ungläubig. „Oder heißt sie ‚Jekürzerjefieser'?"

Yang lachte: „Das trifft höchstens auf deinen Verstand zu, glaub mir."

Toni verwickelte jeden in solche Dialoge. Maria fühlte sich wohl. Wenn witzige Kommentare scheinbar ungerührt vorgetragen wurden, stieg eine Heiterkeit in ihr auf, die, so schien es, heimlich nur darauf gewartet hatte.

Wenn Yang und Maria sich trafen, schliff sie ihre Ausdrucksweise an ihm wie ein Messer am Porzellanrand. In Gesprächen fiel sie mit einem Vorsprung an Informationen über ihn her und ließ ihn kaum zu Wort kommen. Er saß ihr dann mit einer seltsamen Distanz gegenüber und es passierte ihm manchmal, dass er die Baumkrone im Fensterausschnitt oder eine Ameise, die im Gras einen Krümel hochwuchtete, deutlicher wahrnahm als sie und völlig den Faden verlor.

„Ich muss unter Leute, wenn ich mich sprachlich weiterentwickeln will!" Unruhig tippte sie mit dem Stift auf das vor ihr liegende Blatt Papier. Sie hatte es sich angewöhnt, Formulierungen oder Sprachbilder so oft wie möglich festzuhalten.

„Ich finde ja, du verfügst bereits über sehr viele Worte, manchmal hast du mehr als genug davon", sagte Yang gedehnt.

„Gehst du morgen mit ins Kino?", fragte Maria und wurde ungeduldig, als er sich mit der Antwort Zeit ließ. „Komm schon, ich hab Zeit. Und Lust. Und es wird regnen, also kein Klettern draußen, stimmt's? Du musst aufpassen, dass dein kulturelles Level nicht ganz absackt."

„Na, schönen Dank auch", kommentierte Yang. „Darf ich auch mal was sagen?"

„Ja."

„Ich hab morgen auch Zeit. Aber unter einer Bedingung."

„Welcher denn?" Marias Stimme hatte einen skeptischen Unterton.

„Ich suche den Film aus."

Sie zögerte nur kurz. „Warum nicht?"

Als er den Titel nannte, war ihre erste Reaktion: „Einen Film über den Papst? Spinnst du?" Doch er erinnerte sie daran, dass sie seiner Bedingung zugestimmt hatte.

„Nicht zu fassen, aber wenn's denn sein muss. Dann bis morgen!", verabschiedete sie sich, sprang auf und war mit einem Winken aus der Tür verschwunden.

Yang saß neben Maria im dunklen Kinosaal und war sehr berührt. Er kannte wenige Männer, die so eine liebvolle Präsenz wie der Papst ausstrahlten. Dieser Mann fand wahre Worte und erhob seine Stimme für die, denen es schlecht ging. Die Gesten seiner Anteilnahme erschienen ehrlich und so, als würde er sie unabhängig vom Hintergrund des Amts erteilten. Es braucht Mut, Menschen zu berühren, dachte Yang und fragte sich, wie er selbst sich verhalten würde, ob er ohne Misstrauen und ohne das Bedürfnis, sich zu schützen, so offen auf Andere zugehen würde können. Der Ergriffenheit der Gläubigen konnte er sich nicht entziehen, er empfand ein Gefühl von Verbundenheit, ähnlich dem, wenn er mit Bäumen allein war und es wagte, sich darauf einzulassen, dass es noch andere Dinge zwischen Himmel und Erde gab. Auch die Charaktere der Bäume waren verschieden, auch unter ihnen hoben sich große Persönlichkeiten aus der Masse heraus. Er nahm die mahnenden Worte persönlich, dass durch das Geschenk des Lächelns jeder dazu beitragen könne, dass es den Menschen besser ginge. Am meisten beeindruckte Yang die Sequenz, in der sich die Menschen auf einer scheinbar unbegrenzten Ebene hinter den an der vorderen Absperrung dem vorbeifahrenden Papst zuwinkenden Gläubigen in Bewegung setzten und in einer breiten Fahne aus Staub mitrannten.

Unauffällig sah Yang zu Maria hinüber. Er konnte nicht deuten, was in ihr vorging, und fürchtete sich ein bisschen vor ihrer Ablehnung dieses Films, der ihm so unerwartet tief unter die Haut ging. Nach dem letzten Bild war ihm warm und sein Herz klopfte, als ob es auf sich aufmerksam machen wollte. Niemand konnte von diesem Film unberührt bleiben. Doch die Zuschauer erhoben sich bereits während des Abspanns und verließen den Raum, obwohl sie erst kurz zuvor ermutigt worden waren, sich bewusst gegen die Beschleunigung der Welt zu entscheiden.

„Lass uns zum Fluss runter gehen und uns einfach nur ans Ufer setzen", bat Yang Maria, als sie aus dem Kinosaal gingen, aber sie protestierte. Sie habe Hunger und müsse etwas essen. Als er sagte, er könne unmöglich nach diesem Film im Biergarten zwischen Leuten sitzen und deren Gerede anhören, schlug sie vor, einen Döner zu kaufen und an den Fluss mitzunehmen.

Zwischen den Kiesbänken voller angeschwemmter Äste strömte das Wasser vor ihnen langsam und auf der gegenüberliegenden Seite am steileren Ufer schneller. Maria breitete ihren Schal aus und sie setzten sich darauf. Anscheinend war die Stelle schon den ganzen Tag bevölkert gewesen, das Gras sah strapaziert aus. Ein Stück weiter hatte sich eine Gruppe Jugendlicher auf einer geteerten Fläche versammelt. Ihre Musik klang ebenso herüber wie die Geräusche der Skateboards, das Surren der Rollen auf Asphalt und das laute Klacken beim Abspringen.

„Ohne dich wäre ich nie in diesen Film gegangen." Maria packte ihren Döner aus und biss ein Stück ab. „Ein beeindruckender Film, wirklich."

Yang nickte erleichtert. „Mir ist am meisten das Wort ‚Geduld' in Erinnerung. Es ist wie eine Aufforderung an mich, mit mir, aber auch mit den Umständen geduldiger zu sein. Was das Thema Menschen und Bäume angeht und auch mit anderem." Vorsichtig sah er sie an.

„Ja, erstaunlich, wie jemand so voll Zuversicht sein kann und gleichzeitig deutlich Kritik üben kann an Ungerechtigkeit." Maria wischte sich die Soße von der Wange. „Es ist total schwierig, einen Döner unfallfrei zu essen."

„Hm", meinte Yang. „Zu den Großaufnahmen der Menschen hat er gesagt: Lasst zu, dass die Geflüchteten in euren Augen Gesichter haben und einzelne Menschen sind, Väter und Mütter mit eigener Geschichte und keine anonyme Masse."

„Stimmt. Und bei der Beichte fragte er die Eltern, ob sie mit den Kindern spielen würden. Mit ihnen Zeit vergeuden würden." Maria ließ ihr Essen sinken und fügte nachdenklich an: „Das zumindest haben meine Eltern gemacht. Mit mir gespielt."

Ein Entenpaar trieb Bugwellen vor sich her, als es gegen die Strömung auf eine Kiesbank zusteuerte. Laut beschwerte sich der Enterich, als er abgetrieben wurde und sich in einem angeschwemmten Ast verfing. Maria deutete hin:

„Was der wohl gerade sagt? Der Papst hat große Worte verwendet, zum Beispiel, als er meinte, man müsse keine Angst vor Worten wie ‚Revolution' haben. Oder als er im amerikanischen Kongress Waffen und Geld als Ursache von Kriegen benannt hat." Sie verfolgte die Enten mit den Augen. „Schau, jetzt hat er sich wieder eingekriegt."

Das klang, als würde sie sich wünschen, dass der Papst sich ebenfalls wieder einkriegen würde. Yang überlegte, ob sie in seinem Fall Worte für bloße Lippenbekenntnisse hielt und schwieg eine Weile.

„Es war ja das Mindeste, dass er den eigenen Leuten sagte, auch sie wären von der Krankheit der Gesellschaft betroffen und würden im Namen von Jesus Dinge tun, die Jesus nie befürwortet hätte", betonte Maria nachdrücklich.

Je mehr Zeit verging, desto kritischer wurde sie. Sie beschwerte sich, dass es ein Auftragsfilm der Kirche gewesen sei, also eine Art Propaganda, ein Werbefilm für den eigenen Chef, sowas müsse man kritisch sehen. Yang war irritiert, dass sie sich von ihm entfernte. Er brachte die Rede auf die Szene auf den Philippinen, als der Papst angesichts der Zerstörungen keine Worte hatte finden können außer das Wort „Hoffnung". Ihm sei das ergreifend authentisch vorgekommen und ihm seien die Tränen gekommen. Yang schloss daraus, dass man die Menschen am besten erreichte, wenn man so mutig war, ehrlich über die eigenen Gefühle zu sprechen und etwas von sich preiszugeben. Laut sagte er: „Man kann Dinge ändern, wenn man seine Gefühle zulässt. Vielleicht wäre das auch für mich ein Weg."

Maria sah ihn fragend an.

„Ich könnte Vorträge halten übers Klettern, das interessiert mehr und mehr Leute. Und wie nebenbei rede ich über die Schönheit da draußen und erzähle Geschichten über Vögel und Pflanzen. Kann sein, der eine oder die andere schaut dann anders auf die Natur und behandelt sie besser oder lässt sie am besten ganz in Ruhe. Ich könnte das dem Trainer der Kletter-AG vorschlagen."

„Super Idee!" Maria sah ihn großäugig von der Seite an. „Du hast schon immer was von einem Lehrer, das passt zu dir", und grinsend schob sie Tonis „Herr Schlau" nach.

Er boxte sie leicht.

„Hey, es ist verboten, die Schülerinnen zu schlagen!"

Du weißt, in der Natur bewegte sich Yang aufmerksam und gleichzeitig entspannt. Er sagte, sie wäre sein Zuhause und er würde allem Möglichen in ihr begegnen, Tieren und anderen Dingen. Er kletterte auf Bäume und Felsen, um auf gleicher Höhe wie die Vögel zu sein, um sich vertraut zu machen mit ihrem Flugbild und mit ihrem Gesang. Er sagte, er würde enorm viel entdecken, was andere Leute nicht sehen könnten, selbst, wenn man es ihnen zeigen würde. Er war ein unglaublich guter Beobachter, er wies mich auf große, einzeln stehende Eichen und das in sanften Schattierungen wechselnde Grün der Hügel hin. Durch einen Wink mit dem Kopf machte er mich auf Falken aufmerksam.

Heute kann ich es ähnlich empfinden. Meine Sinne haben längst feine Verästelungen ausgeformt, die sich mit dem verweben, was mich umgibt. Mit dem Grün der Blätter, dem Graubraun von Steinen und Erde, dem weißen Untergrund des Papiers, das ich ausdrucke, dem Flimmerblau des Bildschirms, über den sich meine Worte ergießen. Ich befürchte, mich eines Tages nicht mehr wegbewegen zu können, wegen der Vielzahl an Ankern, die ich hier geworfen habe.

Die Frau, die lügt, hat wieder geklingelt. Ich bat sie herein und sie hat mir ihre Lügen aufgetischt. Sie habe einen Diamanten erstanden und niemand dürfe davon wissen. Es geht ihr gut, glaube ich. Seit der Sache mit dem Mann scheint sie mir hellere und leuchtendere Lügen zu erzählen.

Im Wetterbericht für die nächsten Tage habe ich die Vierzehn Tage-Vorhersage angeklickt, dabei fiel mein Blick auf ein kleines Video, das am Bildrand ablief. Es trug den Titel „Wasserhose" und berührte mich sehr. Die weißen Wolken über dem ruhig liegenden Meer schienen die Wasseroberfläche zu küssen und, begleitet von großer Schönheit und Zartheit, auf ihr zu tanzen. Ein weißer, vor dem Grau zwischen Meer und Himmel gut sichtbarer Wirbel bewegte sich tastend und suchend auf die ruhig daliegende Fläche zu. Im Uhrzeigersinn wirbelnd formte sich eine wie mit einem Netz überzogene Hülle aus Luft und Wasser. Je dichter dieser Schlauch sich wob und je näher er dem Wasser kam, desto mehr geriet auch das Wasser darunter in Regung und begann zu kreisen. Es schien zu sieden, strebte dem Wirbel entgegen und ließ sich mitziehen, verließ sein Element, stieg aus der Waagrechten hoch und reihte sich ein in den Tanz. Himmel und Erde waren in Verbindung, ein sich anmutig wiegender Schlauch, von den weiterziehenden Wolken als Schleppe mitgeführt, drehte sich um die eigene Achse, anmutig und ohne Zerstörung zu verursachen wie seine Geschwister, die Tornados, die über dem festen Land kreisen und alles, was sich ablöst, in sich aufsaugen.

So ein Tornado ist dir heute Nacht in meinem Traum begegnet. Du bist ihm ungefährdet ausgewichen. Du hast dich sicher führen lassen, hast nicht nur mit den Ohren, sondern auch mit allen Fasern deines Herzens hingehört. Du bist an einem Ufer entlanggelaufen und plötzlich lachend stehengeblieben. Eine Wolke aus Schmetterlingen zu deinen Füßen stieg auf und hat dich umflirrt.

Die uralte Linde stand nur einen Steinwurf vom Campingplatz entfernt stand auf einem Hügel, der den umliegenden Gemeinden früher als Gerichtsplatz gedient hatte. Auf der Tafel neben ihr war zu lesen, der Stammumfang würde an den Wurzelwülsten zwölf Meter betragen.

Yang umrundete sie mit dem Kopf im Nacken, bestaunte von unten die riesigen dicken Äste und das weitausladende Gezweig und berührte dann die Rinde, indem er so weit wie möglich die Arme ausstreckte, als bestünde der Hauch einer Chance, den Baum zu umarmen. Er war allein. Maria hatte noch einen Termin und wollte mit dem Zug nachkommen. Mit hocherhobenem Schwanz näherte sich eine Katze und strich um seine Beine, eine Vertreterin der allgegenwärtigen Parallelgesellschaft aus lauter hell und dunkel getigerten dünnen Dorfkatzen in unterschiedlichen Größen samt Nachwuchs.

Gaststätte, Bauernhof und Zeltplatz wurden als Familienbetrieb geführt. Zum Hof gehörten ein großer Schäferhund und zwei Kaltblutpferde, die auf der Weide standen, für das Kutschenziehen. Der Hoferbe hatte für seine Familie auf der gegenüberliegenden Straßenseite einen Neubau errichtet. Man sah und hörte ihn ab und zu knatternd mit dem Quad umherfahren.

Der Campingplatz war Teil eines Bauernhofs, der seit mehr als hundert Jahren den felsigen Grund am höchsten Punkt der Gegend besetzte. Der Erbauer war entweder ein eigensinniger Kopf gewesen oder ein Mensch, der es den Anderen zeigen wollte, denn die Gebäude auf der Kuppe waren kaum geschützt. Vor dem Haupthaus mit der Gastwirtschaft konnte man an der Hoflinde vorbei nach Norden über eine weite Hügellandschaft sehen und im Süden, hinter den Sanitäranlagen und der Zeltwiese, erstreckten sich die bewaldeten Rundungen der gegenüberliegenden Talseite. Wer die steilen Serpentinen zum Dorf hinauffuhr, wohnte dort oder besuchte Campingplatz oder Gaststätte. Die Straße führte nicht weiter. Es konnten aber auch Kletterer sein, denn oberhalb der Zelte grenzte ein Buchenwald mit weithin bekannten Kletterfelsen an.

Yang war zum Zeltplatz zurückgekehrt und hatte eben sein blaues Zelt neben Tonis und Bens grünem aufgebaut, als Maria eintraf. Über die weitläufige Wiese kam sie schnell mit ihrem großen Rucksack auf sie zu und ließ sich stöhnend ins Gras fallen.

„Meine Güte, was für ein Abenteuer!"

„Abenteuer? Was war los?" Die Anderen sahen sie fragend an.

„Was los war? Ihr habt wirklich nichts mitbekommen?"

„Wovon denn?"

„Vom Gewitter!"

„Nein, ich habe es hier nur einmal donnern gehört, sehr weit weg." Yang klappte seinen zweiten Campingstuhl für sie auf.

Sie streifte den Rucksack ab, stemmte sich hoch und nahm sein Angebot an.

„Hört zu! Ich bin noch ewig weit vom Bahnhof entfernt, da wird der Himmel grau und immer grauer. Ich beeile mich, mit dem schweren Rucksack. Mein Herz macht klopf, klopf, klopf, eine riesige Wolke kommt und wird immer dunkler, sie lässt die ersten Regenvorhänge los. Ich renne und renne, die Wolke im Rücken, zum Zug. Dann dunkle Punkte auf dem Gehweg, große Flecke auf der Jacke, ich ohne Schirm. In einer Sekunde ist alles nass. Der Regen schlägt auf das Pflaster und zurück auf meine Beine. Schräg wirft der Wind die Schauer auf mich, ich ducke mich unter dem Donner. Endlich der Bahnhof, die Tür weit offen, ich die Stufen hoch, und gerettet!"

„Oh mein Gott! Das war ja lebensgefährlich!" Mit entsetzter Miene riss Toni die Augen auf. Die anderen lachten.

Maria ließ sich nicht bremsen. „Und wisst ihr was? Das Beste kam noch. Ich stehe am Bahnsteig, der Regen wird schwächer und hört plötzlich auf."

„Wie es ein Schauer eben so macht ...", Toni ignorierte ihren gespielt vorwurfsvollen Blick.

„Und vorn ist der Himmel ganz schwarz und von hinten trifft mich schon wieder die Sonne. Und da war ich sicher, ein Zeichen kommt. Und dann hat er sich aufgespannt, der Regenbogen. Erst ganz zart, so wie ein Schatten, dann hat er sich gezeigt, und wie!" Mit betont verklärter Miene lehnte sie sich zurück.

„Glück im Unglück! Das war ja knapp." Ben tat erschrocken.

„Ja, du hättest umkommen können!" Toni legte mit weitaufgerissenen Augen nach: „Stell dir vor, der Regenbogen hätte dich erschlagen!"

„So", Maria tat munter und entschieden. „Jetzt habe ich allen, die nett zu mir sind, eine Tafel Schokolade mitgebracht. Bitte, für dich, Yang!" Sie griff in die Seitentasche des Rucksacks, zählte deutlich und übertrieben vier Tafeln ab und überreichte ihm eine. Zwei steckte sie wieder ein. Yang lachte und dankte.

„Die anderen müssen sich gewisse Herren noch verdienen", verkündete sie.

Toni und Ben meinten, es könne nicht lange dauern, bis sie ebenfalls im Besitz von Schokolade wären und pfiffen schräg einige Melodien vor sich hin.

„Gnade!" rief Maria. „Da, nehmt sie!"

Und als sich alle die ersten Stückchen abbrachen und in den Mund schoben, fügte sie an: „Schön, hier zu sein."

Der Aufbau der Zelte war bereits erledigt und Maria beschloss, sich umzusehen. Sie schlenderte auf einem Feldweg unterhalb der Zeltplatzwiese an einem Maisfeld entlang in Richtung Wald. Vor einem großen frisch abgeernteten Getreidefeld, dessen Halme mit vom Wind angefachten, kleinen Aufwärtsbewegungen zum Himmel zeigten, blieb sie stehen. Am Horizont schimmerte das schmale blaue Band eines bewaldeten Höhenrückens. Ein Falke stand über dem Feld aus Gelb. Auf einmal näherte sich Pfotengetrappel, deutlich hörbar auf der harten Erde. Zwei Hasen rannten direkt auf sie zu, bremsten im letzten Moment ab und verharrten vor den ersten Maisstangen. Maria blieb wie angewurzelt stehen. Vielleicht war der erste Hase ein Jungtier und noch unerfahren, der zweite kam nicht so nah heran, drehte, misstrauisch geworden, ab und hoppelte in großen Sprüngen über das Feld davon. Das erste Tier blieb, nur zehn Meter entfernt, so nah hatte Maria noch nie einen Feldhasen betrachten können, die großen runden Augen, die schwarzen Spitzen an den Ohren. Er saß angespannt und aufrecht, bis er beschloss, dass keine Gefahr drohte. Dann entspannte er sich und beugte sich zu den Grashalmen, schnupperte daran und richtete sich nach dem Warnruf eines Vogels wieder wachsam auf. Es begann ein Verharren und Fressen, ein sich Nähern und Sichern, bis er etwa auf zwei Meter herangekommen war. Maria hielt den Atem an und kniff die Augen zu schmalen Schlitzen, um ihn nicht durch eine unwillkürliche Bewegung zu erschrecken. Nun konnte sie noch mehr Details erkennen. Die schön gezeichnete Umrandung der Augen, ihren Glanz, das hellbraune längs gestrichelte Fell, den schlanken Körper. Seine Unruhe nahm zu, vielleicht wurde sie durch ihre Witterung oder den Warnruf der Grünfinken entfacht, vielleicht durch das veränderte Flugbild des Falken. Dann waren plötzlich Stimmen zu hören, Wanderer näherten sich, der Hase schrak zusammen und floh mit großen Hakensprüngen über das Stoppelfeld davon. Maria sah ihm nach und mit ihm entfernte sich auch die ungewohnte Verbundenheit ihrer

Füße mit dem Boden, die Verwurzelung mit der Erde und die große Ruhe, die sie empfunden hatte.

Yang und Ben schlugen vor, zu viert vorn im Gasthaus essen zu gehen, zur Feier der Ankunft, wie sie sagten. Unter der Hoflinde drängten sich Biertische auf einem Holzpodest wie eine kleine Herde brauner Schafe. Sie nahmen Platz und wählten eines von den vier Gerichten, die der Wirt mit seinem weichen Dialekt aufzählte, während über dem Campinggelände dunkle Wolken aufzogen. Vielleicht war doch noch ein Gewitter im Anzug. Die meisten Tische waren besetzt, aber das Essen kam schnell und bald kehrten sie zu den beiden Kuppeln ihrer Zelte zurück. Yang setzte sich vor seinem blauen Zelt neben Maria auf eine Decke und schaute sich um.

Die Jungen der Bachstelzen hatten ihr Nest verlassen und übten sich im Insektenfang. In schrillen Tönen zwitschernd und mit den Schwänzen wippend rannten sie nicht weit voneinander entfernt auf der Wiese umher. Kamen sie sich nahe, spreizten sie die Schwanzfedern noch etwas weiter und bettelten sich flügelschlagend an. Als eines ein Fluginsekt entdeckte und hinstürzte, um es zu schnappen, liefen auch die anderen herbei und versuchten, es ihm wegzupicken, bis es mit der Beute im Schnabel weglief.

Die Bäume, die den Zeltplatz wie Wächter in einer Reihe umstanden, erschienen auf den ersten Blick dicht und grün, aber Yang war klar, dass es kein Anzeichen von Baumgesundheit war, wenn der Baum am Stamm lange Schösslinge austrieb. Es war oft ein Zeichen für Stress. Zu wenige gesunde Blätter, zu viel schlechte Luft, zu wenig Wasser, der Baum musste seine Kraft einteilen, den kurzen Weg nehmen und weiter unten am Stamm blattreiche Triebe hervorbringen. Es donnerte und der Gesang der Vögel wirkte in der danach eingetretenen Stille wie ausgeschaltet. Noch war es windstill.

Der Ahorn in der Nähe ließ aus dem Nichts und ohne Vorwarnung einen Zweig fallen.

Yang hörte das Rascheln von Papier. Er dreht sich zu Maria um, die auf dem Bauch lag und las, eine Buchseite nach der anderen umblätternd. In ihrem Nacken lagen die Haare in kleinen ungewohnten Spiralen am Haaransatz, ein Kringel gefolgt vom nächsten. Am geschwungenen Rand der Ohrmuschel saß ein sehr dunkel gefärbter Leberfleck. Er überlegte, ob die Farbe, die Form und die Anordnung von Leberflecken Gesetzmäßigkeiten gehorchten.

„Meinst du, es ergibt Bilder, wenn man Leberflecke auf der Haut mit einem Stift verbindet?", fragte er laut.

Maria sah von ihrem Buch auf. „Schon möglich. Ist einen Versuch wert. Hast du einen Stift da?"

Er verneinte. „Gerade nicht."

„Schade", sagte sie. „Es gibt eine Menge Dinge, die sich erst zeigen, wenn man sich Zeit nimmt und sie mit diesem veränderten, neugierigen Blick ansieht. Ich lese gerade darüber."

„Hast du ein Beispiel für mich?"

Sie lächelte. „Sicher. Warte." Sie ließ den Blick über das Gras schweifen. „Nimm die Löwenzahnstängel. Es sind einfach Löwenzahnstängel, aber früher haben wir sie mit anderen Augen angesehen. Wir haben sie gepflückt und an den Enden der Länge nach eingeritzt, dann rollten sich die Streifen im Wasser zu glänzenden Spiralen."

„Ja, und ich habe aus den hohlen Stängeln die perfekten Rohrleitungen gebaut." Yang nickte zustimmend.

„Das ist ein super Beispiel für den etwas anderen Blick. Kreative Lösungen zu finden für etwas, was nicht auf der Hand liegt. Deine Idee mit den Leberflecken gehört auch in diese Kategorie."

Maria legte ihren Finger betont grübelnd an ihre Unterlippe. „Löwenzahn gibt noch mehr her. Der hat's in sich. Man muss die Wörter nur ins Fließen bringen!" Sie machte eine übertrieben angestrengte Miene und sagte dann langsam und getragen: „Man konnte die weißen Kugeln auspusten wie Kerzenlicht, sie wehten wie Rauch davon."

Yang applaudierte. „Meine Schreiberin!"

„Ich bin nicht deine Schreiberin!", rief sie aus.

„Ist doch klar", neckte er sie.

Da musste sie grinsen: „Bin ich mal wieder über das Stöckchen gesprungen, das du mir hingehalten hast?"

„Nein, im Ernst. Ich finde es genial, wenn man Worte hat, um die Welt zu beschreiben."

Maria klappte das Buch zu und setzte sich im Schneidersitz neben ihn. Sie legte die Handflächen zu einer Geste des Dankes zusammen, die ihr sehr gutstand.

„Wie ist das für dich, zu schreiben?", fragte Yang.

„Interessiert es dich wirklich?" Forschend sah sie ihn an. Er nickte.

„Zum Schreiben gehört mein Schreibplatz. Ich schreibe am liebsten zuhause, denn in einem Café oder so bin ich zu abgelenkt von den Gesprächen", sagte Maria. „Dann sitze ich auf meinem alten, roten Schreibtischstuhl in einem Pullover oder T-Shirt in derselben Farbe. Ich bin nämlich ein bisschen abergläubisch und denke, mir fällt nur etwas ein, wenn ich etwas Rotes anhabe. Ich hoffe, das gibt sich wieder." Sie lachte verlegen. „Ich schreibe auf das Blatt eines Schreibblocks mit abreißbaren Blättern, und zwar mit blauem Fineliner. Mit keinem anderen Stift sonst, denn sie erlauben mir, hinterher auf dem Blatt einiges mehr als meine Hieroglyphen zu lesen, weil sie zart alle meine angedeuteten Bögen und Schwünge abbilden. Die Glasscheiben meines Fensters habe ich mit weißem Papier abgeklebt, um die Unruhe des Laubs auszusperren und um nicht vom Wind und dessen Energie abgelenkt zu werden. Überall liegen Stapel von Papierblättern, handgeschriebene und ausgedruckte, voll mit festgehaltenen Worten. Manchmal steht eine Tasse Espresso auf dem Tisch, meine Droge gegen Müdigkeit."

Ein heftiger Windstoß, der plötzlich am Zelt zerrte und Gegenstände umwarf, beendete das Gespräch.

„Die Laterne ist umgefallen!", rief Ben.

Maria griff ihr Buch und sprang auf. Sie streckte Yang die Hand entgegen und half ihm hoch. Doch das Gewitter zog, nachdem es Unruhe verbreitet hatte, vorbei. Ben lernte beim Wasserholen Franzosen kennen, die vorschlugen, sich abends gemeinsam um eine Feuerschale zu setzen und so die Kosten für das Holz zu teilen. Alle waren dafür.

Maria wachte nachts im Zelt auf. Ihr war heiß und Schweißperlen standen auf ihrer Oberlippe. Sie lauschte in die Nacht. Im nahen Wald knisterte es und irgendein kleines Tier trappelte unweit des Zelts vorbei. Yang schlief, sie hörte ihn ruhig atmen. Vorsichtig öffnete sie den Schlafsack und lehnte sich aus dem Zelteingang, nachdem sie leise den Reißverschluss geöffnet hatte. Kühl empfing sie die Nachtluft. Sie blickte zum Himmel hoch. Vielleicht würde sie Sternschnuppen entdecken können. Sie hatte Glück. Dort oben zogen sterbende Sterne ihre Spuren, kreuz und quer, wie weiße Kreidestriche auf einer nachtschwarzen Tafel. Sie legte sich wieder hin und wurde morgens von den Rufen der Vögel geweckt. Ein Grünspecht flog direkt über der blauen Kuppel hinweg und ließ sein lautes Lachen hören. Yang, der noch zusammengerollt neben ihr schlief, hatte ihr beigebracht, diesen Ruf zu erkennen. Nach einer Weile kroch sie vorsichtig aus dem Schlafsack. Auf dem Zelt standen Tautropfen. Sie schlüpfte in die Flipflops. Noch warm vom Schlafen kam es ihr draußen gar nicht kühl vor. In wenigen Minuten würde die Sonne über dem Wald auftauchen. Unten, am Ende der Wiese, war das Gras schon beschienen. Es würde ein heißer Tag werden. Toni rief hinter Maria laut „Guten Morgen!", worauf sich Yang im Zelt bewegte.

Unter der Hoflinde konnte man bereits draußen sitzen. Zum Frühstück gab es für alle dasselbe: Drei Sorten Käse und

95

zwei Wurstscheiben, Brötchen, Marmelade und Butter, ein Joghurt und drei Aprikosen für jeden.

Die anderen tranken Kaffee. Maria hob ihre Tasse an den Mund und seufzte: „Ich liebe grünen Tee, meinen Morgenanschub."

„Warte nur, bald beginnt der Ernst des Lebens!", verkündete Toni. In Windeseile war er fertig und stand auf. „Ich gehe schon mal los!"

„Unser schneller Kollege!", scherzte Yang. Und laut rief er ihm hinterher: „Du hast wohl Jagdwurst gegessen? Weil du so schnell läufst."

„Hör auf, mir meine Witze zu klauen!", kam von Toni drohend zurück.

„Gnade!" Yang hob flehend die Hände.

„Du bist schön blöd!" Toni tat entrüstet. Ihm war egal, dass sich die anderen Gäste nach ihm umdrehten. Yang rief noch:

„Ich bin zwar schön, aber nicht blöd."

„Doch. Lass dir das gesagt sein", kam es zurück. „Und merk es dir, mein Junge."

Maria lachte.

Ich sitze am Schreibtisch, von rechts scheint die Sonne auf das Fensterbrett. Ich will dir von der Vergangenheit schreiben, aber es entsteht etwas ganz anderes.

Zwei Krähen vollführen über den Dächern der Nachbarhäuser einen Tanz der Annäherung. Mein Blick fällt nach draußen. Vergeblich versucht er, sich festzuhalten, erst an einem Zweig und als nächstes an der Spitze eines langen Grashalms. Mein Blick fällt weiter, er fällt auf die Erde. Sie ruckelt sich zurecht, sie lässt es zu, dass mein Blick auf ihr ruht, sie weiß, die Nacht wird kalt. Die kleine Mulde auf ihrer Oberfläche, in die mein Blick sich schmiegt, wird das Ziel einer Schneeflocke, die darauf Kurs hält und sich neben ihn legen kann, weil mein Blick zur Seite rückt und für sie Platz macht. Blick und Flocke liegen Seite an Seite. Mein Blick hofft auf weitere Flocken, die ihn bedecken und verhüten sollen, dass er friert. Die verhindern, dass sich meine Gedanken zu ihm gesellen, die Gedanken, die meinem Blick so oft folgen, die alles in sich aufnehmen auf diesem Weg zu ihm und ihn beschweren, mit Klagen über das Leben und das Schicksal. Aber gerade heute ist alles anders. Heute hüpfen die Gedanken in mir, wollen hinaus in die Welt und ich will sie nicht loslassen. Bleibt ruhig, rufe ich ihnen zu. Es gibt keinen Grund, aufgeregt zu sein. Aber sie bauen in meinem Kopf Gebäude in unermessliche Höhen, sie wispern und raunen in einem fort. Dinge wie: „Maria, geh weg von hier. Sieh dir eine neue Wohnung an." Wenn ich das wollte, wenn ich sie bekäme, wie würde dann das Leben sein? „Ruhig Blut!", rufe ich, als die Nachricht zu den Adern vordringt und die Blutkörperchen fieberhaft zucken. Eine neue Wohnung? Weggehen von hier? Aufgeregt zeigen sie einander ihre Muskeln als Beweis, dass sie anpacken können und mithelfen wollen. Prompt schwellen meine Venen an, im Kopf wird es heiß, die Synapsen knirschen wie im Frühling das Eis und ich habe Mühe, die Kontrolle zu behalten. Ein neuer Ort, ja, darum geht es, darum ging es die ganze Zeit, denke ich und plötzlich wird mir leicht, als wären alle Zellen mit Gas gefüllt. Ich löse mich vom Stuhl, sein Versuch, mich festzuhalten, misslingt, ich schwebe zum Fenster und fliege, ehe ich mich versehe, hinaus in die kalte Luft, begleitet vom Lachen des Grünspechts und dem Krächzen der überraschten Krähen. Ich sinke bis zur Erde, ergreife meinen Blick mit den Spitzen meiner Wimpern und trudele mit ihm zurück, wieder nach oben, vorbei an der Höhle der Stare, höher und höher. Die nächste Wolke, die der Westwind heran treibt, besteige ich und lasse mich von ihr mitnehmen, nach Süden, bis zu dem neuen Haus. Wir, mein Blick und ich, wir werden es uns ansehen.

Im Kern hat der Text doch mit der Vergangenheit zu tun, wie du bald verstehen wirst.

Die von der Sonne rötlich gefärbten Felsen erhoben sich schimmernd aus dem Grün des Waldes. Reste einer härteren Kalksteinschicht bildeten eine lange Zahnreihe aus ehemaligen Riffen. Im Wald war es immer noch kühl, die Rinde der umstehenden Bäume und der Pfad zum Fuß der Felsen waren mit Schattenflecken aus Laub bedeckt.

An einer Stelle des Weges lagen zertrümmerte Bierflaschen. Das sah Kletterern nicht ähnlich. Sie nahmen in der Regel alles, was sie mitbrachten, wieder mit und versuchten, die Landschaft möglichst unberührt zu hinterlassen. Eine Kletterin hatte in Yangs Beisein, wie er erzählte, sogar zwei Frauen gefragt, ob sie ihre Taschentücher nach dem Klogang im Gebüsch hatten liegenlassen.

„Nehmt die wieder mit, oder deckt sie zumindest mit Steinen zu, hat sie gesagt, es dauert ewig, bis sowas verrottet."

Ben und Toni waren ein Stück vorausgelaufen und riefen:

„Das ist der Platz. Da haben wir geschlafen. Es war genial damals, eine tolle Sternschnuppennacht."

„Habt ihr hier ein Zelt aufgebaut?", fragte Maria und sah sich um.

„Nein, wir hatten nur Isomatten. Ausgebreitet, Schafsack ausgerollt, fertig. Von der kleinen Lichtung aus waren die Sterne viel deutlicher zu sehen als in der Stadt."

Sie legten die Köpfe in den Nacken, als würden sich die Sterne allein wegen ihrer Begeisterung zeigen. Doch nichts als Kondensstreifen von Flugzeugen kreuzten den Himmelsausschnitt. Nur einen Steinwurf entfernt machten zwei junge Frauen mit Rucksäcken ein Selfie, mit der hell beschienenen Wand im Hintergrund.

„We look so happy!", stießen sie sich kichernd an, als sie das Display betrachteten.

Toni kommentierte: „Edel sei der Mensch, Zwieback und gut. Lasst die ihren Spaß haben und uns eine gute Wand suchen."

Maria versuchte, eine einfache Tour zu klettern und die Jungs klatschten, als sie wieder Boden unter den Füßen hatte. Sie schüttelte lachend den Kopf, denn es war sicher keine Glanzleistung gewesen. Aber es war geschehen, wovon sie oft gehört hatte. Sie hatte alles um sich vergessen und nur an den Felsen gedacht, an den nächsten Griff oder Tritt, an das Vorwärtskommen.

„Ich habe mich toll gefühlt. Und völlig die Spinnen vergessen", staunte sie verwundert und besah sich ihre vom Magnesium noch weiß bestäubten Hände.

„Spinnen, du hast Probleme!" Toni schüttelte den Kopf. „Sonst noch was? Rede ruhig weiter, bis dir was einfällt."

„Toni!"

„Was habe ich gesagt?" Er tat, als grübele er nach. „In meinem Kopf hat es eben noch Sinn gemacht."

Am nächsten Tag brachen sie mit dem Auto zu einem anderen Klettergebiet auf. Vom Parkplatz aus hatten sie mit der schweren Kletterausrüstung auf einem breiten Radweg ein gutes Stück weit zu laufen. Ständig wurden sie von Radlern in grellbunter Kleidung überholt, so dass Maria sich fragte, ob die Felsen diese lästige und beschwerliche Annäherung wert waren.

Auf der anderen Talseite ragte dunkelgrüner Wald wie eine Mauer empor, über die weiße Felsenköpfe schauten. Unten strömte der smaragdgrüne Fluss, besetzt mit schreiend bunten Booten und orangefarbenen Schwimmwestenflecken. Ruderblätter blitzten in der Sonne auf, ein Mann stand im Boot und paddelte abwechselnd rechts und links. Zwei Boote kollidierten. Eines stellte sich quer, ein lauter Spaß, dem Geschrei und Gespritze folgte. Die Stille des Tals war gestört. Unentwegt war das dumpfe Anschlagen der Plastikhaut von Booten auf Steinen zu hören. Als Zugabe ertönte ein hohes dünnes Pfeifen und die Museumsbahn fuhr auf dem Schienenstrang vorbei, der die Windungen des Flusses mit seinen gleichmäßigen Spuren aus Eisen begleitete. Sie machten an einer Sitzgruppe mit Schaukästen Rast und packten aus den Rucksäcken ihren Proviant aus.

„Weißt du, was hier über Mauersegler steht?" Ben war aufgestanden und las eine Infotafel.

„Nein, spuck es aus, wenn du kannst. Aber pass auf! Nicht in meine Richtung!", sagte Toni mit vollem Mund.

Ben las vor: „Der Mauersegler fliegt pro Jahr zweihunderttausend Kilometer, das ist so viel wie viermal um die Erde. In seinem zwanzigjährigen Leben fliegt er circa vier Millionen Kilometer. Er ist ein Zugvogel und überwintert im südlichen Afrika. Er ähnelt zwar den Schwalben, gehört aber zur Familie der Segler. Bei ihnen spielt sich das ganze Leben in der Luft ab. Er frisst, trinkt und schläft in der Luft. Außerhalb der Brutzeit halten sich Mauersegler monatelang ausschließlich in der Luft auf. Hier müssen die Vögel eigentlich Baumsegler heißen. Denn hier brütet er nicht, wie sonst üblich, in Mauerlöchern oder Felsspalten, sondern in alten Bäumen. Der ‚baumbrütende Mauersegler' gibt diese Eigenart von Generation zu Generation weiter, so dass auch die Nachkommen ausschließlich in Bäumen nach Nistplätzen Ausschau halten."

„Interessant", bemerkte Yang, der sich neben ihm die Bilder ansah. „Auf Bäumen leben, das wär's."

„Hol den Yang dort weg, Mann", rief Toni. „Sonst führt er uns noch auf Bäume anstatt zu Felsen. Ich bin gespannt, wann wir endlich da sind. Am Zeltplatz würden wir schon längst klettern."

Nach zehn Minuten überquerten sie Bahnschienen und Bundesstraße und blieben endlich vor dem Einstieg in den ausgewiesenen Wanderweg stehen.

„Super, hier steht: Nur für Geübte. Alles wird gut!", rief Ben.

„Das heißt noch gar nichts", zweifelte Toni, „hier sind nur Spaziergänger gemeint."

Doch relativ bald führte sie die Markierung an einer mit Muscheln verzierten Steinbank vorbei in eine enge Schlucht. Ein schmaler steiniger Pfad schlängelte sich zwischen hohen Felswänden bergauf. Der letzte Regen hatte ganze Fuhren an Steinfracht abgeladen. Maria blieb wiederholt stehen und beugte sich über das Geröll.

„Komm schon, lass die Ammoniten. Wir wollen klettern!", rief Toni ungeduldig. Seit dem letzten Regen war kaum jemand dem Weg gefolgt, auf den sandigen Anschwemmungen zeigten sich nur wenige Fußabdrücke.

„Oh, da drüben, seht mal, eine coole Wand. Wollen wir dorthin?" Toni war beim Anblick einer halbverdeckten Felswand versöhnt und wieder von seiner alten Begeisterung ergriffen.

„Noch ein bisschen weiter!", rief Yang.

„Mensch, wir laufen über einen Wasserfall!"

Tatsächlich sah das lange, dunkelgrüne Moos wie gekämmt aus. „Wenn es stark regnet, möchte ich hier lieber nicht gehen!"

Im Wald um sie herum wuchsen bis zu dreißig Meter hohe Felstürme in die Höhe. Endlich erreichten sie die Wand, zu der Yang sie hatte führen wollen. Wie so oft ermahnte ein Schild, diese Reste unberührter Natur nicht zu gefährden. Nach dem geltenden Schutzkonzept seien dieser und sein Nachbarfelsen die einzigen, an denen das Klettern auf den bereits bestehenden Routen erlaubt sei. Neurouten einzurichten, sei verboten.

Zum fernen Tuckern eines Traktormotors im Tal gesellten sich lautes Fluchen und das metallische Klicken von Karabinern, während direkt über Maria unbeirrt eine Grasmücke ihr Lied sang. Nach ein paar Schritten um die Felsschulter herum konnten sie einen älteren Mann in der Wand sehen, der den nächsten Haken erreicht hatte.

„Mehr Seil, verdammt!"

„Ich frage mich, wieso alte Leute jetzt auch klettern wollen!", flüsterte Toni und Ben nickte.

Yang sagte nichts. Maria bemerkte seine Enttäuschung. Er hatte sie so weit hergeführt und nun waren Ort und Stimmung getrübt worden.

Toni und Ben zuckten mit den Schultern und wandten sich ab. Sie hörte sie einige Meter weiter rechts an einer Wand mit leichtem Überhang miteinander reden. Als Yang Maria zunickte und beide die Kletterschuhe auspackten, ertönte Tonis lautes Niesen mit einem eigenartig hohen Ton am Ende, der nach einem kurzen Moment der Stille alle zum Lachen brachte. Ben, der sicherte, war von Büschen verdeckt und Toni befand sich wenige Meter über dem Boden. Das rote Seil, das von ihm nach unten hing, erinnerte Maria an eine Nabelschnur.

Sie wollte sich selbst beweisen, dass sie es schaffte, auch schwierigere Routen zu klettern und ganz nach oben zu kommen, merkte aber in der Wand, dass es sie zu viel Kraft kostete und dass sie überfordert war. Von unten sprach Yang ihr zu und gab Tipps, sie strengte sich an und wurde gleichzeitig wütend. „Ab!", rief sie plötzlich und wiederholte es schärfer noch einmal, schnitt ihm das Wort ab, als er etwas sagen wollte. Unten angekommen, stieg sie schweigend aus dem Gurt, holte Trinkflasche und Schreibzeug und setzte sich auf einen Baumstumpf. Yang wandte sich ab und ließ sie in Ruhe. Das Aufschreiben all der Gedanken in ihrem Kopf beruhigte sie. Wie nebenher sammelte sie herumliegende Steine, Blätter und Ästchen und legte ohne zu überlegen damit ein Mandala, das auf dem weichen Waldboden strahlenförmig leuchtete. Über Nacht waren viele Bucheckern von den Bäumen gefallen und aufgeplatzt, so dass ihr samtig weiches Inneres glänzte. Tonis helles Oberteil schien ab und zu auf, als er die übrigen Felsen erkundete. Yang und Ben kletterten abwechselnd, sie hörte das Klicken der Karabiner, wenn sie aneinanderschlugen, und leise, verhaltene Zurufe. Eine Erinnerung wehte sie an, wie von ganz weit her, Stimmen voller Abschiedsschmerz, die sie selbst gemeint hatten.

Es war schon früher Abend, als sie zu viert den Weg an der Steinbank vorbei zurückwanderten. Auf der Brücke über den Fluss blieben sie stehen, eine Amsel sang in einer der Weiden. Admiralschmetterlinge und Kaisermantelfalter warfen sich auf das Treibgut im Wasser und flackerten auf den Brennnesselfeldern am Uferrand. Ab und zu trieb eine rosafarbene Springkrautblüte auf der Wasseroberfläche vorbei. Ben lief als Erster zum Bootssteg neben der Brücke, ließ sich nieder und schlug vor, noch eine Weile hier zu bleiben.

„Seht mal da oben!", rief Yang. „Was fliegt da?"

In wenigen Metern Höhe kreiste eine große Fledermaus über dem Fluss, die schrägstehende Sonne ließ die Flügel dünn wie Papier erscheinen.

„Am helllichten Tag!", staunte Toni. „Ob die noch normal ist?"

„Normaler als du bestimmt", sagte Ben träge, auf dem Rücken liegend und mit dem Kopf auf den verschränkten Armen.

Maria entdeckte eine flache Stelle am Ufer und stieg kurzerhand in Unterwäsche in das eiskalte, strömende Wasser.

„Huh!", schrie sie lachend und rannte in großen Sprüngen wieder ans Land, wo sie hin- und herging, um sich von der Sonne trocknen zu lassen. Ein Fisch sprang. Libellen, breitgeflügelte smaragdgrüne Exemplare, kamen neugierig

näher und gingen dann von Neuem unbeirrt ihren Angele-
genheiten nach. Stromschnellen wölbten sich auf, fingen die
Sonne ein und warfen sie reflexartig wieder zurück. Maria
zog sich an und setzte sich zu den anderen auf die von Wetter und Wind abgerundeten Holzbohlen. Durch die großen
Zwischenräume sah sie das Wasser strömen.

"Weißt du was?", fragte sie Yang, der sich ruhig umsah,
nach einiger Zeit. "Gerade bekam ich plötzlich Angst um die
Dinge. Um meine Sachen; dass sie durch den Spalt hier in die
Tiefe fallen könnten. Schlüssel, Geld, Handy. Doch gleich
kam mir der Gedanke, dass andere Dinge wichtiger sind.
Duft in der Nase, Füße zum Laufen und Freunde."

"Hm", brummte Toni. "Da hast du recht. Ich bin wichtig."

Ben stieß ihn seufzend in die Seite und Yang sagte zu
Maria: "Ich weiß, was du meinst."

Sie lächelte und sie lagen lange auf dem Steg, ohne zu
reden, bis Ben gähnte und in das entspannte Schweigen hinein fragte: "Leute, gehen wir weiter?"

"Wegen mir gern, dann sehen wir noch was von der
Welt." Yang streckte sich.

Toni nickte eifrig. "Ja. Und die Welt sieht uns. Manchmal muss man sich dem Volk zeigen."

Nach dem späten Abendessen saßen sie alle vor den Zelten,
nur von der Kerze in der Laterne beleuchtet.

Ben fragte: "Habt ihr gehört? Da ist ein Meteorit runter,
in der letzten Nacht."

"Mach keinen Quatsch!" In Tonis Stimme war Interesse
zu hören.

"Doch, das haben sie vorhin auf dem Parkplatz erzählt.
Sie sagen, es kam im Radio. Vielleicht finden wir ihn."

"Du bist verrückt. Da musst du erst hinfahren. Wo soll
denn das gewesen sein?"

„Gar nicht so weit von hier. Zwei Dörfer entfernt oder so."

„Und wie groß ist so ein Meteorit?", wollte Maria wissen.

„Dieser ursprünglich sechzehn Kilo, hieß es, durch Abrieb und Verglühen wahrscheinlich jetzt so groß wie ein Golfball."

Yang überlegte. „Aber der liegt doch nicht einfach so rum, wie ein normaler Stein. Der muss doch förmlich eingeschlagen sein. Mit Brandspuren."

Toni schüttelte den Kopf. „Kann ja sein, dass er einen Baum getroffen hat. Dann macht es ‚Plopp' und er liegt einfach so unten, ohne Schmauchspur."

„Nee, der schlägt durch die Baumkrone. Und bohrt sich in die Erde."

„Stell dir vor, du liegst im Zelt." Alle lachten.

Yang meinte mit Blick auf Maria trocken: „Der schlägt rein ins Zelt und mit etwas Glück mitten zwischen die Beiden, die da liegen. Mit etwas mehr Glück trifft es den Typen, dann hat sie Ruhe."

„Hm, gute Idee eigentlich." Nachdenklich hielt sie sich das Kinn. Er warf mit der Tüte Chips nach ihr, die sie geschickt auffing.

„Dass Intellektuelle sportlich sein können, ist die Ausnahme", bemerkte Ben.

Maria sagte: „Intellektuell war Simone de Beauvoir. Die habe ich neulich in einer Doku gesehen. Da sagte sie: ‚Ich rate den japanischen Frauen, einen Beruf zu lernen und zu ergreifen. Auf jeden Fall, bevor sie heiraten. Damit sie finanziell unabhängig sind. Wenn sie überhaupt heiraten wollen. Ich rate ihnen, das nicht zu tun.'"

„Das sind schlechte Aussichten für dich, Yang", Toni gähnte.

„Wer sagt denn, dass ich irgendwen heiraten will?"

„Wo es doch keine Frauen gibt, die dich heiraten möchten", Maria betonte den Satz, als täte Yang ihr leid.

„Sei nicht traurig, Yang", tröstete ihn Toni. Du kennst meine Ansichten übers Heiraten. Ich werde meinen Enkelkindern mal sagen: Ich kam, sah und drehte wieder um."

„Guten Morgen! Sonntag. Zeit zum Aufstehen." Yang war wach und beugte sich über Maria, die ihn abwehrte und sich auf die Seite drehte, um weiterzuschlafen.

„Heute nicht, Yang, wir waren jeden Tag klettern, heute habe ich frei."

„Was hast du denn vor?"

„Nichts, schlafen."

Yang versuchte es noch einmal. „Heute ist der letzte schöne Tag, am Abend fahren wir nach Hause. Und das Wetter schlägt um. Schlafen kannst du morgen immer noch."

„Ich bin aber müde!" Wie zum Beweis gähnte Maria. „Siehst du? Darf man das nicht mehr sein? Müde?"

„Ich dachte, du gehörst nicht zu den Leuten, die ständig müde sind, so lifestylemäßig müde. Anfang zwanzig und ständig erschöpft. Dauermüde."

Sie antwortete nicht.

Er gab nicht auf. „Ich habe gelesen, dass sich ein junger Rapper ‚Allways tired' unter die Augen hat tätowieren lassen. Der wollte wohl seine Fangruppe erweitern."

„Mir egal", brummte es aus dem Schlafsack.

Da zuckte er mit den Schultern, zippte den Reißverschluss am Eingang hoch und schlüpfte aus dem Zelt.

Maria schlief wieder ein und als sie aufstand, waren die anderen drei lange weg. Beim Frühstück unter der Linde konnte sie über die Häuser hinweg auf die Felsen sehen, die aus dem Hang auf der gegenüberliegenden Talseite emporragten. Die Bedienung brachte dem tätowierten Urlauber am Nachbartisch sein Morgenbier; er sah nur kurz auf und beschäftigte sich weiter mit seinem Handy. Maria wendete sich lieber wieder der Landschaft zu. Etwas zog ihre Aufmerksamkeit auf sich. Jemand kletterte die ferne, senkrechte Felswand hoch. Ein weißes T-Shirt leuchtete, wenn nicht die Krone einer hohen Esche es von Zeit zu Zeit verbarg. Gespannt versuchte Maria, der Gestalt mit den Augen zu folgen, als eine Frau mit einem altmodischen Strohhut und drei Kindern im Schlepptau sie ablenkte. Ganz in der Nähe befanden sich die Standplätze vieler Wohnwagen, belegt von vorwiegend älteren Gästen. Auf der Wiese dahinter zelteten Urlauber und Leute, die zum Radfahren oder Klettern gekommen waren. Drei Bierkästen voller Flaschen kühlten im klaren Wasser des Brunnens und Tagesausflügler kamen zum Kiosk. Um diese Zeit herrschte mehr Unruhe als sonst und fast bedauerte Maria, sich nicht den anderen angeschlossen zu haben.

Die Gestalt mit dem weißen T-Shirt und der rötlichen Hose stieg langsam hoch und höher, noch wenige Meter waren es bis zur oberen Kante, da schien entweder die Route oder ihr Können am Ende zu sein. Sie seilte sich ab, lief im Rückspulmodus die Wand hinunter, ein Film um 90 Grad gedreht. Über den Felsen kamen Wolken auf. Spätestens morgen würden Gewitter, gefolgt von einem Regengebiet, für Abkühlung sorgen.

Nach dem Frühstück brach Maria auf, folgte dem Wanderweg hinunter ins Tal, überquerte den Fluss und erkundete das Gelände auf der anderen Talseite. Von einem schmalen Pfad im Wald zweigten seitlich Trampelpfade zu zahlreichen Felsen ab. Zwei junge Männer mit aufgerollten Seilen über der Schulter kamen ihr barfüßig entgegen. Sie sprachen tschechisch miteinander, zumindest klang es so, lachten sie freundlich an und grüßten. Unter dem Überhang einer senkrechten grauen Wand stieß Maria auf eine Reihe von Gedenktafeln, die in den Stein eingelassen worden waren. Auf ihnen standen die Namen von Kletterern und ihre Todesdaten, verteilt über die letzten zwanzig Jahre. Von einem Haken baumelte ein dickes Kreuz aus einem leichten Material, das mit Moos besteckt war.

Als Maria zurückkam, saßen die anderen entspannt und gutgelaunt vor den Zelten. Toni sprang auf und bot ihr wie ein beflissener Diener Platz auf dem vierten freien Stuhl an. Yang sagte im Scherz, er habe ihre kritischen Bemerkungen vermisst, und Ben wollte wissen, wieso sie nicht mitgegangen war.

„Ach, ich habe nicht den Ehrgeiz und den Riesenanspruch beim Klettern. Ich bin viel zu untrainiert und das wird sich auch nicht ändern. Realistisch gesehen frisst das viel zu viel Zeit, ganze Wochenenden am Stück, deswegen werde ich ewig auf Anfängerniveau bleiben. Das Schreiben ist und bleibt am allerwichtigsten für mich." Ebenso entschieden wie ihre Stimme war die Geste, mit der sie den Verschluss ihrer Wasserflasche öffnete und trank. „Und außerdem ist mir die Ausrüstung zu schwer. Mindestens fünfzehn bis zwanzig Kilo, der Gurt, das lange und schwere Seil, Exen, Karabiner, Sicherungsgerät, Klettergurt, Schuhe. Ihr wisst, wovon ich spreche."

„Wie kann man denn vom Klettern nicht voll und ganz begeistert sein?" Toni schlug sich auf die Stirn, um sein Unverständnis zu untermauern.

„Tja, sowas gibt's eben, auch wenn du es nicht glaubst. Die Menschen sind verschieden, falls du das noch nicht gehört hast."

Er kratzte sich hinter dem Ohr. „Da war mal was, ja."

„Lass Maria zufrieden, Toni", warf Yang ein. „Ich habe sie immerhin mitgeschleppt."

„Mein Lieber, ich bin aus freiem Willen hergekommen. Mich hat niemand mitgeschleppt!" Maria sah ihn sehr streng an.

Yang seufzte. „Ich wollte damit sagen, dass ich dich gern mit meiner Begeisterung angesteckt hätte. Jetzt guck nicht so, ich fürchte mich!"

„Ja, der Arme", sagte Toni, „mach dem Jungen keine Angst."

Sie verschränkte die Arme. „Ich habe gesagt, was ich denke, weiter nichts. Bekomme ich jetzt auch ein Bier oder wollt ihr euch ohne mich betrinken?"

Ben öffnete eine Flasche und Maria stieß mit allen an.

„Klettern oder nicht, ich mag euch drei, stellt euch vor."

„Hat sie ‚euch drei' gesagt? Bist du dir sicher, dass du nicht nur mich meinst?" Toni sah sie flehend an.

„Toni, lass den Quatsch. Wie bist du eigentlich zum Klettern gekommen?"

Er lehnte sich in seinem Campingstuhl zurück und nahm einen langen Schluck. „Meine Familie ist mit mir in die Dolomiten gefahren. Wir saßen auf der Hüttenterrasse und ich habe in der Nordwand drei kleine rote Punkte entdeckt, da war ich elf. Das hat mich sehr fasziniert. Ich habe angefangen, Bücher über das Bergsteigen zu lesen. In der Theorie kannte ich bald viele Touren und bekannte Leute. Einige Jahre später hat mich ein Freund erstmals mitgenommen. Seitdem klettere ich." Toni sah in die Runde. „Und was ich am Geilsten beim Klettern finde", fügte er an, „ist, dass ich nur Luft unterm Hintern habe! Und raus bin aus der Komfortzone! Das ist für mich die Hauptsache."

Yang warf ihm einen Blick zu. „Naja, über das Klettern und das Drumherum gibt es noch eine ganze Menge mehr zu sagen."

„Ach, was denn?"

„Na, über Bäume und Pflanzen zum Beispiel."

„Ach, du schon wieder? Der mit den Pflanzen spricht", neckte ihn Toni und Yang ließ sich darauf ein.

„Ja, mit Pflanzen sprechen ist mein Hobby."

Toni prustete los. „Und was ist daran so besonders? Ist doch ganz einfach: Hat die Blume einen Knick, war der Schmetterling zu dick." Er warf sich nach vorn und schüttete sich aus vor Lachen, während die anderen erst die Augen verdrehten und sich dann anstecken ließen.

Am späten Nachmittag unternahmen sie zum Abschluss eine ausgedehnte Wanderung zur Gaststätte eines der Nachbardörfer, deren Essen Ben und Toni seit ihrem Besuch in der Gegend unermüdlich rühmten. Ihr Weg lotste sie aus einem Waldstück auf eine Hochfläche mit Feldern und freiem Gelände, das wenig Schatten bot. Es war schwül und drückend, selten sorgte ein Windstoß für eine kleine Erfrischung.

„Habe ich einen Hunger!" Ben konnte Unmengen essen und blieb unverändert schlank, worüber sie schon viele Witze gerissen hatten. „Als Kind, sagen meine Eltern, bin ich im Auto immer eingeschlafen. Aber sobald irgendwo ein MC-Donalds auftauchte, bin ich aufgewacht, wie von unhörbaren Glocken geweckt. Ein MC!"

„Das goldene M, freilich!", rief Toni überschwänglich. Maria und Yang stöhnten.

„Wo stammst du eigentlich genau her, Ben?", fragte Maria.

„Ich bin im Westen Münchens geboren, in einem Viertel, in dem damals schon lauter alte Leute lebten und heute immer noch, Leute aus Politik, Wirtschaft, Verwaltung, Polizei. Die zeigen dich wegen jedem Dreck an. Ihr Hauptproblem ist Warenbetrug. ‚Ich habe es bestellt, bezahlt, aber nicht bekommen.' Eigentlich hätte ich das Wochenende heimfahren sollen zu meinen Eltern, aber das konnte ich abbiegen."

Staubig und durstig kamen sie an ihr Ziel. Neugebaute Häuser und alte Gehöfte begleiteten sie zum Ortskern des Dorfes, der auf einer Kuppe lag. Dort fächelte der Wind mit den Blättern an den Zweigen der Dorflinde. Die ersehnte Gaststätte daneben hatte allerdings den Betrieb eingestellt.

„Mein Schnitzel!", rief Toni entsetzt, und Ben seufzte bedauernd.

„Ist schon etwas her, dass wir hier essen waren. Tut mir echt leid."

Ein Auto näherte sich und parkte vor dem Haus unter dem hellen Rechteck über der Eingangstür, an dem anscheinend das Wirtshausschild angebracht gewesen war. Ein älteres Paar stieg aus, die Frau sah forschend zu ihnen herüber und grüßte, während ihnen der Mann keine Beachtung schenkte. Beide gingen zusammen an die Seite des Gebäudes, vorbei an der Stellwand mit der großen aufgemalten Wanderkarte und einem an ihr angelehnten Wanderstock, den der Mann ergriff und in den Hof des Nachbargrundstücks warf. Dort hatte sich eine Schlingpflanze wie dichtes Fell über die Hausfassade gelegt und schien bereits in das oberste Stockwerk eingedrungen zu sein, die Scheiben der Fenster waren zum Teil zerbrochen. Die Mistgrube war leer, das Haus umwuchert von Holunder, Buchs, Hasel und Eberesche, die sich ganz dicht an seine Mauern drängten. Im Dachfirst fehlten die ersten Ziegel. Das Paar war stehen geblieben, blickte zu ihnen herüber und sprach offenbar über sie.

„Komische Leute", murmelte Ben.

„Ja, freundliche Exemplare", pflichtete Toni bei.

„Wie geht's jetzt weiter? Ich habe auch langsam Hunger." Suchend drehte sich Maria in alle Richtungen um.

„Irgendwo habe ich noch Cracker." Ben kramte in seinem Rucksack.

„Dann lasst uns auf die Bank unter dem Baum setzen", schlug Yang vor. „Und dort überlegen wir weiter."

Laut rief Toni „Tut uns leid, dass wir gehen müssen. Ich kann mich gar nicht trennen!" zu dem Ehepaar hinüber, das ihnen nachstarrte.

Im Rücken der Dorflinde war eine Bank aufgestellt. Der Brunnen sorgte mit seinem Rinnsal aus drei Wasserfäden für ein unregelmäßiges, aber frisches Rieselgeräusch.

Eine ältere Frau in Strickjacke und Hausschuhen kam die Straße herunter dirckt auf sie zugelaufen und grüßte „Guten Morgen", obwohl es Abend war. Sie rutschten zusammen und machten ihr Platz auf der Bank, doch sie starrte mit zusammengekniffenen Augen auf die Sitzfläche und stellte entgeistert fest:

„Die ist ja grün, die Bank!"

Maria bejahte, als die Frau sie fragend ansah.

„Grün? Das ist ja schlimm. Eine Bank streicht man doch nicht grün!", rief die Frau aus.

„Wie denn dann?", wollte Maria wissen, um irgendetwas zu sagen.

„Na, braun! Rot nicht! Rot ist die Liebe!" Nachdrücklich und mit festem Blick sah die Frau ihr in die Augen und beachtete die jungen Männer nicht, als ob sie und Maria ganz allein wären. Dann fasste sie sich mit beiden Händen unvermittelt um die Schultern und mit einem „Oh, hier zieht es, mir wird kalt, ich gehe" war sie schon auf der Straße, ohne auf den Verkehr zu achten.

Yang war schon aufgesprungen, als ein Mann von gegenüber rief: „Betti, komm heim!"

Die Frau änderte sofort die Richtung und lief auf ihn zu. Zum Glück war kein Auto gekommen.

„Puh, ein eigenartiger Ort, mit eigenartigen Leuten, das kann man laut sagen." Ben flüsterte es langsam und wie hypnotisiert.

Ohne ein weiteres Wort standen sie auf. Nach einem Blick auf die Wanderkarte beschlossen sie, den Weg hinab ins Tal einzuschlagen, ein aufgemaltes Zeichen wies auf einen Biergartenbetrieb hin. Der Abstieg war steil und ließ alle übermütig werden. Sie taten so, als würden sie Skifahren und wedelten buchstäblich auf dem Gras den Hang hinab.

„Geht's uns gut! Trotz Hunger und einzelner komischer Leute, ich finde es klasse hier." Ben rang nach Luft, als der Weg unten flacher auslief und schon das Rauschen des Flusses zu hören war. „Ich mag alles, die Dörfer und die Flüsse und die Felsen natürlich. Seit mehr als zweihundert Jahren, habe ich gelesen, wird hier in der Gegend geklettert."

„Und das Bier ist auch gut!", warf Toni ein.

„Es gibt Risse, Kamine, Wände und Überhänge für Anfänger oder auch für Hardmover", fuhr Ben unbeirrt fort.

„Was ist das, ein Hardmover?", fragte Maria.

„Das ist der inoffizielle König in einem Klettergebiet. Der hat für alle Routen unter dem achten Schwierigkeitsgrad nur ein müdes Gähnen übrig", witzelte Toni.

„Na, da hast du ja noch was vor!" Mit einem Seitenblick auf Yang tat Maria schwer beeindruckt.

Aber Yang war gerade von einem Baum abgelenkt: „Guck doch mal, eine Mehlbeere. Die sind hier endemisch." Als er die Fragezeichen auf den Gesichtern bemerkte, fügte er an: „Das heißt, die wachsen nur hier. Endemisch."

„Und du bist komisch!" Toni warf eine Eichel nach ihm und bekam sie umgehend selbst an den Kopf geworfen, weil Yang sie aufgefangen hatte.

„Hey!", rief er empört und tat, als wolle er die Esche neben dem Wegrand ausreißen, um sie auf Yang zu werfen.

Sie hatten nur noch eine Straße zu überqueren, dann lag die ehemalige Mühle mit dem roten Walmdach vor ihnen, deren großes Mühlrad still und dem Wasser des Mühlbachs nicht mehr im Weg stand. Ein Dutzend Biergartentische hatten unter großen Bäumen ausreichend Platz gefunden.

Am Nachbartisch saßen acht Männer, die sich, ihrem Gespräch nach zu urteilen, schon seit Jahren hier zum Angeln trafen. Sie freuten sich gerade über das Essen, das ihnen die alte, aber flinke Bedienung brachte. Schmal, leicht gebeugt und klein, die Haare am Hinterkopf von einem Haarnetz gehalten, antwortete sie auf die Frage nach ihrem Alter ohne zu zögern: „Neunzig Jahre!"

„Das sieht man Ihnen überhaupt nicht an", war die einhellige Meinung, was sie mit einem knappen Kopfnicken zur Kenntnis nahm.

Als Eingrenzung des Biergartens dienten mehrere Reihen von Gefäßen in allen Größen und Formen, die mit den verschiedensten Gewächsen bepflanzt waren. Aus einem alten Holzfass reckte sich mit großen Blättern und breitem Kopf eine riesige Sonnenblume empor. An der Aufmerksamkeit, mit der die Bedienung beim Vorbeigehen die blütenbesetzten Pflanzen ansah und hier und da ein welkes Blatt abzupfte, erkannte Maria, dass ihnen ihre besondere Liebe galt.

Die Angler unterhielten sich über Quappen.

„Das Wort habe ich noch nie gehört", raunte Toni.

„Anglerlatein!", gab Ben zurück.

Sie erlauschten vom Nebentisch, Quappen seien Konkurrenzfische zur Forelle, das Fleisch ließe sich gut ablösen, aber der Fisch sei hässlich.

„Na, prima! Das wollte ich schon immer wissen, da hatte ich eine Bildungslücke." Toni kicherte.

„Wer isst schon hässliche Fische? Deswegen kennt die keiner. Ich glaube, es gibt ganz andere Bildungslücken, die du zu schließen hast!" Yang wiegte sorgenvoll den Kopf.

„Hey!", empörte sich Toni. „Das sagt der Richtige, nichts als Blumen im Hirn. Pass mal auf, dass sie dir nicht alles zuwuchern, klingt ganz so, als ob es schon zu spät ist."

Maria lachte und liebte ihre Rolle als dankbares Publikum, das die Akteure zu sich stets neu verkettenden Späßen und Dialogen anspornte.

Die Bedienung kam zum Abkassieren an den Nachbartisch. Wie sich herausstellte, war sie nicht nur die Bedienung, sondern auch die Besitzerin.

„Der Busch dort ist ein japanischer Zierapfel, den hat noch mein Mann gepflanzt, den sollten Sie im Frühjahr sehen, wenn er blüht. Die Früchte sind für die Vögel im Winter.

Wollen Sie Krebse mitnehmen? Oder Äpfel vom letzten Jahr? Ich habe immer noch sehr viele im Keller."

„Ich bin allergisch gegen viele Sorten", schüttelte der Gast bedauernd den Kopf.

Da rief einer seiner Freunde laut: „Oh, da habe ich eine Bitte: Iss ein paar, aber mach vorher dein Testament und vermach mir deine Harley!"

Allgemeines Gelächter war die Folge.

„Seltsamer Humor", Maria schüttelte den Kopf.

„Vermachst du mir dein Zelt, wenn du abstürzt?", fragte Ben Yang halblaut.

„Das ist nicht lustig, Ben!", rief Maria und sprang auf. Sie hatte außerdem genug vom Herumsitzen. Ihr Körper spürte die ungewohnte Anstrengung der vergangenen Tage und gab kaum Anlass zur Hoffnung, dass der Muskelkater ausbleiben würde. Am Rand des Grundstücks stieß sie auf die Quelle, die der Mühle den Namen gegeben hatte. Ein großes, mit Steinen ummauertes Sechseck fasste das Wasserbecken ein, in dem aus feinsandigen Stellen zwischen Wasserpflanzen kleine Sandfontänen quollen. Unaufhörlich vollzog sich Bewegung über den dunkelgrünen Algenwolken und den fahlen, dillähnlichen Schlingpflanzen, die sich mit kleinen weißen Blüten geschmückt hatten. In konzentrischen Kreisen, die sich an der Wasseroberfläche empor wölbten, breitete sich im ganzen Becken kristallklares Wasser aus. Wasser des Lebens, Maria fielen bei dem Anblick die vielen Märchen ein, in denen das Wasser des Lebens den Fortbestand sicherte und Zukunft verhieß.

Ein Stück ging sie am Quellbach entlang, der sich unweit in den Fluss ergoss. Sie zog Schuhe und Strümpfe aus und ging auf dem steinbedeckten Boden einige Schritte ins flache Wasser. Im Uferbereich fühlte es sich warm und weich an. Fische, so lang wie Kugelschreiberminen, zackten um ihre Füße. Pappelsamen trieben in Haufen vorbei, als wären es Spiegelungen der Wolken.

Wenn du dir eines Tages überlegst, was eigentlich Wurzeln sind, und wenn du den Begriff im Internet nachliest, wirst du zwei Bedeutungen finden. Die eine bezieht sich auf das Festsitzen einer Pflanze im Boden, die andere darauf, worin etwas seinen Ursprung hat.

Die Frage nach meinem Ursprung hat sich mir bei einer Reise zu einem Schloss förmlich aufgedrängt.

Ben, der ehemalige Freund Yangs, hatte mich auf unserem Kletterwochenende nach meiner Arbeit gefragt, und so hatte ich ihm von dem Schloss erzählt. Die neue Besitzerin hatte mich eingeladen, sie wollte Führungen anbieten und in Broschüren dafür werben. Ihr rotes Schloss lag am Ende des Dorfs dem blauen Schloss gegenüber. Vor langer Zeit hatte sich eine Familie aus dem Landadel verzweigt. So alt schienen auch die riesigen Platanen zu sein, die Stamm für Stamm an der Auffahrt standen und in denen Stare seit Generationen Bruthöhlen bewohnten. Der Wassergraben lag trocken, war aber ganz erhalten. Beide Barockschlösser umarmten mit ihren Flügeln einen Innenhof, in dem nur die Steinstatue eines Hundes die Symmetrie störte. Nach der Eingangstür im Portal des Blauen Schlosses betrat ich einen langen Gang. Licht fiel durch die Fenster auf die roten Terrakottafliesen und auf die Portraits, die mich von den Wänden herab musterten. Ich öffnete eine Tür, die zu einem anhaltenden Quietschton zögernd den Blick auf einen gedeckten Tisch frei gab. Zwei Gedecke standen bereit. Teller, Besteck und Stoffservietten mit silbernen Ringen warteten auf Gäste. Aus zwei feinen Porzellantassen stieg der zarte Duft grünen Tees in Dampfwölkchen auf.

Ich weiß es noch wie heute und auch Ben erzählte ich es mit genau denselben Worten, mein Text hatte sich mir damals schon fest eingeprägt.

Die Besitzerin begrüßte mich.

„Willkommen im Schloss!" hat sie gesagt. „In einem Ort für Fremde und Wurzellose".

Auf meinen irritierten Blick fragte sie plötzlich: „Sind Sie unglücklich?"

„Nein", erwiderte ich entrüstet, „aber Sie können sich denken, dass ich wegen meines Aussehens des Öfteren wie eine Fremde behandelt werde."

Da sagte sie laut und nachdrücklich: „Es sind die Wurzeln, man muss sich immer neu verwurzeln, Sie müssen genau zu ihnen hin spüren und sich neu einsenken, Sie müssen sich neu vertiefen, sonst fehlt Ihnen die Basis, sonst..." Sie suchte nach Worten.

„Aber ich bin verwurzelt!", rief ich.

Unbeeindruckt hat sie einfach weitergesprochen, von alten Bäumen im Park, unter die man sich setzen müsse, um in Kontakt mit den eigenen Wurzeln zu kommen, weil man nur dadurch zum Ziel kommen könne, weil nur dann eine Erkenntnis in Tiefe möglich sei. Erst dann würde alles, was anfangs noch an Trennendem vorhanden gewesen wäre, eins werden. Unaufhörlich sprach sie weiter und ich wurde wütend, weil es sie überhaupt nicht interessierte, was ich darüber dachte, und weil sie so überzeugt war, die Wahrheit für sich gepachtet zu haben. Sollte ich etwa nach Vietnam reisen und mich unter Bäume setzen? Das weitere Gespräch verlief dementsprechend. Manchmal hat man Pech, das Glück hat sich von einem gelöst und spaziert irgendwo anders umher. Wenn dann ein wichtiges Thema oder eine so grundlegende Frage wie die nach den eigenen Wurzeln zur Sprache kommt, kann es geschehen, dass das Glück sich solcher Umstände wegen weiter entfernt als je zuvor. Als ich damals Ben die Geschichte erzählte, sagte er nur vorsichtig: „Wahrscheinlich muss das jeder für sich herausfinden." Keiner gab mir einen Ruck, schubste mich oder stieß mich an, um mir zu sagen: Schüttle die Geschichte ab, aber nicht die Frage nach den

Wurzeln! Ich weiß noch, wie wir abends in der beginnenden Dämmerung die Zelte abbauten und Yang mich auf eine Kröte auf der weißen Plastikplane aufmerksam machte. Sie schien sich auf der Unterlage wohl zu fühlen. Klein und mit einer rätselhaft jungen Ausstrahlung saß sie da und Yang musste sie ein bisschen überreden, ihren angestammten Platz zu verlassen. Er trug sie ins Gras unter einen Baum.

Ich legte das Thema Wurzeln also weg, schob es beiseite wie etwas Lästiges. Ich blieb ohne Erdung, war selbst der Wind, der meinen Dampf verwehte, war selbst die Windstille, die eintrat. Ein Unbehagen war immer da, es hat mich beschlichen, wenn ich in der Stadt an einem asiatischen Restaurant vorbeiging und mich ein Geruch an der Hand nahm, mich zum Stehen brachte, in mir Bilder wachrief aus Formen und Farben, die ich nie bewusst gesehen hatte. Unbekannte Gewächse im botanischen Garten brachten mich dazu, eine Melodie vor mich hin zu summen.

Das Wochenende zu viert war das letzte dieser Art. Ben und Toni fuhren immer öfter zu angesagten Klettergebieten ins Ausland. Yang verbrachte seine Zeit abwechselnd auf Bäumen, in der Halle oder an Felswänden. Durch das viele Training erreichte er hohe Schwierigkeitsgrade, was ihn aus der Masse heraushob. Eine auf die Herstellung von Seilen spezialisierte Firma wurde auf ihn aufmerksam und bot ihm die Zusammenarbeit an. Als Gegenleistung für die Bereitstellung von hochwertiger Ausrüstung sollte er Wettkämpfe bestreiten und schwierige Routen am Fels klettern. Yang erhoffte sich, längerfristig die Arbeit auf den Bäumen durch Vorträge über die Schönheit der Natur ersetzen zu können. Das Logo der Firma zu tragen und bei Interviews oder auf Fotos in die Kamera zu halten, schien ihm ein guter Kompromiss zu sein, um sein Anliegen in Seminaren an die Leute zu bringen. Er wollte nicht länger warten, das Klettern entwickelte sich mehr und mehr zum Breitensport und so sagte er zu.

Maria schrieb für die Textbörse und ging ganz in ihrem Studium auf. Die Unternehmungen mit Yang, Ben und Toni schienen einer anderen Zeit anzugehören. Sie hatte ausreichend Aufträge und engagierte sich in vielen Initiativen, so dass es zur Ausnahme wurde, dass sie und Yang einen gemeinsamen Termin fanden. Bei einem ihrer selten gewordenen Treffen gingen sie ins Kino und diskutierten danach noch eine Weile über den Film, eine Liebesgeschichte während der Zeit der deutschen Teilung. Yang war müde und sie gerieten in Streit, weil er unbedacht gefragt hatte, weshalb sie sich so anhaltend für diese Geschichte interessiere, obwohl sie ihrer Herkunft nach keine Deutsche sei. Im gleichen Moment wurde ihm klar, dass das ein Fehler gewesen war.

„Was soll das heißen, ‚keine Deutsche'? Darf ich mich etwa nicht mit dieser Vergangenheit befassen?" Ihre Augen waren schmal geworden.

Egal, was er jetzt sagte, es konnte gegen ihn verwendet werden.

„Mensch, Maria, es tut mir leid. Ich wollte doch nur wissen, weshalb dich das so beschäftigt."

„Ich bin genauso deutsch wie du." Drohend leise wurde ihre Stimme. „Und ich lebe seit meiner Kindheit in diesem Land mit seinen Sammelplätzen und Lagern."

„Ich verstehe dich doch, Maria. Das habe ich ursprünglich gemeint. Ich wollte fragen, ob du durch dieses Interesse andocken kannst an deine eigene Geschichte."

„Als Vertriebene oder Verfolgte? Ganz und gar nicht. Schon wieder unterstellst du, dass ich nicht dazugehöre." Sie griff nach ihrer Tasche, als mache sie sich bereit zur Flucht.

Er seufzte. „Egal, was ich sage, es ist falsch."

Ihn ärgerte ihre Aggressivität und dass sie nicht berücksichtigte, wie lange sie sich kannten. Immer noch unterstellte sie ihm, er hielte sie nicht für zugehörig. Er beschloss, dieses Mal nicht nachzugeben.

„Was ist so falsch an dem, was ich gesagt habe? Es könnte ja sein, dass du inzwischen anders denkst, und mit derselben Intensität, mit der du die deutsche Geschichte verfolgst, nach deinen eigenen Wurzeln suchst. So abwegig ist das nicht."

Sie stürzte davon und schlug die Tür hinter sich zu. Plötzlich hatte sie überhaupt keine Worte mehr für ihn übrig.

Einige Male versuchten sie es noch, doch die Risse und Sprünge in ihrer Freundschaft häuften und vertieften sich. Die seltenen Zusammenkünfte glichen einem Tauziehen. Auf Marias Berichte über Zeitungsartikel und Ideen, über politische Analysen und Aktionen reagierte Yang wortkarg in der Hoffnung, sie würde entspannter und ruhiger werden, doch sie befand sich in einer völlig anderen Lebensphase. Sie zählte Argumente auf, steigerte die Schnelligkeit ihrer Gedanken und fand Gefallen an gelungenen Formulierungen. Sie hatte eine Fülle von Informationen parat und Yang wurde diese Wörterflut zu viel. Er verstummte, denn er hatte mit sich selbst zu tun und war öfter am Zweifeln, ob die Entscheidung für den Sponsor gut gewesen war, weil ihn die Fülle der Verpflichtungen unter Druck setzte. Die Vortragsarbeit lief nur langsam an. Die Inhalte, auf die er Wert legte, waren vielen Leuten eher fern und er würde einen langen Atem haben müssen, das war absehbar. Um wieder zu seiner früheren Gelassenheit und Geradlinigkeit zu kommen, erprobte er, sich im Alltag in Achtsamkeit zu üben, und er suchte, wann immer es möglich war, die im Internet verzeichneten Baumdenkmäler an seinen Einsatzorten auf.

Maria setzte der Spannung eines Tages auf ihre Weise ein Ende. Eine Spur zu heftig wandte sie sich ihm zu, so dass ihre schwarzen Haare flogen.

„Also, hör mal zu, Yang. Wenn ich von mir aus nichts sage, nichts erzähle, irgendetwas aus meinem Studium oder politische Dinge oder egal welches Thema, dann wird es auf einmal total stumm zwischen uns. Ich bin die Einzige, die hier Infos und Gedanken einbringt. Die Stille, die dann eintritt, wenn ich nichts sage, ist ganz allein deine Stille. Du teilst nichts mit mir. Wenn ich frage, dann antwortest du, wenn ich Glück habe. Was du die übrige Zeit denkst, was in dir vorgeht, ich weiß es nicht. Ich muss es dir aus der Nase ziehen. Du lässt dich nicht inspirieren, schaust keine Filme, regst dich nicht über die Nachrichten auf, du sagst einfach: ‚Das bringt uns nicht weiter.'"

Yang wollte etwas sagen, aber sie war noch nicht fertig.

„Ich dachte, du liebst Bäume. Wieso setzt du dich nicht mehr für sie ein? Die Erde wird bald nicht mehr so aussehen wie heute, wenn wir nichts tun, da braucht es Leute, die sich engagieren." Ihre Stimme hatte einen eindringlichen Ton und ihre Augen blitzten. Er wollte sagen, dass er das seiner Meinung nach sehr wohl tat, indem er mit Vorträgen an die Öffentlichkeit ging, aber bevor er den Mund aufmachen konnte, schüttelte sie heftig den Kopf und drehte sich weg, kickte wie früher irgendetwas durch die Gegend, mit einem sehr endgültigen Ausdruck. Ihre Freundschaft lief aus, wurde zum Rinnsal, versickerte wie Yangs Worte und Marias Hoffnungen.

Felsiger Grund

Yang war nach Weite, nach Woanderssein zumute. Eine andere Luft, anderes Essen, andere Berge. Vor allem Berge. Er drehte den Globus auf dem Schreibtisch und ließ den Blick über die blauen, grünen und gelben Flächen schweifen. Die braunweißen Girlanden waren Bergketten. Ihm wurde bewusst, dass er sie nicht überfliegen wollte, er wollte sie herannahen sehen, wollte sehen, wie sie sich auftürmten, wie sich ihre Flanken hoben und senkten, wie sie atmeten und den Himmel stützten, wie sie ihre Wolken um sich versammelten. Er wollte sich ihnen von einer weiten Ebene her nähern und zu ihren Füßen reisen. Doch um dieser Annäherung volle Aufmerksamkeit schenken zu können, wollte er sie ohne Ablenkung und in allen Einzelheiten betrachten. Das schloss aus, selbst mit dem Auto zu fahren, und brachte ihn auf eine Idee. Ihm fiel das Gespräch mit Adam ein, dem sympathischen rothaarigen Belgier, der Autos überführte.

„Ich kann mir Zeit lassen", hatte der verkündet. „Das ist wie Urlaub. Demnächst geht's nach Istanbul."

Yang zeichnete mit dem Finger auf der Landkarte eine imaginäre Linie von Deutschland bis in die Türkei, bis an den Bosporus. Zwei Kontinente berührten sich dort, Europa und Asien. Wie gut das zu ihm selbst passte!

Zwei Tage später hatte er die Information, die er brauchte. Bereits in der darauffolgenden Woche würde die Fahrt beginnen. Adam freute sich auf Gesellschaft. Er war unkompliziert, hatte vor, im Freien oder bei schlechtem Wetter in günstigen Privatzimmern zu übernachten, wollte sein Geld zusammenhalten, legte keinen Wert auf Luxus und sagte, er sei meist ein ausdauernder, eher schweigsamer Fahrer.

„Wenn du magst, kannst du dir eine Lieblings-CD brennen. Ich bin da ganz offen", meinte er noch.

Yangs Sponsor reagierte irritiert auf das ganze Vorhaben, weil zwei Kletterwettbewerbe in diese Zeit fielen, aber Yang blieb hartnäckig bei seinem Plan und bot an, nach Klettergebieten Ausschau zu halten. Seine Ausrüstung wolle er nicht mitnehmen.

Die ganze Fahrt durch die Alpen fand während der Nacht statt. Yang vermisste ihren Anblick nicht, die Alpen waren ihm vertraut. Das erste Foto aus dem Autofenster machte Yang in Rumänien. Es war Mitte August und ihn faszinierten die weiten gelben Flächen der Sonnenblumenfelder, ihr Kontrast zu den Dörfern mit den dunklen Anstrichen der hölzernen Kirchen. Sie fuhren durch eine Vergangenheit, die sonst nur in alten Filmen zu sehen war. Wenige Kilometer nach der Grenze war ihnen das erste Pferdefuhrwerk entgegengekommen. Abseits der Hauptverkehrslinien duckten sich Orte voller einstöckiger gelber Häuser an staubigen Straßen mit Schlaglöchern. Eine undefinierbare Sehnsucht erfasste Yang, der Wunsch nach einem einfacheren, ruhigeren Leben.

Sie machten in Cluj Station, um etwas zu essen. Großzügig angelegte Alleen hatten sie ins Zentrum der Stadt geführt, die in eine bewaldete Hügellandschaft eingebettet war.

„Hieß früher Klausenburg", meinte Adam. „War vor dem Krieg die Hauptstadt von Siebenbürgen."

Eine Busladung von Touristen ergoss sich auf den Marktplatz.

„Heute hat doch wirklich jeder Tattoos." Adam deutete auf die Aussteigenden. „Das gehört scheinbar dazu. Sogar die Professorin an der Uni trägt eine kleine schwarze Blume am Ohrläppchen mit sich herum."

„Ich mag Tattoos nicht", sagte Yang. „Vor allem großflächige. Ich frage mich, ob sich die Leute Gedanken machen, wie das Bild aussieht, wenn sie alt sind."

„Lass sie doch, wenn sie wollen."

Yang dachte an Maria. Bei ihrem letzten gemeinsamen Cafébesuch hatte er zwischen den Trägern am Rand ihres Schulterblatts eine kleine dunkle Stelle entdeckt, als sie die Bedienung zum Zahlen herbeiwinkte. Ein Tattoo, das eine Träne darstellte. Oder war ein Tropfen damit gemeint?

Mittlerweile war das Auto zu einem Zuhause geworden, im Radio lief Balkanmusik. Yang studierte auf der Weiterfahrt sehr lange die Straßenkarte.

„Sag mal, Adam, können wir uns einen Umweg leisten?"

„Kommt drauf an", meinte Adam, „wo willst du denn hin?"

„Hier in der Gegend steht eine fast tausendjährige Eiche. Ich kenne sie von Fotos und würde sie mir sehr gerne ansehen."

Adam überholte einen Bus, aus dessen Auspuff dicke schwarze Rauchschwaden die Luft verpesteten, und lachte.

„Warum nicht? Ein Baum war noch nie mein Ziel, aber irgendwann ist ja immer das erste Mal".

Sie verließen die Autobahn und fuhren über Land. Yang fragte in einer Kleinstadt nach dem Weg und die Leute wussten gleich, was er meinte. Nach einigen Kilometern stellte Adam das Auto ab. Ein Schild an einer Kapelle wies ihnen den Weg, was eigentlich nicht nötig war, sie sahen den Baum schon von weitem. Auf einem sanften Hügel breitete er ausladend seine mächtige Krone aus. Je näher sie kamen, desto gewaltiger wurde er, desto dicker die riesigen Äste und desto umfangreicher sein Stamm.

Adam war beeindruckt. „Gigantisch!", pfiff er durch die Zähne. „Ob es sowas auch bei uns in Belgien gibt?"

Yang ging nah heran und berührte die Borke. Er dachte an die vielen kalten Winter und die ungezählten heißen Sommer, die dieses Lebewesen überstanden hatte. Adam stieg auf die dicken Wurzeln, so hoch er konnte, und breitete die Arme aus, um so viel Stamm wie möglich zu umfassen. Adam und den Baum zu sehen, machte Yang froh. Er setzte sich schweigend davor ins Gras, während Adam die Eiche in immer größer werdenden Abständen umkreiste. Sie hielten sich lange in der Nähe des Baums auf, als müssten sie ihm Zeit geben, seine Wirkung in ihnen zu entfalten. Dann machten sie sich gemeinsam auf den Rückweg zum Auto und fuhren einige Zeit schweigend.

Aus einem weiten fruchtbaren Talkessel heraus näherten sie sich den ersten Ausläufern der Karpaten. In der Dunkelheit waren schlecht beleuchtete Fuhrwerke und Schlaglöcher immer schwerer zu erkennen, weshalb sie einen Übernachtungsplatz suchten und sich unter dem Sternenhimmel in ihre Schlafsäcke einrollten. Die Begegnung mit den Bergen hatte Yang sich genauso erträumt. Unterhalb der Baumgrenze lag das größte geschlossene Waldgebiet Europas. Mehr als ein Drittel aller noch wildlebenden Großraubtiere des Kontinents waren hier zuhause, bewacht von schroffen Berggipfeln.

Einen Tag später überquerten sie bei Russe, südlich von Bukarest, die riesige Donaubrücke. Es sei die größte Brücke Bulgariens, wie Adam sagte. Sie sei an derselben Stelle errichtet worden, wo sich einst auch die römischen Brücken befunden hätten.

Nach einer Woche tauchten die Vororte Istanbuls vor ihnen auf und, mitten in der lauten und vollen Metropole angekommen, waren sie sich sofort einig, die Stadt so schnell wie möglich wieder zu verlassen. Adam übergab das Auto und tauschte es gegen einen Leihwagen ein. Für die Rückfahrt wählte er eine andere Strecke, den Weg über Griechenland und Albanien.

In Griechenland fühlte sich Yang im Vergleich zu allen bisher durchquerten Ländern am wohlsten, es sprach mit ihm wie ein alter Bekannter, es atmete im gleichen Rhythmus und legte ihm südlichen Duft und Wärme wie Arme um die Schultern. Nach drei Tagen, in denen griechische Worte, Essen und Salzgeruch zusammen mit der Leichtigkeit sich am Strand wiegender Tamarisken in ihn eingesickert waren, begegnete er dem Schönsten auf der ganzen Reise, den Klöstern von Meteora. Nicht die Bergketten verdienten seine größte Bewunderung, wie er vor Wochen beim Drehen des Globus vorausgesagt hätte, sondern diese seit dem elften Jahrhundert in der dunstigen Luft schwebenden Sandsteinfelsen mit ihren Gebäuden. Vierundzwanzig einzelne Klöster und Eremitagen klebten an den glattgeschliffenen senkrechten Felswänden, die bis zu dreihundert Meter aufragten und sich je nach Lichteinfall hellgrau bis dunkelgrau färbten wie riesige zerfurchte Schildkrötenpanzer, verblasst von der Zeit. Nach einer Fahrt durch Felder, auf denen Melonen, Kiwis und Wein angebaut wurden, fanden Adam und Yang in der Dämmerung einen Übernachtungsplatz am Rand eines Flusses. Die runden Formen der nahen Felsen schienen sich mit den großen weißen Steinen der ausgedehnten Kiesbänke verbündet zu haben und Yang träumte, er wäre von schlafenden Bergen umgeben.

Zum Frühstücken fuhren sie in ein Dorf voller kleiner Restaurants, Läden und Schilder am Fuß der Felsen. Ein Kletterer, mit dem Yang ins Gespräch kam, riet ihnen, die Zeit bis elf Uhr zu nutzen, bevor die ersten der vielen Busse mit Touristen eintreffen würden, und er empfahl ihnen den Weg, den er für den schönsten hielt. Uralte Bäume beschatteten üppige Gewächse und ein Bach durchfloss das Waldstück, das sie vor dem eigentlichen Aufstieg zu durchqueren hatten. Das Rascheln im Laub stammte von einer Schildkröte, die den Kopf hob und sie wissend aus großen Augen ansah. Als sie ins Freie kamen und höher stiegen, huschten smaragdgrüne Eidechsen zu beiden Seiten des steinigen Wegs davon. Ihre schnellen Bewegungen begleiteten sie bis nach oben, zu einem Labyrinth aus Felsen, die sich wie versteinerte Wesen aneinander lehnten und sich ihren Nachbarn entgegen neigten, als wollten sie sich gegen die Übermacht von Touristen und Kletterern verbünden. Einige glichen Köpfen von Riesen und über einem der Gesichter standen Miniaturmenschen wie kleine abstehende Haarbüschel, Kletterer, die es auf einer der über hundert Routen senkrecht nach oben geschafft hatten. Als Yang die vielen Seilkommandos aus den Wänden hörte, merkte er, dass er sein Seil vermisste, und die Luft unter dem Hintern, wie Toni gesagt hätte.

Auf manchen der verwitterten und rundgeschliffenen Buckel saßen Klostergebäude wie Pocken. Als habe der Fels sein Maul geöffnet und wieder geschlossen, war in eine große rundgeformte Höhlung ein Kloster eingezogen, Fenster und Balkone in der gemauerten Front wirkten wie winzige Öffnungen und Yang fragte sich, wie viel Raum sich dahinter verbarg. Aus dem leichten Dunst der Ebene drang entferntes Glockengeläut und aus einem der Klostergärten war das melodische Hämmern auf einem der frei schwingenden Klopfbretter zu hören, die den Mönchen zur Nachrichtenübermittlung dienten. Die Aussicht vom Plateau des Felsens war grandios, weit unten im Grün lagen Vierecke ockerfarbener Getreidefelder und in der Ferne erhoben sich schneebedeckte Gebirgsketten.

Auf der Weiterreise durch Serbien schlug Adam einen kleinen Umweg durch ein Naturschutzgebiet vor, das von den Einheimischen „Teufelsstadt" genannt wurde. Türmen ähnelnde Erdpyramiden ragten auf, schwere Steine ruhten wie Gewichte quer auf dadurch von Erosion verschonten Erdkegeln und schufen eine mystisch anmutende Landschaft. Das war nicht die einzige Besonderheit der Gegend. Verblüfft starrten Adam und Yang auf das rote Wasser, die eine Quelle unter hohem Druck förmlich auszupressen schien, und lauschten dem unheimlichen akustischen Phänomen des

Ortes: Der durch die Pyramiden pfeifende Wind erzeugte heulende, schreiende und quietschende Geräusche.

Über die Berge näherten sie sich Dubrovnik. In der Bucht schimmerte das Meer tiefblau unter der Sonne und die Reflexe, die das Wasser zu ihnen heraufschickte, blendeten in jeder Serpentinenkurve von Neuem. Ein Stück weiter draußen vom Hafen entfernt ankerten zwei Kreuzfahrtschiffe.

Nach dem Besuch der Stadt fuhren sie wieder durch die Berge ins Landesinnere, nach Sarajevo. Sie schlenderten durch die engen Gassen der orientalisch geprägten Altstadt. Zahlreiche Souvenirläden und Geschäfte voller Gewürze, Schmuck und Stoffe teilten sich den Platz mit Moscheen und Kirchen. Löcher in den Fassaden und mit rotem Harz ausgegossene Einschlagspuren von Granaten in Straßen und Gehwegen erzählten vom letzten Krieg.

„Langsam sehne ich mich nach Bäumen und Felsen", bemerkte Yang, als sie abends in einer der belebten Straßen in einem Café saßen.

„Übermorgen", sagte Adam, „übermorgen kannst du wieder in den Wald, an die Felsen, und auf die Bäume."

Dir begegnen in der Fremde sicher viele unbekannte Tiere und Pflanzen. Machst du sie dir vertraut? Übst du, sie mit dem Herzen zu sehen?

Ich kann keinen Film mehr anschauen, ohne den Inhalt auf mich zu beziehen. Nicht einmal eine Naturdoku. Binnen Sekunden nehme ich jede Rolle an, die mir angeboten wird. Ich werde zur Köcherfliegenlarve, die zu ihrem Schutz kleine Steine zu einer Hülle um den Körper verklebt, in meinem Fall forme ich eine Hülle aus Geschichten für mein Buch, von denen die meisten recht neu sind und noch ungefestigt, in keiner Erzähltradition zusammengehalten, sondern wie Teilchen im freien Raum schwebend. Der Klebstoff aus Worten, abgesondert während der Suche nach Sinn, droht sich im Lauf der Zeit aufzulösen und ich muss stets befürchten, plötzlich nackt da zu stehen, mit nichts als der Trauer.

Zehn Minuten später bin ich die ihre Jungen lebend gebärende Feuersalamanderin. Vom Zerreißen der Eihaut an müssen sie alleine durchs Leben gehen. Ich sehe ihnen nach und frage mich, wann damals meine eigene Eihaut riss. Oder ob ich mich vielleicht immer noch darin befinde, oft scheint es mir so. In der Welt herumgewirbelt wie Dampf und nur gehalten durch ein Band aus Gedankenschleifen, kann ich dieser Beschleunigung nichts entgegensetzen, geschweige denn, eine neue Richtung einschlagen.

Gern nehme ich die Gestalt einer Wassermaus an und zwinge mich zum Tauchen. Es sieht leicht aus, aber die Tiefe kostet mich viel Kraft. Um meiner Rolle gerecht zu werden, sammle ich mit Hilfe von Schnappatmung Wortblasen in meinem Fell an. Diese Einsprengsel aus Luft helfen mir, am Grund des Baches Steingewichte mit dem Körper zu stemmen, die das Mehrfache meines Eigengewichts ausmachen. Ich schreibe Briefe an dich, ich schreibe ganze Romane zu

Ende, ich verschenke Liebe an die Kinder im Kindergarten, ich kaufe ein, ich koche und so weiter. Es gelingt mir, den Leuten und mir selbst vorzutäuschen, dass es mir immer gut geht.

Am liebsten bin ich die Wasseramsel. Ich mag das Weiß der Trauer am Körper. Ich vereine zwei Elemente, ich fliege, aber ich kann auch, wie sie, mit offenen Augen abtauchen, wenn ich mich beobachtet fühle, und auf dem Grund mit dem Schnabel Steine wälzen, meine Lieblingsbeschäftigung. „Wasser ist ein mächtiger Gestalter im Gespann mit der Zeit", sagt die sonore Sprecherstimme in mein Ohr, während es um mich rauscht. Wie schwer es sein kann, wieder ins Fließen zu kommen, weiß ich. An dieser Stelle schalte ich den Bildschirm dunkel. Mehr Rollen will und kann ich für heute nicht einnehmen.

Wasser hat einen spitzen Kopf, sagt man, auch der Sprecher in der Doku hat das zitiert. Zu mir hat das noch keiner gesagt. Alle außer mir wissen so etwas. Selbst die Kindergartenkinder versuchten gestern, es mir begreiflich zu machen. Ständig zeichneten sie Wassertropfen mit spitzen Abrissenden. Kurz zuvor war ein Kind abgegeben worden. Als es erkannte, dass die Mutter gehen würde, hatte es zu weinen begonnen. Seine herzzerreißenden Mama-Rufe waren erst laut im Vorraum, dann kaum leiser aus der Gruppe zu hören, dazu flehentliches bis panisches, nach Luft ringendes Weinen. Ein nicht nachzuvollziehender Verlust, eine schmerzende Wunde, schlecht versorgt durch die Erzieherin mit einem „Nu is aber mal gut!" oder dem sehr lauten Rufen des Namens des Kindes im Versuch, die Verzweiflung zu übertönen und dadurch zu schmälern und zum Versiegen zu bringen.

Eine Hummel hatte sich in den Gruppenraum verflogen und lenkte die Kinder ab. Sicher kam sie aus dem Knöterichgeflecht, das sich mit aller Kraft an die Hausecke klammert. Die Kindergärtnerin fing sie vorsichtig ein, ließ sie am offenen Fenster frei und sah ihr, sich vorbeugend, nach.

Gerade, als ihr mein Herz für diese Tat zufliegen wollte, begann sie zu fluchen. Laufräder sind ihre persönlichen Feinde. Sie sagt, die Kinder laufen nicht mehr, ihre Motorik ist zu ungeübt, um das Gewicht zu tragen. Mit großen Augen angesichts ihres Schimpfens wandten sich die Kinder nach ihr um und schauten ernst. Ich ging zu ihnen und fragte, ob ich etwas vorlesen solle, einfach, um ihnen etwas Schönes anzubieten, um etwas Liebevolles zu sagen.

Ich weiß, meine Liebe, auch deine inneren Sinne sind sehr empfänglich und empfindsam, ausgeprägter als bei anderen Menschen. Daran wird sich in all den Jahren nichts geändert haben. Mag sein, dass deine Ahnen daran schuld sind. Yang war auch so. Was euch beiden auffiel, bemerkten andere noch lange nicht. Für die einen ist das Rauschen der Pappeln oder des Baches eher beruhigend und wird als angenehm empfunden. Für andere ist es Alltagslärm, bei dem man nicht einschlafen kann.

Unser Gehirn verändert sich, Wege werden neu angelegt, andere verkümmern, manche erweisen sich im Lauf des Lebens lange Zeit als nützlich und werden später zu Sackgassen. Wenn die Feldwege zu Autobahnen ausgebaut sind, so wird auch darauf entlanggefahren, auch wenn sie vielleicht gar nicht dorthin führen, wo man eigentlich hin will. Abzuzweigen oder langsamer zu fahren wird fast zur Unmöglichkeit. Das sagt jedenfalls ein bekannter Hirnforscher. Ich habe ihn einmal interviewt. Er meint, wir haben die Stressreaktion nicht deshalb, damit wir krank werden, sondern damit wir uns ändern können.

Kannst du dich gut spüren? Verbrenne dich nicht, rufe ich dir zu. Verliere dich nicht aus den Augen. Ich wünsche dir, dass du entdeckst, wie schön du in deinem Inneren bist, und dass du diese Offenbarung zulässt. Und dich verwandelst, auf welchem Weg und wohin auch immer.

Ich bin jemand, dem es manchmal im Schreiben gelingt. Mich verwandeln, den Schmerz verwandeln, eilig herbeifliegende Worte helfen mir aus der Schwere.

Zweige

Yang war eine Weile in dem weitläufigen ehemaligen Industriekomplex umhergeirrt, dann hatte er die Adresse gefunden. In dem renovierten Werksgebäude waren jetzt Büros untergebracht und im Erdgeschoss war eine Kaffeerösterei eingezogen, weshalb jedes Mal, wenn dort die Tür geöffnet wurde, eine Wolke aus Kaffeeduft den Innenhof erfüllte. Im Inneren konnte man an einem langen Holztisch auf Plastikstühlen mit orangefarbenen Sitzschalen Platz nehmen. Maschinengeräusche erfüllten den Raum, die laufende Produktion war von den Gästen nur durch ein Regal getrennt. An der Theke standen mehrere Kaffeesorten zur Auswahl, ein leicht bitterer Geruch stieg Yang in die Nase und wurde von einer Wolke trockener Würze abgelöst. Die Bedienung räumte Tische ab und zum Klirren des Bestecks auf Porzellangeschirr fauchte der Druckausgleich des Kaffeeautomaten. Yang trank eine Tasse frisch gerösteten Kaffees und blätterte eine der auf dem Tisch ausgelegten Zeitschriften durch, deren Seiten von Genuss, Geschmacksverfeinerung und überzähligem Geld kündeten. Aus dem Hintergrund drangen Gesprächsfetzen an sein Ohr, in denen von Bestellungen unterschiedlich hoher Mengen oder von Geräten die Rede war. Die Sonne schob sich im Westen durch die Wolken und spiegelte sich im Innenhof in der Fensterscheibe des benachbarten Atelierhauses. Durch eine Tür mit der Aufschrift „Büro" erblickte er im Ausschnitt des Türrahmens das Poster einer Weltkarte, die Meere türkisblau und die Landmassen weiß gefärbt. Nach einigem Nachdenken erkannte er in der Mitte des sichtbaren Ausschnitts die Philippinen.

Der Vortrag, den Yang an diesem Tag für die Belegschaft eines Unternehmens einige Stockwerke höher halten sollte, würde der Startpunkt zu einem Klettergartenbesuch sein.

Yang hatte über den Beamer die Fotografie eines Steins an die Wand projiziert und lief auf dem graugemusterten Teppich vor den besetzten Stuhlreihen auf und ab.

„Meine eigene Geschichte gibt Ihnen Aufschluss, mit wem Sie es heute zu tun haben. Ich habe mit dem Klettern begonnen, einfach, weil ich gerne draußen in der Natur war. Später habe ich es zu meinem Beruf machen können und als Baumkletterer gearbeitet. Eine Zeit lang habe ich beides verbunden, die Baumpflege und den Aufenthalt im Freien. Heute liegt mein Schwerpunkt wieder auf dem Klettersport. Im Lauf der Jahre ist mein Wunsch gewachsen, Menschen an meinen Erfahrungen und Erkenntnissen teilhaben zu lassen. Klettern kann ein erfüllender Sport sein, solange man verantwortungsbewusst damit umgeht. Verantwortliches Handeln ist nicht nur in Bezug auf unsere Mitwelt wesentlich, sondern auch in Bezug auf uns selbst, denn es gibt Risiken, die mit diesem Sport verbunden sind. Unser Körper hat Grenzen. Wie steht es mit meiner Fitness? Nicht jeder Tag ist gleich. Klettere ich dann trotzdem? Wann erreiche ich kräftemäßig mein körperliches Limit? Gehe ich ein Risiko ein, wenn ich unkonzentriert bin? Das sind Fragen, mit denen wir uns auseinandersetzen müssen. Es geht beim Klettern viel um Vertrauen. Man muss der eigenen Kraft vertrauen, aber auch der Sicherungstechnik und dem Partner. Und man muss seine Grenzen kennen. Ich habe Grenzsituationen erlebt und viel über meine Angst gelernt."

Etwa zwanzig Angestellte der Firma saßen vor ihm, Frauen und Männer quer durch alle Altersgruppen, und hörten ihm aufmerksam zu.

„Was ich Ihnen bisher erzählt habe, könnte jeder, der diesen Sport betreibt, ähnlich ausdrücken. Was ich allerdings ergänzen möchte, ist etwas, das leider viel zu oft außer Acht gelassen wird. Es ist der Blick auf unser Umfeld, es ist die Erfahrung der Natur, es ist die Wahrnehmung der Verbundenheit mit ihr, ein Bereich, der sich nicht nur auf das körperliche Erleben und das Ringen mit dem Stein beschränkt. Ich habe die Erfahrung gemacht, wie wertvoll es sein kann, wenn unser Blick sich weitet, wenn wir einige Schritte vom Felsen weg machen, wenn wir entdecken, in welchem Lebensraum wir uns bewegen. Das durfte ich als ein Geschenk erfahren. Als eine ganze Menge an Geschenken. Auch die möchte ich in der nächsten Stunde mit Ihnen teilen.“

Yang nahm das Glas Wasser vom Pult und trank einen Schluck. Dann tippte er auf die Taste des Notebooks und es erschien das nächste Bild.

„Hier ist ein ganz besonderes Gewächs zu sehen, Diptam, kein asiatisches Exemplar, sondern eines, das ich in Mitteldeutschland aufgenommen habe, obwohl der Name zugegebenermaßen sehr merkwürdig klingt. Diese Pflanze liebt kalkhaltigen Boden, findet sich also im Umfeld fast aller Kalkfelsen und sie steht auf der roten Liste der gefährdeten Arten. Wenn es sehr heiß ist, geht ein besonderer Duft von ihr aus, leicht zitronenartig. Das liegt an den ätherischen Ölen, die sich ihrer Menge und Dichte wegen sogar selbst entzünden können. Ich habe selbst schon kleine blaue Flammen an den Spitzen der Samensterne gesehen. Diese Pflanze stellt für mich einen einzigartigen Kosmos dar. Ich bewundere sie jedes Mal, wenn sie mir begegnet. Wenn auch Sie ihr einmal begegnen, sollten Sie wissen, dass, wie so oft im Leben, Schönheit und Schrecken dicht beieinander liegen. Diptam ist giftig und bei der Berührung können sich bei starker Sonneneinstrahlung Bläschen auf der Haut bilden."

Yang drückte eine Taste und wechselte zur nächsten Aufnahme. Sie zeigte den Klettergarten, der am nächsten Tag besucht werden sollte. Das Bild war von oben mit dem Blick auf den Boden aufgenommen worden. In dieser Perspektive wurde die schwindelerregende Höhe deutlich, in der man sich aufhalten würde.

„Mit dem Diptam sind wir der Schönheit begegnet und beim Schrecken angekommen, jetzt geht es komplett um den Schrecken. Hier sollen Sie morgen stehen. Von dieser Höhe aus werden auch Sie einen Blick nach unten richten können."

Einige im Publikum tuschelten und scherzten mit den Nachbarn.

„Da es sich um Ihren eigenen Körper handeln wird, der morgen dort oben steht, habe ich jetzt noch eine kleine, hilfreiche Übung zur Körperwahrnehmung für Sie. Ich möchte Sie bitten, Ihre Aufmerksamkeit auf Ihre Hände zu richten. Nehmen Sie sie aus den Hosentaschen oder vom Schoß und lassen Sie Ihre Arme locker hängen. Stehen Sie bitte dazu auf, wenn es Ihnen möglich ist. Da Sie morgen klettern wollen, setze ich das voraus."

Die meisten Leute lachten, andere standen etwas verlegen vor den Stühlen und fragten sich, was auf sie zukommen würde.

„Nun bitte ich Sie, die Hände anzuspannen, jeden Ihrer Finger. Spannen Sie sie an und halten Sie die Spannung. Und nun wieder loslassen. Und ausschütteln."

Im ganzen Raum schüttelten die Leute ihre Hände aus, lachten und redeten leise miteinander.

„Nun wiederholen wir das Ganze. Sie spannen die Finger an und achten bitte auf Ihren Atem. Und wenn ich ,Stop' sage, lösen Sie die Spannung und beobachten, was dann mit Ihrer Atmung geschieht."

Stille trat ein und auf Yangs Kommando lösten sich alle wieder aus der Spannung.

„Vielen Dank", sagte er nach einer Weile. „Haben Sie darauf geachtet, was mit Ihrer Atmung geschehen ist? Haben Sie einen Unterschied bemerkt, als die Finger entspannt waren?"

Die Leute sprachen miteinander und einige riefen ihm ihre Beobachtungen zu.

Yang nickte und sagte: „Sie haben recht. Mit angespannten Daumengrundgelenken ist die Atmung flach und nicht zu beeinflussen, und in der Entspannung wird sie wieder tiefer." Er machte eine wirkungsvolle Pause. „Jeder von Ihnen kann sich vorstellen, wie entscheidend das sein kann. Wie entscheidend es sein kann, sich zu entspannen und zur Ruhe zu kommen, wenn man in einer brenzligen, schwierigen, angespannten Situation steckt und besonnen handeln oder Entscheidungen treffen muss. Das gilt für die tägliche Arbeit, aber besonders für Situationen, in denen wir Angst haben, zum Beispiel, wenn wir auf einem Podest in solch ungewohnter Höhe stehen, oder wenn wir merken, dass uns unsere Kraft verlässt und Gefühle von Panik aufsteigen. Dann ist es besonders wichtig, den ruhigen Atem wiederzugewinnen. Und das geht nur mit lockeren Daumengelenken. Vielleicht wiederholen Sie die Übung hin und wieder für sich, damit sich Ihr Körper diese Übung einprägt und sich an sie erinnern kann, wenn Sie Angst bekommen und sich anspannen. Dann lockern Sie die Hände, schütteln sie aus, und Sie sind wieder handlungsfähig und beweglich. Und jetzt sind wir wieder bei der Schönheit, merken Sie? Unser Körper ist klug und birgt viele Geheimnisse."

Im Publikum lächelten ihn einige an, andere blickten auf ihre Hände, als hätten sie sie noch nie gesehen. Wenn das eintrat, hatte Yang – das wusste er aus Erfahrung – die Menschen erreicht.

Nach dem fast zweistündigen Vortrag setzte sich Yang draußen auf das von Büschen umschlossene Rasengrundstück, entspannte sich und wunderte sich nach einer Weile über die vielen Insekten, die sich auf diesem winzigen Stück Natur aufhielten. Wollweber paarten sich und schlugen währenddessen laut brummend mit den Flügeln, um sich in der Luft zu halten. Zwei der bienengroßen Insekten mit dem braunen Fell suchten summend Halt an einer Grashalmspitze, die sich bog, wenn beider die Kräfte nachließen. Kurz vor der Bodenberührung erhöhten sie den Schlag der Flügel und kamen synchron wieder in die Höhe. Lange blieben sie verbunden. Yang wusste nicht, wie alt Wollweber wurden, aber die Dauer des Paarungsaktes schien ihm sehr lang zu sein.

Nach der Reise war Yang in seine erste, eigene Wohnung gezogen. Er hätte nicht genau sagen können, weshalb ihm das Alleinsein so wichtig geworden war, aber irgendwie führte kein Weg daran vorbei. Der vorherige Vermieter hatte sich als lästige, kontrollierende Person entpuppt, war aber nicht die alleinige Ursache für den Auszug gewesen. Yang wollte mehr Raum haben und mehr Ruhe, um nachzudenken, und er wünschte sich Zeit für seine Entdeckung, die Meditation. Nach dem Umzug hatten plötzlich so viele von seinem Sponsor organisierte Outdoortermine und Vorträge angelegen, dass er in der Baumpflegefirma gekündigt und sich von seinem Chef und den Kollegen mit einem lachenden und einem weinenden Auge verabschiedet hatte. Er hoffte, es wäre kein endgültiger Abschied von den Bäumen. Zum Ausgleich zogen seine Abendveranstaltungen über das Klettern, die Pflanzen, Bäume und Tiere immer mehr Menschen an, vor allem nach einem Bericht der am Markt führenden Berg-Zeitschrift über ihn, worauf andere Blätter nachgezogen waren. Dem eng getakteten Alltag entkam Yang in die Natur oder in spirituelle Räume wie Kirchen, die er aufsuchte, wenn er sich beruflich in Städten aufhielt.

Die Befürchtungen seiner Mutter, er würde einmal am Hungertuch nagen, hatten sich in Luft aufgelöst. Mit einer Tasse ihres Lieblingstees, den sie ihm als Geschenk mitgebracht hatte, lehnte sie nach der beendeten Wohnungsbesichtigung am Küchenschrank.

„Es gefällt mir hier, Yang. In der WG sollte ich dich nie besuchen kommen. ‚Nein, Mam, wir können uns in der Stadt treffen, aber in der Wohnung lieber nicht', hast du gesagt. Wenn wir telefonierten, hörte ich den Fußboden im Flur so laut knarzen, dass ich dachte, in der Wohnung bewegten sich

Elefanten. Jetzt ist das zum Glück anders. Du hast eine gute Wahl getroffen."

Leicht verlegen strich sich Yang seitlich durch die dunklen Haare und kratzte sich dann am Kopf.

„Wir müssen los, Mam."

Als Kletterer war Yang früh für ungewöhnliche Arbeiten engagiert worden. Er hatte nach Plänen von Ingenieuren die korrodierten Rohre eines Kraftwerks angeklettert, sie abgeschliffen und drei neue Farbanstriche aufgetragen. Er hatte in voller Schutzmontur und mit Atemschutzgerät mechanisch, mit Eisenstangen, die Schlacken im Inneren von Kohlekraftwerkskesseln abgeschlagen. Eine Gruppe von Künstlern hatte ihn erneut wegen der Vorbereitung zu einer Kunstausstellung angefragt. Gemeinsam mit seiner Mutter fuhr er zu einem Gelände, auf dem ein Industrieller vor mehr als hundert Jahren ein burgähnliches Wohngebäude auf einem Felsvorsprung hatte errichten lassen. Dahinter gruppierten sich fünf Kalksteinfelsen zu einem markanten Gebilde, der sogenannten „Felsenhand". Yang sollte an einem Verbindungsseil befestigte, blaue Planen wie Kleidung über diese Hand aus Stein ziehen.

Seine Mutter wurde von einem seltsamen Gefühl ergriffen, als sie ihn dort oben an den glatten Felswänden an der Plane ziehen sah. Manchmal war er von der Plane verdeckt und schien wie vom blauen Himmel verschluckt zu sein. Ihr wurde bewusst, dass sie verdrängt hatte, dass ihm bei der Arbeit etwas geschehen könne. Sie sah aufmerksam zu, bis Yang sich abseilte, den Gurt auszog und zu den Tischen ging, an denen die Organisatoren von ihren Laptops aufsahen und ihn heranwinkten. Sie war froh, dass sie den Tag mit ihm verbringen und ihn begleiten durfte.

Gemeinsam kehrten sie zur Wohnung zurück. Yang setzte sich auf seinen Lieblingsstuhl mit dem dünn gewordenen Kaninchenfell aus der Schulzeit, während seine Mutter mit übergeschlagenen Beinen auf dem Sofa Platz nahm, unter

dem großen Poster des Paradiesvogels, der mit seinen aufge-
fächerten braunen Flügeln und dem leuchtendgelbem Vor-
derteil wie eine Blüte wirkte.

Längere Zeit war es still, nur das Verkehrsrauschen
drang von draußen herein. Als sie im Treppenhaus jemand
lachen hörten, war es Yang, der das Schweigen brach.

„Mam, darf ich dich was fragen?"

„Natürlich! Frag!" Als sie ihn ansah, wich er ihrem Blick
aus.

„Du weißt, Mam, dass ich mich in der WG nicht wohlge-
fühlt habe, vor allem wegen des Vermieters. Deswegen war
ich nicht besonders gern dort. Einmal, zwischen zwei Termi-
nen, habe ich mich in einer Kirche umgesehen, nur so aus
Neugier. Drinnen fand gerade ein Gottesdienst statt, keiner
wie üblich, mit alten Leuten und Gesangbüchern, sondern
mit einem Haufen fröhlicher Leute unterschiedlichen Alters,
die zusammen sangen. Jeder konnte vorgehen und zur Gemeinde sprechen. Meist waren es kurze Reden, in denen für
etwas gedankt wurde, oder Bitten, damit etwas gut ausgehen
sollte. Aber es herrschte keine Spur von Schwere oder Schuld,
sondern einfach Ernst und Freude, nebeneinander."

„Ah, waren das Freikirchler oder etwas in der Art?"

Er nickte: „Ja, Evangelikale. Hinterher gab es für alle, die
wollten, Essen und du weißt, wie gern ich esse, Mam." Er
zwinkerte und sie musste lachen. „Ich bin also geblieben und
kam ins Gespräch. Ich war beeindruckt, wie offen die Leute
waren. Mit einem Mädchen habe ich mich lange unterhalten."
Yang sah aus, als überlege er, nicht weiterzusprechen, doch
dann seufzte er: „Ich bin jedenfalls wieder in diese Kirche
und habe mich mit Carmen, so heißt sie, ab und zu getroffen." Er beugte sich vor und goss in beide Tassen frischen Tee
ein. Nach einer Pause sagte er: „Sie hat sich in mich verliebt.
Und ich wollte dich fragen, wie ich mich verhalten soll." Er
warf einen vorsichtigen Seitenblick auf seine Mutter. Sie saß
da und beobachtete ihn neugierig.

„Und weiter?"

„Ich finde sie sehr nett, wirklich."

„Bist du denn auch verliebt?"

Er zögerte. Dann antwortete er: „Nein, das ist der Punkt. Ich fühle mich ihr eher verpflichtet. Carmen ist so vertrauensvoll und auch, wie es vielleicht dieser alte Ausdruck am besten beschreibt, reinen Herzens. Ich würde sie sehr verletzen, wenn ich sie abweisen würde."

„Wie alt ist sie denn?"

„Zwei Jahre jünger als ich. Sie studiert Werkstoffwissenschaften und ist bald fertig. Sie ist ehrgeizig und hat sehr gute Noten."

„Yang, wir beide haben gelernt", sie lächelte, „dass äußere Dinge nicht so wichtig sind. Wichtiger ist, was du für sie empfindest."

„Ich fühle mich verantwortlich."

„Mein Sohn, Verantwortung zu übernehmen, ist gut, aber nicht, wenn das als einziger Grund für eine Beziehung angeführt wird. Das klingt sehr einseitig. Ich würde dir wünschen, dass du verliebt bist. Dann stellen sich solche Gedanken über Verantwortung nämlich gar nicht ein, nur die berühmten Schmetterlinge im Bauch."

„Mam, das sagst gerade du, in China werden Ehen von den Eltern arrangiert. Früher war das hier auch mal so."

„Meinst du das ernst? Du musst doch heute nicht wiederholen, was früher war, und was selten gut gegangen ist, zumindest, wenn man die romantische Glücksvorstellung zugrunde legt. Man kann sein Leben auch alleine bewältigen, das ist jedenfalls meine Erfahrung. Du bist jung und nichts sollte dich daran hindern, dein ganzes Potenzial auszuschöpfen. Heutzutage hast du die Freiheit, mit jemandem zu leben, der zu dir passt, und auch die Möglichkeit, mehrere Versuche zu starten."

Yang nickte langsam und strich sich mit der für Ihn typischen Geste über die Haare. „Ich weiß, was du meinst, Mam."

Einige Wochen später, der Wind drückte den Regen gegen die Scheiben und überzog sie mit um die Wette eilenden Wassertropfen, rief Yang seine Mutter an und sagte, er sei mit Carmen zusammen und beide würden sie gern besuchen kommen. Sie sagte nichts weiter zu seiner Entscheidung, nur, dass sie sich freue, seine Freundin kennenzulernen. Yang erzählte noch von den Schwierigkeiten mit Carmens Eltern, die wegen des christlichen Hintergrunds die einzige Tochter ungern gehen lassen wollten und sich wahrscheinlich einen anderen Freund für sie gewünscht hätten.

Bei dem Besuch der beiden wirkte die junge Frau sehr zurückhaltend. Sie bemühte sich, nicht zur Last zu fallen, probierte die ihr sichtlich ungewohnten Speisen und versicherte, dass sie ihr alle schmeckten. Sie überließ viele Entscheidungen Yang, der zärtlich und aufmerksam auf sie einging. Als beide wieder aufbrachen, wurde Yang von seiner Mutter besonders fest umarmt.

Viele Monate später stand für Yang ein neuer Umbruch an, er und Carmen wollten zusammenziehen. Sie hatte ihr Studium abgeschlossen und vorgeschlagen, seine Öffentlichkeitsarbeit zu übernehmen, sich um die Ausarbeitung der Vorträge zu kümmern und die Termine mit dem Sponsor zu organisieren. Yang fiel es nicht schwer, ihr Angebot anzunehmen. Mittlerweile konnte er sich leisten, ein ganzes Haus zu mieten. Durch glückliche Umstände waren sie in einem Ort mitten in dem Klettergebiet fündig geworden, in dem Yang mit Maria, Toni und Ben vor Jahren das Zeltwochenende verbracht hatte. Er würde von der langen Tradition des Klettersports in der Gegend profitieren können.

Das Haus war eines der letzten in der Reihe älterer Einfamilienhäuser an einer aufsteigenden Straße, die nach etwa zwei Kilometern an einem geschotterten Waldparkplatz endete. Auf Wanderkarten strebten von dem roten Standortpunkt Wege wie Spinnenfäden in alle Richtungen. Einige blau markierte Wege bezeichneten Routen, auf denen Neugierige Kletterer bei Begehungsversuchen durch besonders steile und abweisende Wände beobachten konnten. Yang scherzte, er hätte mit dem Haus zeitgleich Privatfelsen mit verschiedenen Schwierigkeitsgraden erworben. In der sonst quellenarmen Gegend bildete der Taleinschnitt ihres Ortes eine Ausnahme. Auf mittlerer Hanghöhe vereinigten sich Rinnsale aus mehreren Quellen zu einem Bach, der auf seinem Weg hinab ins Tal hinter dem Haus vorbeifloss, abgetrennt durch eine Reihe Bambussträucher und den Garten, der das Haus der Länge nach wie mit zwei grünen Armen umschlang.

Die rote Backsteinfassade des Hauses hob sich optisch von den weißverputzten Gebäuden in der Straße ab und glich die verminderte Helligkeit aus, indem sie im Licht der

Abendsonne besonders warm leuchtete. Vom Straßenniveau gelangte man über zwei Stufen in den Vorgarten, zur Haustür hinauf führte eine weitere Treppe und unterstrich, dass Menschen in dem Haus wohnten, die nach oben strebten.

Der ausgebaute Dachboden war Yangs Reich. Die dem Ort abgewandte Giebelwand war mit Glas verkleidet und gab den Blick auf den Wald und einige wie Riffe aus dem grünen Gefälle ragende Felsen frei. An den mit Holz verkleideten Wandschrägen waren Bilder befestigt, Landschaftsfotos und Großaufnahmen von Pflanzen, und auf einem umlaufenden Sims lagen Rindenstücke, Kiesel und Treibholzfunde. Darüber spannte sich eine Reihe tibetischer Gebetsfahnen. Carmen hatte, als sie sie das erste Mal gesehen hatte, sehr genau wissen wollen, in wieweit sie lediglich Dekoration waren oder ob sie ihm auch inhaltlich etwas bedeuteten.

„Ich mag diese Idee, dass sich Botschaften durch den Wind in alle Welt verteilen", sagte er. „Von mir aus könnten alle möglichen Botschaften darauf stehen, auch christliche. Das sähe doch toll aus, oder? Von allen Kirchturmspitzen und Bergen flatternde Fahnenreihen."

„Na, ich weiß nicht. Es sieht schön aus, aber ich denke, diese Dinge zu vermischen, ist nicht gut. Das Äußere so zu betonen, lenkt den Blick vom Eigentlichen ab." Carmen sah nachdenklich zu den Symbolen und Schriftzeichen auf den Fahnen hoch.

„Bist du zufrieden? Ist kein Buddha drauf", neckte Yang sie. „Gebetsfahnen findet man vor allem auf Gebirgspässen im Himalaya, die gelten als besonders wirkungsvolle Orte zum Aufhängen. Dort sind sie am besten der Witterung ausgesetzt und die Gebete können in alle Richtungen getragen werden. Ihren Dienst haben sie am besten erfüllt, wenn nur noch Stoffreste übrig sind."

„Na, hier drin kann das ja lange dauern", kommentierte Carmen trocken.

In ihrem eigenen Raum herrschte eine ganz besondere Atmosphäre. „Mönchisch", nach Yangs Meinung.

„So verschieden von deinem ist er gar nicht", erwiderte Carmen. „Nur ordentlicher."

Das musste er zugeben. Über einem ausklappbaren Sofa spannte sich eine weiße Tagesdecke. Naturfarbene Wollteppiche bedeckten den Holzboden, auf dem sich Schrank, Schreibtisch und Stuhl den Platz teilten. Das besondere Licht im Raum kam durch den Glanz der vielen Ikonen an den Wänden, zu denen sie eine besondere Beziehung hatte. So hatte eine ganze Zeit lang die Rebellion gegen ihre Eltern ausgesehen, die ihren Glauben mit sehr vielen Einschränkungen und Geboten lebten und die mystische Ader ihrer Tochter nicht verstehen konnten.

Im gemeinsamen Schlafzimmer waren die Wände leer und in der Wohnküche herrschte ein aufgelockertes buntes Miteinander von Farben, Oberflächen und Gegenständen.

Carmen hatte bei der Wahl des neuen Ortes zur Bedingung gemacht, dass sich dort eine lebendige Kirchengemeinde befände, in der sie sich engagieren konnte. Zu ihrer Freude gab es eine freikirchliche Gruppe derselben Richtung, der sie angehörte.

„Unglaublich, wie offen die Leute in dem kleinen Ort hier sind. Sie setzen sich sehr für die Indianer im Amazonasgebiet ein", berichtete Carmen begeistert, als sie von einem der sonntäglichen Gottesdienste heimkam. Yang ließ sich nicht zum Mitkommen bewegen.

„Ich achte deinen Glauben, Carmen, aber ich habe genug mit meinem eigenen Thema zu tun. Im Endeffekt kämpfen wir ja an derselben Front", umarmte er sie lächelnd. „Wir sind Weltverbesserer."

„Ja, unverbesserliche", bekräftigte sie.

Meine Liebe, diesmal schreibe ich dir oben auf der Hochfläche. Ich habe die Felsen unter mir gelassen. Hier kann sich bald die Sonne um mich kümmern, die bisher nur zu ahnen war und die seit einiger Zeit versucht, sich durch einen Spalt in der Wolkendecke zu zwängen. Wind rauscht in den Kiefern. Sonst höre ich ab und zu ein Auto im Tal, die Rufe kleiner Vögel vom Waldrand und das Lachen einer Frau, denn vor Kurzem ist ein Pärchen vorbeigegangen. Im Talnebel tastet ein Scheinwerfer langsam die Landschaft ab. Ich sehe ihn von rechts nach links schwenken und hinter die schwarze Hügelkette leuchten. Jetzt ergießt sich endlich das Licht der Sonne auf die Hochfläche und färbt sie golden. Die roten Abnäher meiner Jacke strahlen, als ob sie breit lachen. Vögel rufen sich aufmunternd zu, dass die Kälte bald vorbei ist und ein Grünspecht stimmt ein. Und schon zieht sich der Vorhang wieder zu und das Bühnenbild verdunkelt sich. Die Sonne steht auf Stelzen, man hat mich als Kind gelehrt, dass dann Regen folgt. Ich sitze neben der vom Sturm gefällten Kiefer. Der große Baum liegt mit weit ausgreifenden Ästen auf dem Gras und mich umhüllt der Duft, der von ihm ausgeht, Harz, süßlich und intensiv. Stirbt die Kiefer noch? Wie lange strömt sie ihr Leben aus, wie lange dringen die Säfte durch die Leitbahnen? Ich bewundere die Rinde der oberen Zweige, die nun der Erde so nah sind. Zarte Camouflagemuster überziehen die Äste wie schuppige Haut.

Ich will dir von einer Szene mit meiner Mutter berichten, von dem kleinen Moment auf dem Zeitstrahl, der mich alles anders und liebevoller hat sehen lassen und nach dem wir uns besser verstanden haben.

„Ich weiß jetzt, was ich habe", sagte sie. Mit dem Älterwerden hatten sich gesundheitliche Probleme eingeschlichen. Wir standen vor dem großen geöffneten Fenster im Wohnzimmer und der Wind wehte herein. Das Wetter sollte sich ändern und schickte die ersten Vorboten.

„Ich habe dir doch erzählt, dass ich nachts aufwache und nicht mehr einschlafen kann, weil meine Beine so zucken."

„Ja, stimmt. Was ist es denn?", fragte ich nach.

„Es heißt ‚Restless legs', unruhige Beine. Woher das kommt, ist noch unklar."

„‚Restless Legs', hm", überlegte ich. „Vielleicht wollen deine Beine dir sagen, dass du aufstehen und losgehen sollst."

„Kind, du hast Ideen! Ganz so einfach ist es nicht. Das Zucken ist ja meist in der Nacht."

Ich schloss das Fenster und sagte, ich hätte das Gefühl, in meinem Kopf würden ebenfalls Blitze zucken. „Er ist vollgestopft mit viel zu vielen Gedanken."

„Ach, und woher kommt das?" Meine Mutter lächelte. Es herrschte im Gegensatz zu sonst eine gelassene und friedfertige Stimmung. Ich gab ihr das Lächeln mit einer Frage zurück.

„Keine Ahnung, was denkst du denn?"

Sie riet: „Vielleicht angeboren?"

„Du willst sicher darauf hinaus, dass ich meine ursprünglichen Wurzeln vernachlässige."

„Wie kommst du darauf? Aber vielleicht solltest du dich wirklich endlich auf den Weg machen", sagte sie. „Ich sage nur ‚Vietnam'."

Ich seufzte und sagte nach einer Pause, in der ich uns auf einmal mit anderen Augen wahrnahm, als Wesen voller Weisheit mit Augen, die hinter die Dinge sehen und bis tief in die Vergangenheit reichen: „Vielleicht mach ich das, Mama."

Sie freute sich und wir umarmten uns, so dass alles, was vorher zwischen uns an Auseinandersetzungen gewesen war, mit einem Mal wie in Luft aufgelöst zu sein schien. Aufgeregt fühlte ich mich den Mücken verwandt, die in der Luft tanzten, als hielten sie den Stillstand nicht mehr aus, und sagte: „Bevor ich nach Vietnam reise, gehe ich einleitend schon mal raus und drehe eine Runde. Kommst du mit?"

„Ach, Kind, jetzt nicht."

Ich zog meine Jacke über und verließ das Haus. Meine Mutter winkte mir im Fensterrahmen nach wie ein lebendig gewordenes Portrait.

Eine blonde junge Frau und ihr dunkelhäutiger Freund steckten auf der Bank, auf der ich mich immer mit Yang getroffen hatte, die Köpfe zusammen und kicherten. Ich erinnere mich, dass in der Siedlung ein Auto hupte und man von fern mit unregelmäßigem Gepolter einen Güterzug fahren hörte. Bei Wetterwechsel trug der Wind die Geräusche näher heran.

Zwei Düsenflugzeuge, das eine kommend, das andere sich entfernend, bilden am Himmel ein ‚V'. Wie Victory, Sieg, meine Liebe. Wann werden wir uns begegnen? Ich hoffe, wir streben danach nicht erneut voneinander weg, sondern bleiben verbunden. Die Blüten des kleinen Habichtskrauts haben sich geschlossen. Ich bekomme Gänsehaut an den Armen. Ein Specht warnt: Tick!

Yang trocknete sich nach dem Abspülen die Hände und warf einen Blick auf die Küchenuhr. Um diese Zeit kamen die Meisen zum Trinken. Für Anfang Dezember war es relativ mild und das fehlende Laub der Büsche machte es leicht, die Vögel zu beobachten. Yang sah durch das Fenster, wie sie sich vorsichtig dem Wasser näherten, um sich schauten, näher heranflogen, warteten, sich in alle Richtungen absicherten, immer zwei Ästchen tiefer hüpften, aufgeregt ihren Schnabel wetzten, den Himmel absuchten und endlich in Richtung des hellen Glitzerns flatterten, wie sie wie Kolibris in der Luft standen, zur sicheren Deckung zurückkehrten und noch ein, zweimal anflogen, bis sie auf dem Stein am Rand des Baches landeten und endlich, unter Spähen nach allen Richtungen, tranken. So viel Vorsicht, täglich mehrmals diese Wachsamkeit voller Unruhe und Anspannung, und das alles wegen eines elementaren Bedürfnisses. Für dieses Überlebensmittel mussten die Menschen der Industrieländer lediglich den Hahn aufdrehen. Yang trank nur Leitungswasser, am liebsten direkt aus dem Wasserhahn. Das sparte das Glas und somit Wasser und Seife, die sonst zum Abspülen gebraucht worden wären.

Carmen hatte Yang gebeten, sich mit ihr das Video einer Ballettaufführung anzusehen. Ballett gehörte nicht gerade zu seinen Interessensgebieten, doch die Körperbeherrschung von Tänzern hatte ihm immer Respekt abgerungen.

„Es ist eine Choreografie nach einem Stück von Bach. Die Matthäuspassion."

Als er zögerte, versicherte Carmen schnell: „Es hat weniger mit Religion zu tun. Es ist moderner Tanz und handelt davon, wie wir zur Welt stehen. Ich habe nur den Anfang gesehen und der allein hat mich schon sehr bewegt. Es wird dir gefallen."

Die große Bühne auf dem Bildschirm schien ebenso wie das Publikum gespannt und neugierig auf die Aufführung zu sein. Die Ouvertüre setzte ein. Yang kannte die Musik seit der Kindheit, von einem Besuch eines Kirchenkonzerts während der Weihnachtszeit. Er erinnerte sich an ein nachhaltiges Klangerlebnis, durchsetzt von Gratishusten, Füßescharren und Bänkeknarzen.

In die Musik schwang er sich gleich von Anfang an ein, doch dann nahmen ihn die Bilder der Geschichte gefangen, die auf der Bühne erzählt wurde. Das Ensemble wirbelte durch die imaginären Räume und drückte die Freude über die Ankündigung der Geburt Jesu als Geschenk Gottes aus. Man sah, wie Josef zweifelte, als Hirten und Engel die Botschaft verbreiteten. Der Erzähler, ein Mensch der Gegenwart in Mantel und mit weißer Wollmütze, sah von außen auf das Geschehen und ließ sich, ebenso wie Yang, zunehmend von der Handlung mitreißen. Der Engel der Verkündigung erbebte strahlend weiß vor goldenem Hintergrund, die Arme vieler hinter seinem Rücken verborgener Tänzer verliehen ihm Flügel, doch am meisten beeindruckte Yang die Figur der Maria. Sie nahm ihr Schicksal auf sich. Ihre Gliedmaßen suchten sich dennoch zu bewegen. Sie rief ihren Körper immer wieder zur Ordnung, bereitete sich vor auf das kommende Unglück, auf die schwere Aufgabe. Ihr Gesicht bekam einen flehenden Ausdruck und als das Kind auf der Welt war, hielt und liebte sie es, aber alles war schon da in ihren Gesten. Sie wusste, was ihm und ihr bevorstand. Schmerz.

Yang war ganz und gar gefangen. In den Bewegungen der Tänzerin war etwas zu lesen, dass er auch von Maria kannte. Unter dem Kämpferischen lag Schmerz, und es kostete Kraft, die Kontrolle zu behalten. Die Maria auf der Bühne tanzte schmerzvolles Einverstandensein in den großen unverständlichen Plan, und sie tanzte die Angst, dass die Kraft nicht ausreichen würde, das Schicksal zu tragen. Am Ende saß sie in ihrem blauen Kleid auf einem Koffer und wiegte in den Armen das Kind, verkörpert durch ein weißes gefaltetes Hemd. Die zu Beginn sorgfältig zu einem Pferdeschwanz gekämmten Haare lagen in Strähnen um ihr müdes Gesicht, auf ihren Lippen zeichnete sich dennoch ein Lächeln ab, voller Zuversicht.

Als der letzte Ton verklungen war und der Vorhang sich geschlossen hatte, blieb Yang einige Zeit stumm, ebenso wie Carmen, die die Aufführung die ganze Zeit über ebenso gebannt verfolgt hatte wie er. Dann brach er das Schweigen und sagte:

„Also, Carmen, das war wirklich beeindruckend."

„Nicht wahr", murmelte sie langsam. „So etwas habe ich noch nie gesehen. Und hast du erkannt, dass ich wie Maria bin?"

Verwundert sah er sie an. Eben hatte er sich noch an eine andere Maria erinnert.

„Auch ich habe eine schmerzliche Aufgabe", Carmen legte die Arme wie eine Umarmung um den Oberkörper, als müsse sie sich schützen. „Sie hat es gesungen: Lasse die göttlichen Werke immer Stärke Deines schwachen Glaubens sein!"

„Was willst du damit sagen? Ich verstehe dich nicht ganz."

„Dass sich alles zum Besten wendet, wenn man nur den Glauben an Gott erlangt."

„Ich fand", sagte Yang, „die Botschaft hat nicht unbedingt auf eine Religion oder auf Gott gezielt, sondern auf das Menschliche insgesamt. Und das war großartig und kann für alle Menschen gelten, für alle fühlenden Wesen. Es ging um die Trauer einer Mutter, um den Schmerz, den wahrscheinlich alle Mütter empfinden, wenn ihr Kind stirbt. Das hat mich sehr berührt. Vor allem das letzte Bild. Als sie gelächelt hat, voller Liebe."

Carmen schüttelte den Kopf und ergriff beschwörend seinen Arm. „Yang, du sprichst von der menschlichen Ebene, die hat eine Rolle gespielt, aber man sollte sie nicht überbewerten. Das ganze Stück will zeigen, wie klein wir sind, und wie verloren. Es diente allein der Ehre Gottes. Dafür hat Bach es geschrieben."

„Das kann sein, aber wir leben heute. Ich denke, wir dürfen das übersetzen für unsere Zeit. Gerade, weil ich ein Mensch bin und diese Gefühle ganz tief verwurzelt sind und für jeden gelten, kann ich mich einfühlen und die Geschichte nachvollziehen."

„Das greift zu kurz. Du vergisst Gott und du sprichst über Dinge, die du vielleicht nicht erfassen kannst." Carmen sagte es halb im Ernst und mit einem undefinierbaren Unterton. Sie beendete das Gespräch und ging in ihr Zimmer, um, wie sie ihm über die Schulter zuwarf, ihren Eindruck nachwirken zu lassen.

Carmen verhielt sich unnachsichtig, wenn sie den Verdacht hatte, man bemühe sich zu wenig um Selbsterkenntnis. Sie missbilligte Leute, die dem eigenen Woher und Wohin nicht auf der Spur sein wollten, und warf ihnen vor, sich zu wenig mit Glaube und Religion auseinanderzusetzen. Hohe Maßstäbe legte sie auch an sich selbst an, nahm sich Fehler und Versäumnisse übel und blickte viel auf ihre Schwächen. Sie forderte von jedem, das Ziel zu verfolgen, mehr Liebe in die Welt zu bringen, was für sie Liebe zu Gott bedeutete. Deshalb müsse man mehr geben als im Studium beste Ergebnisse zu erzielen, mehr, als eine gute Partnerschaft zu leben, mehr, als unter diesen angenehmen europäischen Bedingungen Mitmenschen zu helfen, man müsse das eigene Leben ändern und Gott nachfolgen, denn diese Aufgaben erfüllte man mit etwas Einsatz sowieso, das ergab sich aus den Geboten. Sie war der Überzeugung, jeder Mensch besäße Potenzial darüber hinaus, das er nicht ausnutzte, sie selbst eingeschlossen. Der Welt ging es nicht gut und sie führte ein angenehm selbstbezogenes Leben. Andere Mitglieder ihrer Glaubensgemeinschaft waren da weiter, ihre Sorge und tätige Liebe galt Menschen, die es weniger gut hatten, ob im In- oder Ausland.

Die runde Abdeckung auf der Zisterne des Nachbargrundstücks dient der Sonne als Spiegelfläche und blendet mich. Wie die Oberfläche eines UFOs leuchtet sie fremd auf in all dem Grün. Vielleicht schickt das künstliche Rund für mich unsichtbare Strahlen zum Himmel, wo sie dich für mich einfangen und dich mir zeigen, weit weg und unter anderem Licht. Da, du lachst! Es geht dir also gut. Neben einem Hirsefeld gehst du ein Stück abseits der Straße. Bald, hoffe ich, wirst du mit der Suche beginnen. Bis dahin nimm die Stellen wahr, an denen du dich nicht beengt fühlst, sondern geborgen. Nimm das Gespräch mit den Dingen dort auf oder auch nur mit der Luft, die dich umgibt, es lohnt sich und wird dir Antworten geben. Lange Zeit wusste ich solche Zeichen nicht zu deuten. Unachtsam und verstrickt in Ablenkungen und Nebenschauplätze, denen ich selten auszuweichen vermochte, streckte ich meine Fühler nicht weit genug aus und bekam deshalb nur Bruchteile mit von den Hinweisen, die mir beharrlich von neuem geschenkt wurden. Stattdessen schlug ich mit Worten um mich und übersah meine Ahnen, die sich des Nachts um mich scharten. Es gab Zeiten, da gingen ganz viele Gegenstände im Haus kaputt. Die Schnaube der treuen Teekanne brach ab, als ich sie im Vorbeigehen zu Boden riss. Hatte sie sich mir in den Weg gestellt? Mein kleines blaues mundgeblasenes Lieblingsglas besaß plötzlich einen feinen Haarriss, aus dem Wasser auf den Tisch rann, nachdem ich ein paar Blumen hineingestellt hatte.

Ein großes Geschenk bekam ich gestern, ich will dir von der Recherche für ein Walderlebniszentrum erzählen. Ich war wach und sehr mit Yang verbunden. Auch Schaukeln können Schlüssel sein.

Mitten im Wald, zwischen mächtigen Buchen, traf ich auf ein riesiges, stabiles Holzgestell, an dem eine Schaukel aufgehängt war. Schon viele Jahre hatte ich nicht mehr auf einer Schaukel gesessen. Mit dir, mein Kind, zuletzt, aber du wirst dich kaum erinnern, so lange ist das her. Das Brett hing relativ hoch. Ich ließ meine Tasche zu Boden gleiten und zog mich an den dicken Seilen auf das Schaukelbrett. Unversehens war alles wieder da, das Wissen, wie ich die Beine nach vorn zu strecken und Schwung zu holen hatte, wie ich beim Zurückschwingen die Beine anwinkeln und mit erneutem Schwung wieder ausstrecken musste. Ein Vor und Zurück, das mich Stück für Stück höher steigen ließ. Meine Hände spürten das Seil, meine Blicke wanderten nach oben in den Himmel, ich hörte das Rauschen des Winds in den Ohren und ich machte die Entdeckung, dass sich die Kopfhaut am Hinterkopf kühl und neu anfühlte, wenn der Wind beim Nachhintenschwingen die Haare auseinander trieb. Davon konnte ich gar nicht genug bekommen. Erst, als ich das Schaukeln ausgekostet hatte, ließ ich mich langsam auspendeln und sprang, wie früher als Kind, vor dem Stillstand ab.

Ist in dir eine Erinnerung aufgetaucht?

Carmen sagte es Yang an einem Sonntagmorgen beim Frühstück. Sie bestrich ihr Brot mit Butter und teilte ihm zwischen zwei Bissen wie nebenbei mit, dass sie schwanger war.

Als er nicht gleich etwas sagte, sondern nur langsam die Hand mit seiner Tasse sinken ließ, fragte sie: „Freust du dich?"

„Carmen!" Mit ungläubigem Gesichtsausdruck sah Yang sie an. „Wie kann das sein?"

Die Worte hingen eine Weile in der Luft, bis sie leichthin mitteilte, sie habe die Pille nicht vertragen und sie abgesetzt.

„Ich habe mit dir darüber gesprochen, Yang, das weißt du."

„Du hast gleichzeitig gesagt, du kümmerst dich um eine Alternative. Wir haben nicht darüber gesprochen, dass du ein Kind möchtest."

Sie sah ihn mit ihrem Ichbinfestentschlossen-Blick an.

„Wir haben uns darauf zu bewegt. Manches muss man nicht zerreden. Wann ist ein besserer Zeitpunkt? Unsere Lebensumstände stimmen, ich arbeite von zu Hause aus und du hast ebenfalls die Möglichkeit, deine Zeit selbst einzuteilen. Das wird kein Problem sein, glaube mir. Für mich kam es zum jetzigen Zeitpunkt auch überraschend, aber ein Kind ist ein Geschenk Gottes. Also bin ich deswegen sehr dankbar. Und ich wünschte, du würdest dich ebenfalls freuen."

„Es kommt plötzlich", fasste Yang schließlich seine Überraschung in Worte.

„Wir bekommen das hin, da musst du dir keine Gedanken machen", sagte sie heiter.

Yang dachte an das Gefühl von Verantwortung, das ihn in diese Beziehung geführt hatte und senkte den Kopf. Er würde dieses Kind genauso annehmen und die Verantwortung für es tragen wie für Carmen.

„Ich bin überrascht", wiederholte er und sah wieder auf, „aber ich freue mich."

Carmen klatschte in die Hände. Sie kam um den Tisch herum und umarmte ihn. „Stell dir vor, wir beide bekommen ein Kind. Es wird ein ganz besonderes Kind sein."

Er musste sich noch an den Gedanken gewöhnen, aber die Freude in Carmens Gesicht bewegte ihn und ließ in seinem Inneren etwas aufsteigen wie Wärme.

„Möchtest du einen Jungen oder ein - ?", fing er an, als sie schon rief:

„Ein Mädchen!", und eilig hinzufügte: „Natürlich werde ich auch einen Jungen liebhaben, eigentlich ist es mir egal. Es wird auf jeden Fall ein Winterkind werden, wahrscheinlich mit einem Erdzeichen im Horoskop. Wir werden mit Gottes Hilfe etwas zu seiner Schöpfung beitragen, ein Kind, das uns die Erde ein Stückchen näherbringt."

Yang hatte das unbestimmte Gefühl, dass er sich bereits Sorgen um dieses Kind machte. Über die Gründe dafür wollte er nicht nachdenken.

In all den Wochen, in denen Carmens Bauch runder wurde, hatte Yang Zeit, sich daran zu gewöhnen, dass sie dabei waren, ein Kind in die Welt zu setzen. Anfang Januar ging es dann ganz schnell. Ohne Komplikationen kam es im Krankenhaus zur Welt, ein Mädchen mit Yangs blauen Augen und dem schmalen Kopf ihrer Mutter. Eine Tochter, die sie Virga nannten.

Den Namen hatte Carmen ausgesucht. „Es bedeutet ‚Zweig'. Wir sind alle Zweige am Stamm des Menschengeschlechts, am Stamm des Geschlechts Adams."

„Und alle Bäume haben Zweige, die wie Antennen ins Freie ragen und immer Sonne und Wärme finden. Das wünsche ich mir für meine Tochter!", ergänzte Yang. „Und eigentlich ist Virga in der Wetterkunde die Bezeichnung für einen besonderen Niederschlag. Virga heißt der Regen, der

aus den Wolken fällt, ohne jedoch jemals die Erde zu erreichen. Jeder kennt diese schrägen Streifen, die aussehen wie
eine graue Schleppe."

Carmen staunte.

„Wir nennen sie Viri", fügte Yang zärtlich hinzu.

Das erste Wort, meine Liebe, ist Leben. Wie sollte es auch anders sein? Leben beginnt mit dem ersten Impuls, mit dem ersten Hauch, mit der ersten Bewegung. Es ist alles da. Du musst dich nur damit verbinden. Die Falter, die dich umflirrt haben, machen es dir vor. Mir haben sie ihr Geheimnis schon mitgeteilt. Nun ist es an dir. Einen Schritt nur musst du auf sie zugehen.

Ich sehe das Zeitungsfoto an. Du sitzt in der Weite des Graslands auf einem weißen Stein. Die Abendsonne trifft dich von der Seite, die eine Hälfte deines Gesichts ist in Schatten getaucht. Du hast die Augen geschlossen, dein schönes Gesicht wirkt kraftvoll, entschlossen und gleichzeitig in sich gekehrt. Die langgewachsenen Locken hat der Wind nach hinten geweht. Kastanienbraun schimmern sie im Licht und sie liegen kräftig auf deinen Schultern. Du hast beide Hände auf den Oberschenkeln abgelegt. Das glühende Rot deines Pullovers bildet einen wunderbaren Kontrast zum Weiß deiner Schlaghose. So etwas Schönes hatte ich lange nicht mehr gesehen. Ich habe es sofort ausgeschnitten und eingerahmt. Den Anlass für das Foto habe ich vergessen, vielleicht ein Kongress. Wieder einmal war ich sehr dankbar, dich zu kennen, als ich dieses Bild gesehen habe.

Denk nach, meine Liebe. Welche Sinne gibt es? Den Hör-, den Seh-, den Tastsinn, Riechen und Schmecken. Ein kluger Mann hat gesagt: Das sind die Sinne auf der Lichtung am Feuer vor der Höhle. Das trifft es. Weißt du, was ich meine? Es gibt Sinne, die etwas über die Außenwelt sagen, und es gibt Sinne, die von unserer Innenwelt erzählen. Mit den ersteren erkennst du Gefahren, kannst fliehen oder standhalten, mit den zweiten kannst du dein Gleichgewicht finden.

Weißt du noch, was du mir damals erzählt hast, am Tag deines Abiturzeugnisses, an deinem letzten Schultag? Ich habe es mir gleich danach aufgeschrieben.

Am ersten Nachhauseweg deines neuen Lebens, hast du gesagt, bist du bewusst die ganze Strecke zu Fuß gegangen. Nicht weit von der Schule kam eine junge Frau auf dich zu und hielt dir ein Mikrophon unter die Nase. Und schon breitete sich ihre Frage in deinem Inneren aus wie ein Schluck kaltes Wasser an einem heißen Tag. Ja, so hast du es beschrieben. Du hast geantwortet, ohne zu überlegen. Vielleicht hatte die Antwort in deinem Mund bereits darauf gewartet, herauszusprudeln. Du sagtest, du hättest Angst, dass die Leute ihre eigenen Ängste auf dir abladen würden, wenn du ihnen von deinem Plan, erst einmal nichts zu tun, erzählen würdest. Du sagtest: „Ich tue ja sehr wohl etwas, wenn ich draußen bin, ich nehme wahr, bin verbunden und lasse meine Gedanken fließen – aber sie haben Angst vor dem Loch, in das sie zu fallen fürchten, sobald sie aus den Schranken ihrer Existenz in die Freiheit treten."

Welches Erkennen, welche Tiefe lag in deinen Worten. Dann begann dein Studium. Du hattest gehofft, an der Universität wäre alles anders, dein wacher selbstständiger Geist wäre gefragt, und bald bist du verwirrt vor mir gestanden und hast gesagt: „Es ist alles wie vorher. Wieder sagt man mir, was ich zu denken und zu wissen habe." Und dann kam der große Verlust und du hast dich entschlossen, ohne Wenn und Aber in diese Freiheit aufzubrechen. Jedenfalls habe ich es so verstanden.

In diesem Haus hast du es mir gesagt. Ich war noch bedrückt von der vorhergehenden Autofahrt, vielleicht traf mich deshalb alles, was du sagtest, so ungeschützt. Ich war ziemlich schnell bei geringem Verkehr auf der Autobahn unterwegs gewesen, hatte mich zwei langsameren Fahrzeugen genähert und zum Überholen angesetzt. Merkwürdig schnell erschienen Schilder zur Geschwindigkeitsbegrenzung. Ich beschloss, den Überholvorgang noch zu beenden und dann rechts einzuscheren. Spät sah ich die schwarz gefärbte Fahrbahn auf der linken Spur. Deutlich brannte sich mir die rostrote Fläche geronnenen Bluts ein, die daneben im Bruchteil eines Augenblicks sichtbar wurde. Angesichts des Wassermangels in jenem heißen Sommer hatte man die Fahrbahn nicht gereinigt. Flirrend, so schien es mir, weil ich geübt war, sie zu sehen, schwebten die Seelen der Verstorbenen in der Luft über dem Asphalt.

Heute habe ich auf einem meiner Spaziergänge, die mir oft als Suchbewegung erscheinen, wieder die weiße Amsel gesehen. Offenbar wohnt sie in der Nähe der Wegkreuzung. Viele Amseln sind dort zu Hause, aber keine zieht meine Aufmerksamkeit so auf sich wie diese mit dem weißen Aufblitzen inmitten der Erwartung von Schwarz. Sie ist nicht zur Gänze weiß, nur der rechte Flügel ist es. Natürlich denke ich bei ihrem Anblick jedes Mal daran, was mir die Farbe Weiß bedeutet. Ich blieb stehen und der leuchtende Fleck hinterließ einen Abdruck auf meiner Netzhaut. Sie sah mich mit ihren dunklen Perlenaugen lange an, dann flog sie auf den Quittenbaum, der dort am Rand eines Gartens seine Zweige über den Zaun streckt.

Weißt du noch unser Gang im Herbst, als das Schlimmste vorbei war, als Yang seine Ruhe gefunden hatte, als etwas Zeit vergangen war und dein Entschluss noch nicht feststand? Wir sind losgegangen, wie immer ohne Plan und unserer Intuition vertrauend. Egal, wohin, etwas würde uns begegnen, etwas Bedeutsames oder Schönes. Es war allein schon tröstend, mit der gemeinsamen Trauer zu gehen. Auf der schmalen Straße stiegen wir aus dem Tal empor und mäanderten durch die Kleingartenkolonie. Das matte Rot der Eibenfrüchte bewundernd, waren wir eine Weile stehen geblieben. Auf einmal trat eine Frau aus einem Gartentor und fragte:

„Darf ich Sie ansprechen?"

„Natürlich!" Die Formulierung wunderte mich.

„Wissen Sie, die Eibe ist giftig. Ich habe gesehen, wie Sie die Zweige angesehen und die roten Beeren berührt haben. Die kann man nicht essen."

Wir sagten, dass wir das wussten und uns nur die schöne Farbe gefesselt hätte. Sie fand uns wohl sympathisch, denn übergangslos fragte sie, ob wir Quitten brauchen könnten. Sie habe schon viele verarbeitet und es wären immer noch mehr als genug. Vor dem Gartenhaus stand ebenerdig eine Plastiktüte mit riesigen gelben Früchten bereit. Wir nahmen die mit einem graugelben Pelz überzogenen Früchte in die Hände und rochen an ihnen. Als wir unseren Gang fortsetzten, trugen wir abwechselnd die Tüte und bei jeder Übergabe von einer zur anderen stieg eine Wolke von Quittenduft auf. Es war bereits früher Abend und uns begegneten unterwegs kaum Leute. Am Denkmal bliebst du plötzlich stehen.

„Sieh mal!", sagtest du. Die Strahlen der schrägstehenden Sonne schienen bis in den sonst so dunklen Rundbau und beleuchteten von der Seite das Relief eines Engels, der in unsere Wegrichtung wies, so als ob er sagen wollte: ‚Geht euren Weg weiter. Es ist der richtige. Ich bin bei euch!' Am nächsten Tag, als wir erneut dort vorbeikamen, lag das Innere im Dunkel. Du nahmst drei Quitten mit in dein Zimmer, wegen des Dufts, wie du sagtest.

Es war einer unserer letzten, gemeinsamen Gänge, nicht lange danach fand das große Abschiednehmen statt. Ich habe dich umarmt und den Sommerduft auf deiner dunkel gebräunten Haut eingeatmet. Was blieb uns mehr zu sagen, als einander das Beste zu wünschen? Dass wir uns jetzt schon vermissten, sagten wir nicht, das behielten wir für uns. Was war der Grund dafür, dass du nie mehr zurückgekommen bist? Gibt es Gründe? Du allein kennst sie. Du hast sie mir nie gesagt. Du gingst mit deinem federnden Schritt die leicht geneigte Straße hinab, die schwere Tasche über der Schulter und mit der Hand den Rollkoffer nachziehend. Mehr nahmst du nicht mit in dein neues Leben. Irgendwo erklang eine Melodie aus einem geöffneten Fenster, ein immer schneller werdendes Stakkato, das mir ans Herz griff, als in einem letzten Ton alle Instrumente schneller und schneller zusammenströmten und dieser Ton dann abbrach, als wäre ihm die Kraft des Atmens genommen. Im selben Moment hast du dich umgedreht und gewunken, dann verbargen dich die Häuser an der Kurve.

Es ist Zeit, wieder an deiner Haut zu riechen. Verzeih, meine Hand musste das schreiben. Und noch: Du bist mein Medikament. Bitte komm bald, meine Liebe. Bis dahin irre ich durch meine Tage und suche meine Medizin.

Carmens Eltern hatten den Tisch auf der Terrasse gedeckt. Ihr Vater, ein massiger, glatzköpfiger Typ, sah auf die bis zum Zaun reichende Rasenfläche und sagte: „Büsche machen Laub, das muss nicht sein." Ihre Mutter trug die kurzen Haare blond gefärbt, nickte und lehnte sich in ihrem weißen Stuhl zurück, während der Rasenroboter hinter dem niedrigen Mäuerchen seine Schleifen fuhr. Die tiefe Stimme von Carmens Vater konnte es mit der Lautsprecheransage aus dem Bus an der Haltestelle aufnehmen. Carmens Eltern schienen sich nur Dinge zu sagen, die den anderen nicht verwunderten und hielten mit ihrer Meinung über die angemessene Kindererziehung nicht hinter dem Berg. Carmen ließ sich das gefallen und meinte, man müsse seine Eltern respektieren. Bei den Besuchen dort kam sie Yang immer verändert vor, eine andere Frau als die, mit der er zusammenlebte. Ungern und so selten wie möglich begleitete er sie in ihr Elternhaus. Auch Carmen ließ Yang lieber allein seine Mutter besuchen.

„Ich bin dort immer etwas angespannt. Dann weint Viri, weil sie merkt, dass es mir nicht gut geht."

In ihrem neuen Leben zu dritt verbrachte Yang mit seiner Tochter so viel Zeit wie möglich. Durch ihre Augen erschloss sich ihm die Welt auf eine neue und intensive Art und Weise.

„Ich lerne so unglaublich viel von Viri!" Dankbar umarmte er Carmen, die nichts dagegen hatte, wenn Yang das Kind Erfahrungen mit Gras und Erde machen ließ oder mit in den Wald nahm, wo es von seiner Decke zu den im Wind wogenden Baumkronen hoch sah und lebhaft dazu strampelte. „Ich glaube, sie kann noch von den anderen Wesen lernen, sie ist noch nicht so getrennt von allem wie wir. Der Bach, die Felsen und die Wolken reden mit ihr."

Weil Yang die Nähe seiner Tochter so wichtig war, hatte Carmen mit der Organisation seiner Termine weniger zu tun und engagierte sich vermehrt in ihrer Kirchgemeinde. Sie legte einen missionarischen Eifer an den Tag, der zunehmend zu Meinungsverschiedenheiten zwischen ihnen führte. Ihre Kritik über die ihrer Ansicht nach oberflächlichen Leute, mit denen Yang zu tun hatte, häufte sich. Es handele sich um Menschen, denen ihr Sport über alles ging, die sich zu wenig für die Gemeinschaft engagierten und sich nicht um spirituelle Zusammenhänge kümmerten. Yang forderte ihrer Meinung nach in dieser Richtung zu wenig ein, konfrontierte die Leute zu wenig mit der Frage nach dem Ursprung der Schöpfung und der nach ihrer Religiosität.

Yang ärgerte sich über das ständige Drängen.

„Carmen, leg doch nicht jeden Satz, den ich sage, auf die Goldwaage. Man kann doch mal über nebensächliche Dinge sprechen, das bringt die Leute auch einander näher."

„Diese Ebene kann mir gestohlen bleiben." Unzufrieden verschränkte sie die Arme. „Du willst dich nicht für das Wesentliche einsetzen."

„Das ist doch nicht der Punkt. Ich will den Leuten nichts aufdrücken, aber ich bringe meine Meinung ein, wo es passt, das kannst du mir glauben. Beziehung heißt für mich, auch das Gegenüber im Blick zu haben. Natürlich kann man, wenn der Andere offen ist, mehr für die spirituelle Ebene tun, aber man kann doch nicht von Anfang an immer gleich die Keule auspacken."

„Beziehung heißt für mich, einander voll und ganz zu verstehen und immer am selben Strang zu ziehen."

„Dann wirst du aber ziemlich sicher enttäuscht werden. Menschen sind nun mal verschieden."

„In einer Ehe hält man zusammen, auch in schweren Zeiten. Kommt dir das bekannt vor?"

Er stöhnte. „Mein Gott, Carmen ..."

Da unterbrach sie ihn: „Bitte führe den Namen Gottes nicht auf diese Weise im Mund."

Nach einem längeren Schweigen sagte Yang langsam und eindringlich: „Carmen, wir leben zusammen, wir haben ein Kind, siehst du nicht, dass du es bist, die sich entfernt? Mit großer Geschwindigkeit? Ich kann dich manchmal nicht verstehen."

Sie versöhnten sich immer wieder. Viri war das starke Band zwischen ihnen. Wenn er beruflich unterwegs war, hielt Yang es kaum aus, von seiner Tochter getrennt zu sein. Die ersten drei Jahre als kleine Familie vergingen wie im Flug. Hin und wieder stockte eines der drei gleichmäßig auf- und abschwingenden Flügelpaare, doch sie blieben auf dem gemeinsamen Kurs, bis sich eines Tages unmerklich die Anordnung der Flugformation änderte.

Es war schon spät geworden, als Yang eines Abends im Herbst heimkam. Carmen hatte in der Küche auf ihn gewartet.

Nach einem kurzen Begrüßungskuss ging er zur Spüle, beugte sich hinunter und trank, den Kopf schräghaltend, direkt vom Wasserstrahl aus dem Hahn.

Sie fragte nach seinem Tag und er erzählte von der Begegnung mit einem Bussard. „Meine Schritte waren kaum zu hören, ich hatte die Kletterschuhe mit dem weichen Sohlen an. Der Bussard war genauso erschrocken wie ich. Beim Auffliegen kam er ins Taumeln, und ich konnte mich gerade so festhalten."

Carmen hatte zugehört und genickt. Dann kam sie ohne Umschweife zu ihrem Anliegen.

„Yang, du weißt doch, dass es in unserer Gemeinde das Südamerika-Hilfsprojekt gibt."

„Ja, natürlich!"

„Stell dir vor, die haben mich um Unterstützung gebeten." Erwartungsvoll sah sie ihn an.

„Ich weiß, ihr sammelt Gelder, um die Situation der Indianer in Brasilien zu verbessern. Meinst du das?" Er öffnete Schränke und Schubladen und suchte Gegenstände zusammen. „Stört es dich, wenn ich noch etwas esse? Erzähl einfach weiter, Carmen. Was ist mit dem Projekt?"

„Wir haben Gelder gesammelt und die Betonung liegt auf ‚haben', denn das Sammeln ist fürs Erste Vergangenheit. Die große Summe, die gespart werden sollte, ist zusammengekommen."

„Gute Arbeit, das ist toll", bemerkte Yang über seine Schulter hinweg.

Sie saß sehr aufrecht. „Ja. Und nun kann das Geld übergeben werden."

„Macht ihr das per Überweisung an irgendwelche Mittelsmänner vor Ort?", fragte er.

„Nein, es soll übergeben werden", wiederholte Carmen. „Wir wollen sicher sein, dass es in die richtigen Hände kommt." Sie machte eine bedeutungsschwangere Pause, während Yang mit Brotschneiden beschäftigt war, dann fügte sie an: „Man hat mich gefragt, ob ich es hinbringe."

Es dauerte eine Weile, bis er sich überrascht umdrehte. „Was?"

„Wir sind zu dritt. Unser Priester und ein Journalist und ich."

Yang starrte sie ungläubig an.

„Traust du das mir etwa nicht zu?", fragte Carmen in die Stille.

„Doch. Du bist immer für Überraschungen gut. Es hat mir die Sprache verschlagen, dass es so klang, als ob du da hinwillst."

„Das stimmt. Ich habe schon zugesagt. Ich will für Gott und die Gemeinschaft alles tun, was in meiner Macht steht. Für meinen Glauben würde ich überall hingehen."

Yang runzelte die Stirn. „Carmen, ich gönne dir jede Reise, egal wohin, das weißt du, aber denkst du an Viri? Willst du sie mitnehmen."

„Nein, das ist schlecht möglich, aber so lange dauert die Reise nun auch wieder nicht. Drei Wochen."

Carmen schien fest entschlossen und Yang war verärgert, dass sie ihn einfach vor vollendete Tatsachen stellte. Mit der Frage „Bist du sicher, dass bei dir nichts Missionarisches mitschwingt?" brachte er sie aus der Ruhe. All die Jahre hatte er sich nicht an ihre Religion angenähert, worauf sie sehr gehofft hatte.

Carmen beugte sich vor. „Lass uns gemeinsam reisen, Yang. Zu dritt. Das wäre mein Wunsch. Du würdest mit eigenen Augen sehen, wie stark Gottes Kraft ist und wie sehr sie die Welt zum Guten wenden kann. Das ist doch auch dein Wunsch, nicht wahr? Dass es der Welt besser geht. Dafür hast du dich doch auch immer eingesetzt?"

Yang schüttelte den Kopf. „Carmen, das ist nicht mein Weg, ich sehe mich nicht in Brasilien, ich bin auf gar keinen Fall ein Missionar und will mit Bekehrung auch nichts zu tun haben. Ich bin überhaupt nicht der Meinung, der Zustand der Welt würde mich nicht kümmern, ich versuche auf meine Art und Weise und mit meinen Möglichkeiten, Dinge zu verändern, nicht über Religion."

„Und wie?", wollte sie wissen.

„Das weißt du genau, wir haben oft darüber gesprochen. Indem ich den Menschen die Natur näherbringe und ihnen die Gelegenheit gebe, zu erfahren, wie schützenswert und großartig sie ist. Da haben wir beide uns ja bisher auch getroffen, in der Liebe zur Schöpfung."

Yang hatte sich mittlerweile auf den Stuhl ihr gegenüber gesetzt. Beiden war klar, dass ihr Leben gerade wie ein dünnwandiges Boot, das sich aus einem Kanal hinaus auf das Meer verirrt hatte, in stürmisches Fahrwasser geraten war.

„Mein Leben gehört mir, Yang", sagte Carmen mit einer Endgültigkeit, die sie beide erschrecken ließ. „Überleg es dir. Wenn du mitfährst, ist alles gut. Wenn nicht, gehe ich meinen Weg allein."

Er wurde wütend. „Alles gut? Du stellst mich vor Tatsachen und alles soll gut sein? Du hast mir nie etwas von dieser Reise erzählt, aber ich soll ja und amen dazu sagen." Er lachte bitter. „Klingt gut und passt auch gut. Ja und amen."

„Du hast mich nie gefragt, was mich beschäftigt. Ich habe mich weiterentwickelt. Du weißt, was die Gemeinde mir bedeutet. Erzählst du mir etwa viel von deinen Kletterausflügen? Nur am Rande, wegen des Einkaufens und der Organisation. Mit Viri wechseln wir uns ab, von Übergabe zu Übergabe. Wir sind eingespielt, aber wenn du mich fragst, ist das keine Liebe."

Nach einer Weile nickte Yang und sagte: „Es tut mir leid, das stimmt, Carmen. Wir haben nebeneinander her gelebt."

Aber sie musste noch einige Vorwürfe loswerden.

„Du fährst mit einer Selbstverständlichkeit zu all deinen Zielen, egal wohin, deine Arbeit ist wichtig, aber mein Leben ist anscheinend nachrangig. Und nun, wo ich einmal an mich denke, kritisierst du daran herum, dabei wollte ich dich sogar dabeihaben. Wir könnten uns eine neue Basis schaffen, in einer Gemeinschaft, die dir sicher auch viel geben kann." Sie sah ihn an, als appelliere sie an seinen Verstand, seine Liebe und alles, was sie einmal verbunden hatte.

Er suchte nach einer Antwort, seine vom Klettern leicht aufgeschürften Hände flatterten unruhig wie Vögel, die einen seltsamen Tanz vollführten.

„Wir haben uns voneinander entfernt, Carmen. Das tut mir leid. Ich sehe meinen Anteil. Ich habe nur mehr mich im Blick gehabt. Und Viri. Das tut mir leid. Ich bitte dich um Vergebung."

Voll Zuversicht stand Carmen auf und ging vor ihm in die Hocke. „Wir haben eine Chance, Yang. Fahr mit mir."

Er schwieg und die Enttäuschung war an ihrem Gesicht abzulesen. Wie ein offenes Buch lag es vor ihm. Diese Seite wurde nach ein paar Sekunden umgeschlagen und es erschien eine neue, eine unversöhnliche.

„Gut. Ich gehe meine Wege und du deine."

Erschrocken über ihre entschlossene Miene fragte er schnell: „Und Viri?"

„Virga hat damit nichts zu tun. Gott wird sich ihrer annehmen."

Die Härte in ihrer Stimme sollte ihn verletzen und tat es auch.

„Carmen", fing er an.

„Carmen, Carmen, Carmen! Sieh dich doch an! Klettern ist für dich die Erfüllung, du bist auf keiner spirituellen Suche mehr. Weißt du noch, wie du die ersten Male in unsere Kirche gekommen bist? Da hat unsere Gemeinschaft dir gegeben und du hast genommen, das war für dich in Ordnung, aber das gilt jetzt alles nicht mehr. Ich dachte, du würdest den Weg zu Gott einschlagen, aber ich habe mich getäuscht, wie ich sehe."

Sie war laut geworden und er hielt es nicht mehr aus.

„Mit dir ist nicht zu reden!" Er drehte sich auf dem Absatz herum und ging hinaus.

Carmen verharrte einige Sekunden in ihrer Haltung, dann, als ob sie sich an das Wesentliche erinnerte, schüttelte sie sich kurz, faltete die Hände und flüsterte: „Herr, bitte hilf mir, meiner Aufgabe gerecht zu werden. Ich möchte mir ein offenes Herz bewahren, auch wenn Yang dazu nicht imstande oder gewillt ist."

Draußen fiel die Tür ins Schloss, lauter als gewöhnlich. Carmen ging an den Computer und rief eine Seite über die Indianer im Amazonas-Gebiet auf.

Einen Monat später küsste Carmen ihre Tochter am Flughafen auf den Scheitel, gab Yang ein Küsschen auf die Wange und zum Abschied die Hand und schloss sich der kleinen Reisegruppe an, die im Hintergrund vor den Schaltern auf sie gewartet hatte. Yang und Viri winkten dem Flugzeug nach, das sich bald nach dem Start in den Wolken versteckte und sich ihren Blicken entzog.

„In drei Wochen kommt Mama wieder", flüsterte Yang dem Mädchen ins Ohr und küsste es.

Höhlen

Von fern bekam ich mit, wie Yang seinen Weg ging, wie er sich liebevoll zwischen Bäumen und Felsen hin und her bewegte, zwischen Lebewesen, die er so sehr schätzte. So wie heute von dir erfuhr ich damals von ihm viel aus der Zeitung. Seine Liebe zu Bäumen und Steinen verschmolz irgendwann zu seinen eindringlichen Vorträgen über die großartige Schönheit der Natur und über das, was wir zu verlieren riskieren, wenn wir so weiter machen wie bisher. Ich las von seinen Reisen und dass er bei vielen Projekten humanitäre Organisationen unterstützte, das hast du von ihm. Ich dachte manchmal, ich hätte Yang und mir vielleicht mehr Zeit lassen sollen, aber ich war zu ungeduldig gewesen, warten war nie meine Stärke, das habe ich erst im Wald gelernt. Und gerade, als ich ihn mit anderen Augen sah, als ich mein Studium abgeschlossen hatte und gut durch das Schreiben verdiente, gerade, als ich überlegte, ob ich mich nach langer Zeit wieder mit ihm treffen sollte, da begegnete mir seine Mutter in der Stadt und erzählte, dass er heiraten würde. Sie hatte mich immer verunsichert, weil sie, ebenso asiatisch aussehend wie ich, stets selbstbewusst mit ihrem Anderssein umgegangen war. Sie hatte meinen ungläubigen Blick wohl richtig gedeutet und es klang irgendwie solidarisch, als sie sagte:

„Ja, Maria, er heiratet. Und ich glaube nicht, dass ihn das glücklich macht. Ich finde, ihr beide hättet besser zueinander gepasst."

Ich nahm wahr, wie ich bei ihren Worten mein Gewicht verlagerte, wie eine Puppe, die beim Hinstellen kippelt und einige Zeit braucht, bevor man sie loslassen kann.

Ich hörte nichts mehr von Yang, bis ich erfuhr, er habe eine Tochter bekommen. Da ist mir zum ersten Mal dein Name zu Ohren gekommen, Viri. Jahre später stand er mit dir vor meiner Tür. Alles andere hast du selbst erlebt.

Die Gruppe kam ohne Carmen aus Südamerika zurück. Ihre Reisegefährten konnten Yang nur berichten, dass die Expedition zu den Indianern wie geplant verlaufen war, dass sich seine Frau aber von ihnen in Rio getrennt hatte. Sie habe vor, noch eine private Reise durch das Land anzuschließen. Seitdem hatten auch sie nichts mehr von ihr gehört.

Carmens Ausbleiben wurde zum Ortsgespräch und Yang glitt in ein einziges Auf und Ab. Seine Frau war nicht wiedergekommen. So etwas las man nur in der Zeitung. Viele glaubten, sie wäre einem Verbrechen zum Opfer gefallen und schüttelten ihm, wenn er einkaufte oder Viri in den Kindergarten brachte, voller Mitgefühl die Hand. Fragen, ob er nach Südamerika reisen und seine Frau suchen wollte, verneinte er, worauf sich eine lastende Stille voll unausgesprochener Worte ausbreitete, eine Leere, die er nicht mit Worten zu füllen imstande war. Nach einigen Wochen setzte eine Phase ein, in der alle taten, als ob das Außergewöhnliche nicht geschehen wäre. „Man muss nach vorne schauen!", sagten sie mit fester Stimme und einem betonten Blick auf das Kind. Carmens Eltern hatten Yang aufgefordert, Carmen zurück zu holen, sie selbst sähen sich nicht in der Lage dazu. Als er nicht fuhr, zeigten sie sich fortan überzeugt, dass die Tochter wiederkommen würde, sprachen von Gottes Liebe und unerforschlichen Ratschlüssen.

Wegen Viri gaben sie sich besorgt, besuchten sie aber nicht mehr und es war unklar, ob sie sich oder das Kind vor der Erinnerung schützen wollten. Sie schickten kleine Päckchen voller Süßigkeiten mit der Post, als ob sie sehr weit weg leben würde.

Irgendwann wusste Yang nicht mehr, ob er wünschte, Carmen würde wiederkommen. Als Toni seinen Besuch ankündigte und sie abends zusammensaßen, konnte Yang, nachdem er Viri ins Bett gebracht hatte, seine Wut, seine Enttäuschung und seine Ratlosigkeit in Worte fassen.

„Ich weiß nicht, wie ich die letzten Monate überstanden habe. Manchmal bin ich wahnsinnig wütend auf Carmen. Ich stehe vor ihrem Bild und würde es am liebsten kaputtschlagen oder zumindest abhängen und wegpacken. Aber das tue ich natürlich nicht, Viris wegen."

Toni, der sonst so schnell mit Worten war, hörte Yang aufmerksam zu.

„Seit einiger Zeit fühle ich mich besser. Etwas hat sich verändert, trotz immer noch starker Schwankungen. Vielleicht ist es so ähnlich wie mit dem, was die Leute als Trauerjahr bezeichnen. Vielleicht kann man auch um jemanden trauern, der sich von einem entfernt und abgewandt hat."

Nächtelang hatte Yang wachgelegen und überlegt, was seine und Carmens Beziehung getragen hatte, weshalb er Carmen nicht hatte bieten können, was sie sich erträumt hatte, was er hätte anders machen sollen und welche Lektion er bei all dem zu lernen hatte. Wenn er keine Antworten fand, stand er manchmal wieder auf und nahm die Fernbedienung zur Hand, um sich von seinen Gedanken abzulenken. Aber er wollte keine Krimis sehen, in denen junge Körper mit Messerstichen leblos in den Dünen lagen, der Tod hatte nichts Unterhaltsames für ihn. In Talkshows harrten gähnende Menschen auf dem Podium aus, während ein dem Anschein nach gutgelaunter Moderator Fragen zum Glücklichsein an seine Studiogäste stellte.

Nach einer dieser zermürbenden Nächte fiel Yang die alte Küchenwaage seiner Mutter ein. Auf der großen, altmodischen Waage mit den zwei Waagschalen wog sie beim Backen das Mehl ab. Zuerst stellte sie kleine Gewichte auf eine der silberfarbenen Schalen. Dann häufte sie Löffel für Löffel auf der anderen das Mehl an, wie einen schneebedeckten Berg. Kleine Lawinen wurden ausgelöst, bis die nötige Menge erreicht war und die Waagschale mit dem weißen Berg sich langsam hob und ins Schweben kam. Ein Auf- und Abpendeln folgte und manchmal wurde noch etwas vom Berg weggenommen oder hinzugefügt, bis sich das Gleichgewicht einstellte. Als Kind hatte er gespannt dieses sich Suchen und Finden des Gleichgewichts verfolgt und zum Schluss den Atem angehalten, bis seine Mutter die Schale mit dem Mehl von der Waage nahm und der Schalenhalter hoch zur Begrenzung des metallenen Rahmens schnellte. Die Gewichte wurden entfernt, die Waage erstarrte und hatte den Zauber des Lebendigen verloren. Erstarrung war etwas, was Yang schon damals schwer ertragen konnte.

Viris Geburtstag war herangekommen und wieder vergangen. Yang hatte sich Mühe gegeben, einen Kindergeburtstag mit allem Drum und Dran auszurichten. Es sollte ein fröhlicher unbelasteter Tag werden, einer, an den Viri später gern zurückdenken würde.

Zu Toni sagte er: „Trotzdem bleibt die Verletzung, bei uns beiden. Das wird nie wieder gut. Es fehlt etwas in unserem Leben, und mittlerweile denke ich, dass das nicht unbedingt Carmen ist, wenn auch außer Frage steht, dass Viri ihre Mutter braucht, aber da sie ja nun mal nicht da ist", er machte eine Pause und suchte nach Worten, „wäre es schön, wenn etwas Heiles Einzug halten könnte bei uns, oder etwas Heilendes. Ich selbst finde Kraft in der Natur, aber Viri?"

„Viri hat dich", betonte Toni. „Vergiss das nicht." Nach einer Weile fragte er Yang direkt: „Hast du schon an eine neue Beziehung gedacht? Suchst du nach Jemandem?"

Yang sah auf und es kam ohne Verzögerung: „Nein!" Als wäre er selbst darüber erschrocken, setzte er ein Lächeln auf und sagte: „Kann ich mir zurzeit überhaupt nicht vorstellen. Reine Schutzmaßnahme, vermute ich."

Nach einer Pause, in der er die Kinderzeichnungen über dem großen Tisch gemustert hatte, sagte Toni geradeheraus: „Ich habe eine Idee. Willst du sie hören?"

Offen und neugierig sah Yang ihn an: „Na klar, will ich."

„Du könntest Maria fragen."

„Was könnte ich Maria fragen?"

„Ob sie zu euch zieht. Wir haben telefoniert, ich glaube, sie hat sich eingerichtet in ihrem Leben, aber sie ist einsam. Das würde sie natürlich nie zugeben. Ihre Arbeit füllt sie aus, sagt sie."

„Maria?"

Yangs Gesichtsausdruck begeisterte Toni derart, dass er ihn umgehend imitierte, was bei beiden lautes Lachen auslöste.

Danach trat für eine Weile Stille ein, und es war, als hätten sich durch den offenen Spalt in der Tür liebevolle, innige Gedanken zu ihnen in den Raum geschlichen und für eine einladende Atmosphäre gesorgt.

Ich sehe aus dem Fenster und mein Blick verliert sich im Nebel. Wie aus dem Nichts tauchten auch Yang und du damals auf, er klingelte und du hast mich mit den wilden Augen einer Dreijährigen angesehen.

Ich bewohnte ein kleines Appartement in der Stadt, alles in Weiß gehalten und an den Wänden nur ein Bild, die Reproduktion des Tadsch Mahal. Ich wusste sofort, dass ich mein altes Leben für euch aufgeben würde. Schreiben kann man überall.

Yang stand in einer eigenartig widersprüchlichen Haltung vor der Tür, mit hängenden Armen und einem strahlenden Begrüßungslächeln. Als freue er sich sehr, mich zu sehen und als hätte er gleichzeitig ein schlechtes Gewissen.

„Hallo Maria!", sagte er. Da war es wieder, das alte Gefühl von Vertrautheit.

„Yang!", rief ich überrascht und wie ein Echo kam an seiner Seite ein Mädchen zum Vorschein und sah mich mit großen dunklen Augen unter einer hellen Lockenmähne an. Ja, deine Haare sind nachgedunkelt, ähnlich einer Patina auf Gegenständen, die ihnen etwas Dichtes und Glänzendes verleiht.

Ich bat euch herein. Dann hast du dich erschrocken an ihm festgehalten, denn er weinte.

Wie kann es sein, dass ein Mensch verschwindet? So seltene Ereignisse geschehen nur in Kriegswirren, bei Flugzeugabstürzen oder bei der Flucht von Verbrechern aus Haftanstalten, aber doch nicht im Alltag. Die Geschichte vom zigarettenholenden Mann kann ich seitdem nicht mehr hören. Denn es geschieht. Eine Frau macht eine Reise, geht in einem fremden Land aus dem Haus und kommt nicht an ihr Ziel. Alle Suche nach ihr bleibt ergebnislos.

Das Schicksal hat euch wie zwei gestrandete Schiffbrüchige an meinen Strand gespült, ihr wart beide verwundet. Ich konnte und wollte euch nicht wegschicken. Ich kam auch gar nicht auf die Idee, so sehr hat sich mein Herz geweitet an diesem Abend, wie ein Hafen zum Anlegen für euch beide. Du warst auf Yang eingeschlafen mit deinem Lieblingskuscheltier, dem Pinguinküken im Arm. Yang legte dich auf das weiße Sofa, deckte dich zu und erzählte mir alles, von seiner Ehe, von dem, was er und Carmen geteilt hatten, und von dem, was sie getrennt hatte. Er sprach loyal und liebevoll von ihr, aber ich vermisste, was ich früher so an ihm gemocht hatte, diese warme Begeisterung, das inwendige Feuer, die Freude. Erst, als er von deiner Ankunft auf der Erde sprach, meine Liebe, lag etwas davon in seiner Stimme. Dich hat er mit ganzer Seele und allen Fasern geliebt. Er ließ dich du selbst sein, betrachtete dich, wie alle Wesen in seiner Kindheit, voller Mitgefühl. Er versuchte, dich von Anfang an zu erfassen und dir gerecht zu werden. Das heißt nicht, dass er nicht streng war, er war es, wo er es als wichtig erachtete. Er setzte dir Grenzen zu deiner eigenen Sicherheit und lehrte dich, achtsam zu sein und zu handeln. Gewisse Umgangsformen waren für ihn Grundbedingungen. Ich weiß noch, wie ihr später, als du älter wurdest, aneinandergeraten seid. Ich habe mehrmals versucht, mich nicht einzumischen, aber ohne Erfolg. Ich war dir Mutter und Gegenüber und zweiter Pol, wie Yang es wollte. Und ich rechne ihm hoch an, dass er mich darin respektierte. Hat er je einen Menschen nicht respektiert? Hat er sich das von Tieren und Bäumen abgeschaut und sich zu eigen gemacht?

Die Zeder vor dem Haus auf der anderen Straßenseite streckte schon bei meinem ersten Besuch ihre graugrünen Arme den blassen Wolkenbändern entgegen. Ich ging das allererste Mal durch den Vorgarten und setzte mich auf das große, rote, an den Seiten staubige Kissen auf dem niedrigen Korbstuhl vor der Haustür. Ich horchte auf den Verkehr an der Kreuzung unten im Ort. Die Gegend war bekannt für ihre Schönheit und hatte sich mehr und mehr dem Tourismus geöffnet. Viele Kletterer, Kanufahrer und Wanderer bewegten sich im Tal von A nach B. Mit einem Gemisch aus Neugier und Scheu stand ich wieder auf. Die Blumen entlang des gepflasterten Wegs ließen wegen der anhaltenden Trockenheit die Köpfe hängen. Yang stand ruhig da und sah mir zu, während du dich hinter dem Walnussbaum in eine deiner Höhlen zurückzogst. Ich öffnete die Haustüre und betrat einen Gang mit Holzverkleidung, von dem mehrere Türen abgingen. Vielleicht ist das der Anfang von etwas Neuem, dachte ich.

Heute weiß ich, mit euch zu leben war das Beste, was mir passieren konnte, und doch war ich von Beginn an zwischen Gehen und Bleiben hin- und hergerissen. Meine Sehnsucht, woanders zu sein, war wie Dampf, der sich ständig neu bildet, sich manifestiert, hell leuchtend präsent ist, und sich dann immer wieder in Nichts auflöst.

Ich erinnere mich an ein Video, das ich dir einmal zeigte und das zu betrachten du nie müde wurdest. Auf dem Bildschirm quollen nach einer unterirdischen Explosion dicke weiße Wolken aus dem Krater der Erde, in einem fort und unaufhaltsam. Manchmal fühlte sich mein Leben mit Yang und dir so an. Mein Weiß eroberte sich neue Räume, stieg auf bis hoch in den Himmel, transportierte sogar Steine und Erdklumpen bis in andere Sphären. Unbrauchbares löste sich von Wesentlichem und die Dinge kamen in jenes Schweben, in dem sich alles gut und richtig anfühlt. Ich schrieb viel in dieser Zeit, auch die ersten Sätze meines eigenen Buchs. Zäh und ausdauernd hat es sich damals an mich gedrängt und umklammert mich seitdem, hockt fordernd neben allen anderen Textanfängen und ruft nach mir. Ich weiß nicht, was es noch von mir will. Es findet kein Ende. Dick genug ist es. Ich ersehne den Tag herbei, an dem es fertig ist.

Maria erwachte und öffnete die Augen. Ihr Blick fiel auf einen runden glänzenden Schraubenkopf, in dem sich als winziges weißes Halbrund ihr Bett spiegelte, darüber die hellblaue Zimmerdecke und dazwischen, als kleiner Punkt, ihr Kopf. Draußen waren die Rufe eines Vogels zu hören. Der Ton war fast ein hohes Zirpen, laut und sich steigernd, bis Ruhe einkehrte. Yang war schon auf und duschte. Ihr Zimmer, das Gästezimmer, lag im oberen Stockwerk in der Nähe des Bads. Der rundbogige Fensterausschnitt an der Rückwand des Hauses zeigte das aufsteigende Gelände auf der anderen Seite des Bachs. Dort standen Schafe auf einer Weide, die sich bis zum Waldrand hochzog. Maria hörte ihr Blöken.

Sie richtete sich auf, stieg aus dem Bett, trat ans Fenster und sah hinaus. An der Hangschräge gegenüber schritt ein Mann mit einem roten Eimer in der Hand langsam zu einer Wellblechhütte hinauf, sich immer wieder seitlich an Steinen und Gras abstützend. Er schloss das Türchen zu einem Gehege auf und Maria konnte ein weißes Huhn erkennen, das auf ihn zu lief. Über das flache Blechdach schlich eine Katze, vor dem dunklen Hintergrund waren lediglich die Bewegungen ihrer vier weißen Beine zu sehen. Die Talseite lag noch im Schatten. Ein Wasserschlauch wurde zu den Ställen hochgezogen, wahrscheinlich, um die Tränken zu füllen. Nur wenige Tiere waren noch zu hören, der Verkehr aus dem Ort nahm langsam an Stärke zu. Ein früher Sonntagmorgen nahm Anlauf in den Tag.

Yang war, nach dem Klappern von Geschirr zu urteilen, inzwischen in der Küche und bereitete das Frühstück zu. Maria nahm ihre lange Strickjacke von der Stuhllehne und ging die Treppe hinunter.

„Setz dich, Maria!"

Yang deutete auf einen Stuhl an der Tischseite. Zum ersten Mal fiel Maria das Armband mit den winzigen Glasperlen an seinem braungebrannten Handgelenk auf. Viris Platz war bestimmt auf der Bank. Carmens Gesicht lächelte aus einem bunten Rahmen, der hinter einer Kerze und umgeben von kleinen gebastelten Gegenständen auf einem Tischchen stand. Auf der Wand darüber verteilten sich gerahmte Bilder und Fotos zwischen mit Stecknadeln angepinnten Kinderzeichnungen, Orden vom Kinderturnen und Postkarten von Bäumen. Ein Foto hielt den Augenblick fest, in dem Yang sich mit den vom Klettern trainierten Armen auf den weitausragenden Ast einer Buche hochzog. Auf einem weiteren Foto stand er in der Krone einer hohen Kiefer, sein Rad, unten an den Stamm gelehnt, hatte wohl als Aufstiegshilfe gedient. Die Nähe zum Himmel hatte ihn schon immer magisch angezogen.

„Gestern ging alles so schnell", begann Yang und schenkte ihr Tee ein, als sie auf seine Frage, ob sie immer noch grünen Tee trinke, nickte. „Ich bin dir sehr dankbar, dass du nicht erschrocken bist, als wir aufgetaucht sind. Und dass du dich gleich entschlossen hast, für eine Nacht mit hierher zu kommen. Viri schläft noch mindestens eine Stunde. Magst du mir etwas von dir erzählen? Toni sagt, du verdienst dein Geld immer noch mit Schreiben?"

„Ja, immer noch!" Maria lächelte. „Und es macht mir immer noch Spaß, auch wenn es manchmal mehr als anstrengend ist."

„Wer sind deine Auftraggeber? Und du hattest doch mal vor, ein eigenes Buch zu schreiben. Wie ist es damit?"

„Oh, ich habe schon drei Bücher veröffentlicht, wusstest du das nicht?" Erstaunt sah sie ihn an.

Yang sagte betroffen: „Nein, das wusste ich nicht. Tut mir leid!"

Er wollte weitersprechen, aber sie unterbrach ihn.

„War nur ein Spaß." Lachend wich sie der zusammengerollten Zeitung aus, die er drohend über ihren Kopf hielt. Die
alte Vertrautheit saß mit am Tisch. „Ich schreibe alles, was
mir aufgetragen wird. Geldverdienen heißt Kompromisse
eingehen. Es gibt allerdings auch nette Themen. Neulich hatte
ich eine Bäckerei anhand der Ladenkasse im Fenster zu port-
raitieren."

„Was gibt es über eine Ladenkasse zu sagen?"

„Eine Menge. Stell dir vor, die Kasse steht als Dekoration im Schaufenster einer Bäckerei. Ein altmodisches, aus der
Zeit gefallenes Ungetüm aus Holz mit Handkurbel. Auf einem kleinen Schild ist zu lesen, sie sei bis zum hundertjähri-
gen Jubiläum in Betrieb gewesen."

„Hm, sehr interessant", Yang schien mäßig begeistert.

„Warte, es gibt noch mehr zu erzählen. Ich kann dir mal
veranschaulichen, wie ich darüber schreibe. Zum Beispiel so:
‚Die hölzerne Schublade steht offen. Mehrere breite Fächer
sperren die Mäuler auf. Halbrunde gehämmerte Metallstrei-
fen mit Zahlen, die an bestimmten Stellen bis zur Unkennt-
lichkeit abgegriffen sind, bezeugen mit seitlichen Metall-
schiebern ihre Fähigkeit zu Addition und Subtraktion.'"

Maria machte eine effektvolle Pause. „Und, was sagst
du?"

„Ich sag nur ‚Löwenzahn'. Damals beim Zelten habe ich
deine Fähigkeit auch schon bewundert. Ich hatte es nur vergessen." Yang verzog reuevoll das Gesicht.

Maria lehnte sich zurück und freute sich über seine
Miene.

„Es gibt zum Glück immer mehr Aufträge, die mich
wirklich interessieren. Ich erhalte zunehmend Anfragen von
Zeitschriften. Da geht es um viele Themen, von Familie bis
Natur."

„Und worüber schreibst du gerade?"

„Gerade? Du meinst in den letzten Tagen?"

„Ja."

„Es geht um Familiengeheimnisse. Das ist ja zurzeit ein Thema, das viele Menschen interessiert, mich eingeschlossen." Sie lächelte.

„Welche Geheimnisse sind das?" Yang hielt inne und das Messer, mit dem er Äpfel aufschnitt, schwebte eine Zeitlang unbewegt über dem Teller, als höre es zu.

„Meist welche aus der Vergangenheit, transgenerationale, wie man sagt. Kriegsvorkommnisse, die an die Enkel weitergegeben wurden, oder Todesfälle. Damit verbundene Tabus oder Glaubenssätze wirken bis ins Heute, als ob die Zeit stehen geblieben ist. Bis jemand im System beginnt, daran zu rühren, Fragen zu stellen oder ähnliches. Dann bewegt sich was, auch wenn manche Familienmitglieder versuchen, die Dinge unten zu halten."

„Hast du ein Beispiel für mich?", fragte er.

„Ja, mich." Maria lächelte. „Ich musste plötzlich weinen, als ich diesen Satz gelesen habe: ‚Durch meine Augen fließen die Tränen der gesamten Familie.' Der Satz hat mich mit meiner eigenen Geschichte in Verbindung gebracht. Ich war ziemlich lange blind für solche Zusammenhänge. Du weißt selbst, wie allergisch ich früher darauf reagiert habe, wenn jemand nach meiner Ursprungsfamilie fragte."

„Oh ja!"

Über Yangs heftiges Nicken musste Maria lachen. „Es war sicher manchmal anstrengend mit mir."

Er grinste und wartete, dass sie weitersprach.

Sie sagte nachdenklich: „Neulich habe ich im Radio die Rede eines Politikers gehört, und es ging mir durch den Kopf, dass er eine ähnliche Sprache benutzte wie ich damals, scharfe Formulierungen und appellierende Aussagen mit starken Worten und Suggestivfragen."

Yang hörte ihr aufmerksam zu, und sie fuhr fort: „Ich habe das zum Glück verstanden. Seit ich mehr mit meinen Wurzeln lebe, nehme ich Dinge anders wahr, das beeinflusst mein Schreiben. Früher war ich sehr kritisch und konnte kaum etwas gelten lassen, was von meiner Meinung abwich. Jetzt lebe ich mit einer anderen Art von Energie. Mit einer positiveren, wie ich hoffe."

„Mich neu zu verwurzeln habe ich von den Bäumen und von Viri gelernt, oder besser gesagt, ich bin noch dabei, meine Lektion zu lernen", antwortete Yang nach einer Pause. „Im Zwischenmenschlichen bin ich nicht gerade vom Glück verfolgt. Vielleicht hat das auch bei mir mit fehlenden Wurzeln zu tun, mit dem Fehlen eines Vaters. Das Leben spricht eine andere Sprache, wie man so schön sagt."

Vom Hang hinter dem Haus war wiederholt ein lautes „Ho!" zu hören und das Blöken von Schafen. Die menschliche Stimme klang ungewöhnlich hell und Yang erklärte Maria, dass des Öfteren eine Schäferin mit der Herde ging. „Da wird mir immer warm ums Herz", sagte er. Sie lauschten. „Sie geht mit den Tieren anders um als der Schäfer, ebenso zupackend, aber achtsamer. Ähnliche Erfahrungen habe ich mit Frauen beim Klettern gemacht. Die gehen ganz anders an die Sache heran. Damals bei unserem Zeltwochenende ist mir das ansatzweise bewusst geworden."

„Ach wirklich?", Maria war überrascht. „Davon habe ich nichts bemerkt. Klettern, das war nichts für mich. Ich hatte nicht so sehr das Ziel, nach oben zu kommen, ich glaube, ich wollte einfach draußen sein, zwischen den Felsen und den Bäumen, obwohl mir das zu der Zeit überhaupt nicht klar war."

Mit Yang in dieser behaglichen Küche zu sitzen, schien Maria plötzlich das Natürlichste der Welt zu sein. Die Stimmung war angenehm entspannt. Eine Uhr über der Tür mit dem bemalten Rahmen tickte laut. Ihr Blick wanderte zum Fenster und wurde von einer Bewegung abgelenkt. Ein großer Vogel war in den Nussbaum geflogen und trippelte hin und her. Nachdenklich sah sie ihm zu und wandte sich wieder zu Yang:

„Ist dir schon mal aufgefallen, dass die Ringeltauben so merkwürdig hohe Bögen fliegen? Sie lassen sich fallen und schlagen dabei zwei oder dreimal mit den Flügeln, und zwar so laut, dass es sich anhört wie lautes Klatschen, oder wie zwei Ohrfeigen."

Yang meinte scherzhaft: „Meinen Glückwunsch, Maria, du kennst dich sehr viel besser aus als früher. Bei einem unserer ersten Spaziergänge hast du noch eine Taube mit einem Falken verwechselt."

„Was? Und du hast es mir nicht gesagt?" In gespielter Empörung hob sie die Stimme, als sich die Tür öffnete.

Viri stand im Rahmen. Auf bloßen Füßen, ihr Lieblingskuscheltier, das Pinguinküken, im Arm, betrat sie die Küche und gähnte. Sie riss den Mund dabei so weit auf, dass Yang und Maria lachen mussten, und am Ende sie selbst auch.

Viri kuschelte sich an Yang und sah noch halb verschlafen zu Maria, die an diesem Morgen so selbstverständlich mit am Tisch saß. Dann wurde sie mit der Zeit wacher, zupfte Yang am Ärmel und bat ihn, er solle ihr eine Geschichte erzählen. Als sie sich durch nichts ablenken ließ und Maria ihm lächelnd zunickte, gab er nach.

„Du musst wissen, Maria, ich bin der beste Geschichtenerzähler aller Zeiten!"

„Oh, tatsächlich? Stimmt das, Viri? Kann sich Yang wirklich so tolle Geschichten ausdenken?"

Das Kind bewegte den Kopf heftig auf und ab, sah sie von der Seite an und schaute wieder seinen Vater an.

„Hm, Viri", überlegte Yang, „mal sehen." Er nahm einen Schluck aus seiner Tasse. „Und schon fällt mir etwas ein. Eine Geschichte über Leberflecken. Das sind die braunen Punkte auf der Haut, sieh mal, hier und hier."

Als Viri eigene und einige von Yangs Leberflecken gesucht und gefunden hatte, fing er an, zu erzählen.

„Vor langer Zeit, als wir noch jung waren, Maria und ich, da hat sie auf einer Decke im Gras gelegen und gelesen und ich habe sie gefragt, ob ich ihre Leberfleckenpunkte mit einem Stift verbinden darf. Ich wollte herausfinden, ob das dann ein Bild ergibt, wie vielleicht ein Haus oder einen Baum, verstehst du?"

„Du hattest aber keinen Stift dabei, wenn ich mich recht erinnere", kommentierte Maria trocken.

Er lachte. „Das stimmt. Also, es ist nämlich so, dass die Leberflecke sich am Anfang der Zeit abgesprochen haben. Niemand sollte die Ordnung bemerken, die ihnen zugrunde liegt, deshalb wollten sie so tun, als wären sie auf den Körpern der Menschen ganz unregelmäßig verteilt, denn die Leberflecke bilden in Wirklichkeit die Sternbilder des Nachthimmels ab. Manchmal sind die Abstände zwischen ihnen so weit auseinandergezogen, dass ihr Bild dem menschlichen Auge gar nicht auffallen kann, aber manchmal sind ihre Punkte auch dicht nebeneinander angeordnet und das Bild wird trotzdem nicht erkannt. Die Leberflecke wunderten sich darüber, aber sie fragten nicht weiter nach dem Grund. Schließlich war es seit Jahrtausenden so, und nicht einmal in den Zeiten, als die Menschen viel öfter die Sterne betrachtet hatten, der Aussaat und der Ernte wegen, und auch wegen ihrer Götter, die zu bestimmten Jahreszeiten Opfer von ihnen verlangten, nicht einmal damals hatten sie bemerkt, was sie da auf ihrer Haut trugen. Doch eines Tages gab es eine Frau, die hat Verdacht geschöpft. Es war keine besondere Frau, weder eine Sternkundige noch eine Heilerin, es war eine Frau, die Sehnsucht hatte nach Sinn, denn an einem sehr traurigen Tag hatte sie den Sinn verloren. Doch seitdem hatte sie sich darin geübt, auf Zeichen zu achten. Sie bemerkte, wie die Sonnenstrahlen Hauswände bemalten, sie verstand die Rufe der Vögel, sie erkannte die Muster in Kieselsteinen. Trotzdem brauchte auch sie Jahre, bis sie die braunen Punkte auf ihrem Oberschenkel mit neuen Augen betrachtete und ihr auffiel, dass sie genauso aussahen wie das Sternbild des Großen Wagens. Wenn sie mit der Hand die Haut auf der Rückseite des Oberarms nach vorne schob und über die Schulter darauf spähte, kam es ihr vor, als sei dort Kassiopeia zu erkennen, das Himmel-W, das ich dir schon gezeigt habe. Von nun an untersuchte die Frau ihre Haut Zentimeter für Zentimeter und verglich die Muster mit den Abbildungen in einem Buch über Sterne, das sie vor sich aufgeschlagen hatte. Manchmal musste sie das Buch auch drehen oder von sich weg halten, es war mühevoll, aber es lohnte sich. Alle ihre Leberflecke waren nichts anderes als Sternbilder. ‚Wir werden zu Sternenstaub', hat sie vor sich hin geflüstert. Auf einmal hatten diese Worte eine ganz andere Bedeutung. Die Frau schlug das Buch zu und dachte nach. Auf einmal konnte sie verstehen, was das bedeutete. Der Sinn, den sie so oft vergeblich gesucht hatte, war schon immer da gewesen und konnte nicht verloren gehen. Alles war sinnvoll. Und sie konnte das nun beweisen. Sie lachte und freute sich wie schon lange nicht mehr. Und wenn sie nicht gestorben ist, dann lebt sie sicherlich heute noch."

„Oh, wie schön! Und wo sind meine Punkte?" Viri begann, von Neuem die Arme und Beine zu verdrehen und sich abzusuchen.

„Punkte werden erst gesucht, wenn du gefrühstückt hast!" Yang drückte und küsste sie und Maria sah den beiden nachdenklich und froh zugleich zu.

An diesem Tag verbrachten sie viele Stunden im Freien. Viri wollte Maria zeigen, wie schnell sie schon mit dem kleinen Rad fahren konnte und anschließend besuchten sie zu dritt den Wald und leuchteten mit Taschenlampen die große Höhle unter einem der Felsen aus. Unbefangen summte Viri darin vor sich hin und wisperte mit nur für sie sichtbaren Wesen. Auf dem Rückweg zum Haus blieben sie an der Pferdekoppel stehen.

Yang sagte, es wären beides Fohlen vom Vorjahr. Man konnte sie von ausgewachsenen Ponys kaum mehr unterscheiden. Das größere mochte Viri am liebsten, wie sie Maria sagte, wegen der runden rosa Nase. Es trug hellbraune Flecken im weißen Fell und versuchte, sich mit gesenktem Kopf hinter dem kleineren, etwas dunkleren Tier zu verstecken. Beide schienen auf etwas zu warten, sie standen unbewegt und spähten zu den Häusern hin, ihre Muskeln zuckten und ihre Mähnen und Schweife halfen beim Vertreiben der Mücken. Da kam ein Mädchen auf dem Feldweg zur Koppel gerannt, sprach sie mit offenem Blick und ohne Scheu an und erzählte ungefragt, wie süß die Pferde als Fohlen gewesen waren und dass sie nach einem Ausbruch von den Besitzern wieder eingefangen werden konnten. Es streckte, von Viri mit großen Augen bestaunt, seine Hand zwischen den Bändern des Elektrozauns hindurch und streichelte vorsichtig die Stirn des dunklen Ponys. Als das Tier die Ohren anlegte, fragte Maria das Mädchen besorgt, ob es keine Angst hätte, gebissen zu werden, aber es schüttelte den Kopf und streichelte das Tier zart weiter.

„Du hast es nicht weit zur Koppel", sagte Yang und das Mädchen nickte eifrig.

„Ja, das ist so schön, im Dorf zu wohnen. Immer, wenn ich einen Tag in der Stadt bin, mag ich sofort wieder heim. Da hat man Platz und ist im Freien."

„Ja!", stimmte Viri feierlich zu, ohne zu wissen, warum. Das Mädchen lächelte bestätigend, und sagte dann schnell: „Jetzt wird mir kalt, ich gehe wieder."

„Du hast morgen Schule", Maria ärgerte sich über ihre Bemerkung und hoffte, sie würde nicht die schöne Stimmung zerstören.

„Ja", antwortete das Kind ruhig. „Ich bin schon in der vierten Klasse."

„Wir gehen auch weiter", sagte Yang und hob Viri auf seine Schultern.

„Tschüs!", rief das Kind im Weglaufen.

Bis zum Haus war es nicht mehr weit. Sie gingen über die Stängel und Finger von Kastanienblättern, die sich auf der Erde wie Papyrus übereinandergelegt und zu einem weichen Teppich verfilzt hatten.

„Wir sehen aus wie eine kleine Familie, so, als ob wir zusammengehören", dachte Maria.

Nach dem Abendessen, es gab gebratene Bananen mit Kokossoße, schlief Viri bald unter dem fluoreszierenden Sternenhimmel an ihrer Zimmerdecke ein und Yang und Maria führten in der Küche das beim Frühstück unterbrochene Gespräch fort, neben den vielen Bildern und Postkarten und neben Carmen in ihrem bunten Rahmen.

„Wiederholen sich denn alle Geschichten? Weshalb wenden sich Mütter ab? Ich habe nach Viris Geburt erfahren, dass ich als Säugling adoptiert worden bin, eine Wunde, die nur durch meine Tochter etwas von ihrer Schmerzhaftigkeit verloren hat." Yangs Stimme klang sanft und traurig zugleich. „Manchmal fühle ich fast wie einen Schmerz, dass ich Angst um Viri habe, weil ich sie so sehr liebe. Ich weiß nicht, ob ich ihr alles geben kann, was sie braucht."

Maria war davon seltsam berührt und sagte:

„Ich habe einen Spruch gelesen, da hieß es: ,Die Entscheidung, ein Kind zu haben, ist von großer Tragweite. Denn man beschließt für alle Zeit, dass das eigene Herz außerhalb des eigenen Körpers herumläuft.'"

„Das trifft es sehr gut! Viri ist wie die Wolke in ihrem Namen. Sie schwebt schon über einem und ihr Regen will auf die Erde fallen, auch wenn man nicht damit rechnet. Sie hatte es eilig, hier anzukommen, angefangen mit der Nachricht, dass Carmen schwanger war. Ich war auf ein Kind in keiner Weise vorbereitet." Yangs Gesichtsausdruck war weich, als er daran dachte. „Meine Tochter stürzte förmlich auf die Welt, sie stürzte aus der Geborgenheit des Mutterleibs in ein Krankenhausbett, ich war dabei. Vielleicht zieht es sie deshalb immer nah zur Erde, in den direkten Kontakt mit ihr. Als ob sie ihre Mutter durch Mutter Erde ersetzen will, ein Tauschgeschäft, das ein ständiges Auf und Ab zur Folge hat, ein Aufstehen und Fallen, ein aufrechtes Gehen und ein Liegen und am Boden sein. Als Krabbelkind versuchte sie immer wieder, Erde zu essen und sie sich haufenweise einzuverleiben, als wolle sie sich Vorräte anlegen, als wüsste sie schon von der Trennung, der alle Menschen unterworfen sind, sie in noch größerem Maß. Früher kroch sie in jede Vertiefung, inzwischen liebt sie Höhlen, wahrscheinlich wird sie einmal Höhlenforscherin."

Er sah Maria so verloren an, dass sie nach Worten suchte, um ihn zu trösten. „Deine Tochter ist ein sehr besonderes

Geschöpf, Yang. Ich mag sie sehr. Du gibst ihr viel. Mach dir keine zu großen Sorgen wegen ihr."

Als ich dich das erste Mal in den Kindergarten brachte, fragten dich die Kinder, aus welchem Land ich komme. Da war sie wieder, die Fremdheit, ich stockte, aber nur für einen Augenblick, denn du sagtest ernst:

„Das ist Maria. Aus Deutschland. Sie ist netter als alle, außer meiner Mama." Anfangs erzähltest du mir oft, deine Mutter sei weg, aber sicher an einem besonders schönen Ort. Bald flogst du in meine Arme, wenn ich dich abholte, und das machte mich glücklich.

Du kennst die zwei riesigen Holzreliefs, sie hängen immer noch an der Wand über dem Sofa. Damals stand ich lange davor. Yang erklärte, die zwei schlanken Hände Buddhas in dem geschwärzten Holz, die golden vom dunklen Grund abgesetzt sind, seien segnende Ermutigungsgesten. Er habe sie aus dem Himalaya mitgebracht. Auch eine typische Gebetsfahnengirlande hatte er aufgehängt, das Einzige, was ich später mit in den Wald nahm und zwischen zwei Bäumen aufspannte. Nach einigen Wochen hat er mir den von ungelenker Hand geschnitzten Holzvogel geschenkt, der ganz flach in eine Richtung strebt und sich auf einen winzigen Nagel an der Wand aufstecken lässt. Sein helles Auge aus Knochen schimmert nachts hell und deutet auf die Küche.

Glaubst du an Geister, Viri? Begegnest du manchmal einigen von ihnen in den Gegenden der Welt, in denen du dich aufhältst, Geister, die dort zu Hause sind? Oder sucht dich deine Mutter heim, begleitet sie dich an all die Orte? Ob dir das gut tut, kann ich nur erahnen, aber ich nehme es an. Hinter jedem Menschen steht eine lange Reihe von Ahnen. Du trägst deine in dir. Yang hat seine ganz eigene Geschichte. Auch eine mit abgerissener Nabelschnur. Ich hoffe, du befreist dich von den Geistern, die dich abhalten, innerlich zu wachsen und deiner Wahrheit ins Gesicht zu sehen. Du könn-

196

test folgendes tun. Begib dich an einen ruhigen Ort, an dem du ungestört bist, und rufe ihnen zu:

„Seht her, ich habe euch etwas zu sagen. Frei stehe ich vor euch. Die Zeit ist vorbei, in der ich mich nach euch richte. Eure Blicke können mir nichts anhaben. Denn was ich in meiner Mitte gefunden habe, ist meine Stimme. Sie, die vorher leise war und kaum zu hören, steigt auf aus meinem Inneren, so stark, dass sich der Rest des kleinen, mir vertrauten Zitterns verflüchtigt. Die Worte, die sie ausspricht und atmet, bekleiden meine Nacktheit mit einem Stoff aus Wahrheit. Das Gewand ihrer Sätze umschmeichelt meinen Körper und leuchtet hell, so dass ihr geblendet seid. Doch ebenso, wie ich die Verkleidung abgelegt habe, die mein wahres Ich verbarg, könnt auch ihr den Weg nach innen, in eure Mitte gehen. Ihr werdet auf eure Weisheit treffen und den Schatz eurer Erfahrungen. Ihr werdet euer Mitgefühl freilegen und, nachdem ihr bittere Tränen über die Erde geweint habt, alles tun, um sie zu heilen. Glaubt mir, dieser Weg ist gangbar und mündet in Freude. Ich kann ihn gehen, weil ich zu verstehen begann. Der erste Buchstabe, der erste Pinselstrich, die erste Drehung des Körpers im Tanz, all das sind Wege zu euch. Beginnt!"

Und weißt du, was dann passieren könnte? Sie würden zueinander sagen:

„Hey, steht da nicht Virga? Ist sie das wirklich, dort in der Mitte des Raums. Heute macht sie uns ein bisschen Angst. Es leuchtet hell um sie und sie schaut so selbstbewusst. Wie sie so dasteht und von Mut und Wahrheit spricht und lacht, das ist ansteckend. Fühlen wir uns nicht sofort etwas leichter? Wir könnten aufstehen und zu ihr hingehen und uns neben sie stellen. Eine kleine Gruppe hat sich bereits bei ihr versammelt und sie lachen. Hat sie das nicht gesagt? Dass der Weg in Freude mündet? Lasst uns alle hingehen. Was die Zukunft bringt, wissen wir nicht. Aber wenn wir zusammen von der Mitte aus handeln, jeder wie es ihm möglich ist, fühlen wir uns sicher verbunden. Was für ein schöner Anfang!"

Vor Geistern muss man keine Angst haben, sie suchen uns auf und rufen uns an, damit wir ihnen die Freiheit geben.

Die Vorliebe, Höhlen zu bauen, hatte Viri mit vielen anderen Kindern gemeinsam, sie tat es jedoch mit einer auffallenden Leidenschaft. Sie hortete Höhlen, um sich unsichtbar zu machen, zog sich in sie zurück wie ein Murmeltier in seinen Bau, schmückte sie aus mit unzähligen Zeichnungen, die über und über mit Herzen bedeckt waren. In ihrer rosa Phase musste selbst ihr kleines Rad, mit dem sie geschickt den Weg ins Tälchen befuhr, rosafarben sein. Sogar die lange Fahne aus Plastik, die zu den Seiten ausschlug wie ein wedelnder Schwanz, trug auf rosafarbenem Grund ein rotes Herz. Monate später, von einem Tag auf den anderen, eben war rosa noch unverzichtbar gewesen, erklärte sie „Meine rosa Phase ist vorbei!" und von da an trug sie am liebsten praktische Hosen anstatt Kleider. Ihre Höhlenverstecke gab sie nicht auf, aber sie erweiterte die Bilder von Herzen durch Bilder von Bäumen, die Maria an Malereien in Höhlen an der Seidenstraße erinnerten, an eine Vielfalt genau unterscheidbarer Baumexemplare. Im Sommer verlagerten sich die Höhlen nach draußen, Viri richtete sich zwischen Hecken und hinter dem Walnussbaum schmale Unterschlüpfe ein, sammelte haufenweise Zapfen in Körben und drapierte sie auf Moospolster. Mit der Zeit wurden die Herzen auf ihren Bildern durch Buchstaben ersetzt und Viri erklärte Yang, es wären in Wahrheit kleine Wesen, die sich aneinander festhielten, um als Brücken zwischen Ländern alle Menschen miteinander zu verketten.

Auf dem Weg zum Kindergarten blieb Viri plötzlich stehen. Sie starrte auf den Boden im Wartehäuschen der Bushaltestelle und zupfte Maria am Arm. Auf dem Pflaster lag der Tod in Gestalt eines Falken, hinter seinem Rücken lag eine tote Wacholderdrossel und gegenüber ein toter Zilpzalp mit zartem

199

grauen Federkleid, der mit dem Schnabel auf den Falkenkopf zeigte, während die Wachholderdrossel in einer schicksalsergebenem Körperhaltung von den Schwanzfedern abgewandt war. Weiße zarte Flaumfedern lugten unter dem oben liegenden Flügel des Falken empor und bewegten sich im Wind, als hätten sie Sehnsucht, weiterzufliegen. Die starken gelben Raubvogelfüße ragten seitlich in die Luft. Die Wespen, die eben herangeflogen waren und sich auf seine Augen setzten, hielten ihn für immer am Boden fest. Anscheinend waren alle Vögel an die durchsichtigen Scheiben geprallt, als die beiden anderen den Raubvogel auf der Jagd vertreiben wollten. Die schwarzen Greifvogelsilhouetten auf dem Glas hatten sich zu langsam auf ihrer Netzhaut abgebildet.

„Schau mal!", flüsterte Viri.

„Drei tote Vögel", sagte Maria. „Das ist sehr traurig."

„Dahinten liegt noch einer!", rief das Kind und deutete auf eine Stelle einige Meter weiter. Da lag noch eine kleine zerzauste Blaumeise. Ihre Farbe schien schon zu verblassen. Sie war vielleicht schon abgedreht nach der Abwehr des Jägers, hatte dann aber doch die Glasscheibe gerammt. Der Besitzer der Pizzeria kam mit zwei Jungen zur Haltestelle und rief beim Anblick der toten Vögel: „Madonna mia, so etwas habe er noch nie gesehen!" Viri ging in die Hocke und betrachtete die toten Vögel genau. Sie hob die Hand und berührte mit dem Finger eine der abstehenden Federn. Als der Bus von den auf der Hochfläche liegenden Dörfern mit seitlich an den Fenstern herablaufenden Tränenspuren aus Regen kam, stiegen der Mann und die Jungen mit den Schultaschen ein und fuhren unter dem grauen Himmel in Richtung Stadt.

„Wir müssen gehen, Viri. Sonst wird die Tür zugeschlossen." Maria sah das Kind liebevoll an.

„Können wir sie mitnehmen, später, und Yang zeigen?"

„Wenn sie später noch da sind", nickte sie. Beim Weitergehen erblühte im grau verschatteten Osten zwischen hellen

Wolkenbändern, aus denen es eben noch geregnet hatte, ein sehr flacher, intensiver Regenbogen, der sich weit über den Eingang des Tals spannte. Wegen seiner geringen Höhe waren die Wiesen und Häuser in lila Licht getaucht wie eine Zauberlandschaft mit einem Himmelsgruß der besonderen Art, unfassbar schön und tröstend.

Zur Einschulung hatte sich Viri einen Globus gewünscht. Im Dämmerlicht des Herbstes sah Maria sie in ihrem Zimmer vor der blauen beleuchteten Kugel sitzen und mit dem Finger die Berge und Flüsse von Ländern oder die Küsten der Meere nachfahren. Gegen alle Überlegungen, in andere Länder zu reisen oder auch nur für einige Tage das Haus zu verlassen, wehrte sie sich.

Sie rief, es könne doch sein, dass ihre Mutter käme und sie nicht antreffe, und stemmte sich mit Händen und Füßen sowie vielen Tränen gegen solche Pläne, bis Yang es aufgab. Selbst ein Tagesausflug konnte manchmal zu wildem Protest führen.

„Lasst sie!" Yangs Mutter konnte die Angst Viris, die Mutter noch ein zweites Mal zu verlieren, verstehen und kam, wenn sie es ermöglichen konnte, die weite Strecke herangefahren, um sie zu besuchen. Dann gab es Nachmittage, in denen sich eine Lücke geschlossen zu haben schien, Stunden, in denen im Garten Lachen zu hören war und eine hohe Kinderstimme.

„Meine Mama heißt Carmen", sagte Viri manchmal mit einer besonderen Betonung und sah Maria dabei in die Augen, wie um sie zu prüfen.

„Oh ja, Viri, das stimmt", sagte Maria stets ernst.

„Sie kommt wieder", sagte das Kind dann.

„Das kann sein, möglich ist es", antwortete Maria darauf. Sie drängte sich dem Kind nie auf. Nahm alles, was es sagte, ernst, war ein liebevolles Gegenüber und glücklich, dass sie nie das Vertrauen verlor, das die Dreijährige ihr von Anfang an geschenkt hatte.

Maria freute sich, dass sie dabei sein durfte, wenn Viri sich vor das Foto Carmens setzte und ihrer Mutter vom Tag erzählte, und Yang versicherte Maria immer wieder, wie dankbar er war, dass sie zu ihnen beiden gekommen war und sich auf dieses Abenteuer eingelassen hatte. Es sei die beste Idee gewesen, sie zu fragen.

„Ich wundere mich selbst, woher ich weiß, wie man mit einem Kind umgeht", sagte sie nachdenklich. „Daran muss die Liebe Anteil haben, die mir meine Eltern geschenkt haben. Und vielleicht auch die Menschen meiner Ursprungsfamilie."

Yang sagte: „Ich kann es nur wiederholen, du hast eine wunderbar ruhige Art. Viri hat dich sehr ins Herz geschlossen. Das hat sie mir selbst gesagt. Du erzählst manchmal so schöne Geschichten zur Nacht, sagt sie, besser als meine, was mich natürlich sehr schmerzt, und bessere als ihre Mutter."

Er hielt inne. „Das war das erste und einzige Mal, dass sie etwas Kritisches über Carmen gesagt hat, obwohl sie sich kaum an irgendwelche Geschichten erinnern kann. Ein großer Schritt. Es wird ihr helfen, ihre Gefühle auszudrücken."

„Spricht sie mit dir über Carmen?", fragte Maria.

„Selten", meinte Yang. „Sie will normal sein, sie will keine fehlende Mutter haben, vor allem keine Mutter, die verschwunden ist und nicht wiederkommt."

„Das kann ich gut verstehen", lächelte Maria. „Fast hätte ich gesagt: Wie gut, dass dir das auch passiert ist, so kannst du ihr näher sein als jeder andere."

Yang wich ihrem Blick aus. Es tat ihm immer noch weh wie am ersten Tag, als er von seiner Mutter erfahren hatte, dass er als Baby vor den Türen des Krankenhauses abgelegt worden war.

An Viris Geburtstag verkündete Yang, er wolle im Wettstreit, wer die besten Geschichten erzähle, nichts unversucht lassen und habe sich besonders auf den Tag vorbereitet, mit einer Geburtstagsfeiergeschichte für alle, die sie hören wollten. Seine Mutter, Maria und Viri klatschten Beifall, und er begann.

„Es war einmal eine große Geburtstagsfeier, zu der viele Leute eingeladen waren. Alle saßen an dem großen Holztisch. An jeder Seite war Platz für fünf Gäste. Da geschah etwas ganz Besonderes. Es begann mit einem kleinen Kind, das saß neben den Eltern und zeichnete mit Filzstiften Augen und Pferde auf ein weißes Blatt Papier. Die Frau, die an seiner anderen Seite saß, hatte das Mädchen vorher noch nie gesehen. Sie beugte sich zu dem Kind hinunter und hat den ersten, ganz schmalen Zopf in sein offenes Haar geflochten. Das Mädchen war ganz ins Zeichnen vertieft und ließ es zu, ohne aufzusehen. Zöpfchen für Zöpfchen wurde geflochten, bis es sechzehn Stück waren. Alle wurden nun aufmerksam und wendeten sich der Frisur zu und das Kind drehte sich zur anderen Seite und flocht auf einmal Zöpfe in die Haare seiner neben ihm sitzenden Mutter, die wiederum den langen dunklen Pferdeschwanz ihres Mannes löste und begann, auch ihm Zöpfe zu flechten. Und unglaublich, es ging reihum. Auch bei Leuten mit kürzeren Haarschnitten fand sich irgendwo ein Stückchen Haarsträhne zu flechten, sogar das Geburtstagskind, ein älterer Mann mit Glatze, reckte seinen langen Bart der Schwiegertochter entgegen, die rechts und links je einen störrischen grauen Zopf in den Bart flocht. Am Ende saßen alle um den Tisch, alle hatten Zöpfe, es wurde plötzlich still und sie sahen sich an. Anstatt gemeinsam über die lustige Idee zu lachen, fühlten sie verwundert, dass ihre Zöpfe wie Antennen nach allen Seiten leicht abstanden und versuchten, eine Verbindung aufzunehmen. Nicht nur innerhalb des Zimmers, sondern darüber hinaus, bis weit in den Garten und noch viel weiter, zu den nächsten oder vielleicht auch zu allen guten Wesen auf der Erde. Es dauerte eine Weile, dann empfing der Kreis der Zöpfe Antworten, Botschaften, die sich ihren Weg zurück bahnten. Die Spitzen der Zöpfe begannen, zaghaft blau zu leuchten und ihre Herzen wurden weit und hießen die Botschaften willkommen, die alle mit großer Liebe zu tun hatten. Jeder, der dabei war, dachte, dass das ein sehr gutes Zeichen war. Und alle freuten sich sehr und nahmen sich vor, immer liebevoll zu sein."

„Ich weiß, Papa!", rief Viri. „Liebe ist wichtig!"

Du wirst nicht wissen, dass meine Eltern kurz hintereinander gestorben sind. Ich war sehr traurig. Ops und Mibs, wie du sie genannt hast, hatten dich von Anfang an in ihr Herz geschlossen. Mama hatte dir den wunderschönen Glasperlen-Haarreif aus Draht gekauft. Aber weil deine Locken ständig gegen die vielen kronenartigen Drahtschleifen ankämpften und ein kaum zu bändigendes Durcheinander auf deinem Kopf anrichteten, konntest du ihn nicht tragen. Als Ersatz bekamst du eine aus Goldfäden gewirkte runde Kopfbedeckung mit Pailletten, die dir ausgezeichnet stand und mit dir groß wurde. Meine Eltern waren es auch, die dir diese soliden Gegenstände wie die rote Reisetasche schenkten, den Schlafsack oder den Rucksack mit der Blume an der Seite. Ich hoffe, sie begleiten dich heute noch. Wirst du kommen und mir sagen, ob es so ist? Begleitest du mich auf den Friedhof, an ihr Grab, auf dem ich einen Bogen aus farbigem Glas in die Erde gesteckt habe, damit sie leichter von dort, wo sie sind, auf die Erde kommen können?

Ich vermisse sie fast so sehr wie dich. Wir hatten uns ausgesprochen und ich habe mich für all die bösen Worte während meiner schwierigen Jahre entschuldigt. Du kanntest mich schon anders und wirst dir schwer vorstellen können, wie verletzend ich sein konnte. Was haben wir beide nicht alles an Geschichten erfunden, vom traurigen Pony und der verzauberten Wolke bis hin zum verwunschenen Haus. Bei einem langen Gang durch den Wald nahmen die Geschichten von Eva Schimmerlich ihren Anfang. Ich glaube, sie kam auf die Welt, weil wir jemand kannten, der Kokosgeschmack mochte. Mit den Jahren haben wir beide ihr Leben mehr und mehr ausgeschmückt. Wie gut, dass ich mir die wichtigsten Geschichten zusammen mit anderen kleinen Begebenheiten aufschrieb, um damit ein Album für dich anzulegen. Weil du weggingst, ist es bis heute nur bei dem Vorhaben geblieben.

Ich habe nachgelesen und laut gelacht. Erinnerst du dich an Einzelheiten wie Eva Schimmerlichs silbernes Nasenpiercing? Und an den Grund, weshalb sie Kokosnüsse liebte? In ihrer Hochhaus-Wohnung wimmelte es von Kokosnüssen. Fotografierte Kokosnüsse in Bilderrahmen, gedruckte Kokosnüsse auf Kissen, echte Kokosnüsse in der Küche, gemalte Kokosnüsse am Badvorhang und gezeichnete auf den Gardinen. Wir waren sehr fantasievoll. Unzählige Türme aus Kokosnuss-Schalenhälften stapelten sich auf ihrem Balkon in die Höhe, so dass für Eva selbst kaum Platz blieb. Sie liebte Kokosnüsse seit dem Tag, an dem sie im Supermarkt zum ersten Mal ein Bounty kaufte. Das war deine Erfindung. Beim Hineinbeißen hatte sie das überwältigende Geschmackserlebnis beinahe umgeworfen, und gleichzeitig hatte sie die deutliche Vision einer über ihrem Scheitel schwebenden Kokosnuss. Seitdem hatten Kokosnüsse eine Hauptrolle in Evas Leben gespielt. Da sie alleine wohnte – ich erfand, ihr Freund hätte sie verlassen, um im Eismeer über Pinguine zu forschen, wozu du das mit den Pinguinen beigesteuert hast –, konnte sie sich in jeder freien Minute mit der Kokosnusswelt vertraut machen. Kannst du dich erinnern, wie sie lebte? Ich beschreibe es dir noch einmal. Der Text kam mir neulich aus meiner Schublade entgegen.

In aller Frühe steht sie auf, geht als erstes im braunweißgestreiften Morgenrock zum Kühlschrank und holt sich eines von den kleinen, schön designten Tetrapacks mit Kokosnusswasser heraus. Sie trägt es zur geöffneten Balkontür und hält die Packung dem Himmelsausschnitt entgegen, damit die Kokosnussschwingungen durch die Luft fliegen und sich in der Ferne in echte Wellen verwandeln können, um schließlich, mit einem Gruß von Eva höchstpersönlich, an die Südseestrände zu schwappen. Dann verneigt sie sich tief und trinkt andächtig.

An einem Tag ist alles anders. Eva hört die Stimme des Mannes auf dem gegenüberliegenden Balkon. Er lacht. Es ist kein Lachen, das man gerne hört. Es ist ein schmutziges Lachen, ein verächtliches Lachen, ein Lachen, an dem zäher Schleim zu kleben scheint und es will gar nicht aufhören. Es dringt in ihr Morgenritual ein wie ein widerwärtiger Froschkönig ins Schlafzimmer der Prinzessin und sie schaut hinüber. Da steht wieder einmal der Dicke im Feinripphemd mit Hosenträgern, zeigt mit dem Finger auf sie und prustet.

Evas Augen werden schmal. Sie tritt hinaus ins Freie und fixiert den Mann, während sie langsam das Wasser austrinkt. Mittlerweile feixt er nur noch mit breitem Grinsen herüber. Da fängt Eva an, zu lachen. Ihr lustiges Lachen, nicht ihr verächtliches. Sie kann lachen wie wenige. Es entsteht tief in ihr, steigt in Spiralen im Körper nach oben, bis es aus dem Mund kullert wie bunte Glasmurmeln. Frisch und hell klingt es, und der Mann glotzt. Das Lachen animiert die Amseln, die sich in der Grünanlage sonnen, laut zu flöten. Einige Fenster öffnen sich. Die Leute wollen wissen, wer für die besondere Stimmung draußen verantwortlich ist. Sie spüren eine kleine Wärme in sich aufsteigen, wegen der Geräusche, die sie hören. Der Dicke ist rot geworden. Er ärgert sich. Eva lacht immer noch. Unvermittelt, gerade, als er etwas zu ihr hinüber schreien will, unterbricht sie ihr Lachen und fragt laut: „Wie heißen Sie eigentlich?" Da bleibt ihm die Luft weg. Die Verrückte will seinen Namen wissen.

„Egon ist das", ruft eine Stimme von einem der unteren Balkone. „Stimmt's, Egon?" „Das geht niemand was an!" ruft Egon hinunter. Doch Eva spricht ungerührt weiter: „Egon, haben Sie schon mal 'ne Kokosnuss gegessen?" „Nee", knurrt er und dreht sich weg. „Schade!" Eva seufzt laut. „Ich liebe Kokosnüsse! Aber ich tu mir so schwer, sie zu öffnen. Sie mit Ihrer Statur könnten mir da eine große Hilfe sein." „Sonst noch was. Sie sind ja nicht richtig im Kopf. Stellen sich raus und verbeugen sich jedes Mal, bevor sie das Zeug trinken." „Ach, das haben Sie bemerkt? Sie sind aber ein guter Beobachter." „Verscheißern Sie mich?", empört sich

Egon. Wieder lacht Eva ihr ansteckendes Lachen. „Hört, hört, Eva und Egon!" und „Guck an!", tönt es aus den geöffneten Fenstern. Eva lacht. Egon will die Flucht ergreifen und dreht ihr den Rücken zu. „Egon, warten Sie! Gehen Sie nicht!", ruft sie. „Ich will etwas ausprobieren. Früher war ich eine sehr gute Weitwerferin. Und ich habe zu viele Kokosnussschalen auf meinem Balkon. Für mich bleibt gar kein Platz mehr. Ich werfe Ihnen jetzt die Schalen rüber. Sie müssen sie auffangen. Mal sehen, wie viele ich schaffe." Egon schnaubt und ist dabei, hineinzugehen, aber der Applaus der Zuhörer hält ihn davon ab. „Los, Egon!", rufen welche. „Nicht kneifen!" Das packt ihn an seiner Ehre. Feige ist er nicht. Und so wendet er sich wieder Eva zu, und als er keinen Spott in ihren Augen findet, nickt er.

Sie klatscht in die Hände vor Freude. „Kann es gleich losgehen?", fragt sie aufgeregt. Egon antwortet nicht, aber er stellt sich breitbeinig hin und breitet seine Arme aus. Da geht sie zu dem großen Stapel mit den Kokosnusshälften. Bevor sie die erste in die Hand nimmt, legt sie die Handflächen vor dem Körper aneinander und verbeugt sich respektvoll. Durch ihren Pony schaut sie schräg zu Egon hoch und wartet. Hilflos sieht er nach allen Seiten, aber er hört nur: „Na los, Egon, mach schon!" Evas Kopf nickt ihm unmerklich zu. Und Egon bringt die Hände vor den Körper und nach kurzem Zögern verbeugt er sich.

Dieses Verbeugen hast du nachgespielt. Überall hast du dich verbeugt, vor Bäumen, vor dem Computer, vor Ameisen, vor Yang und manchmal vor Leuten auf der Straße, um zu sehen, wie sie reagieren. Deine Verbeugungen nahmen alle, die ihrer zuteilwurden, gerne an. Bei den Ameisen bin ich mir nicht sicher.

Als du älter wurdest, haben wir uns abwechselnd Fragen gestellt und als Antwort Geschichten erfunden. Wir haben oft genug bestaunt, was da entstanden ist. Einmal fragtest du: „Kann Gras hören?" Erinnerst du dich? Ich antwortete: „Natürlich kann Gras hören. An der obersten Spitze des

Halms befindet sich das Grashalmohr. Es ist so klein, dass es von Menschen mit bloßem Auge nicht wahrzunehmen ist. Seit Jahrtausenden, seit Anbeginn der Zeit, hören die Grashalme in die Welt. Alles, was in sie dringt an Klängen und Geräuschen, leiten sie über besonders dafür eingerichtete, senkrechte Bahnen in ihrem Inneren bis tief in die Erde und verteilen es dort über die Wurzeln bis in die feinsten Verästelungen. Türkisfarbene Amöben nehmen die feinen Schwingungen in sich auf, wandeln sie um in kleine Kristalle und bringen sie in riesige, unterirdische Depots. Immer zur Sommersonnenwende dehnen sich nachts die angehäuften Kristalle aus und steigen über Schleusen und durch Mauselöcher empor an die Oberfläche. Als Wolken, so groß wie das Ausatmen der Ameisen im Winter, treibt sie der Wind in alle Richtungen."

Während der Schulzeit folgte Viri einem geregelten Ablauf, als erfordere die eingeschränkte Zeit für das Höhlenbauen als Gegengewicht einen sicheren Rahmen. An zwei Tagen der Woche lud sie sich eine Freundin ein. Zwischen Stühlen, Sofa und Regal oder unter dem Küchentisch wurde mit Hilfe von Decken und Kissen in Windeseile neues Land wie die weißen Stellen einer Landkarte in Besitz genommen. Mit Schreibzeug und Proviant zogen die Kinder ein und verlangten, ihre Bauwerke sollten unberührt bleiben, bis das ganze Haus kleine autonome Gebiete innerhalb der Erwachsenenwelt beherbergte.

Ihren Geburtstag hätte Viri am liebsten ignoriert. Der Tag machte das Vergehen der Zeit ohne ihre Mutter überdeutlich. Als Viri die Uhr lesen konnte, experimentierte sie mit der Zeit als einem wichtigen Taktgeber. Die Spieldauer im Zimmer und die Aufenthalte im Garten wurden kompromisslos durch Weckerklingeln begrenzt. Überall wurden Uhren aufgestellt und die Zeit darauf überprüft, ob es sich um eine sichere Größe handelte. Kontrolle über sie zu haben, schien ein Jahr lang überlebenswichtig zu sein. Viele Vorgänge durften nur auf eine bestimmte Art und Weise ablaufen. Eine Zeitlang fürchtete Viri, die Rückkehr ihrer Mutter zu durchkreuzen, wenn sie vergaß, täglich ein bestimmtes Gedicht aufzusagen oder wenn sie aus Versehen auf die Ritzen zwischen den Gehwegplatten trat. Yang atmete auf, als diese zwanghafte Phase endete und Viri sich zu einem ausgeglicheneren Mädchen wandelte, das gern ins Gymnasium wechselte und dort gute Noten schrieb.

Yangs Geschenk für Viri an ihrem elften Geburtstag war wie für sie geschaffen, ein Nest aus Wolle zum Hineinlegen. Er hatte es von einer Frau erworben, die die Idee bei einem Künstler abgeschaut hatte, der auf Seen oder an Land aus

Ästen und Zweigen überdimensionale Nester schuf, Kuhlen wie von riesigen Vögeln gebaut, außen struppig und innen ausgepolstert, Nester, die im Betrachter das Gefühl von Geborgenheit auslösten. Die Frau verwendete dicke Schurwollsträhnen und verwob sie zu einem Rund, groß genug, dass ein Kind eingerollt darin Platz finden konnte. Die Zahl der Höhlen im Haus nahm daraufhin ab. Das Nest genügte Viri als Rückzugsort.

Ausbreiten

Ich folgte Yang hierher, aber heimisch wurde ich nie. Ich wollte mich auf diese neue Heimat einlassen, glaub mir. Ich war neugierig, auf ihre Geschichte, auf die Menschen, auf Pflanzen und Tiere. Aber sie hat sich mir verweigert, zeigte sich stachlig wie die silbrigen Disteln, die in großer Zahl auf der Hochebene wachsen.

Ich bin ein spüriger Mensch mit offenen Augen. Mir fiel auf, dass einige Bäume im Tal krank wurden und der Artenreichtum der Vögel zurückging, dass die Menschen die Augen und Ohren vor den Wunden der Landschaft und den in ihr gespeicherten Erfahrungen verschlossen, Erfahrungen, die darauf warteten, gesehen und gehört zu werden.

Wenn du mich fragst, ob sich Gegenstände nach ihren Besitzern sehnen, antworte ich: Gewiss doch, das tun sie. Sehr sogar. Butterdosen aus Porzellan haben sich an den Klang gewöhnt, den man ihnen beim Öffnen entlockt, Gartenrechen an die gewohnte Bewegung des Heranziehens und Neu-ins-Gras-Senkens, Stühle an die Sitzhöckerknochen derjenigen, deren Alltag sie teilen, Badezimmerspiegel an die alternden, lachenden, ernst oder müde dreinblickenden Gesichter ihrer Besitzer. In möblierten Wohnungen verhält es sich ähnlich, nur sind die Gegenstände durch den ständigen Mieterwechsel überbeansprucht, sie verkraften neue Bewohner schlecht und erleiden ein vorzeitiges Ende, sie verlieren die Farbe oder gehen zu Bruch. Die Wände werden schneller schäbig, die Fenster früher undicht und die Ecken häufiger schimmelig, als Preis für die stete Veränderung. Deshalb strahlen

Gegenstände, die sich seit Generationen in Familienbesitz befinden, in den Händen achtsamer, gelassener oder auch nur den Wert und die Schönheit der Dinge schätzender Menschen, einen Glanz und eine Dichte an Erfahrung aus, die manche von ihnen in Museen ihren Platz finden lässt. Aber das geschieht nur, wenn die Menschen die Vergangenheit achten, wenn sie wissen, dass ein roter Faden sich durch alles Gewebe zieht und man durch den Versuch, ihn abzuschneiden, rote, dunkle Knoten erzeugt, die früher oder später irgendwo auf der Hautoberfläche drücken und die Träger zwingen, nach ihnen zu tasten.

Am neuen Ort hörte ich sehr oft: Lass uns nach vorne schauen! Als ob man Vergangenheit außer Acht lassen kann. Dabei war ich auf meinen Spaziergängen auf halbzugewachsene Müllkippen an Waldrändern und im Unterholz gestoßen, Hinterlassenschaften der letzten Besatzungsmacht nach dem Krieg.

„Wer soll das Aufräumen bezahlen?", fragten die Leute, die ich darauf ansprach. Sie sagten, das wäre nicht ihre Aufgabe, sie hätten genug eigene Probleme und gaben mir zu verstehen, dass ich unbequem, aufdringlich und lästig war. Sie hatten sich daran gewöhnt, dass Ackerboden und Wiesen nicht von Bauern bewirtschaftet wurden, von Menschen, die auf dem Land aufgewachsen waren und die eigenen Felder bestellten, sondern von Betrieben, die Nahrungs- und Futtermittel erzeugten, ohne gewachsenen Bezug zu dem Boden, den sie gekauft oder aus Konkursmasse übernommen hatten. Es wurde im Übermaß gespritzt, um den Ertrag zu steigern. Ich misstraute dem gelben Getreide, dem Heu als Winterfutter für die Kühe und dem in der Gegend angebauten Gemüse. Kaufte ich im Supermarkt am Ortsrand Tomaten von dort, wo ich hergekommen war, nahm ich sie wie Heilnahrung in mich auf. Als westlich der Bahnlinie, die ich öfter befuhr, in einer kilometerlangen Schneise Bäume entlaubt wurden und abstarben, fand ich nirgendwo eine Erklärung, die Leute, die ich danach fragte, zuckten mit den Schultern. Ich sprach mit Yang darüber. Er hob hilflos die Hände, nachdem er sich ebenfalls vergeblich um eine Information bemüht hatte. Er schloss daraus, dass nichts Umweltzerstörendes vorgefallen war, hoffte auf wirksame Kontrollen und meinte, Vergiftungen oder ähnliches könnten unmöglich unbemerkt bleiben. In einer Gegend, in die Kletterer aus aller Welt kommen würden, könne man sich eine Zerstörung der Umwelt gar nicht leisten. Er ging der Sache nicht weiter nach und ich verstand ihn nicht. Wie konnten ihm, der doch die Natur so sehr liebte, sein sonst klarer Blick getrübt und solche Unregelmäßigkeiten egal sein?

Ich arrangierte mich, aber ich verlor mein Vertrauen in die Menschen und meine Leichtigkeit, während Yang Energie und Kraft zog aus dem Austausch mit Berufskollegen und seinem Publikum, aus der Berührung der Felsen und dem frischen Wind der Aufgaben, die ihn riefen, ein Wind, der bald von weither kam und ihn überall hin trug.

Meine Fremdheit kam zurück wie ein entlaufener Hund. Ich fühlte mich einsam. Du, meine Liebe, warst so unabhängig, warst mit dir zufrieden, hast dich selbständig im Ort bewegt, brauchtest mich vor allem zur Versorgung, so erschien mir das jedenfalls. Ich fühlte mich eingeschränkt durch die täglichen Abläufe, wurde stets von neuem aus dem Schreiben gerissen und hatte zunehmend Zeiten, in denen mir nichts einfiel. Finanziell war das kein Problem, denn Yang verdiente sehr gut, aber es entstand eine Leere in mir, und meine Unzufriedenheit wuchs.

Heute weiß ich, wie sehr der Ort dazu beitrug, denn es ist nicht nur so, dass die Erde uns nährt, auch wir nähren die Erde, und ist der Fluss in beide Richtungen gehemmt oder gestört, kann nichts Gutes erwachsen. Meine Liebe, kannst du das nachvollziehen? Ich wünsche mir sehr, dass du bald mit aller Kraft zu mir her strömen wirst. Wann werden sich die

Berge zwischen uns niederlegen, so dass die Wasser unserer angestauten Flüsse wieder zusammenfinden können?

Die Zeiten, an denen mir der Ort zusetzte, kamen in Wellen. Ich war unzufrieden, mit Yang, mit mir, aber nie mit dir, das musst du mir glauben. Heute denke ich, die eigentliche Ursache war die Wunde meiner Herkunft, die nie betrachtete. Und auch ein bisschen Yangs Unerreichbarkeit.

„Maria, es tut mir leid, aber ich will keine Beziehung mehr eingehen. Ich will alleine bleiben. Aber ich mag dich sehr, das weißt du." Seine blauen Augen waren voller Ernst und dunkel, als er das zu mir sagte.

Mein zuvor heiter aufsteigender Dampf verfärbte sich und verlor sein Leuchten. Ich schrumpfte von einer weißen Wolke zu einer kleinen grauen Säule aus Rauch, meine Energie erbleichte und ließ sich wankelmütig vom Wind verwehen. Um wieder in meine Kraft zu kommen, um mich zu sammeln und zu verdichten, um mich erneut auszubreiten, floh ich das Haus und nahm mir den Himmel als Vorbild. Die Gestalten, die er hervorbrachte, reichten mir ihre helfenden Hände. Es genügte, eine Zeitlang die Nähe der Wolken zu suchen, dann begann in mir der tiefere Sinn wieder aufzusteigen, weiß, dicht und kraftvoll. Meine Visionen formten sich von Neuem und wurden konkreter, ähnlich den Silhouetten der Vögel, die sich aus dem Dunst nähern und langsam unterscheidbar werden. Auch mein Wunsch, von hier weg zu gehen, begann als Nebel. Geheimnisvoll und wie aus Watte hüllte er mich ein, bis ich aus ihm aufrecht hervortrat, mit nichts in der Hand außer einem Sehnen, das sich immer wieder verflüchtigte, denn die Zweifel flüsterten mir ein, mein Wunsch sei nichts als heiße Luft. Nicht zu begreifen und ohne Berechtigung. Hatte ich nicht alles? Sollte ich lediglich nichts als schreiben, mit euch leben, und zufrieden sein?

Einmal, es war Abend und ich war müde, aber ich wollte noch nicht zu Bett gehen, räumte ich meine Tasche aus.

Ganz unten fand ich das leuchtendrote Konfettiherz aus Plastikfolie, ich hatte es einmal vom Gehweg aufgehoben, trotz eines Knicks in der Mitte. Ich warf es kurzerhand in den Abfalleimer, aber am Morgen hielt mir Yang das Herz entgegen. „Das habe ich im Abfall gefunden, ein Herz, es scheint gebrochen zu sein. Ist es deines?" Ich schüttelte den Kopf. Es war leichtfüßig dem Müll entronnen, also konnte es nicht meines sein. Meines war schwer, was Yang betraf.

Auf dem Teerdach der Garage zeichnen die Bäume Schattenbilder. Unmerklich wandeln sie sich. Vielleicht sind ihre Bewegungen deshalb etwas unscharf. Oder liegt es an der groben Körnung der Dachpappe? Das Dach wartet auf den Herbst. Es liebt den Klang der Walnüsse, mit denen der Nussbaum es bewirft. Bis es soweit ist, lässt es sich von den Füßen der Amseln kitzeln und vom Wind den Rücken streicheln.

Viri hielt sich noch als Zwölfjährige am liebsten bei den Erwachsenen in der Küche auf. Dann ging sie einer ihrer Lieblingsbeschäftigungen nach und schnitt aufgemalte Figuren auf Papier mit der Schere aus. Sie ordnete sie in immer neuen Zusammenhängen, bildete lange Reihen und legte sie, wenn der Platz auf dem Tisch nicht mehr ausreichte, auf dem Fußboden aus. Yang ließ sich gelegentlich von ihr erklären, welche Welt da im Entstehen war, und als Maria eine Schreibpause machte und beide am Ende einer ausgedehnten Schlange auf den Dielen knien sah, lachte sie bei dem Anblick.

„Das erinnert mich an meine Yatra."

„An was?", fragte Yang und stand auf, während Viri begann, ihre Figuren neu und anders zu gruppieren.

„Eine Yatra ist eine Art Pilgerwanderung. Alle gehen hintereinander und in Schweigen. Ich sollte darüber einen Artikel verfassen und ich kann dir sagen, als ich diese Yatra in Frankreich mitmachte, in der hundertfünfzig Leute über zehn Tage zusammen gehen, da habe ich jeden dieser Tage anders erlebt. An manchen Tagen war ich froh und beschwingt, dann wieder habe ich mich gefragt, wieso ich das überhaupt mache und hätte das Ganze am liebsten abgebrochen."

„Und weshalb bist du weiter gelaufen?"

„Weil ich einerseits den Auftrag hatte und weil es andererseits immer wieder beeindruckend war. Ich habe irgendwann verstanden, dass dieses Auf und Ab, das Laufen des Weges, ein Sinnbild für das Leben ist. Das Auf und Ab gehört dazu. Als ich versucht habe, das zu akzeptieren, ging es gleich besser. Parallel zum Laufen hat sich auch in meinem Inneren so ein Auf und Ab vollzogen. Mal hatte ich jede Menge Ideen, mal habe ich mich über meine Ungeduld geärgert, weil mir der Vordermann zu langsam lief oder rumstolperte und nicht auf den Weg achtete."

Yang grinste breit, als er sich erinnerte, wie ungeduldig Maria früher gewesen war.

Sie zeichnete sich mit dem Zeigefinger einen imaginären Heiligenschein über dem Kopf. „Ich hielt mich nämlich für heilig, weißt du?"

„Ach ja? Das liegt sehr weit in der Vergangenheit, stimmt's?"

Maria hob fragend die Augenbrauen. „Das ist sehr, sehr lange her. Ich bin doch mächtig gereift inzwischen."

„Auf jeden Fall! Ohne Zweifel!", sagte Yang so übertrieben, dass sie so tat, als würde sie einen imaginären Stein hochwuchten und nach ihm werfen.

„Gnade! So ist das Leben nun mal", meinte Yang. „Lob und Kritik wechseln sich ab. Mal hast du den Eindruck, was mach ich hier, was für eine Zeitverschwendung, dann wieder bist du ganz im Moment und einfach glücklich über einen Schmetterling oder sowas in der Art. Apropos, wollen wir noch rausgehen? Wir könnten mal auf die andere Talseite gehen."

„Du willst doch nicht etwa bis auf den Berg?"

„Doch", nickte er.

„Ja!", rief Viri, und seufzend streckte Maria sich, kreiste mit den Schultern und sagte schließlich:

„Also gut."

Sie durchquerten den Ort, folgten dem ansteigendem Hauptweg auf der anderen Talseite und zwei Stunden später saßen sie zu dritt auf dem Plateau des Berges, genossen die Aussicht und auch den Blick in die unmittelbare Nähe, bei deren Beobachtung sich Viri als bewährte Expertin erwies. Ein türkisfarbener Käfer nahm an ihrer Seite Platz, saß als letzter in der Reihe auf den alten, mit Flechten überzogenen Rifffelsen, die von Wind und Wetter rundgeschliffen worden waren. Unter ihnen auf der schräg abfallenden Wiese und von sanftem Grün umgeben, hockte auf dem Sattel des Bergs die kleine Kapelle, die einer Heiligen mit einem Krug geweiht war, weil unter deren Schrein seit Jahrhunderten eine Flüssigkeit austrat, die man einst für ihre Tränen gehalten hatte.

„Walburga, Maria, überall heilige Frauen", kommentierte Yang und als Virga fragte, ob sie auch eine Heilige wäre, antwortete er: „Natürlich. Aber du brauchst keine Kapelle dafür."

Das Rascheln der sich in der Luft berührenden Flügel der Schwalbenschwanzfalter mischte sich mit dem Gesang von Lerchen. Im weit unter ihnen liegenden Dorf krähte ein Hahn. Fliegen surrten und kosteten vom Salz auf der Haut unterhalb von Marias Knie. Am Himmel häuften sich die Schlieren von Kondensstreifen, während Viri aus gesammelten Steinchen ein Muster legte und vor sich hin sang. Yang legte sich auf den Rücken und schloss die Augen. Der harte Stein unter dem Kreuzbein ließ ihn an das Meer denken, das sich hier einst ausgebreitet hatte. Er ruhte auf Muschelbänken. Der Wind fing sich in der kleinen dürren Buche neben ihnen, deren kaum belaubte Krone etwas Schatten spendete, und erzeugte in den Ästen ein Geräusch, das einer Brandung ähnelte. Nur Naturgeräusche waren zu hören und Yang war, als läge er am Strand. Um ihn her hob und senkte sich die Landschaft, das Meer atmete ihn ein und aus, sicher waren es Fischmäuler, die an seine Haut stupsten. Er wogte auf und ab, war wie Tang, war eine Qualle, ihm waren Schwimmhäute gewachsen und er stürzte sich, jäh und mit Wonne, hinein in das große Blau. Tauchte ab und träumte von Welten, in denen ihm seine Ahnen die Hände reichten. Da bist du ja, sagten sie mit den Augen. Es schimmerte überall hinter seinen geschlossenen Lidern. Dann tauchte er allmählich wieder auf, nahm Marias Atmen neben sich war, Viris Singen und all die anderen Klänge.

Leute kamen zu der Aussicht in ihrer Nähe und gingen wieder, ohne viel von der Schönheit zu sehen, abgelenkt von ihren eigenen Themen. Das Pfeifen des im Tal weit unter ihnen fahrenden Zugs bemerkten sie nicht, der Name der Kapelle interessierte sie nicht, sie redeten, ohne auf den Wind und die Falter zu achten. Der achtsame Blick war ihnen verlorengegangen, sie beugten sich nicht zum Naheliegenden, waren sich des Bodens nicht bewusst, auf den sie Fuß vor Fuß setzten, nur einmal bemerkte jemand die hellen Lichtreflexe weit im Westen, dort, wo die Hochhäuser der Stadt aus der Ebene wuchsen. Yang spürte den Drang, sich zu bewegen.

„Wollen wir weiter?", fragte Maria, als er sich aufsetzte.

„Ja", antwortete er. „Erzähl mir irgendwas Schönes. Komm, Viri, wir gehen."

„Was hast du?"

„Manchmal ist die Realität schwer auszuhalten."

Auf dem Rückweg entdeckten sie im frischen Schotter zu ihren Füßen etliche Fossilien. Viri fand einen winzigen Ammoniten. Sie liefen auf einem vor Jahrmillionen entstandenen Untergrund voller Lebewesen.

„Komprimierte Zeit", seufzte Yang. „Könnte meinetwegen langsamer vergehen, die Zeit. Und weniger aufregend."

Ich gewöhnte mich in stetigem Auf und Ab an den neuen Ort und an das Leben zu dritt, und besonders genoss ich den Frühling. Wir standen gemeinsam im Garten und staunten über die Abfolge von Leberblümchen, Veilchen, Forsythie, Fliederknospen, Traubenhyazinthen, Narzissen und Pfingstrosentrieben. Wir beschnitten den Wein und zählten die Blütenansätze des frisch gepflanzten kleinen Apfelbäumchens. Ich dokumentierte alles mit der Kamera und freute mich gemeinsam mit Yang darüber. Nach der Nachricht nicht mehr. Seit diesem Tag sitzt der Fotoapparat in seiner Tasche in Dunkelhaft. Seit ich dir schreibe, wird alles leichter. Noch sind die Pfingstrosen nicht erblüht, aber vielleicht werden sie es sein, die mich wieder entfachen, vielleicht beginnt mit ihren rosafarbenen und dunkelroten Blüten ein neues Betrachten und Festhalten der Geschehnisse. So wie die Ameisen in jedem Frühling die Bank entern, auf der ich sitze, während die Birke mich zum Niesen zwingt und der Wind mich den alten, blauen Schal umlegen lässt, blau wie die Strähne in meinen Haaren, als ich jung war.

Während ich zusehe, wie die Ameisen mit ihren schwarzlackierten Körpern vom Holz auf meinen Rock klettern, verbringst du, mein Kind, eine anstrengende, aber hilfespendende Zeit im Süden. Ein Eintrag im Internet hat mich davon unterrichtet, und die Sterne haben es mir gezeigt, heute Nacht, als ich, von Unruhe erfasst, aufstand und aus dem Fenster sah. Der Orion stand schräg. Die Reihe seiner Gürtelsterne wies nach Südwesten.

Wann wirst du die Anfänge deines Erwachens einleiten, und wie bei einer Geburt die Antwort aus dir herausziehen, die Antwort auf die Frage, die mich umtreibt? Laut schmetternd verbietet mir die Grasmücke, sie niederzuschreiben. Du weißt, welche ich meine: Wann kommst du wieder? Die

Hummeln mit den orangeroten Hinterteilen eilen mir zur Hilfe und schreiben es mit ihrer Flugbahn. Die Bienen tänzeln die Frage im Stock. Das Muster der erblühten Primeln auf der Wiese verkündet den Anfangsbuchstaben. Ich habe das Gefühl, deine Antwort wird ähnlich verschlüsselt sein.

Auf der Liege im Schutz der Hecke haben wir alle schon gelegen. Du, ich und Yang. Ich erinnere mich, wie er an einem Nachmittag im Sommer auf ihr eingeschlafen war. Entspannt, die langen Beine und Arme ausgestreckt neben dem Körper, die Lehne leicht schräg, die blauen Augen geschlossen. Er lag eine ganze Weile da, ich weiß nicht mehr genau, wie lange, eine Stunde bestimmt, vielleicht auch zwei. Es war sein letzter Sommer.

Yang kam von einem seiner Vortragswochenenden nach Hause und zog an der Garderobe seine Jacke aus. Viri kam schnell gelaufen, umarmte ihn und zog sich wieder in ihr Zimmer zurück.

„Ich bin am Lesen. Herr der Ringe, zweiter Teil!"

Maria saß in der Küche am noch gedeckten Tisch und sah erschöpft aus.

„Alles in Ordnung? Geht es dir gut?", fragte Yang, als er sich setzte.

„Es geht. Meine Augen sind von der langen Computerarbeit angestrengt und müde. Deshalb sehe ich bestimmt etwas abgekämpft aus."

„Wenn, dann nur ganz wenig", beteuerte er.

Maria seufzte. „Ich komme schlecht voran. Das Schreiben braucht neues Futter – und frische Energie, sonst klingen die Worte nicht. Sie werden immer langsamer und behäbiger, schlurfen in irgendwelchen Ecken herum, treffen sich und bilden Haufen aus *er sagte, sie sagte, sagte er, meinte er, bemerkte sie* und zucken mit den Schultern. Alles wird so schwerfällig, dass die geschilderten Szenen an Kraft verlieren, nicht mehr riechen und schmecken, einschlafen und sich einfach wegdrehen, wenn ich an ihnen rüttele."

„Na, gerade eben hast du auf jeden Fall ganz tolle Worte gefunden", meinte Yang. „Hast du denn genug Aufträge?"

In diesem Moment rief ein Falke aus den Baumkronen gegenüber und flatterte auf, dunkel und scharf gezeichnet vor dem weiß leuchtenden Rand einer Ambosswolke.

„Das schon. Trotzdem, oder vielleicht deswegen, geht es nicht vorwärts. Ich würde am liebsten nur an dem Buch schreiben. Weißt du, was ich mir in letzter Zeit jeden Abend gewünscht habe, Yang? Dass ich beim Aufstehen am Morgen erkenne, dass sich meine Blockade über Nacht gelöst hat. Ich bin dann wach anstatt schwer und im Kontakt mit meiner Energie. Es ist hell im Zimmer und ich freue mich darauf, das Bett zu verlassen. Ich gehe aus dem Raum in eine große helle Wohnung. So stelle ich mir das vor. Dass mir warm ist und ich nicht friere. Und dass du die Veränderung als Erster merken wirst, wenn ich zum Frühstück in die Küche komme, nicht missmutig und zerknittert wie sonst, sondern munter. Ich wäre lustiger und weniger müde, voller Pläne und wüsste, was mir guttut. Und mein Schreiben würde fließen. Das wünsche ich mir."

Yang lehnte sich auf seinem Stuhl zurück und beobachtete sie nachdenklich.

Maria seufzte. „Das ist ein wiederkehrender Traum. Ich denke immer wieder, es liegt am Ort. Ich fühle mich hier nicht wohl. Ich werde nicht warm mit den Menschen hier. Das macht mich unruhig und müde zugleich, Yang. Ich habe manchmal so große Sehnsucht nach anderen Orten und Menschen!"

Er schwieg mit gesenktem Blick und sie sagte schnell:

„Ach, heute bin ich besonders empfindlich. Nimm es leichter, als es klingt. Es liegt vielleicht am Tag. Heute früh brachte mich gleich der erste Radiobeitrag zurück auf den Boden der Tatsachen. In den Nachrichten kam, dass auf Madeira ein Baum während einer Prozession auf Gläubige gestürzt ist. Eine Frau und ein Kind waren so schwer verletzt, dass beide später im Krankenhaus starben. Verrückt, oder? Dass genau zu dem Zeitpunkt ein Baum umfiel. Da fragt man sich doch, weshalb Gott sie in ihrem Glauben nicht geschützt hat."

„Was für ein Baum war das denn?", fragte Yang.

„Soll das heißen, der Baum interessiert dich mehr als die Leute?" Mit ihrer alten Schärfe fuhr sie ihn an.

„Meine Güte, Maria, ich versuche doch nur zu begreifen, warum es passiert ist."

„Entschuldige, ich weiß anscheinend wirklich nicht, wo rechts und links ist."

Er schenkte in ihre beiden Tassen Tee ein und nahm sich eine Brotscheibe. „Hast du schon etwas gegessen?"

Ohne Antwort umklammerte sie ihre Tasse mit beiden Händen und trank einen Schluck.

„Ich frage mich, was diese schicksalhafte Gleichzeitigkeit bedeutet. Menschen zünden Kerzen an, der Baum ist geschmückt, alles ist vorbereitet auf das Fest und dann stürzt er genau während der Zeremonie um, nicht eine Stunde vorher, nicht eine Stunde danach. Und auch noch an Maria Himmelfahrt." Sie lachte bitter. „Wie sollen die Hinterbliebenen damit umgehen? Indem sie den Blick senken, den Kopf neigen und sich fügen? Jetzt werden Antworten gesucht, Verantwortliche werden mit Vorwürfen und Anklagen überhäuft, Sicherheitswunschdenken verwandelt sich in Anschuldigungen. Auf einem Foto im Internet sieht man Rettungskräfte, die inmitten eines Laubhaufens aus Blättern und Ästen ein Tuch aufgespannt halten. Rote Warnwesten, gelbe Reflektoren, ein weißes Tuch, das Grün des Laubs, eine Pieta, weil man die Toten dahinter ahnt und man im Kopf Bilder hat, wie sie schlimmer nicht sein können."

Nach einer Weile sagte Yang: „Das erinnert mich an das große Sturmgewitter, kurz nach dem Schulabschluss, weißt du noch?" Er sah in Marias Augenwinkeln Tränen schimmern, als sie den Kopf hob. „Ich glaube, es war an dem Wochenende, als ich von unserem Kletterausflug nach Hause kam. Der Platz an der Kreuzung war abgesperrt und meine Mutter erzählte gleich bei der Begrüßung von dem riesigen Ast der Linde, der abgebrochen war und im Fallen die Steinsäule getroffen hatte."

„Ach ja, stimmt." Maria suchte in ihrer Jeans nach einem Taschentuch und putzte sich die Nase. „Den alten Bildstock, über den ich mal ein Referat gehalten habe. Auf der Rückseite war ein Relief, da zeigte ein Vater mit den Armen hilflos auf seine Tochter, die leblos am Boden lag. Sie war auf dem Rückweg von der Kirche ums Leben gekommen, in der sie für ihre schwerkranke Mutter gebetet hatte. Auch so eine traurige Geschichte."

„Ja, solche Dinge geschehen immer wieder. Manches ist nicht zu verstehen. Es bleibt uns nur, solche Ereignisse anzunehmen und wieder loszulassen und im Jetzt zu leben. In unserem Leben mit Viri zum Beispiel. Es findet jetzt statt, und wir gestalten es."

„Sei dir da mal nicht so sicher, Yang", sagte sie darauf.

Von der Fensterbank her verströmte der Thymian eine Kostprobe seines Aromas, wie um die Erinnerung an Wurzeln und Erde wachzurufen.

„Lass uns versuchen, von hier wegzugehen, lass uns einen anderen Ort suchen!" Maria war anzusehen, wie dieser Gedanke sie belebte. „Du musst erst einmal gar nichts tun. Ich glaube, ich muss selbst ein Gefühl dafür bekommen, was diese Suche mit mir macht, vielleicht finde ich heraus, dass es gar nicht an dem Ort liegt. Manchmal denke ich, dieses Nichtzuhausesein-Gefühl, die Unruhe, hat ganz andere Wurzeln. Ich weiß es nicht." Als Yang schwieg, sagte sie schnell:

„Vielleicht finde ich etwas anderes heraus. Dass mein Schreiben mein Zuhause ist. Wenn es fließt und ich meine Sätze lese und glücklich darüber bin. Und sie für sinnvoll halte. Aber seit einiger Zeit gelingt mir nichts mehr." Nach einer Pause spann sie den Faden weiter:

„Weißt du, wie ich mir das denke, das mit der Suche?"

Nachdem sie das Thema angesprochen hatte, war sie gelöst und guter Laune.

„Nein, erzähl es mir", bat Yang sie.

„Also, ich habe recherchiert und mich entschieden und besichtige das Haus oder die Wohnung, die in meinem Kopf bereits mir gehören. Im Internet klang alles perfekt. Ich sehe mich schon auf dem alten Parkettboden in der Sonne liegen, mit geschlossenen Augen, und atmen, einfach nur atmen, überall Leichtigkeit. Vorher bin ich im Park neben dem Haus gewesen und habe mich dort umgesehen, habe auf der Wiese neben einem Baum kleine farbige Flyer über Schreibkurse verteilt und die Leute kommen scharenweise, heben sie auf und freuen sich, dass ihnen endlich jemand beibringt, wie man schreibt. Ich habe die Idee, dafür das Wohnzimmer zu nutzen. Ja, ich schlage allen vor, in unser neues Wohnzimmer zu kommen. Sie werden so beeindruckt von mir sein, dass mein Ruf sich weiter verbreitet und ich mühelos Teilnehmer für meine Angebote finde. Jeder von uns bekommt genug Raum für sich, du, Yang, und auch Viri. In dieser Wohnung wird mir das Schreiben sehr viel leichter fallen als bisher. In dieser Wohnung steht immer das richtige Getränk bereit, wenn ich Durst habe, Tee oder Saft. Gemüse und Obst warten nur darauf, von mir verzehrt zu werden. In einer Küche, von der ich hoffe, dass sie über die Jahre keinen Zwiebelgeruch angenommen hat wegen deiner empfindlichen Nase. In allen Räumen herrscht diese besondere Kindheitsbehaglichkeit, sie haftet wie Klebstoff an Schränken und Böden: Wärme, Plätzchenaroma und der Duft frischer Bettwäsche."

„Soso", sagte Yang, als sie mit ihrer Rede fertig war.

Maria war in aufgeräumter Stimmung. „Das ist möglich, du wirst sehen. Alles andere wird sich finden. Ich werde gleich mal recherchieren und nach Angeboten suchen." Wo, sagte sie nicht.

Yang nahm sich seinen Milchkaffee mit in den Garten, sah zu dem Nistkasten im Nussbaum hoch und überlegte, wie die Meisen es schafften, ihre Nestlinge gerecht zu füttern. Schließlich waren nur aufgerissene Schnäbel zu sehen, wenn sie mit Futter am Nest eintrafen. Wer verhinderte, dass stets nur die Stärksten und Kräftigsten das ganze Futter erhielten? Wenn es nicht gerecht zuginge, müsste man öfter tote Jungvögel finden, zu kurz gekommene, verhungerte. Yang glaubte nicht an den Sieg des Stärkeren, obwohl er einmal eine Biologin getroffen hatte, die behauptet hatte, in Adlerhorsten würde das jüngere Tier von dem Älteren sofort getötet oder bei den Fütterungen abgedrängt werden. Bei Nachforschungen hatte er festgestellt, dass es sich lediglich um das genetisch verankerte Phänomen einer bestimmten Art handelte. Yang glaubte an ein ordnungsstiftendes Prinzip, etwas Unfassbares und Übergeordnetes oder auch nur eine sinnhafte Verkettung, die dafür sorgte, dass alle gleich beschenkt wurden und dass auch Benachteiligte früher oder später einen gerechten Ausgleich erfahren würden, auf welchem Gebiet und in welchem Leben auch immer. Seit er einen Film über Eisvögel gesehen hatte, deren Nachwuchs ein sogenanntes Nestkarussell durchführte, bei dem alle im Kreis nachrückten, sobald der Altvogel mit Futter an die Bruthöhle kam, war er von dieser Gerechtigkeit, zumindest was Vögel betraf, überzeugt.

Er setzte sich auf dem Boden ins Gras und dachte über Marias Unruhe nach. Sie war dabei, den bisher gelebten Rhythmus durcheinanderzubringen. Er und Viri würden damit umgehen müssen. Wenn einer oder eine sich veränderte, mussten alle mit, das hatte er schon vor längerer Zeit begriffen.

Ich weiß noch, wie ich an der Krone der Eiche vor dem klaren blauen Himmel die Lichtreflexe silberner Fäden aufblitzen sah. Mehrere Meter lang wehten sie wie Fahnen von den Zweigen. Ich fragte mich, welche Spinnen dort oben wohnten und ihren Nachwuchs von dort auf die Reise gehen ließen. Ab und zu löste sich einer dieser Fäden und eine kleine Spinne an ihrem Ende brach auf zu einem neuen Ort. Vielleicht nahm ich mir damals daran ein Beispiel. Nur noch kurz festhalten, dann zum richtigen Zeitpunkt einem Impuls folgen und loslassen im Vertrauen, das Kommende meistern zu können.

Mit dem Bus fuhr ich aus unserem Tal hinaus und ließ die Felsen, dich und Yang hinter mir. Es war sonnig und warm. Ich spürte, wie sich auch in mir etwas ausbreitete, etwas wie Zuversicht und Mut.

Ich hatte Yang versichert, fürs Erste würde sich an unserem Leben nichts ändern, er solle mich einfach suchen lassen. Er stand wieder in seinem weißen T-Shirt vor mir, ließ die Arme hängen wie damals, als ihr zu mir kamt, und sagte ruhig:

„Maria, ich will dich nicht verlieren."

Ich versuchte, ihn zu beruhigen, versicherte erneut, ein neuer Ort müsse auf ihn und dich ebenso passen.

„Wo willst du denn suchen? In welcher Gegend?" fragte er. „Willst du zurück?"

Die Frage hing zwischen uns wie eine kleine Fahne, die nur darauf wartete, von einer Windbö ergriffen zu werden, um daraufhin heftig loszuflattern.

„Vielleicht", antwortete ich.

Er nickte, das hatte er befürchtet.

„Aber nicht zu weit weg von Felsen", warf ich schnell ein. Wir standen schweigend, bis er mich in die Arme nahm.

„Wir kommen klar, Viri und ich, schau dich um, vielleicht findest du heraus, was dir fehlt", gab er mir mit.

Ich hatte mich für eine Gegend entschieden, die wegen des Obstanbaus in ihrem breiten Flusstal an die Landschaft erinnerte, in der ich aufgewachsen war. Die Felslandschaften in den ausgedehnten Buchenwäldern am Rand des Tals hatten einen guten Ruf in der Kletterszene.

Meine erste Anlaufstelle war ein Ort, der das Wort „Heilige" im Namen trug, Heiligenstadt. Dort war viele Jahre zuvor ein Meteorit auf der Erde aufgeschlagen, wie damals bei unserem Zeltwochenende. Ich hatte darüber gelacht und die wahre Dimension nicht erkannt, es hatte in meinem direkten Umfeld eine Begegnung zwischen Himmel und Erde gegeben.

Mein Kind, du bist geprägt von der Naturwissenschaft, glaubst du, dass es mehr Dinge zwischen Himmel und Erde gibt, als wir uns vorstellen können? Ich vergleiche das Leben mit dem alten Teppich aus Nepal im Gang, dem mit den roten Rauten. Von oben erkennt man das schöne Muster mit seiner Farbabfolge, glatt, eben und geordnet, dreht man ihn allerdings um, herrscht dort ein Chaos aus Fäden, verwirbelt und lebendig, und ganz eigenen Gesetzen gehorchend.

Eine Bekannte, die ich durch eine Recherche kennengelernt hatte, arbeitete als Ärztin im Krankenhaus und hatte mich aufgefordert, sie zu besuchen, wenn ich in der Gegend wäre. Eine Lindenallee von Kopfbäumen führte vom Bahnhof aus zu ihrem Wohnviertel. Die Bäume neigten ihre belaubten Köpfe zur Straßenmitte, während ihre verschlungenen großen Körper zahlreiche Geschichten vom immer wieder Kräftesammeln und Erneut-Austreiben erzählten. Zwei Frauen machten Hausputz und wischten beide bei geöffneten Fenstern mit rosafarbenen Staubwedeln aus Kunstfasern über die äußeren Fensterrahmen. Krähen erhoben sich laut krächzend aus den hohen alten Tannen der Gärten.

Bevor ich am letzten Haus der Straße klingeln konnte, begrüßten mich mit lautem Miau zwei Katzen, die Tür wurde geöffnet und ich wurde herzlich an einen mittlerweile fülligen Körper gedrückt. Bei Kaffee und Kuchen überraschte mich meine Gastgeberin mit ihrer Absicht, aus der Stadt weg zu ziehen.

„Ich komme mit den Leuten nicht klar", sagte sie. „ich bin ihnen zu direkt, zu anstrengend. Ich mache kein Blabla außen rum, wie sie es gewohnt sind. In den letzten fünf Jahren habe ich zwanzig Kilo zugenommen, weil ich damit meinen Frust kompensiere. Momentan ist mir alles zu viel. Ich bin leicht gereizt und ungeduldig und schreie meine Patienten an. Gut, dass ich zurzeit nur in der Luftrettung unterwegs bin. Die sind meist so k. o., die kriegen nichts mit." Sie lachte schallend. „Dass ich hier weg will, liegt also auf der Hand, aber du, du ruhst doch in dir selbst, so schätze ich dich zumindest ein. Warum willst du von dort weg, wo du lebst?"

„Das hat auch mit den Leuten zu tun, allerdings mehr mit ihren Ansichten. Ich fühle mich fremd dort. Ich weiß nicht, woran es liegt, an meiner Art wahrscheinlich."

„Das kann ich mir bei dir nicht vorstellen."

„Vergiss mein Aussehen nicht. Mittlerweile ziehe ich mich mehr und mehr zurück."

Sie richtete sich auf. „Nein, mich zurückziehen, das mache ich auf keinen Fall. Die müssen sich schon mit mir herumschlagen, solange ich hier bin. Aber einen Partner zu finden, der meinen Kurs aushält, das kann ich vergessen. Als Frau werde ich nicht wahrgenommen." Ihr ernster Ausdruck verschwand wieder. „Eher als Drache", kicherte sie. „Eine Zeit war das in Ordnung. Ich habe lange Yoga gemacht, das hat mich alles etwas entspannter sehen lassen, aber meine Lehrerin ist weggezogen. Und die neue ist unmöglich, sag ich dir. Ich sehe nicht ein, wieso ich einen Haufen Geld bezahlen soll, damit sie ständig mit mir unzufrieden ist."

Ich musste ebenfalls lachen und fragte: „Wohin willst du denn umziehen?"

„Sag mir einen Ort, an den ich gehen soll!" Beim Vorbeugen legte sie die Kuchengabel ab und sah mich neugierig an. „Ich suche ihn noch."

„Dann geht es dir wie mir."

Sie seufzte. „Einen wüsste ich schon, in Schottland. Mein Traumland. Da kann ich aber erst hin, wenn ich die Katzen los hab. Diese Inselbewohner machen es einem so schwer wie möglich, wenn man Tierhalterin ist."

Nach zwei Stunden wurde ich zum Abschied erneut umarmt und brach mit Kuchen und Zweifeln über den Sinn meiner Suche in die Stadt auf, um mir eine Wohnung anzusehen, auf die ich im Internet gestoßen war.

Ich fand die Gasse mit dem schönen Namen „Schulterblatt" mitten in der Altstadt. Fachwerkgiebel deuteten freundlich gen Himmel und schienen mir zu sagen, ich wäre richtig. Ein junger Mann erreichte die drei Stufen vor der Haustür zur selben Zeit, er war es, der Nachmieter suchte.

„Wir können uns erst die obere Wohnung ansehen, dann haben Sie auch die Möglichkeit, die untere Wohnung zu besichtigen, denn die Frau, die dort wohnt, zieht ebenfalls aus. Sie hat nichts dagegen, ich habe sie gefragt."

In das obere Stockwerk kam man über einen steilen Treppenaufgang mit einem schwarzgestrichenen Handlauf. Er führte zu einer Diele, zu der sich alle Zimmer sternförmig öffneten, und fand in einer rechteckigen Klappe aus Holz an der weißen Decke seine Fortsetzung. Die kleine Vertiefung mit einer metallenen Öse schien darauf zu warten, dass jemand mit dem Haken des bereitliegenden Stabs die ausziehbare Treppe nach unten ziehen würde, um die Geheimnisse des Dachbodens zu enthüllen. Ich trat ans Fenster. Der Rahmen zeigte im Osten das Dach des Nachbarhauses. Es füllte mit den dunklen Dachpfannen die gesamte Aussicht und bestimmte wegen seiner Größe auch noch den Ausblick aus dem Schlafzimmer, dennoch sagte der junge Mann, er habe extra Rollos angebracht, damit ihn die Morgensonne nicht wecken könne. Die Küche duckte sich unter einer Dachschräge und als ich laut überlegte, wo noch ein Tisch unterzubringen wäre, schüttelte der junge Mann den Kopf. Das wäre der einzig mögliche Platz für die Waschmaschine. Das zweifenstrige Wohnzimmer bot ein ziegelrotes Kirchendach mit Turm, andere Dächer und einige Baumkronen. Besonders gefiel mir das kleine, halbe Zimmer, ein Raum mit einer dicken umlaufenden Leiste, unter der die Rohre für die neu eingebaute Heizung versteckt waren. Das so umrahmte Viereck lud förmlich dazu ein, eine Matratze für ein Kind hinzulegen. In einem weiteren Raum stand ein Klavier und schwieg zu der Frage, wie es ihm geglückt war, die Treppe zu überwinden. Mir war schnell klargeworden, dass die Decken der Wohnung für Yang zu tief hingen, dass das Bauwerk für ihn zu alt war und der Ausblick zu baumlos. Der junge Mann hatte mein Zögern bemerkt und schlug vor, die Besichtigung unten fortzusetzen. Zur unteren Wohnung gehöre ein Garten. Auf sein Klopfen öffnete eine ältere Frau und führte uns durch das Wohnzimmer, in dem sich der rote Glasschirm einer Stehlampe über einen großzügigen Sitzbereich beugte, in die Küche. Anfangs hatte ich den Eindruck, der Raum habe überhaupt kein Fenster, aber dessen Glasscheiben waren keine dreißig Zentimeter von der dichtangrenzenden Wand des Nachbarhauses entfernt, weshalb kaum Licht einfallen konnte. Seit Jahrhunderten herrschte hier Dämmerung. Ich konnte Yang und dich mit entsetzten Gesichtern vor mir sehen und floh über den gefliesten Hausflur in den Garten. Der Garten war schön. Ein Holunder und ein Zwetschgenbaum überwölbten Gras und Beete, eine Oase mitten in der Stadt mit einer Fläche zum Draußensitzen. Aber es war ausgeschlossen, den Winter mit euch in dieser Küche zu verbringen. Ich verabschiedete mich und trat auf die Straße, nicht enttäuscht, sondern unternehmungslustig. Die Suche allein hatte mich mit Energie erfüllt. Ich schildere dir das in dieser Ausführlichkeit, weil ich möchte, dass du meinen Weg nachvollziehen kannst.

Bis zum nächsten Termin war noch Zeit und ich setzte mich in eine kleine Gastwirtschaft und bestellte die Spezialität der Gegend, Tafelspitz mit Meerrettichsoße. Die Menschen sagten „Kren" anstatt Meerrettich und auch „Tafelspitz" war ein Rätselwort aus zwei Bildern.

In mir stiegen Kindheitserinnerungen auf an den nicht alltäglichen Geschmack, die manchmal unerwartete Schärfe und die weiße, leicht flockige Konsistenz. Ich hatte lange angenommen, die Soße käme von jenseits des Meeres, so fremd empfand ich den Unterschied zwischen ihr und den üblichen braunen, mehr oder weniger sämigen Flüssigkeiten. Die Meerrettichsoße schien etwas Edles zu sein, ein Essen für Könige, die, ihren Spitz neben sich, in Hermelinmänteln an langen Tafeln saßen und silberne Löffel in den weißen Schaum tauchten.

Ich unterhielt mich mit der Wirtin und holte nach dem Gespräch mein Notizbuch aus der Tasche. Plötzlich flossen die Worte wieder leicht aufs Papier.

Die Bauern legen im Frühjahr die schmalen Stangen in die Erde und sehen bis zur Ernte ab Herbst einmal wöchentlich danach. Sie graben den Blattansatz aus und entfernen neue Triebe, damit die Kraft in die Wurzel gehen kann. Zur Erntezeit stehen sie mit stiller Freude über die wiederkehrenden Wunder der Natur auf dem Feld. Wieder und wieder bücken sie sich über die langen Reihen in einer nicht endenden Verbeugung. Die beladenen Anhänger füllen die Scheunen voller Haufen schwarzen, zottigen Gewirrs. Davor, in einer Schleuse aus Licht und Luft vor der Lagerstätte des dunklen Wesens im Inneren der Scheune, sitzen auf Stühlen Männer und Frauen und legen mit Schabemessern die helle Haut des Meerrettichs frei. Bei jeder Mahlzeit nehmen sie Teile der Pflanze zu sich und danken ihr für die heilkräftige Wirkung. Zum Reiben aller-

dings, wenn es in großem Rahmen geschieht, ziehen sie Gasmasken
über die ruhigen Gesichter, um ihre Tränen für andere Ereignisse
aufzubewahren.

Das Haus, das ich im Anschluss besuchte, stand schon etwa
neunzig Jahre auf dem hinter der Kirche steil ansteigenden
Hang. „Fast hundert", sagte die Vormieterin. Der Weg zum
Haus führte in Serpentinen durch enge Bebauung, wie in
italienischen Bergdörfern. Auf der linken Straßenseite hockte
es mit seinem weißen Körper neben dem Kindergartengelän-
de über der ziegelroten Dachlandschaft. Dort hatte es all die
Zeiten seinen Platz behauptet und betonte eigensinnig die
Absicht, für immer zu bleiben. Grob gehauene Sandsteinqua-
der an seinen Hausecken standen etwas aus der Fassade
hervor, wie Fäuste aus Stein zur Abwehr. Zu seinem besonderen Schutz hatte sich ein großes Holzkreuz vor der Haustür postiert, zu der hinter einem schmalen Streifen struppigen
Vorgartens einige Stufen hinaufführten. Mit großen Fenster-
augen sah das Haus in die Welt, sein Blick ruhte liebevoll auf
dem Berg gegenüber, es beäugte das Kommen und Gehen der
Kindergartenkinder und ihrer Eltern, die während der Woche
den unten liegenden Hof querten, an der Lücke einer gefällten Kastanie und an einer wogenden großen Winterlinde
vorbei. Das Haus atmete altersschwer. Ein Bauvorgang mit
schwerem Gerät hatte ihm vor einiger Zeit sehr zugesetzt. In
seinem Inneren waren überall Risse entstanden. Sogar die
Treppe zum Garten war mittig durchgebrochen und hatte
sich verschoben. Aber das Haus nahm es mit Humor. Hinter
einem Bilderrahmen hatte es die Messanzeige der Statiker
versteckt, die erfassen wollten, ob sich die Risse vergrößerten
und wohin sich das Fundament setzen wollte, zu welcher
Seite und mit welcher Geschwindigkeit. Das Haus würde
nicht weichen, es war nicht zu schwach, es brauchte nur
etwas Zeit, musste sich sammeln, sich mit der Umgebung
wieder aussöhnen. Die Innereien waren ihm etwas in Unord-

nung geraten. Die Arterien der Abflussrohre hatten sich zugesetzt und mussten in regelmäßigen Abständen gespült und gereinigt werden. Aus den unbewussten Bereichen des Kellers erhob sich bei Tiefdruckgebieten ein Heizölgeruch mit der Mahnung, die Zeiten nicht zu vergessen, als Zentralheizungen noch nicht selbstverständlich waren und die jeweiligen Zimmer von ihren Bewohnern selbst mit Wärme versorgt werden mussten. So ersehnte sich das Haus auch einen isolierten Dachboden. In seinem Alter fror man leicht. Für die oberen Räume wünschte es sich neue Bewohner. Nachdem ich, in meiner Vorstellung mit Yang und dir im Gefolge, das Haus betreten, den Holzwürmern im Treppengeländer gelauscht, mich vor dem Buddha im Garten verneigt, das Milchglas in der Küchentüre bewundert, den Anblick des Berges aus dem oberen Zimmer in mein Herz aufgenommen hatte, hatte ich das Gefühl, dass es zu mir passte. Ich trug den Namen einer Heiligen, ich mochte Vögel, ich wusste, was es hieß, mit Brüchen und Rissen zu leben. Ich sah das Haus, sah auch dich darin umhergehen – und erkannte sofort, dass Yang nie mit mir hier wohnen würde. Warum sollte er weggehen von einem Platz, an dem er sich wohlfühlte, an dem er seine berufliche Basis, seine Felsen und Bäume hatte? Dann tauchte in mir zum ersten Mal der Gedanke auf, ein Umzug würde dich entwurzeln – verzeih mir, dass ich vorher keine einzige Sekunde daran dachte – und diese Vorstellung rief mein Fremdsein wach. Dir wollte ich das Gefühl, nicht dazuzugehören, nicht zumuten, und plötzlich fühlte ich eine heftige, fast schmerzhafte Liebe zu dir. Obwohl du nicht mein Kind warst, warst du es doch geworden. Meine Mutter fiel mir ein, und deutlich wie nie erkannte ich, dass sie genau dasselbe empfunden hatte, Liebe zu mir. Alles wiederholte sich. Ich war blind gewesen und hatte nur an mich gedacht, wieder einmal.

Ich hatte mich auf den Weg gemacht, um zu sehen, wie das andere Leben hätte sein können. Dabei hatte ich viel über die Liebe gelernt. Es war das Beste, was ich seit langem getan hatte.

Ein Teil von mir war traurig. Ich war dem Haus begegnet und es kommt mich seitdem in meinen Träumen besuchen. Ich sage ihm dann, dass ich es liebgewonnen habe. Dass es mir fehlt und dass ich an es denke. Ich hoffe, es eines Tages wiederzusehen und ihm zurückgeben zu können, was es für mich war. Ein Hort, ein Bild, ein Traum, eine Möglichkeit, ein Paradies.

Kannst du dir vorstellen, mich dort irgendwann zu besuchen?

Es war Mai und noch immer streckte der rote Handschuh auf der Holzlatte des Gartenzauns hilfesuchend seine Finger aus.

„Ich schlage vor, wir treffen uns im Lotosgarten", hatte der Mann von der PR-Abteilung zu Yang am Telefon gesagt. „Hören Sie sich an, was die Geschäftsleitung beabsichtigt, dann sehen wir weiter. Sie entscheiden, ob dieses Projekt interessant für Sie ist."

Am vereinbarten Treffpunkt, einem chinesischen Restaurant, bog ein dunkler Kombi hupend auf den Parkplatz ein. Ein jugendlich wirkender Mann in Jeans und hellem Hemd stieg aus und stellte sich als Leiter der neugegründeten Abteilung für Nachhaltigkeit vor. Er lotste Yang durch die Innenräume des Restaurants nach draußen in eine künstliche Landschaft mit Holzstegen, geschwungenen Brücken und gekiesten Wegen, zu einer der Holzterrassen direkt am Wasser. Das Geräusch eines plätschernden Springbrunnens in der Nähe des Tischs gaukelte trotz kaum verdeckter Stromkabel und schwarzer Teichfolie zwischen den Bambusinseln und Fächerahornen Natürlichkeit vor. Ein anderer Gast schlug mangels Schlegel mit der Hand auf die große Gongscheibe unter einem rotgestrichenen, asiatisch nachempfundenen Pagodendach und erzeugte einen scheppernden Klang. Als die elektrische Plastikscheibe zum Zeichen, dass das von ihnen bestellte Essen fertig war, vibrierte, schlug Yangs Gegenüber die Beine übereinander und bot ihm das Du an.

„Ich habe von deinen Vorträgen gehört. Auch mir geht es um eine bessere Welt, das gebe ich ganz offen zu."

Er sagte, wie sehr er diesen schönen Ort an diesem herrlichen Tag genießen würde und zeichnete anschließend ein bedrückendes Bild von der Welt der Firmenübernahmen und von amerikanischem Geschäftsgebaren. Er habe einige Jahre in den USA gearbeitet und dort wissenschaftlich gebildete Menschen in gehobenen Positionen kennengelernt, die alternative Heilmethoden praktizierten und Krebs heilen konnten, aber von den Medien und der Pharmaindustrie mundtot gemacht wurden. Er frage sich, wieso solche Erfolge nicht jeden überzeugten und weshalb eine verbreitete Skepsis wahre und wichtige Projekte verhindere. Umso wichtiger sei es, Visionen zu haben und nach Fehlschlägen nicht aufzugeben.

Yang konnte sich nicht vorstellen, wie ihre Zusammenarbeit aussehen solle. Zu unterschiedlich nahmen sie allein diesen Ort wahr, an dem er es kaum aushielt. Er fragte, weshalb man für diese neue Aufgabe auf ihn gekommen war.

„Dein Ruf eilt dir voraus, kann ich nur sagen. Nein, im Ernst, es gibt nicht viele Leute, die im Sport unterwegs sind und die Natur so im Fokus haben. Wir arbeiten noch mit anderen Kundschaftern, wie wir sie nennen, zusammen, diese Form ist erprobt und wir möchten dir ein Projekt vorschlagen, nach dem jede Seite sich für oder gegen eine weitere Zusammenarbeit entscheiden kann. Es geht darum, den Naturgedanken mit einer Art von Entwicklungshilfe zu koppeln."

Junge Birken umstanden ein glasverkleidetes Betongebäude hinter dem Zaun und verwischten zart seine Konturen. Yang hatte das unbestimmte Gefühl, es bahne sich etwas Entscheidendes an. War das ein Tag für Neuanfänge oder für beginnendes Chaos?

Sein Gegenüber rührte Zucker in den Espresso. „Wir schauen uns also Länder an, in denen das Klettern als Sport noch so gut wie unbekannt ist oder allenfalls von einigen wenigen ausgeübt wird. Wir wollen dem Land ein Stück weit helfen, indem wir unseren, ich sage mal, westlichen Naturschutzgedanken dort verankern, um nachteilige Entwicklungen, sowohl für das Land selbst als auch für die Umwelt, zu verhindern."

Er schlug Yang vor, auf Kosten der Firma entweder in ein afrikanisches Land oder auf die Philippinen zu fliegen und dort die Einführung umweltverträglichen Klettersports zu begleiten, damit er nicht ausufere wie in anderen Gegenden der Erde.

„Wir wollen eine naturverträgliche Erschließung, keinen Massentourismus. Fehler, wie sie bisher gemacht wurden, gilt es in Zukunft zu vermeiden, deshalb möchten wir mit dir zusammenarbeiten. Es stehen Gelder zur Verfügung, denn wir sind uns unserer Verantwortung bewusst und unser Unternehmen will seinen Beitrag leisten. Wir werden der Sicherheit von Anfang an hohe Priorität einräumen und wollen vor Ort nur beste Ausrüstung und Material anbieten. Unser Vorteil besteht allein in der Verbreitung unseres Namens und unserer Philosophie."

Yang überlegte. „Ich kann dir in einigem folgen", sagte er nachdenklich. „Dinge zu gestalten ist oft besser, als ihnen ihren Lauf zu lassen. Ich denke allerdings nicht, dass überall auf der Welt, wo es passende Felsen gibt, geklettert werden muss."

Sein Gesprächspartner beugte sich aufmerksam vor und Yang hatte kurz das Gefühl, er hätte zugehört und seinen Einwand verstanden, aber gleich danach sprach er weiter von der positiven Lenkung globaler Sportentwicklung und mehr und mehr kam er Yang in diesem Garten vor wie ein verlorener Junge in seiner Traumwelt, einer billigen asiatischen Kopie.

Trotzdem teilte Yang ihm seine Zustimmung zu diesem Projekt mit. Er würde gern auf die Philippinen reisen.

„Ich sehe mich durch unser Gespräch in einer Verantwortung", sagte er, und es wurde vereinbart, in Kürze Informationen über das Zeitfenster der Reise und alle anderen Bedingungen auszutauschen.

„Mein nächster Vortrag ist über die Dolomiten", gab Yang zum Abschied die Hand. „Vielleicht magst du kommen."

„Auf jeden Fall! Gerne!" Allein diese schnelle Antwort ohne Nachfrage nach Ort oder Zeit ließ Yang an der ganzen Unternehmung wieder zweifeln.

„Gruselig", war alles, was Maria zum Lotosgarten anmerkte. Zu dem Projekt sagte sie nichts. Viri empörte sich über den „komischen Typen", wie sie sagte, fand aber so ein Projekt grundsätzlich sinnvoll.

„Fahr ruhig hin, wir kommen schon klar!", rief sie und fügte eine Spur zu munter an: „Vier Wochen sind genehmigt, aber keinen Tag länger!"

Kurz vor dem Abflug besuchte Yang seine Mutter. Sie hatte ihn offiziell zu einem Abschiedsessen eingeladen.

„Was sagst du dazu? Ich in Asien. Sehr spannend. *Erst die Fremde lehrt uns, was wir an der Heimat haben,* sagt das nicht Fontane?" Yang lachte und wurde zum Abschied besonders fest umarmt. Inzwischen hatte der Frühling seine ganze Kraft entfaltet. Es war warm und von Westen näherten sich riesige hohe Wolkengebirge. Wind kämmte das Gras des Rasens, fuhr böig durch den mit Blütenständen übervollen weißen Flieder und zerzauste den Apfelbaum mit seinen rosa Blüten, den Yang als Junge mit Mullbinden bandagiert hatte und der nun weit über ihn hinausgewachsen war.

Deine Haut hatte außergewöhnliche Eigenschaften. Wenn du dich verletzt hattest, heilte die Stelle unerwartet schnell. Im zeitigen Frühjahr konntest du es einmal nicht mehr erwarten, endlich wieder Rad zu fahren. Unten an der Kreuzung lag in der ersten Kurve noch Wintersplitt und du bist weggerutscht. Kurz darauf hast du mit zahlreichen blutigen Schürfwunden wieder vor der Tür gestanden und ich habe mich sehr erschrocken. Aber deine Haut schloss sich und die Wunden verschwanden, ehe eine Woche um war.

Du musstest dich früh unempfindlich machen gegen manches, vielleicht zu nachhaltig, so dass du seit Jahren diese Schutzhaut nicht mehr abzustreifen in der Lage bist. Du konntest dich in ihr einhüllen, von einer Sekunde auf die andere, als wäre sie Ersatz für deine früheren Höhlen. Wir beide habe das vermocht, wir beide mussten uns mit einer dicken Haut schützen. Erinnerst du dich an die Hecke aus Pfaffenhütchensträuchern? Wir waren in Eile und es gab keinen Umweg, den wir hätten nehmen können. Nur durch sie hindurch konnten wir an unser Ziel gelangen. Aber sie sah seltsam aus, sie war fast weiß. Die Zweige waren alle von einem Gespinst umgeben. In jedem erkannten wir kleine Raupen, eben aus dem Kokon geschlüpft und dabei, sich in die Welt aufzumachen. Viele seilten sich an gesponnenen Fäden ab. Wir ekelten uns. Freiwillig hätten wir uns nicht einmal in die Nähe der Sträucher begeben und nun mussten wir mitten durch sie hindurch. Du konntest wenigstens deine Kapuze aufsetzen und die Kordel etwas zuziehen. Ich zog die Jacke aus und mir über den Kopf. Wir schauten uns an.

„Das kann mir nichts, ich mache mir eine Hülle aus Gedanken", sagtest du, und ich konnte nur nicken und dir folgen. Die Hülle hat seither in deinem Leben eine Hauptrolle gespielt. An ihr glitt alles ab, bis heute, wie ich befürchtc. Zeig mir bitte, dass ich Unrecht habe. Melde dich bald.

Ich laufe unruhig von Fenster zu Fenster und frage mich, wo heute die Vögel sind. Vergeblich erhoffe ich ihre Unterstützung für die schwierige Aufgabe, die mir bevorsteht. Es geht um deine Mutter, meine Liebe. Es muss sein. Klopft dein Herz?

Vor einem warne ich euch, ihr Geister, die ihr von der Vergangenheit oder wem auch immer ausgesandt seid, haltet euch fern von der, der meine Liebe gehört. Auf ihrem Weg soll sie nur von guten Mächten umgeben sein. Wenn eure Bosheit ein Ziel finden muss, nehmt mich. Lasst mir Altersflecken wachsen, lasst mich noch mehr Namen und Gesichter vergessen, als ich es jetzt schon tue, hetzt mir die Abneigung gegen diesen Ort erneut auf den Hals, bis mir wieder die Tränen kommen. Mein Kind in der Ferne, es soll frei sein. Wenn es irgendwann zurückkehrt, wird es gefestigt sein und mit euch zu kämpfen wissen. Doch noch braucht die, der meine Liebe gehört und die mir eine Tochter ist, Zeit. Ihr kennt die Tragweite ihrer Aufgabe. Sie soll versuchen, die Reste des Netzes wiederzufinden, durch das wir beide gefallen sind und es neu verknüpfen. Noch bewegt sie sich unbewusst zwischen den verloren gegangenen Wahrheiten, doch sie ist kurz davor, zu enträtseln, weshalb die Schwebfliegen und Kolibris in der Luft stehen können. Bald wird sie die Quirle der Kiefern neu ordnen und das Fell der Maulwürfe wieder glätten. Sie wird die Tänze der Sonnentierchen im Stroh aufzeichnen und verlorengegangene Muster vervollkommnen. Und sie wird ihre Mutter wiederfinden, in sich selbst.

Deine Mutter Carmen habe ich nie kennengelernt. Aber ein Foto kenne ich von ihr. Du weißt, welches ich meine, die Aufnahme, auf der sie vor dem Hauseingang sitzt. Sie hat sich einen Hocker vor den Stuhl geschoben, um ihre Beine hochzulegen. Kannst du dich erinnern, wie laut das Scharren der Holzbeine auf dem Steinboden ist? Das Rankgitter der

Rosen zeichnet Streifen auf ihren Körper. Anscheinend schreibt sie etwas in den Block, den sie auf den Oberschenkeln liegen hat. Sie denkt nach und kaut auf dem Stift. Vielleicht denkt sie über eine Liste nach. Eine Liste von Glaubenssätzen? Eine Liste von Orten? Eine Liste von Gegnern, von Menschen, die sie verletzt haben? Meine Fantasie geht mit mir durch. Wahrscheinlich handelte es sich um eine Einkaufsliste. Es wird Zeit, dass du zurückkommst, mein Kind. Wahrscheinlich habe ich diese Gedanken, weil ich heute Mittag diese Sendung im Radio gehört habe. Die Sendung, in der so viele Anrufer die Tränen nicht zurückhalten konnten, eine Sendung über Vertriebene. Vertrieben sein, ist das schlimmer als entwurzelt? Ich weiß es nicht. Sie sagten, man müsse reden über diese Dinge, um Abschied nehmen zu können. Mein Kind, wie könnte ich Abschied nehmen von dir? Du bist meine Wurzeln. Ich bin verwurzelt in dir. Ob deine Mutter ebenso gedacht hat? Was ging in ihr vor, dass sie dich verlassen hat? Ja, ich kann mir denken, du willst davon nichts hören, deswegen betrachte ich wieder das Foto. Hast du die Krähe im Ahorn bemerkt, auf dem Ast, der über deiner Mutter aus dem Stamm ragt? Schwarz glänzt das Gefieder. Sie ist ebenfalls allein, ohne ihr Gegenstück. Krähen treten stets zu zweit auf, als Paar, wie meine Zweifel. Yin und Yang. Wo war Yang, als Carmen draußen saß? An ihn darf ich nicht denken.

Carmen war tiefgläubig, wie Yang es ausdrückte. Das heißt für mich, sie war auf ihre Art und Weise spirituell. Du hast etwas von diesem Geistigen in dir, dazu kommt dein anderes Erbe, die Erdung und Naturnähe. Yang hat mir viel von ihr erzählt. Er hat sie beschrieben als eine impulsive Frau. Zu Anfang machte ihn seine Bedächtigkeit in ihren Augen liebenswert, später, als er achtsam aß, sich Zeit für das Essen nahm und seine Worte sorgsam wählte, weil er ebenso der Sprache wie auch dem Essen gerecht werden wollte, ging es ihr zu langsam. Und er teilte ihr auch nicht alles mit, was in ihm vorging, das gestand er mir. Denn es war seine Überzeugung, das Leben sei ernst zu nehmen und man müsse verantwortlich handeln. Man müsse den Körper in Bewegung halten, Erkenntnisse gewinnen und weitergeben und dankbar würdigen, am Leben zu sein. Wegen dieser Einstellung hatte er Carmens Werben nachgegeben. Später hat er anders darüber gedacht, die Reise auf die Philippinen hat vieles angestoßen.

Seit ich alleine lebe, haben meine Sinne feinere Verästelungen ausgeformt. Manchmal denke ich, sie verweben mich mit dem, was mich umgibt, mit dem Grün der Blätter, dem Graubraun von Steinen und Erde, dem Weiß des Papiers, das ich ausdrucke, dem Flimmerblau des Bildschirms, über den sich meine Worte ergießen. Eines Tages werde ich mich nicht mehr wegbewegen können, befürchte ich, wegen der Vielzahl an Ankern, die ich um mich herum versenkt habe. Du kennst die Geschichte der Maria aus Holz in der Kapelle des Nachbardorfs. Vor Jahrhunderten hat die Nachricht mit der lähmenden Wirkung sie schwer werden lassen und an den Ort gebannt, bis man erst ein kleines Schutzdach für sie errichtete, dann eine Art Steineinhausung. So ist nach und nach der Andachtsort entstanden, eine Mauer hat sich zur Kapelle geformt. Und einen Namen haben sie ihr gegeben: „Maria am Steinweg". Man hat ihr einen blauen Schutzmantel umgehängt und ihren Kopf mit einem goldenen Strahlenkranz umgeben. Sie wehrte sich nicht und blieb stumm. Als Männer kamen und sie für ihre Religion vereinnahmten, nahm ihr der Weihrauchduft den Atem und die Kraft, dem Einhalt zu gebieten. Das Dorf wurde errichtet und wuchs binnen eines Wimpernschlags. Sie wird es nie mehr verlassen.

Ich weiß, das Alleinsein war nie gut für mich. Heute ist es nicht anders. Komm zurück, meine Liebe.

Hast du es damals, als du noch hier warst, ebenso empfunden? Für mich lag es bald auf der Hand, dass sich die Felsen oben im Wald breitmachen wie Herrscher, wie einflussreiche Persönlichkeiten, wie gewaltige Platzhalter, die mit Macht ihren Standpunkt behaupten, die widerwillig das Kitzeln der Farne auf ihren Körpern ertragen und die Berührung anderer Baumstämme und Laubkronen selten gnädig und gelassen zur Kenntnis nehmen.

Ich hatte viele Jahre Zeit, mir diese Wesen zu betrachten, Felsen mit eigenem Charakter und Eigenschaften. Lach mich nicht aus, ich gab ihnen Namen, erst solche wie zum Beispiel Felix, wenn mir ein Stein besonders vorwitzig und neugierig in die Welt zu schauen schien. Oder Alexandra für einen dicken Felsen mit üppigen Rundungen, der mich an ein Mädchen aus meiner Schulzeit erinnerte. Später gab ich ihnen zunehmend Namen meiner unbekannten Familie in der Ferne, Namen imaginärer, nie kennengelernter Familienmitglieder. Erfundene, fremdklingende, melodische Namen mit vielen Vokalen für Vater, Mutter und Geschwister, erweitert um Cousins und Cousinen, Onkel und Tanten.

Mit den Jahren erforschte ich die weitere Gegend mehr und mehr, ich schrieb Artikel für Reiseführer und lernte dadurch Orte kennen, von denen mir manche heute noch viel bedeuten. Ich war wieder einmal in der Wunderhöhle. Kannst du dich erinnern? Ich glaube, wir haben sie nur einmal besucht. Sie liegt ein ganzes Stück weit weg von deinen Höhlenhäusern, wie ich sie nenne, weil sie uns durch dich vertraut geworden sind, diese Eingänge in die Unterwelt. Bei der Wunderhöhle führt immer noch die steile Steintreppe in der an die Felsen angepassten Windung seitlich nach unten. Zum Festhalten dient das alte ehemals grüne Metallrohr, das in großem Bogen neben der letzten Stufe ausläuft. Dann erscheint der halbrunde Platz, der zur Hälfte von dem kuppelartigen Höhleneingang überwölbt wird. Buchen umstehen den Platz wie Wächter, die dafür sorgen, dass sich niemand anders hier ausbreitet als Bäume, Felsen und das wenige Sonnenlicht, das durch die Baumkronen dringt. Im rechten Drittel atmet der Höhleneingang wie ein Mund, Luft strömt kühl bis auf die festgetretene Erde und sein Schwarz lässt erahnen, dass sich drinnen in undurchdringlicher Tiefe ein weiter Raum öffnet. Was bei meinem Besuch sofort ins Auge fiel, waren drei kleine Holzplatten, die im Vorraum schräg an den Fuß des Felsens neben dem Höhleneingang angelehnt waren. Kinder hatten sie mit Zeichen bemalt. Rot leuchtete eine Sonne, darunter zielten Männer in Erdfarben mit Pfeilen auf angedeutete Pferde, ähnlich der Höhlenmalerei in der Steinzeit. Auf einem anderen Bild erhoben blaue Strichmännchen Stöcke. Rote Tropfen auf einem Tierkörper erzählten von der Jagd. Davor lagen zwei ebenfalls bemalte Steine, deren Farben eher verwaschen waren und etwas Mystisches hatten, als würde das Früher ins Heute strahlen. Auch auf anderen Kalksteinen waren Farbspuren zu entdecken. Der Mensch war hier gewesen und hatte sein Ich, das neue, sich anbahnende Bewusstsein in diese Welt der Ursprünglichkeit gebracht, die ihn eigentlich nicht gebraucht hatte, die seit Urzeiten ohne ihn zurechtgekommen war. An einer vom Ruß eines Feuers geschwärzten Steinwand konnte ich die Linien von mit Kreide umrandeten Händen entdecken.

Eine Wandergruppe kam, ein kleiner Junge berührte staunend den Stamm des Efeus an der Felswand, der armdick den Felsen emporklettert, sich dann verzweigt und alles mit seinem dichten Grün bedeckt. Dann bückte er sich zu den Bildern und sah sie aufmerksam an.

Wir haben die Wunderhöhle in der Zeit besucht, als du Herr der Ringe gelesen hast. Ich kannte nur den Film, während du und Yang wahre Insider wart und euch viele Details des Buchs gemerkt habt. Ihr habt vor der Höhle eine Szene erfunden und in einer schönen Form von Vertrautheit im Spiel miteinander gerungen. Wenn du wütend warst, hat er dich Gimli genannt, das brachte dich entweder auf die Palme oder entwaffnete dich. Man konnte es vorher nie wissen.

Yang hat mir manchmal Fragen gestellt. Manche vielleicht im Scherz, ich weiß es nicht. Aber immer aus heiterem Himmel. Gerade, wenn ich mich über ihn ärgern wollte, wenn er so wenig mit mir sprach, genau in dem Moment, in dem ich ihn kritisieren wollte, fragte er mich etwas. Er öffnete den Mund mit einem Ausdruck oder einer Geste, als wolle er etwas Beiläufiges wissen, wie die Information, ob es regnete oder ob ich ihm die Butter reichen könne oder wo der Autoschlüssel lag. Doch überraschende Fragen kamen aus der Sperre seiner weißen Zähne, aus dem Dickicht seiner zahlreichen Gedanken, die er nicht mit mir teilte. Er fragte einmal:

„Maria, kannst du Tauben von Falken unterscheiden?"

„Ja", sagte ich. „Ich kann Tauben von Falken unterscheiden. Es ist nicht leicht, aber schwer ist es auch nicht."

Dann drehte ich mich weg. Er hatte sein Ziel verfehlt, mich zum Reden zu bringen, diese Frage war eine Zumutung, so weit entfernt von unserem Leben und unseren eigentlichen Themen. Ich war nicht sicher, ob er mich damit ärgern oder zu irgendeiner Reaktion verlocken wollte, möglicherweise, um am Ende über anderes zu sprechen. Es war rätselhaft und ich schützte mich, aber vielleicht hätte ich ausführlicher antworten und ihm sagen sollen, was in meinem Kopf vorging. Dir kann ich es jetzt schreiben. Du als mein Gegenüber lässt mich es nachholen. Und wiedergutmachen. Jemand anderer hätte vielleicht geantwortet: Der Unterschied besteht darin, dass die Tauben mehr flattern. Aber das allein ist es nicht, mein Kind. Das reicht nicht aus. Es geht um das Ausgerichtet sein. Um den Fokus, wie es in den Seminaren heißt. Man sieht es ihnen an. Die Tauben sind introvertierter, sie verlassen sich auf ihre guten Augen, ihre Schnelligkeit und Wendigkeit. Sie sind klug, ja, aber sie kennen nicht nur die Welt, sie kennen auch die Menschen. Seit Jahrhunderten werden sie von ihnen gejagt, gezüchtet, gegessen. Ihr Flugbild ist dadurch ein anderes, sie schlagen weniger scharf mit den Flügeln. Die Falken sind ihnen gleich an Größe, auch sie sind welterfahren und sie haben die besten Augen, die man sich vorstellen kann. Aber die Falken erkennen die Menschen von weitem und schauen bis in ihr Herz. Ihre Flügelspitzen werden schmal und scharf wie Klingen. Der Klang, mit dem sie beim Flug die Luft zerschneiden, wirkt pfeifend. Am Klang erkennst du den Unterschied zwischen Tauben und Falken. Erst dann kannst du ganz sicher sein.

Am Tag vor Yangs Abreise saßen sie zu dritt im Garten unter der Birke, als mit einem dumpfen Geräusch wie aus dem Nichts plötzlich mehrere kleine Klumpen auf den Tisch fielen, die sich bei näherem Hinsehen als Raupen entpuppten. Viri sprang so heftig auf, dass ihr Stuhl nach hinten umfiel.

„Das versaut mir die ganze Woche!", rief sie laut, worauf Maria und Yang sich ansahen und in Gelächter ausbrachen. Sie blieb missmutig, bis Yang alle Raupen eingesammelt und in die am weitesten entfernte Ecke des Gartens getragen hatte.

„Ich dachte, ich hätte ein Naturkind!", sagte er und sah vorsichtshalber noch einmal gründlich auf dem Tisch nach, ob er keine übersehen hatte.

Viri zuckte mit den Schultern. „Natürlich bin ich ein Naturkind! Bei Spinnen und Raupen hört das aber auf. Das wisst ihr doch."

„Ich hoffe, das wird sich noch geben. Hat noch jemand einen Wunsch, bevor wir abräumen?", fragte Yang.

„Ja, ich möchte bitte eine Geschichte, als Entschädigung. Wie früher!", rief Viri. Yang strich sich seitlich übers Haar und ließ sich nicht lange bitten.

„Na, gut, wie wäre es mit einer kleinen Fortsetzung der Leberfleckengeschichte?" Nach einem Augenblick des Nachdenkens begann er mit verstellter, tiefer Stimme.

„Seid gegrüßt! Ich heiße Bid und bin einer der Leberflecken auf Viris Oberarm. Ich wohne im Sternbild Kassiopeia. Die anderen vier Hauptsterne bilden mit mir ein *W* am Himmel. Man muss es umdrehen, dann bildet sich für alle Eingeweihten der Anfangsbuchstabe des Namens ‚Maria' ab."

„Hört, hört!", warf Maria ein.

Mit einer Handbewegung wischte Yang ihren Kommentar zur Seite.

„Die Spitze in der Mitte des W zeigt in etwa auf den Nordpolarstern. In der Leberfleckenwelt zeigen alle zentralen Punkte auf das dritte Auge, den heiligen Punkt auf der Stirn. Eigentlich ist die Region der Kassiopeia sehr sternreich, weil sich die Milchstraße durch das Sternbild zieht, und am Himmel lassen sich mehrere offene Sternhaufen beobachten, aber für uns Leberflecken ist das nicht von Bedeutung. Wichtig auf der Hautoberfläche sind nur die fünf Hauptsterne. Was die Menschen nicht wissen, ist, dass wir Leberflecken in den Blutbahnen entspringen und die Meridiane kreuzen. Dort laden wir uns mit Qi auf, was uns diese besondere Farbe verleiht, dieses warme Braun, dass die Menschen subtil daran erinnern soll, gut zur Erde zu sein. Liebe Grüße, euer Bid."

„Oh, wie schön", klatschte Viri wie ein kleines Kind in die Hände. Sie rannte um den Tisch, lachte und umarmte Yang, während er zu Maria über Viris Schulter sagte:

„Mach dir keine Sorgen wegen meiner Reise, Maria. Ich passe auf mich auf. Ich will dich mit Viri doch nicht allein lassen, diese Person ist ja kaum zu bändigen. Allein mit ihr zu leben, kann mehr als lästig sein."

Eine Frage von Yang an mich wäre heute vielleicht: „Wann wirst du in die Berge fahren?" Ich sehe ihn förmlich vor mir, mit unbewegtem Gesicht, während sein Mund die Worte formt. Was für eine Frage! Eine Zumutung. Das Zeichen am Satzende tut mit seiner Krümmung so, als sei es ungefährlich und nachgiebig, aber der Punkt ganz unten spricht seine eigene Sprache. Endgültig und unverrückbar nimmt er einen Platz ein, der ihm nicht zusteht. Nicht als Teil eines Fragezeichens. Ich hätte verstanden und toleriert, wenn drei Punkte nach dem letzten Wort stehen würden, wie Gedankenstriche, wie ein Lied, das noch lange nicht vertont ist und das erst vertont werden muss. Vielleicht von Gott, vielleicht vom Schicksal, ich weiß es nicht. Dieses „Wann?" wird noch lange warten, wird unendliche Geduld haben müssen. In die Berge fahren? Irgendwann. Unvorstellbar bis jetzt. Noch kann es geschehen, dass mir bei dem Gedanken an Berge Wasser aus den Augen strömt, Sturzfluten, als wollten sie es den Gebirgsbächen gleichtun, es mit ihnen an Schnelligkeit und Kraft aufnehmen. Daran hat auch die Zeit im Wald wenig geändert. Ich bin eine gefühlvolle Frau geblieben, wenn auch ruhiger. Ich bin mir sicher, meine Tränen würden binnen kurzem das Tal auffüllen und bis an die Stelle jenes Schuttkegels steigen, an dem sein Leben ein Ende fand, an dem sein Herz das letzte Mal schlug. Und während ich das denke, birst die Hülle aus Traurigkeit, diese Haut aus Schmerz, in der ich mich eingerichtet habe, und zersplittert in tausend spitze Scherben, die sich umkehren im freien Fall und sich gegen mich richten, sich in meine Haut bohren und durch sie hindurch, bis in mein Innerstes. Gib mir einen Moment Zeit.

Dem Berg ist es gleich, meine Liebe, ob es auf ihn regnet oder schneit, ob es stürmt oder ob die Sonne ihn bescheint. Der Berg ruht kraftvoll in sich selbst. Auf ihn ist Verlass. Die

Qualität des Berges ist immer wieder nötig, um das Menschliche zu bewältigen. Es gibt Lebenssituationen, in denen wir wie ein Berg sein müssen.

Du warst während der Zeit meiner Abgeschiedenheit auf der Beerdigung von Yangs Mutter, wie ich nach meiner Rückkehr erfahren habe. Ich habe sie gesund und drahtig in Erinnerung, diszipliniert, was das Essen betraf und auch das Schwimmen. Jeden zweiten Tag schwamm sie eine festgelegte Anzahl Bahnen. Sie muss auf der Stelle tot gewesen sein, als das Blutgerinnsel ihr Gehirn erreicht hat. Dass sie erst zwei Wochen später gefunden wurde, tut mir immer noch weh. Yang konnte nicht mehr für sie da sein. Vielleicht wirst du mir eines Tages erzählen, wer auf ihrer Beerdigung war, und ob sie sehr allein war. Ich hatte nie den Eindruck, dass sie sich ein anderes Leben wünschte.

Es wird manchmal gesagt, unsere Träume spiegeln Geschehnisse und wir sollten auf die Gefühle achten, die uns als handelnde Personen in ihnen begleiten. In der letzten Zeit stehe ich in meinen Träumen unbeweglich in Parklandschaften neben Wasserspielen. Keinerlei Gefühle werden wach. Ich darf mich ausruhen. Yang allerdings erzählte mir einen Traum, wenige Tage, bevor er aufbrach. Er träumte von einem Schiff, das sich sanft in Wellen hob und senkte. Er träumte von Wärme und vom Gehalten sein. Er träumte, dass er eines Tages auf einen Berg steigen und glücklich sein würde. Er träumte von Tagen und Nächten, in denen er in der Liebe, die von überall zu ihm hinströmte, baden würde wie in einem Teich, aus dem Seerosen ihre Blüten dem Himmel entgegenhielten. Er hat gelacht, als er mir das erzählte und ahnte nichts davon, dass eine Frau eines Tages diese Worte in ihre Tastatur klappern würde, während sich in den Augen die Tränen hoben und senkten im Rhythmus des Atems.
Ich weiß noch, dass ich mich fragte, wohin dieser Traum ihn führen wollte.

Wärme

Ein ovaler Lichtreflex schimmerte in der blauen Teeschale, verharrte nicht an der Oberfläche der dampfenden Flüssigkeit, sondern drang bis in ihre mittleren Schichten. Yang sah sich suchend nach dem Ursprung des Reflexes um. Eines der nahen Fenster im Frühstücksraum des Hotels war rund. Er hob und neigte die zarte Schale, der Reflex sammelte sich daraufhin am Boden der Tasse, als wolle er sagen: „Suche tiefer!"

Die Ankunft in der philippinischen Hauptstadt am Vortag hatte Yang schier umgeworfen. Beim Verlassen des klimatisierten Flugzeugs legte sich die schwüle Hitze um seinen Körper, als trüge er plötzlich mehrere Wollmäntel. Ihm brach der Schweiß aus, obwohl er kein Typ war, der schnell in Schweiß geriet. Er befand sich wirklich in Manila. Diese andere Welt nahm ihm förmlich den Atem. Von weit oben hatte er sein Ziel nahen sehen, eine so riesige Stadt, dass sie an den Rändern verschwamm. Er hatte sich gefühlt wie in der Gondel eines Riesenrads beim Sinkflug zum Boden, voller Aufregung und mit dem absurden Wunsch, nicht auszusteigen, wieder durchzustarten und abzuheben.

Vor dem Flughafengebäude blieb er eine Weile stehen und nahm sich etwas Zeit für die vielen widersprüchlichen Eindrücke. Dann endlich stieg in seinem Inneren Freude auf. Erst zaghaft, dann kräftig stieg sie ihm in den Kopf, formte sich zu Gedanken, erblühte zu farbenfrohen Empfindungen. Er konnte sich glücklich schätzen. Er befand sich in einem tropischen Land, in dem es sogenannte Traumstrände und mehr als zwanzig aktive Vulkane gab, große und kleine Raubtiere, gigantische Insekten, Höhlen voller Fledermäuse und nicht zuletzt Berge, an denen zunehmend geklettert wurde.

Die Armut sprang ihm auf Anhieb ins Auge, schon beim Blick durch das offene Taxifenster auf der Fahrt zum Hotel offenbarte sich eine Fülle von Anzeichen für den Kontrast zwischen arm und reich. Durch die gedrängten Fahrzeugreihen des zähfließenden Verkehrs schlängelten sich knatternde Motorräder. Riesige Hochhäuser, Kräne und wenige Bäume ragten aus der Landschaft zwei- und dreistöckiger Häuser. Straßenkinder bewegten sich zwischen unüberschaubar vielen Menschen durch Gassen, die abwechselnd sauber oder voller Müll und Gestank waren. Durch die hohe Luftfeuchtigkeit schien Yangs Lunge Myriaden von Wassertröpfchen einzuatmen. Noch nie war er so nah am Äquator gewesen. Mit dem anhaltenden Gefühl von Freude sah er aus dem Autofenster. Unvorstellbar, sich nicht für die Reise entschieden zu haben und jetzt anderswo zu sein. Die gesamte Fahrt über zogen ihn die Gegensätze dieses Landes an, die Fremdartigkeit der Großstadt im Vergleich zu den Prospektfotos von Stränden, deren Palmen er in naher Zukunft ebenso bewundern würde wie die Kokospalme, die vor seinem Hotel im Wind schwankte. An der Rezeption wurde er von stets lächelndem Personal freundlich empfangen und dann betrachtete er lange Zeit aus dem Zimmerfenster die Manilabucht, beobachtete den Schiffsverkehr zwischen den weit draußen liegenden Inseln und den schnurgeraden, von Palmen gesäumten Küstenboulevard.

Wegen der Zeitverschiebung war es Vormittag und Yang war viel zu aufgeregt zum Schlafen. Er hoffte, dass er sich nach der ersten Nacht an die Umstellung gewöhnt haben würde, und wollte sich bis zum Abend umsehen. Beim Verlassen des klimatisierten Gebäudes nahm ihn die Hitze erneut in die Arme. Die Luft schien dick wie Sirup und würde auch in der Nacht nur unbedeutend abkühlen. Für einen Moment genoss er es, nicht an wärmende Kleidung denken zu müssen. Die Regenzeit spielte laut Reisebüro gerade eine eher geringe Rolle. Der Himmel würde nur für wenige Stunden am Tag seine Schleusen öffnen und der Regen würde heftig ausfallen, aber nicht so stark, dass alles davon schwamm. Yang fragte sich, wo die Menschen, die den Großteil des Tages auf der Straße verbrachten, dann Schutz fanden. Zwischen den hohen, großen Gebäuden drängten sich sehr viele mittelhohe und niedrige Häuser dicht aneinander, in denen sich das Leben eines Großteiles der Einwohner Manilas abspielte. In den Seitenstraßen war alles voller Verkaufsstände und Passanten, Tryciclefahrer und junge Männer auf Motorrädern mit Beiwagen hupten sich schlängelnd den Weg frei. Gassen zweigten ab, in denen die Menschen auf engstem Raum zusammenlebten. Eine Gruppe Straßenkinder hatte sich auf Zeitungen und Pappkartons in Hauseingängen zusammengedrängt, die Jüngsten vielleicht drei oder vier Jahre alt. Sie sprangen sofort auf, als sie Yang sahen, hängten sich an ihn und zerrten an seiner Kleidung. Mit der Kindertraube ging Yang ein paar Schritte zum nächsten Straßenstand, dessen Besitzer abwechselnd vor einem zerbeulten Blecheimer hockte und Leibwäsche wusch und dann wieder goldgelbe Fischbällchen auf Holzstäbchen aufreihte. Die Kinder teilten das Essen im Nu unter sich auf und ließen von ihm ab.

Yang musste sich erst daran gewöhnen, dass er als Weißer und auch wegen seiner Größe besonders auffiel. Er wurde mit „Sir" angesprochen und als reicher potenzieller Kunde viel umworben, was das Umherschlendern relativ anstrengend machte. Im Gegensatz zu den meisten Menschen auf der Straße war er wirklich extrem reich – mit seinem Reisebudget hatte er für die Zeit seines Aufenthalts eine Geldsumme zur Verfügung, die für die Filipinos, die oft eine Familie von fünf bis zehn Kindern zu ernähren hatten, kaum vorstellbar war. Er wusste, dass der Katholizismus großen Anteil am übermäßigen Kinderreichtum hatte und konnte sich die Schwierigkeiten vorstellen, die daraus erwuchsen, dennoch erntete er unaufhörlich Lächeln und offene Blicke, und wegen der Herzlichkeit, die ihm in den wenigen Stunden in diesem Land schon entgegengekommen war, freute er sich darauf, die Bevölkerung der Philippinen kennen zu lernen und für vier Wochen unter ihnen zu leben.

In seiner ersten Nacht träumte er von einem Tier, das er auf einem Prospekt gesehen hatte. Im Traum klammerte sich der Koboldmaki wie auf dem Foto an seinen Daumen und sah ihn mit den großen Augen forschend an, Augen, die im Verhältnis zu seinem Körper größer als die jedes anderen Säugetiers waren.

Zwei Tage später suchte Yang sich die Busverbindung zu den Manila am nächsten liegenden und für das Klettern auf der Hauptinsel in Frage kommenden Bergen heraus. Weitere Ziele lagen auf anderen Inseln des Landes. Zu mindestens zehn Standorten wollte er reisen.

Die gelben Ceres Liner-Busse waren modern und sehr günstig. Sie fuhren so gut wie immer und überall hin. Er musste in Richtung Norden und machte die Erfahrung, dass er sich mit Englisch sehr leicht verständigen konnte. Der Bus war überfüllt, aber anscheinend galt das Prinzip: Wenn du denkst, es geht nicht mehr, kommt von irgendwo ein Sitzplatz her. Holzschemel oder Plastikhocker wurden zwischen die Sitze gestellt, die Fahrgäste saßen auf jeder freien Fläche neben gestapelten Waren aller Art, sie standen auf den Trittbrettern der Einstiege und kletterten auf das Dach.

Über sechs Stunden dauerte die Fahrt. Die Einheimischen harrten schlafend oder essend auf ihren knappen Sitzplätzen aus. Yangs lang gewordene Haare, die er mit einem Haargummi gebändigt hatte, hatten sich in der Zugluft gelöst. Als es zu regnen begann, wurden die geöffneten Fenster geschlossen, das Wasser kam trotzdem ein wenig durch die Ritzen, vor allem bei Rechtskurven. Die Filipinos störte das nicht, es war warm. Sie hatten anscheinend die faszinierende Angewohnheit, überall und zu jeder Zeit schlafen zu können. Ob im Bus, hinter der Theke ihres Straßenstands, auf dem Boden, an Mauern gelehnt, in den landestypischen Kleinbussen, den Jeepneys, sogar auf den Rücksitzen von Motorrädern. Auch Yang wurde davon angesteckt und wachte erst auf, als sie kurz vor dem Ziel waren. Dann führte ihn sein Weg auf einem Jeepney, einem langgezogenen amerikanischen Jeep, der mit rot-gelb-blau lackiertem Anstrich und Sitzpolstern in ein großes buntes Spielzeugauto verwandelt worden war, über Straßen mit Schlaglöchern hinaus aus der Kleinstadt in die Berge. Wände undurchdringlichen tropischen Waldes gaben ab und zu den Blick auf grüne, von braunen Flüssen durchzogene Täler frei. Zwei oder dreimal stiegen Mitfahrende aus, meist an Haltestellen mit Standorten von Geschäften, in denen man alles Mögliche kaufen konnte.

Yang näherte sich den Felsen in gespannter Erwartung. Bei der Vorbereitung auf seine Reiseziele, den fürs Klettern infrage kommenden Bergformationen, hatte er erkannt, dass sie das Potenzial für schwierige und herausfordernde Routen boten, die sicher mit etwas Werbung über kurz oder lang von vielen Sportkletterern aufgesucht werden würden. Bisher hatte sich auf den Inseln lediglich das Bouldern in Ansätzen verbreitet, das Klettern ohne Seil in Absprunghöhe, bei dem man auf Matten fiel und aufgefangen wurde, wenn man den Halt verlor. Auch Yang war immer wieder zwischen seinen ausgedehnten Klettertouren zum Bouldern gegangen. Er sah es als kurzes Krafttraining, mit Seil zu klettern brauchte mehr Zeit.

Mit dem Jeepney waren noch einige Kilometer Piste mit Schlaglöchern zu überwinden. Manchmal lösten sich lockere Steine unter den durchdrehenden Reifen und flogen wie Geschosse zu den Seiten davon. Unweit eines Dorfes lief die

Straße in einer improvisierten Wendeschleife aus. Hier war die Fahrt zu Ende und das Fahrzeug würde nach kurzem Aufenthalt umkehren. Nur Motorräder kamen noch auf den schmalen ausgefahrenen Erdrinnen voran. Die andere Möglichkeit bestand darin, zu laufen. Frauen mit großen Schüsseln voller Mangofrüchte auf dem Kopf blieben stehen und sahen dem Entladen des Jeepneys zu. Kinder rannten heran und um Yang herum, der sich umschaute.

Ringsum erhoben sich Berge hinter steilen grünen Hügeln voller terrassenförmig angelegter Felder. Helle Felswände ragten aus dem grünen Wald. Die Karte zeigte die Richtung an, ein Junge bot sich an, ihn zu führen und Yang erreichte nach einem kurzen Fußmarsch auf einem schmalen Pfad sein Ziel. Mächtige hellgraue Felsen lagen wie von Riesenhand aufeinandergetürmt in der Landschaft. Zu ihren Füßen bildete trockene, festgestampfte Erde auf einer Fläche von mehreren Metern eine Art Plateau. Wie sich herausstellte, war er nicht allein. Ein Team von Europäern, eine Frau und drei Männer waren schon vor Ort. Mit ihrer farbigen Sportkleidung wirkten sie wie Fremdkörper in der Umgebung von Steingrau und Grün. Sie hatten sich die Schmalseite eines Felsens ausgesucht und darunter eine dunkelgraue, dicke Matte ausgelegt.

Yang ging auf sie zu und begrüßte sie. Freundlich schüttelten sie ihm die Hand und erzählten auf Englisch, dass sie aus Dänemark zum Klettern angereist waren. Sie standen am Fuß eines Felsens an einer leicht überhängenden Wand, deren Oberfläche aussah, als wäre der Stein einst in Schlieren zerflossen, mit weichen Verläufen, die bald danach erstarrt waren. Yang sah sofort, dass die vertikal verlaufenden Rinnen und Spalten perfekten Halt boten. Man konnte sich förmlich hinein spreizen und nach oben laufen. Ab und zu beulten sich tropfenförmige oder zusammengeballte organische Formen wie Pickel aus der Wand, als wären sie extra zu Trittmöglichkeiten für Kletterer erkaltet, als Plätze zum Ausruhen. Hohe, schmale Bäume mit wenigen Kronenästen und noch weniger Blattwerk standen im Schatten der riesigen Wand und mühten sich, höher zu wachsen, um an mehr Licht zu kommen.

Es sah so aus, als wäre Yang mit dem Auftrag seines Unternehmens etwas zu spät. Die Vier waren auf Anregung eines Paares gekommen, das bereits vor einiger Zeit die Inseln bereist hatte, um nach neuen Klettermöglichkeiten zu suchen. Er erfuhr, das Paar habe eine Aktion gestartet, um das Klettern im Land populärer zu machen und um den Sport zu verbreiten. Es habe Equipment von Kletterern aus der ganzen Welt gesammelt und an philippinische Einheimische verteilt.

„Das sind ganz engagierte Leute, der Mann und auch die Frau, beide haben langjährige Erfahrung! Sie haben schon mehrere Sektoren erschlossen und versuchen, den Einheimischen Kletter- und Trainingswissen weiterzugeben", gab ihm der blonde Mittvierziger Auskunft, der mit dem Paar seit längerem bekannt war. Deren Ziel sei es, weitere neue Gebiete einzurichten, speziell Routen, die härter als die bisherigen waren und die die lokalen Kletterer in ihrer Entwicklung pushen sollten, wie er sagte. Daneben wäre ihnen natürlich wichtig, Wissen über Trainingsmethoden, Kletter- und Sicherungstechniken weiterzugeben.

„Das ist hier das schönste Klettergebiet, das ich kenne!", rief die Frau an seiner Seite begeistert. „Obwohl es nicht das nächste ist, ungefähr sechseinhalb Stunden von Manila entfernt. Die wenigen Routen sind gut eingerichtet und bieten Abwechslung. Und die Umgebung ist sehenswert. Man kann selbst mit wenig Kraft die Überhänge hier klettern, einfach fantastisch. Das muss noch mehr bekannt gemacht werden."

Sie hatte den Gurt angelegt und Schuhe angezogen. Ihr Partner wollte sie sichern.

Ringsum auf kleinen Grasinseln am Rand des Felsens hatten sich Filipinos versammelt und verfolgten das Geschehen als Zuschauer. Frauen mit von Tüchern umschnürten Bündeln auf dem Kopf kamen auf einem Pfad vorbei und blieben einige Zeit stehen. Yang gesellte sich zu ihnen und nahm ebenfalls im Gras Platz, während die Einheimischen sich lebhaft unterhielten. Mit lauten Ausrufen feuerten sie einen Dorfbewohner an, der sich, ermuntert von den anderen beiden Europäern, Griffe und Techniken zeigen ließ und sie mit bloßen Füßen an einer Wand ausprobierte. Angefacht von der allgemein guten Stimmung versuchten andere Wagemutige, an verschiedenen Stellen mit den üblichen Flipflops zu klettern.

Sie kamen Yang geübter und sicherer vor als die mit speziellen Schuhen und Magnesia ausgestatteten Weißen. Er hatte plötzlich das Gefühl, dass etwas falsch war an dem, was er sah. Ohne die Einmischung von außen wären die Berge weiterhin Berge gewesen. Berge, die man erkletterte aus Spaß, ohne große Technik, oder zur Nahrungsgewinnung, wie die Höhlen, in denen Schwalbennester geerntet wurden, als Nahrung oder für den Verkauf. Die Haltung der Europäer war eine andere. Es war eine Inbesitznahme, ein Benutzen, kein Miteinander von Berg und Mensch. Ihm wurde plötzlich bewusst, dass er nicht Teil dieser Art von Eroberung sein wollte. Er stand auf und verabschiedete sich mit einem Winken.

In allen Orten, zu denen er reiste, geriet ihm der Fokus auf das Klettern mehr und mehr an den Rand. Er ging auf die Einheimischen zu und meist führte das beiderseitige Gestikulieren und Gelächter dazu, dass ihm eine Übernachtung angeboten wurde. Die Gastfreundschaft der Menschen verblüffte und faszinierte ihn. Viele Familien nahmen ihn auf. Essen wurde gekocht, was sicher kaum bezahlbar war, Umstände wurden gemacht, wenn die Gastgeber sich für ihn auf engsten Raum zurückzogen, und trotzdem war die Offenheit groß und Freundlichkeit kam ihm entgegen. Yang nahm es gern an, auch wenn er wusste, dass die Gastgeber Bezahlung ablehnen würden. Er revanchierte sich, indem er ihnen eine Spende für die Zukunft ihrer Kinder gab. So fiel es ihnen leichter, es anzunehmen.

Yang erkundete einige weitere Inseln, in denen es Gebiete gab, die sich zum Klettern eigneten und nicht allzu schwer zu erreichen waren. Er bewegte sich stets von den Hauptstraßen weg, die meist zum Meer führten, und bereiste das bergige Hinterland. Die Landschaft machte auf ihn einen unglaublich idyllischen Eindruck. Lange dachte er nach, was ihn daran so berührte, weil die vielen Eindrücke sich zu einem Gefühl, einer Erinnerung mischten, bis ihm ein Wort einfiel: Frodo. Da wurde ihm bewusst, dass ihn die Landschaft an das Buch vom Herrn der Ringe erinnerte. So hatte er sich immer das Auenland vorgestellt, die Heimat der Hobbits. Das konnte daran liegen, dass es hier in den Bergen manchmal regnerisch und nicht so heiß war, dass alle Farben etwas gedämpfter wirkten, wie von feinem Dunst verzaubert. Das allgegenwärtige Grün erschien dann sanft und friedlich.

In einem der Dörfer lernte er eine Landarbeiterfamilie kennen. Wie so oft hatten ihn Kinder neugierig umringt und er war mit der Mutter über Handzeichen und einige Brocken Englisch ins Gespräch gekommen. Dies wären fünf ihrer insgesamt zehn Kinder, hatte sie hinter vorgehaltener Hand gelacht und ihn eingeladen, mit zu ihrem Haus zu kommen, wie um ihm die Gelegenheit zu geben, sich davon zu überzeugen.

Sie gelangten zu einer auf Stelzen ruhenden Bambushütte, die, umgeben von großen Bananenstauden, an ein Wäldchen aus Kokospalmen angrenzte. In der Nähe wölbten sich Zuckerrohrfelder aus dem in der Gegend üblichen, sehr hochgewachsenen Zuckerrohr. Als besonders typisch empfand Yang die Kleinteiligkeit der Felder und Hügel, weil die meisten Farmer nur wenige Hektar an eigenem Land besaßen und, um verschiedene Pflanzen anbauen zu können, die

Hügel in kleine Parzellen einteilten. Sie bauten neben Zitronengras Zuckerrohr und Gemüse an, dazu etwas Gras für die Wasserbüffel, die fast zu jedem Dorf gehörten und deren Aufgabe darin bestand, so gut wie alles auf mit Kufen versehenen Holzgestellen die Hügel hinaufzubringen. Diese Zugtiere stellten die einzige Transportmöglichkeit dar, da viele Ansiedlungen nicht mit motorisierten Fahrzeugen zu erreichen waren.

Der Mann der Frau nannte sich Boy, war eben von der Arbeit zurück und wies sofort die älteste Tochter an, noch einen Teller mehr für Yang auf die Matte auf dem Boden zu stellen. Mit einer großen Schöpfkelle bekam Yang Hühnersuppe zugeteilt. Boy war einer von mehreren Vorarbeitern einer Zitronengraskooperative und sprach etwas Englisch. Nach dem Essen, bei dem die kleineren Kinder den Gast ausgiebig bestaunt hatten, erklärte Boy, er müsse wieder in die Arbeit, und bot Yang an, er könne ihn begleiten, was er gerne annahm. Die älteste Tochter, die anscheinend mit ihren etwa fünfzehn Jahren für die Küche verantwortlich war, während die Mutter tagsüber stundenweise in der Kooperative arbeitete, sollte mitkommen und ihm später den Rückweg zeigen. Yang folgte Boy auf Trampelpfaden über die Hügel und bemerkte auf nahezu jeder Hügelspitze einen markanten, alleinstehenden Baum. Bei einem besonders großen Einzelbaum blieb er stehen.

„I love trees", sagte er und zeigte auf den nahen und die entfernter liegenden Exemplare.

Boy nickte: „Tradition!" Und er deutete auf den vor ihnen emporragenden Stamm und fügte an: „Mangotree, very old Mangotree."

Auf sein Nicken und eine Aufforderung in der Landessprache kam seine Tochter heran und begann auf den großen dicken Ästen, die bis tief zum Boden reichten, in den Baum zu steigen. Yangs Schätzung nach hatte er eine Höhe von über dreißig Metern und besaß eine entsprechend ausladende

Krone. Er verspürte plötzlich große Lust, es ebenfalls zu versuchen. Mit einer angedeuteten Verneigung in Richtung seines Gastgebers streifte er die Sandalen ab und setzte die Füße auf die dicke, graubraune Borke mit den Längsrissen, die guten Halt bot. Dankbar und froh spürte er, je höher er kam, den Wind und hörte das Fächeln und Aneinanderreiben der Blätter. Traubenförmig hingen die noch unreifen Früchte an den Zweigen und verströmten bereits einen zarten aromatischen Duft. Yang kam wieder in Kontakt mit einer vertrauten Welt, war wieder in seinem Element, dockte an die Welt der Bäume an. Das Mädchen lachte ihn an, ohne erstaunt zu sein. Unten stand Boy, blickte zu ihnen hoch und lachte ebenfalls zustimmend, als ob es das natürlichste der Welt sei, dass ein weißer Fremder auf einem Mangobaum kletterte. Als Yang mit einem kleinen Sprung wieder neben ihm landete, klopfte ihm Boy herzlich auf die Schulter.

Im Weitergehen war es Yang leicht ums Herz. Der Blick von oben hatte ihm die Schönheit der Landschaft noch einmal vor Augen geführt. Ihm fiel auf, dass auch die Bambushütten, von denen die Armut der Bewohner abzulesen war, doch in ihrer Verschiedenheit alle interessant und schön aussahen und sich oft an Orten befanden, die sich durch eine gute Aussicht auszeichneten.

Boy führte Yang zu einem Hügelplateau, auf dem eine besonders lange Bambushütte die Funktion eines Gemeindehauses erfüllte. Er erklärte, in ihr würden Treffen, Feierlichkeiten und vieles mehr stattfinden und man könne auch ganz praktisch geerntetes Gemüse oder Mais darin zwischenlagern. Neben diesem Haus lagen das unvermeidliche Basketballfeld mit seinen improvisierten Körben und etwas dahinter eine eingezäunte Fläche, die zur Abhaltung von Hahnenkämpfen diente. Auf dem vor dem Eingang aufragenden Baum hockte zu Yangs Erstaunen ein Affe an einer Kette. Er war laut Boy in einem Wald in der Nähe der nächsten südlichen größeren Stadt gefangen und hergebracht worden. Der

Zoobesuch mit der Schule, bei dem Yang einmal einen lebenden Affen gesehen hatte, lag schon viele Jahre zurück, weshalb ihn dieser Affe sehr beeindruckte. Fasziniert stand er vor dem Baum, sah hinauf und beobachtete dann, wie das Tier in geschmeidigen Bewegungen herab bis auf die untersten Äste sprang und auf einem Holzpfosten neben dem Baumstamm im Schneidersitz Platz nahm. Ruhig sah es Yang in die Augen und einen Moment lang schienen ihm alle Unterschiede wie aufgelöst und Yang empfand, wie ähnlich sie beide, Mensch und Affe, sich waren. Sein Gegenüber, nicht groß, mit feingezeichnetem Gesicht und langem Schwanz, streckte ihm die Hand entgegen. Boy zupfte ihn am Ärmel, zeigte auf den Boden und Yang hob eine der vielen Früchte auf, die außerhalb der Reichweite des Tieres lagen und hielt sie ihm hin. Der Affe nahm sie, kurz berührten sich ihre Finger, ledrig und kühl die einen, feuchtwarm die anderen, dann biss das Tier probehalber in die Frucht hinein, hielt sie an seine Nase, roch daran und verzehrte sie. Danach strich er sich über die Gesichtsbehaarung und suchte sein Fell nach Flöhen ab. Auf Yang machte er einen sehr intelligenten Eindruck. Wieder tauchte eine Kindheitserinnerung auf, er dachte an seine Bekanntschaft mit den Schweinen auf dem Bauernhof, ebenfalls sehr klugen Lebewesen in der Gefangenschaft von Menschen.

Boy verabschiedete sich herzlich von Yang, dankte ihm für seine Begleitung und gesellte sich zu einer Gruppe Männer, die sich Körbe voller Zitronengras-Setzlinge an Tragstangen auf die Schultern hoben und auf die Felder gingen, um sie zu pflanzen. Auf dem Rückweg erfuhr Yang von dem Mädchen, das Analyn hieß, dass sie wegen des hohen Schulgelds nicht die Schule besuchen könne, weshalb sie bald in die nächstgrößere Stadt ziehen und bei einer wohlhabenderen Familie als Hausmädchen arbeiten würde. Ihre nächstjüngere Schwester würde sie in der Küche ablösen. Als Yang die Hoffnung äußerte, sie könne in der Stadt nach der Arbeit zumindest abends einige Unterrichtsstunden nehmen, sah sie ihn fragend an und schüttelte dann den Kopf. Sie würde sich stets im Haus aufhalten müssen. Wer denn den Einkauf übernehmen würde, fragte Yang, der nicht sicher war, ob sie ihn verstanden hatte. Dafür gebe es eine andere Angestellte, sagte sie. Eine, die nur für die Einkäufe zuständig sei. Ihre Aufgabe sei das Saubermachen.

„Paalam!" Yang verabschiedete sich von der Mutter und der restlichen Familie mit der Grußformel auf Tagalog, der am meisten verbreiteten Sprache der Philippinen, und überreichte der Mutter einen Umschlag mit einer Summe Geld. Er sagte, der Betrag wäre für den Schulbesuch eines der Kinder, ließ jedoch keinen Zweifel daran, dass er sich wünschte, Analyn wäre es.

Tagelang folgte Yang auf eigene Faust unbekannten Pfaden. Er ließ sich einfach treiben, stieß auf schwer zu begehende rutschige Wege, die in tiefe Schluchten führten, auf Reste von Regenwald, die am Rand der Hügel aufragten, und auf zugewuchertes Ödland. Und immer wieder traf er auf wunderschöne alte, weitausladende Laubbäume, die ebenso gut in Europa hätten stehen können. Meistens dienten sie als Landmarken und erhoben sich an Plätzen, an denen verschieden große Felder aufeinandertrafen, oder sie luden an der Kreuzung von Trampelpfaden zum Rasten ein. Yang war erstaunt, wie wenig Moskitos es gab. Wahrscheinlich lag es am Mangel von Brutstätten wie Reisfeldern, stehenden Gewässern oder Wasserlachen. Der Regen vom Morgen war oft schnell versickert. Er hatte gelesen, dass sich Moskitos in einem Territorium von mehreren hundert Metern bewegten. Das hieß, es konnte irgendwo viele Moskitos geben und ein paar Kilometer weiter keine mehr. Yang trug vorsichtshalber ein kleines Fläschchen Zitronengrasöl bei sich, dessen Aroma, auf Kleidung oder Haut getupft, eine ab und zu auftretende Mückeninvasion abhielt. Über jedem Bett war bisher ein großes Moskitonetz befestigt gewesen und vor allem in Hostels hatte es auch an den Fenstern mechanischen Schutz wie Gaze gegeben, so wie in dem Zimmer des Hostels, das er nahm, als er eines Abends wieder den Highway erreichte. Die ganze Nacht über war die Straße befahren und die Fahrer versuchten, das letzte aus dem Motor ihrer Fahrzeuge herauszuholen. Am nächsten Morgen auf die Straße zu treten, war nicht sehr angenehm. Sofort lenkte Yang alle Blicke auf sich und viele Fahrzeuge hupten einmal mehr, als sie es sonst ohnehin taten. Ihm fiel auf, dass ab und zu reichere Männer auf teuren Renn- oder Mountainbikes mit kompletter Ausrüstung an ihm vorüberfuhren, die sichtbar stolz auf diesen Lebensstil waren, während Yang niemals freiwillig auf einem Rad auf dieser Straße entlanggefahren wäre, wegen fehlender befestigter Randstreifen waren gefährliche Ausweichmanöver an der Tagesordnung. Auch die Abgaswolken über dem Asphalt waren beachtlich. Die Armut wurde auch hier deutlich. Viele Leute quälten sich mit langsamen, klapprigen Gefährten den Highway entlang oder liefen zwischen Abfall und Staub am Rand zu Fuß.

Es kam der Tag von Yangs Geburtstag, ein Ereignis, das ihm nicht viel bedeutete. Meist hatte er es vorgezogen, seinen Geburtstag nicht zu feiern, hatte ihn mit Absicht unter den Tisch fallen lassen und ihn mit keinem Wort erwähnt. Er wollte an diesem Morgen eine Attraktion der Gegend besuchen, einen Wasserfall, der sich spektakulär in viele, seit Jahrhunderten ausgewaschene und rundgeschliffene Becken ergoss, und bestieg vor seiner Unterkunft einen Kleinbus. Nach der Ankunft auf einem von Touristen überfüllten Parkplatz machte Yang sich rasch davon und begab sich auf die Suche nach einem anderen Zugang zum Wasser. Es war heiß, der bisherige Dunst war abgezogen und hatte einen strahlend sonnigen Himmel freigegeben. Etwas abseits gelegen und fern vom Stimmengewirr der anderen Besucher fand Yang ein einsames Becken. Er atmete auf, zog sich bis auf die Hose aus und tauchte ein in das warme Wasser, umgeben von tropischem Grün und zu den ungewohnten Rufen tropischer Vögel. Schon nach kurzer Zeit stellte eine zehnköpfige Gruppe von Filipinos Taschen und Plastikkisten am Ufer ab, alle schlüpften aus den Flipflops und sprangen mit Lachen und Kreischen ins Wasser. Yang konnte nicht anders als mitlachen und wurde sofort einbezogen. Mit offenem Lächeln gaben ihm die jungen Männer und Frauen die Hand, nannten ihre Namen und luden ihn ein, mitzuessen. Er konnte und wollte sich ihrer Freundlichkeit und Ausstrahlung nicht entziehen und sie machten mehr als deutlich, dass sie sich freuen würden, wenn er mit ihnen ihr Essen teilen würde. Als wüssten sie von dem besonderen Anlass des Tages, packten seine Gastgeber eine für philippinische Verhältnisse große Menge landestypischer Speisen aus. Unterschiedliche Nudelsorten mit Soßen und Kokosnusssalat als Vorspeisen und für das anschließend Reis und Fisch. Alles war von ihnen selbst zubereitet worden. Viele sprachen Englisch und einige Männer outeten sich im Gespräch als Schwule aus der Stadt, die zu einer Feier in ihr Dorf gereist waren. Zum Trinken gab es ein großes Alkoholangebot und natürlich kam der europäische Gast nicht darum herum, bei vielen Fotos mitzuwirken. Aus einer Laune heraus gab Yang preis, dass er Geburtstag hatte, was als freudiges Ereignis überschwänglich gefeiert wurde und die Einheimischen dazu animierte, zu seinen Ehren mehrere Lieder zu singen. Schließlich fiel der Vorschlag, das einzig richtige, angemessene und unzweifelhaft für ihn komponierte Lied zu singen, und alle stimmten es an, mit leicht verändertem Refrain: Forever Yang! Die Filipinos waren Karaokemeister, Yang hatte das schon bei vielen Gelegenheiten staunend beobachten können, so dass es ihn nicht wunderte, dass sie den Text auswendig kannten und alle einstimmten. *Möge Gott dich segnen und beschützen, mögen deine Wünsche alle in Erfüllung gehen, mögest du immer für andere da sein und andere für dich da sein. Mögest du eine Leiter zu den*

*Sternen bauen und jede Stufe hinaufsteigen, mögest du für immer
jung bleiben, für immer jung, für immer jung, mögest du für immer
jung bleiben.* So gefeiert zu werden, fühlte sich für ihn unge-
wohnt und irgendwie wohltuend an und beendete eine lange
Phase des Alleinseins, löste sie auf und steckte ihn mit ausgelassener Freude und Herzlichkeit an. Auf der Rückfahrt zum
Hostel musste er noch einige Male vor sich hin lachen, wenn
ihm Szenen der letzten Stunden einfielen.

An diesem Abend brach er noch einmal zum Meer auf.
Er hatte Lust bekommen, selbst zum feierlichen Abschluss
des Tages etwas beizutragen und wollte im glasklaren Wasser schwimmen. Wie immer war die Dämmerung sehr kurz,
er war weiter hinausgeschwommen und konnte den Himmel
über sich rasch dunkler werden sehen. Sanft brachen sich vor
ihm die Wellen am Strand, als aus einiger Entfernung von
einer Gruppe Leute laute Ausrufe der Freude und Überraschung zu ihm herüber drangen. Yang konnte plötzlich sehen, wie das schwarze Wasser dort, wo die Wellen auf das
Ufer trafen, anfing zu leuchten. So weit er blicken konnte,
leuchtete die ganze Wasserlinie in langen Streifen fluoreszie-
rend blau. Es war unglaublich. Noch nie hatte er von diesem
Phänomen gehört, geschweige denn, ähnliches erlebt. Er
schwamm ans Ufer, bis er Grund unter den Füßen hatte und
bei jedem seiner Schritte entstanden blaue Spuren, die sich
binnen kurzem wieder auflösten. Er blieb stehen, tauchte die
Hand in den Sand und mit dem ersten Berührungsreiz
schimmerte die Masse in seiner Hand blau. Erst beim Hoch-
heben verlosch das Leuchten. Das Wort „Meeresleuchten"
aus einem Kinderbuch fiel ihm ein und dann erinnerte er sich
auch, einen Bericht über Plankton gelesen zu haben, das sich
zu bestimmten Zeiten an wenigen Stränden der Erde, ange-
regt durch Berührung, rot oder blau verfärbte. Lange ging
Yang in dieser unwirklichen Umgebung durch die Stunden
der Nacht, und wünschte, Viri und Maria wären bei ihm und
könnten an dieser Erscheinung teilhaben.

Es war dunkel geworden und zu spät, um noch irgendein Verkehrsmittel zu finden, das ihn in sein Hostel mitnahm. Der Highway war nach zehn Uhr abends üblicherweise wie ausgestorben. Yang überlegte erst, sich einfach an den Strand zu legen, ging aber dann doch zu Fuß zurück, lief über eine Stunde am Rand der Straße entlang, hörte die Rufe unbekannter Tiere und das Quäken englischer Popsongs aus noch erleuchteten Fenstern und genoss es trotz seiner Müdigkeit, in diesem faszinierendem Land zu sein.

Gegen Ende des Monats flog er von der Insel, die er zuletzt besucht hatte, nach Manila zurück. Das kleine Flugzeug erhob sich wie ein feingliedriger Vogel über die sanft abfallenden Hügel, erreichte bald die Meerenge, die glitzernd unter ihm lag und drehte eine Runde über der Landebahn des kleinen Nebenflughafens, bevor es landete.

Die Firma, in deren Auftrag Yang vor Ort war, hatte in dieser eher ländlichen Umgebung einen Vortragsabend vor Vertretern der Geschäftsleitung und Partnerorganisationen vorbereitet, bei dem Yang seine Eindrücke und Ergebnisse schildern sowie Empfehlungen zur weiteren Vorgehensweise abgeben sollte. Er hatte lange überlegt, wie er seine Überzeugung in Worte fassen konnte. Aus dem dreizehnten Stock des einsam aus Palmen ragenden Hotels blickte er gedankenverloren auf die letzten von der untergehenden Sonne angestrahlten Wolkentürme.

Als es Zeit wurde, atmete er tief durch, deutete eine kleine Verbeugung gegenüber der unter ihm liegenden Landschaft an, einer Verbeugung, die alles meinte, das Land, die Menschen, die Berge und den Himmel gleichermaßen. Im Foyer waren die geladenen Gäste dabei, sich in den Saal zu begeben. Yang schüttelte einige Hände und betrat das Podium. Nach der Begrüßung der Anwesenden begann er seinen Vortrag.

„Meine Damen und Herren, das Staunen hat mich seit dem ersten Tag in diesem Land nicht mehr verlassen. Da ist zunächst das Staunen über die überwältigende Natur zu nennen. Alles schien mir überdimensional groß. Palmen, Kokosnüsse, Bananenblätter, Zuckerrohr, Muscheln, Blüten und Farben, alles. Gräser heißen hier Bambus und gedeihen in einer Geschwindigkeit, dass man ihnen beim Wachsen zuschauen kann. Die endlose Weite des Meeres und die großartigen Sonnenuntergänge, Kokospalmen bis an die Sandstrände und immer wieder herrliche Ausblicke in hügelige Landschaft bis zu entfernten Vulkanen erreichten in ihrer Schönheit ungeahnte Ausmaße, Ausmaße, auf die ich nicht vorbereitet war. Die andere beeindruckende Größe, auf die ich gestoßen bin, und zwar ebenso unvorbereitet, eine Größe, die mir Staunen und unendliche Dankbarkeit abverlangt, ist die Großzügigkeit der Bevölkerung, sind die vielen freundlichen, hilfsbereiten Menschen, die hier leben. Ihr unverbesserlicher Optimismus und die fast grenzenlose Gastfreundschaft machen den Aufenthalt auf den Philippinen für mich zu einem unvergesslichen Erlebnis."

Die Zuhörer nickten und tuschelten, wie als Bestätigung des eben Gehörten. Yang drückte eine Taste auf seinem Laptop und zeigte die erste Aufnahme.

„Meine Damen und Herren, Sie sehen hier", kommentierte er, „einen sehr spektakulären Schmetterling, die weiße Baumnymphe. Seine Flügelspannweite beträgt zehn Zentimeter. Auf den folgenden Bildern schlüpft er. Sie sehen, wie die Flügel an der Sonne hart geworden sind, wie er Blut in die noch weichen Flügel pumpt und hier, wie er zu seinem ersten Flug aufbricht. Manchmal, wenn er in ein Spinnennetz gerät, es gibt Radnetzspinnen mit Netzen von über einem Meter Durchmesser, befreit die Spinne den Schmetterling sogar, damit das Netz wieder zur unsichtbaren Falle wird. Er schmeckt nicht, er ist ungenießbar. Die weiße Baumnymphe hat in Asien den Beinamen ‚Glücklicher Schmetterling'."

Yang machte eine Sprechpause und ließ die Abfolge der Fotos wirken. Dann fuhr er fort.

„Der glückliche Schmetterling braucht uns Betrachter nicht. Er wird in seinen Lebensraum geboren, lebt in ihm und stirbt, wenn seine Zeit gekommen ist. Alles, was ihm geschieht, findet statt, ohne unser, das heißt, ohne menschliches Zutun. Das spielt sich bei vielen Lebewesen auf die gleiche Weise ab, ihr Leben gehorcht Gesetzmäßigkeiten, vorausgesetzt, der Mensch hat sich noch nicht störend in ihrem Lebensraum bemerkbar gemacht und keine Spuren darin hinterlassen."

Nach einer Skizze seiner Reiseroute zeigte er Aufnahmen, die er von der Landschaft und ihren Bergen gemacht hatte.

„Ich durfte in den letzten Wochen unterschiedliche Felsformationen auf verschiedenen Inseln besuchen."

Die Schönheit der stimmungsvollen Fotos rief beifälliges Murmeln hervor. Alle Anwesenden waren beeindruckt und von Stolz erfüllt, auf die eine oder andere Weise mit diesem besonderen Land verknüpft zu sein. Yang sprach weiter.

„Als ich all diese großartigen Berge besucht habe, erkannte ich, dass sie denselben Gesetzen gehorchen wie der Schmetterling. Ich erkannte, dass die Sonne über ihnen auf- und untergeht, dass der Regen auf sie fällt und sie in winzigen Partikeln abträgt und dass sich der Wald an sie anschmiegt, damit sie ihm über die Mineralien, die das Wasser aus ihrem Stein heraus schwemmt, Kraft geben. Und ich erkannte noch etwas, etwas, das für mich von großer Bedeutung ist, und zwar, dass sie noch unberührt waren. Dass sie schön sind und groß aus sich selbst heraus."

Er machte eine Pause und sah die Zuhörenden aufmerksam und mit offenen Gesichtern vor sich sitzen. Er hoffte, er hatte sie erreicht. Kurz fiel ihm Maria ein, ihre oft flammenden Reden. Yang richtete sich unmerklich innerlich auf, nahm sein Publikum in den Blick und versuchte, etwas von Marias Überzeugungskraft in seine Stimme zu legen.

„Sie wissen", sagte er, „meine Aufgabe sollte sein, das Klettern auf den philippinischen Bergen umweltverträglich einzuführen. Dahinter stand ein guter Gedanke, ein Gedanke, der wert ist, unterstützt zu werden. Bevor andere das tun würden, wollten wir vor Ort sein und die Dinge in die Hand nehmen. Bevor andere Zerstörungen anrichten, wollten wir unser Wissen und unsere Erfahrung einsetzen, um die Erschließung so sanft wie möglich zu realisieren."

Durch diese Wortwahl, in denen ein Aber mitschwang, war den meisten Zuhörern klar geworden, dass es Yang noch um etwas anderes ging, dass er irgendwelche Bedenken hatte. Aber sie konnten nicht wissen, worauf dieses Aber hinauslief. Er fasste es mit dem nächsten Satz in Worte.

„Ich muss Ihnen mitteilen, dass ich zu einer Überzeugung gekommen bin. Ich möchte nicht dazu beitragen, diesen Sport hier anzusiedeln. Außerdem tun das andere bereits, wie ich feststellen musste. Das kann ich nicht ändern. Wir haben nicht die Möglichkeit, diese Leute zu stoppen, wir könnten nur schneller sein als sie, und das", er sah in die Gesichter vor ihm, „kann und will ich nicht gutheißen, nicht nach all der Schönheit und Unberührtheit, die ich sehen durfte."

Ein Raunen ging durch die Zuschauer, aber Yang fuhr fort mit dem, was er als das Entscheidende erkannt hatte.

„Ich glaube, meine Damen und Herren, es geht um Verzicht. Unser Verzicht auf Erschließung ist der einzig gangbare Weg. Der Schutz der Berge als Ganzes. Wir müssen uns eher für Einigkeit zwischen den konkurrierenden Unternehmungen einsetzen und auf einen kompletten, von allen gemeinsam getragenen Schutzstatus hinwirken." In die entstandene Stille hinein sagte er:

„Ich befürchte, hinter all den Erschließungsplänen steht das Interesse, Geld mit uns im Verhältnis reichen Europäern oder anderen Touristen zu verdienen, woher auch immer sie anreisen. Die letzten unberührten Landschaften werden dafür geopfert. Manche Entwicklung muss man akzeptieren. Es ist ein Teil der Realität. Was ich aber nicht mittragen kann, ist die Tatsache, dass die Leute den Fels nicht mehr respektieren. Mich stört es, wenn Leute gedankenlos, ohne jede Rücksicht, Griffe in den Fels schlagen, wenn sie Abfall liegenlassen, wenn sie laut schreien und vulgäre Dinge rufen, weil sie ihr Projekt, ihre Tour, aus welchen Gründen auch immer, oft wegen des Wetters oder aus eigenem Unvermögen, nicht beenden konnten. Wenn Griffe in den Fels gebohrt werden, ist das keine Umweltkatastrophe. Aber man verändert die Erfahrungsmöglichkeiten anderer Leute. Man schlägt sich den Fels so zurecht, dass er zum eigenen Körper passt. Ich denke, Klettern heißt, sich dem Fels anzupassen und nicht andersherum. Ich glaube, das größte Problem ist, dass heute Massen von Leuten diesem Sport nachgehen. Wo Massen von Leuten unterwegs sind, wird es immer Einzelne geben, die ihrer Umwelt gegenüber gedankenlos handeln, die keine Rücksicht auf die Natur nehmen, Lärm verursachen und ihren Müll herumliegen lassen. Man findet zwar immer irgendeinen stillen Winkel zum Klettern, aber die Berge sind nicht mehr so frei, wie sie einmal waren."

Seine Zuhörer sahen ernst aus und abweisend, wie ihm schien, aber er fuhr fort.

„Keinem einzigen Filipino würde das Sportklettern nützen, außer vielleicht aus dem einen Grund, der Armut zu entfliehen. Das würde bedingen, dass er besser sein müsste als seine Freunde. Das Konkurrenzdenken würde einigen wenigen die eine oder andere Tür öffnen. Doch das Gros der Kletterer kommt aus anderen Ländern. Es sind Reisende von Fels zu Fels, wie ich einer war. War, Sie haben richtig gehört. Ich werde diesem Sport nicht mehr überregional nachgehen und mir einen anderen Schwerpunkt setzen. Es tut mir leid. Mir bleibt die Hoffnung, dass der eine oder die Andere von

Ihnen meine Gedanken nachvollziehen kann. Ich werde mich selbst in Zukunft für ein Hilfsprojekt einsetzen, das Kindern von Landarbeiterfamilien eine Schulbildung ermöglicht, denn nur durch Bildung lässt sich die große Armut zurückdrängen und überwinden. Für Diskussionen und Fragen stehe ich gern zur Verfügung."

Er schaltete das Notebook aus, von dem die ganzen letzten Minuten wieder der weiße Schmetterling mit ausgebreiteten Flügeln seine Schönheit gezeigt hatte.

Nach der Veranstaltung war Yang hin- und hergerissen, aufgeregt und müde zugleich. Die Konsequenzen seiner Entscheidung waren noch nicht abzusehen. Kaum jemand hatte die Diskussion mit ihm gesucht. Die Vertreter des Sponsors hatten ihr Unverständnis ausgedrückt und würden sich nach einer internen Beratung über die Konsequenzen wegen der Nichteinhaltung von Verträgen bei ihm melden. Die meisten Leute waren einfach gegangen, manche zückten im Hintergrund die Mobiltelefone und gaben das Geschehen an ihre Vorgesetzten weiter. Viele Unternehmen hatten sich Aufträge erhofft. Yang war enttäuscht, obwohl es zu erwarten gewesen war, dass er kein Verständnis ernten würde. Europäer dachten immer, ihnen gehöre die Welt. Alles wurde ganz selbstverständlich ge- und benutzt, Menschen wie Felsen. Nur ein Mann war auf ihn zugekommen. Er gehörte einer Organisation an, die sich um kostenlose medizinische Hilfe für die Armen in den Slums von Manila einsetzte. Er hatte ihm eine Visitenkarte gegeben, Yangs Hände gedrückt und ihm seine Anerkennung für die Rede ausgesprochen.

Im Hotelzimmer saß Yang lange mit einem Glas philippinischen Rum am Tisch. Er spürte, wie der Alkohol ihn durchtränkte und schließlich Unzufriedenheit und eine schleichende Wut empor spülte. Es fühlte sich an, als sei sein Körper von Bewässerungskanälen durchzogen, in denen sich an bestimmten Stellen Schlamm und Schlick zu einer zähen

Masse angesammelt hatten. Diese Barrieren fegte der Alkohol hinweg. Impulsiv nahm Yang den erstbesten Flyer vom Tisch und schlug an das Fenster. Danach entdeckte er die Mücke, die sich in der Spiegelung der Scheibe abgezeichnet hatte, auf dem Papier. Sie klebte auf seinem eigenen Foto.

Grübeln führt zu nichts, dachte er plötzlich, während er auf das tote Insekt starrte. Er bekam Lust, hinaus zu gehen, stand auf und, weil es in diesen Breiten draußen nur selten, und wenn, dann schwache Beleuchtung gab, steckte er eine Taschenlampe ein.

Im Aufzug nach unten erinnerte er sich an die Meldung im Radio, es wäre die Nacht einer partiellen Mondfinsternis. Erst vor kurzem war der Mond voll gewesen und heute würde ihm wieder ein Stück fehlen. Alles, was mit dem Planeten zusammenhing, schien sich auf einer überdimensionalen Schaukel abzuspielen. Auf der Wippe mit dem vermeintlichen Mittelpunkt Erde ging hinter dem Land, irgendwo im Meer, die Sonne unter und vor Yang würde der Mond mit fehlendem unteren Drittel die Horizontlinie überschreiten. Yangs halbes Leben hatte ausschließlich das Klettern hoch im Kurs gestanden, dann änderten sich die Umstände auf einmal, die eine Waagschale war gesunken und auf der anderen waren Aspekte höher gestiegen, an die er vorher nicht einmal gedacht hatte.

Er hatte unweit der Hütte einen kleinen Bach zu überwinden, über den nur ein breites, durchhängendes Brett gelegt worden war. Er ging an den Wellblechhütten vorbei in Richtung des Sees. Hinter einem kleinen Wäldchen aus Bananenstauden standen, umschwirrt von Mücken, Wasserbüffel auf der Weide, die ihn unter ihren großen Hörnern, mit schwarzmassigen Körpern, seltsam geraden Zahnreihen im mahlenden Unterkiefer und mit großen Augen betrachteten, als bestaunten sie ihn ebenso wie er sie. Ein Jungtier und zwei Kälbchen näherten sich neugierig. Yang blieb stehen und sprach beruhigend auf sie ein: „Ihr habt doch schon öfter

Leute gesehen. Ja, ich bin das." Die Weide roch brackig, der aufgeweichte Boden war von den schweren Tieren wie umgepflügt. Im stehenden Wasser spiegelten sich die Sterne. Der Pfad machte eine weitere Kurve und aus dem Schilf war zartes Vogelwispern zu hören, vielleicht von einheimischen Rohrsängern. Der Mond war noch nicht da. Wind aus Ost kräuselte das Wasser des Sees und über der Horizontlinie bildeten dunkle Wolkenschleier eine blaue Schicht aus Abenddunst. Die Mücken freuten sich über seinen Besuch. Er hatte vergessen, sich mit dem Öl zu betupfen. Jemand hatte Flaschen und Essensreste auf einer Bank zurückgelassen. Eine laut lachende und schnatternde Großfamilie mit Großeltern, Eltern, Kindern und Hunden war dabei, ihre Siebensachen zusammenzusuchen. Der Lärm ließ die restliche, ruhende Wasserbüffelherde sich grunzend erheben und sich auf eine weiter entfernte Ecke der Weide zurückziehen. Yang war stehengeblieben und sein Blick erhaschte im Schein der Lampe gerade noch den langen Greifschwanz eines Marderbären, der zur Familie der Baumkatzen gehörte und mit einem Satz über den Weg sprang. Die Gruppe kehrte dem Bootssteg den Rücken zu und machte sich auf den Heimweg. Yang ging bis ans Ufer. Viel weiter rechts als erwartet stand der Mond auf einmal zartrosa am Himmel. Ein ganzes Stück fehlte ihm und es war merkwürdig, dass die Übergänge zum Schatten so unscharf waren. Yang wehrte sich gegen die Mücken und sah zu, wie der Mond höher stieg. Immer mehr Substanz gewann er am unteren Rand, und zugleich wurde er heller und gelber, wie ein Lampion. Die Büffel schnaubten ganz in der Nähe und ein einzelner großer reiherähnlicher Vogel flog über Yang hinweg.

Am Tag seiner Abreise aus Manila wurde Yang noch ein großes Ereignis zuteil. Gleich nach Karaokeveranstaltungen waren Paraden ein äußerst beliebtes und häufiges Event. Eine breitere Straße war zur Hälfte gesperrt, hunderte von Erwachsenen und Kindern zogen in Abteilungen mit jeweils farblich einheitlicher Kleidung an Yang vorbei, steckten zum Teil in bunten Uniformen und tanzten zu schriller Lautsprechermusik. Am Straßenrand applaudierten viele Zuschauer, und Motorräder drängelten sich zwischen den Gruppen hindurch. Die Parade endete nahebei in einem Park, in dem sich alle Teilnehmer versammelten und jede Gruppe in ohrenbetäubender Lautstärke von einem Sprecher laut ausgerufen wurde. Die Leute schienen jedes Mal aufs Neue begeistert zu sein und feierten jede einzelne Nennung mit frenetischem Beifall.

Dieses Ereignis mit seiner Feststimmung erleichterte Yang den Abschied. Beim Warten auf das Taxi, das ihn zum Flughafen bringen sollte, bemerkte er, dass der Wind eine der vielen Textiljalousien zerrissen hatte, die nachträglich als Sonnenschutz an der Fassade des Hotels angebracht worden waren. Die obere Hälfte flatterte auf und ab, senkte und hob sich, beulte sich unaufhörlich. Der Wind sollte laut Wetterbericht zunehmen und in einen Taifun übergehen. Für das Klettern verhieß das nichts Gutes, es sei denn, die Wand befand sich an einer sehr geschützten Stelle. Aber das ging ihn jetzt nichts mehr an. Vor der Ankunft des Taifuns würde er das Land verlassen.

Müde und erschlagen vom Wechsel zwischen den Welten und gleichzeitig voll Vorfreude auf Viri und Maria saß Yang zurückgelehnt im Zugabteil und hörte der Unterhaltung einer Gruppe junger Frauen zu. Sie konnten sich nicht einigen, welchen Film sie später schauen wollten. Mit den sorgfältig geschminkten Gesichtern, den zurückgekämmten Pferdeschwänzen, den kleinen Tattoos und ihrer parfümierten Kleidung schienen sie einer sehr fremden Welt anzugehören, einer Welt, an die er sich erst wieder gewöhnen musste, obwohl er nicht so lange fortgewesen war wie geplant, keine vier Wochen. Willkommen Deutschland, dachte Yang, hier haben die Mädchen andere Probleme als dort, wo ich herkomme.

Es war die Zeit, in der die Linden blühten. Die großblättrig belaubten Bäume wirkten wie verblasst durch den Austrieb der hellen Scheinblätter und die Büschel der feinen Staubgefäße, die binnen weniger Tage dunkler werden und schließlich als goldgelbe Punkte zu Boden fallen würden. Von Wasser oder Wind in leuchtgelben Schlieren gesammelt, würden sie sich von Stunde zu Stunde in tieferes Orange färben bis zu einem warmen und am Ende dunklen Braun. Verschmutzt und vermischt mit Staub würden sie liegen bleiben und von Besen oder Kehrmaschinen beseitigt werden.

Viri sprang Yang entgegen, als er durch das Gartentor schritt. Sie habe das Quietschen gehört und schon die ganze Zeit auf ihn gewartet, rief sie Yang zu, bevor sie ihm um den Hals flog.

Er sagte ihr mitten in der Umarmung, während ihre Haare ihn im Gesicht kitzelten und er ihren Duft einsog, dass er sie sehr vermisst hatte und sie über alles liebte.

Maria kam eben die Straße hoch, um diese Zeit schloss der Kindergarten. Yang freute sich sehr, dass sie lächelte, als sie ihn sah.

„Du kommst zurück und ich muss morgen in die Stadt. Ich hoffe, Viri quetscht nicht alles aus dir heraus und für mich bleibt noch etwas übrig!", beschwerte sie sich halb im Scherz.

„Sicher nicht!", sagte Yang. „Es gibt viel zu viel zu erzählen. Aber eines weiß ich genau, ich kann mich kaum mehr auf den Beinen halten vor Müdigkeit."

„Dem lässt sich abhelfen!", antworteten Maria und Viri gleichzeitig, sahen sich an und lachten.

Am nächsten Morgen war der große Holztisch in der Küche schon für das Frühstück gedeckt. Gemusterte Holzbrettchen, denen man die Rinde gelassen hatte, warteten auf abgeschnittene Brotscheiben. Auf einem weißen Stück Stoff lag eine Kristall-Druse, in den Hohlräumen des Gesteins glitzerten schwach weiße und hellgraue Lichtreflexe. Marias Ohren waren schon wach und hörten Schritte auf der Treppe. Sie blieb mit der heißen Tasse Tee im Dunkeln am Tisch sitzen und hielt die müden Augen geschlossen. Yang betrat den Raum und öffnete den Kühlschrank. Der Schein der Lampe brachte Maria zum Zwinkern. Sie war ihm dankbar, dass er darauf verzichtet hatte, das Deckenlicht anzuschalten. Ein glockengleicher Klang umspülte sie wie Wellen, seine Schwebungen hallten nach und liefen zart aus. Sie öffnete die Augen. Yang stand vor ihr und hatte mit dem Zeigefinger den Porzellandeckel der Butterdose angeschlagen. Der Ton erzählte vom Können des Porzellanmachers und ihr Dekor vom Flohmarkt, auf dem Yang sie gekauft hatte.

Er lächelte und flüsterte: „Es ist schön, wieder hier zu sein. Du hast mal gesagt, es wäre ja ganz schön, Rotkehlchen zu beobachten, aber es wäre dir zu wenig, es würde bedeuten, die unangenehmen Aspekte der Welt, für die wir verantwortlich sind, auszublenden. Darüber würde ich gerne bald mal mit dir reden."

Maria gähnte: „Yang, das hört sich interessant an, aber das müssen wir auf später verschieben. Schade, dass ich gleich los muss, in das Grau da draußen."

Der Bach, der hinter dem Haus vorbeifloss, ergoss sich an der Bushaltestelle in einen kleinen Teich, bevor er sich im Dorf mit einem anderen Flüsschen vereinigte und zu dem breiteren Gewässer auf den Weg machte, das im Sommer, von Stromschnellen durchsetzt, von Booten belagert wurde. Eine Wolke öffnete sich, um am Himmel Platz zu machen, und ihre Tropfen malten große Punkte auf das staubige Pflaster. Maria stellte sich unter. Auf dem Lack der Autos begann der Regen in langen Tränenspuren seinen Weg zu bahnen. Für einen kurzen Moment kam die Sonne aus dem Grau der Wolkendecke hervor und die an der Wasseroberfläche des Teichs zurückprallenden Tropfen funkelten in der Luft. Silbern leuchtend fingen die nassen Pflastersteine die Spiegelung der Sonne ein. Jemand hatte tiefdunkelviolette Tulpen am Ufer gepflanzt, deren Köpfe dazu nickten. Wie Zebrastreifen zogen sich nasse Längsrinnen durch die staubige Schicht auf dem Plexiglas der Haltestelle und die Wasseroberfläche hatte sich in einen hellgrauen Stoff verwandelt, der wie durch langes Tragen aufgeraut war. Dann ebbte der Regen wieder ab. Ein kleiner Fisch sprang und hinterließ sich ausbreitende Ringe als Kommentar zum Ende des Niederschlags. Ein Blässhuhn tauchte aus dem Nichts auf und schüttelte sein Gefieder. Der Regen war vorbei und der Bus zum Bahnhof traf ein.

Im Zug begann eine Frau mit Maria eine Unterhaltung über Berufe und sie kamen auf Yang zu sprechen.

„Mein Freund", sagte Maria, wobei sie offenließ, welcher Art diese Freundschaft war, „ist Sportkletterer."

„Oh, das finde ich sehr interessant. So viele Leute klettern!" Begeistert nickte ihr Gegenüber. „Neulich habe ich im

Kino einen Film über zwei ganz berühmte Kletterer gesehen. Diese Leute sind sowas von mutig. Man zittert ja immer, ob sie überleben."

Maria versuchte, ihre Verärgerung nicht allzu deutlich zu zeigen. „Ich weiß, wen Sie meinen. Ich kann der Haltung dieser Leute gar nichts abgewinnen. Es geht ihnen nur darum, die ersten zu sein. Sie gehen zu viele Risiken ein, besonders der Eine, der gefährliche Situationen konsumiert wie Drogen und wenig Rücksicht auf seine Familie nimmt."

Sie ging nicht weiter auf die Frau ein, die sich beleidigt hinter eine Illustrierte zurückzog.

Das Haus war leer ohne Maria. Auch Viri war unterwegs. Draußen setzte plötzlich ein Regen ein, wie Yang ihn auf den Philippinen erlebt hatte. Er tränkte den Boden und prasselte laut auf den Garagendächern.

Als das große Regengebiet durchgezogen war, schimmerten Gras und Blätter feucht und einige Bäume standen noch leicht gebeugt vom Gewicht der Tropfen. Yang ging seinen Wald begrüßen. Auf den schmalen Wegen war das Wasser bereits abgelaufen und in der Ferne konnte er rosa Wolkenberge erkennen, beschienen von einer unsichtbaren Sonne. Am Waldrand beschloss er, den rechten Weg zu den Felsen zu gehen. Durch den Temperaturunterschied stieg feiner Nebel aus dem Tal auf. Das Rosa der fernen Wolken leuchtete intensiver und wandelte sich in apricot. Die Sonne hatte sich kurz vor dem Untergehen noch unter der Wolkenfront hervorgeschoben und tauchte plötzlich alles in warmes Licht. Golden amber hieß dieser goldene Farbton bei den Beleuchtern. Das Licht brachte alles zum Glühen, und Yang blieb stehen und nahm bewegt die frische kühle Luft, den Duft der Seifenblumen am Wegrand und den Gesang der Singdrosseln in sich auf, die in ihren Viererstrophen weithin hörbar sehnsüchtige Lieder flöteten.

Er fühlte sich plötzlich darin bestärkt, dass sein Talent dazu da war, aufgerichtet, genährt, bis an die Grenzen ausgedehnt und zu etwas gemacht zu werden, was ihm und anderen diente. Er war kein Betriebswirtschaftler, kein Arzt, Bauer, Lehrer oder Koch. Aber er konnte klettern. Und er konnte den Menschen die Schönheit der Natur nahebringen. Das hatte er lange Zeit getan, dann hatten sich Zweifel eingeschlichen, ob das sinnhaft und wirksam war. Nun hatten sich die Zweifel in Luft aufgelöst und er glaubte wieder an diesen Auftrag. Ein Blatt wurde ihm vor die Füße geweht und schaukelte auf und ab. Yang kam der Gedanke, dass es derselbe Wind bewegte, der schon auf den Philippinen geweht hatte, ein Wind, der ihm gefolgt war, ein Wind voller Möglichkeiten und Hoffnungen.

Unter den Linden, die im Frühsommer so üppig geblüht hatten, bildeten sich dunkle, wie lackiert glänzende Kreise. Die Ausscheidungen der Läuse brachten Radfahrer zum Schlingern und Fußgänger ins Rutschen. Yang betrat nach langer Zeit wieder eine Kletterhalle. Er stand einen Augenblick vor der Wand und lauschte dem Klacken der Karabiner und den leisen Kommandos. Das war seine Welt. Er wollte neu anfangen, ohne Sponsor. Wegen der Verbindungen, die er sich in all den Jahren geschaffen hatte, mit all den Menschen, die sein Anliegen teilten, würde es vielleicht gelingen.

Am Abend wunderte sich Maria über seine Schweigsamkeit, bis er mit gesenktem Kopf sagte: „Ich habe eine Frau getroffen, heute, in der Halle".

Es lag ein Ernst in seiner Stimme, so dass sie stutzte. Was wollte er ihr da erzählen? Von einer interessanten Frau, einer Frau, die gut im Klettern war?

„Und was war das für eine Frau?", fragte sie wie beiläufig. „Jemand, den ich kenne?"

„Kaum", antwortete er und atmete tief ein, bevor er weitersprach. „Es war eine Mutter, die lange auf einer der Bänke saß und zusah. Ihr Sohn ist beim Klettern in den Bergen abgestürzt."

Maria war dabei, das Fenster zu öffnen. Nun hielt sie in ihrer Bewegung inne.

„Sie sagte mir, sie wolle herausfinden, was das für ein Sport sei, sie wolle wissen, worin die Erfüllung bestehe, für die ihr Sohn sein Leben gegeben hatte."

„Oh", bestürzt sah Maria Yang an. Draußen hatte sich eine Amsel erschreckt und fegte laut rufend um die nächste Hausecke. Wind kam auf und verwirbelte die Sätze der Nachbarn zu Wortfetzen. Nachdenklich drehte Maria den Kopf und heftete den Blick auf das Pflanzgefäß im Vorgarten, in dessen Rund zwei Kressen und eine Winde gekeimt hatten, die sich seitdem in ständiger Konkurrenz befanden. Die Schlingpflanze suchte Halt und war dabei, mit ihren Triebspitzen die Hälse der Kressenblüten zu erdrosseln.

Yangs Stimme klang bedrückt. „Ich muss sagen, es hat mich wirklich aus den Angeln gehoben, als sie das sagte. Obwohl ich doch weiß, dass so oft etwas passiert. Ich weiß, dass es so schnell gehen kann, dass die Luft nur bedingt trägt, dass die Erde uns anzieht. Einen verrückten Moment lang habe ich mich wie Viri gefühlt und mich nach einer Höhle gesehnt, weit weg von dieser Frau und dieser Nachricht."

Maria schloss das Fenster und stellte den dreiarmigen Leuchter wieder an seinen Platz.

„Es ist seltsam", sagte sie. „Die Angst, jemand zu verlieren, ist ja immer da, aber manchmal ist sie so klein wie ein Staubkorn und kaum sichtbar und dann wieder so groß wie ein Felsen, der herabzustürzen droht, weshalb man auf der Stelle die Flucht ergreift und davonrennt, mit geschlossenen Augen. Lieber nimmt man kleine Schrammen in Kauf als sich der großen Angst entgegen zu stellen."

„Gegen herabstürzende Felsen hat niemand eine Chance", meinte Yang seufzend. „Manche Dinge haben wir nicht in der Hand. Ich weiß nicht, was dem Sohn dieser Frau passiert ist. Aber mir kommt sein Tod sinnlos vor, seit ich auf den Philippinen war. Wir leben in einer privilegierten Welt, in der wir uns leisten können, solche Risiken einzugehen. Ich nehme mich da nicht aus. Ich habe auf meiner Reise ein Mädchen kennengelernt, Analyn, die Tochter eines Kleinbauern, eines von zehn Kindern. Sie hat nicht einmal eine Zahnbürste. Bald wird sie gegen geringes Entgelt einer reichen Familie im Haushalt helfen. Sie darf dann nicht einmal zum Einkaufen aus dem Haus, das besorgt eine andere Hausangestellte. Alle vier Wochen bekommt sie die Erlaubnis, für einen Tag zu ihrer Familie zu fahren."

Maria sah ihn fragend an. „Können wir etwas für sie tun?"

„Für vierhundert Euro kann die Familie einen Wasserbüffel kaufen, um das Wasser aus dem Brunnen bis zum Haus zu holen. Ich habe ihnen das Geld für den Schulbesuch von Analyn gegeben, aber wofür sie es ausgeben, kann ich dir nicht sagen."

„Du hast es versucht."

Yang nickte: „Trotzdem, sie wäre am liebsten in die Schule gegangen und weiter mit ihren Geschwistern im Mangobaum herum geklettert."

Nach einer Pause sagte er nachdenklich:

„Ich habe mich den Bäumen wieder angenähert. Der Felsen wegen waren sie mir etwas aus dem Blick geraten. Mir ist, als begrüßen sie mich wie einen Freund, nach langer Abwesenheit. Mit ihrer Körpersprache senden sie mir Botschaften, indem sie sich im Wind wiegen, die Blätter aneinander reiben und mir zuwinken. Ich glaube, wenn sich ihre feinen Haarwurzeln berühren, geraten die inneren Leitbahnen in Schwingung und sie bewegen sich fort, die Bäume, sie verabreden sich zu großen Wanderungen, die manchmal Jahrhunderte in Anspruch nehmen. Vieles, was ich früher schon wusste, kommt mir wieder in den Sinn. Dass einzelne Arten sich näher und andere sich ferner sind. Dass sie sich je nach Standort, Klima und Unterstützung ihrer Verwandten souverän und selbstbewusst zeigen oder kleinwüchsig und ohne Kronenbildung. In der Gesellschaft von Menschen können sie nie die dichte Krone ausbilden, von der sie träumen. Verstünden mehr Menschen die Sprache der Bäume, wäre es um viele nicht so schlecht bestellt."

„Wie schön du das sagst, Yang!"

Die Haustür wurde geöffnet, Viri erschien und warf die bestickte Umhängetasche, die Yang ihr von seiner Reise mitgebracht hatte, über die Stuhllehne.

„Endlich Wochenende!"

Yang beendete das Gespräch mit Maria, indem er ihr einen Blick zuwarf, und schlug vor, am Wochenende zu dritt einen Ausflug zu machen. „Bevor ich den nächsten Termin in den Bergen habe, müssen wir unbedingt gemeinsam etwas Schönes erleben!"

„Was denn?", wollte Viri neugierig wissen.

„Wir nehmen den Bus, und dann den Zug zum See und besuchen eine deiner Lieblingshöhlen, Viri!"

Am Bahnhof geschah die erste Besonderheit des Tages aus der Reihe an Geschehnissen, die sie noch erwarten sollten. Eine wunderschöne dunkelhäutige Frau kam die Treppe der Unterführung herauf. An ihrer Haltung war erkennbar, wie besonders sie war. Sie besaß den Gang einer stolzen, aufrechten Frau. Sie war sehr groß und sehr dünn, was durch ihre engen dunklen, rauchblauen Jeans betont wurde. Ruhig schritt sie zu dem einfahrenden Zug, als würde er auf sie warten, gleich, wie lange es dauern würde. An den Füßen trug sie flache, goldene Sandalen. Mit dem weißen, locker fallenden Oberteil erinnerte sie an eine afrikanische Stammesfürstin aus den großen Zeiten afrikanischer Reiche, in denen die Könige Gold als Zeichen ihrer Macht getragen hatten. Die hohe geflochtene Frisur aus festen, winzigen Zöpfen erschien glanzvoll wie eine Krone. Viri folgte der Frau mit den Augen und zupfte Yang am Ärmel, und Maria überlegte einen Augenblick, wie wohl vietnamesische Herrscherinnen ausgesehen hatten und ob eine Spur davon in ihr selbst weiterlebte, ein Augenaufschlag oder eine kleine Geste. Die Europäer bezichtigten die Asiaten stets der Undurchdringlichkeit ihrer Mienen. Für ihr eigenes Gesicht fiel ihr eine solche Einschätzung naturgemäß schwer und Umgang mit Menschen aus Asien hatte sie nie für längere Zeit gehabt. Aber wenn sie einen Bus voll asiatischer Touristen sah, blickte sie genauer hin und versuchte, das Land zu erraten, aus dem sie kamen.

Der Zug kam zum Stehen und die Tür öffnete sich. Die nächste Besonderheit und das erste, was sichtbar wurde, war ein Baby, das von einer jungen Mutter ins Freie gestreckt wurde, auf die Weite des Bahnsteigs, einen Säugling, der in Bauchlage auf ihren Unterarmen gehalten wie bei einer zweiten Geburt das Licht der Welt erblickte. Er flog geradewegs seiner Großmutter in die Arme, wurde ihr förmlich entgegengeboren und der Mutter aus den Armen gepflückt. Das Kind krähte bei der Landung in der Welt des Erwartetwerdens so begeistert, dass Yang, Maria und Viri lachen mussten.

Junge Enten watschelten vor dem Kiosk zwischen den Biertischen herum, bis ein Mädchen am Ufer Brot in kleine Stücke teilte und damit alle Enten anlockte. Vollbusige Russinnen kamen mit verspiegelten Sonnenbrillen vom Parkplatz herangestöckelt und steckten sich Zigaretten an. Im kristallklaren Wasser wuchsen mehr Wasserpflanzen als vor Jahren und man konnte nur noch ein altes Ruderboot und fünf alte Tretboote leihen, sonst befuhren knallige Neuheiten den See, eine in Form eines Autos, ein Sportboot, ein grünes Drachenboot und ein lila Riesenbonbon. Ein älteres Ehepaar wählte ein Tretboot der bewährten, altertümlichen Modelle und beeilte sich, aus dem Bootsknäuel der Schulklasse zu entkommen. Die Kinder stellten sich in den Booten auf, turnten auf ihnen herum, tauschten kreischend die Plätze und vergaßen zu lenken. Das Sportboot mit dem windschnittigen Bug raste, angetrieben von zwei wild in die Pedale tretenden Jungen, über den See und schwankte in den Kurven.

„Hier hat sich ziemlich viel verändert", bemerkte Viri. Maria sah nachdenklich auf das Treiben und nickte.

„Lass uns den Weg am See entlang zur Höhle gehen!", schlug Yang vor.

In der Höhle hatte sich eine riesige Gruppe für die nächste Führung versammelt. Unbehaglich warteten sie auf den Einlass, doch nach den ersten Schritten gelang es der unterirdischen Welt, alle in ihren Bann zu ziehen. Die Formen der Tropfsteine wurden lebendig. Maria drückte Yangs Hand, als Viri sich so andächtig staunend wie früher vom Zauber der Höhle einfangen ließ. Als Kalk verkörperte Zeit formte vielfältige Figuren, erschuf einen sitzenden Buddha oder eine schlanke Frauengestalt, die Maria genannt wurde und, umhüllt von einem Umhang, ihren Weg ins Dunkel zu gehen schien. Eine Stunde lang brachten sich alle mit Namensschildern versehenen und in stimmungsvollen Farben beleuchteten Formationen in Erinnerung.

„Oh, wie schön!", seufzte Viri am Höhlenausgang. „Und alles aus Dolomitgestein, nicht wahr? Ich habe mir einiges gemerkt von der Führung."

„Ja, davon kommt auch der Name für die Dolomiten", sagte Yang. „Dorthin geht meine nächste Tour."

„Wir wollen nicht an morgen denken!", rief Maria. „Unser Ausflug ist noch lange nicht vorbei, ich will Boot fahren."

„Bist du sicher?", Yang sah sie zweifelnd an.

„Ja! Ich nehme das Sportboot."

„Nimm mich mit!", bat Viri inständig.

„Na gut, und Yang, welches Boot wählst du?"

„Das alte Ruderboot, was sonst? Ich halte an den alten Werten fest", sagte Yang mit einer würdevollen Miene.

Die letzte der vielen Besonderheiten des Tages wurde ihnen erneut am Bahnhof zuteil.

Viri hatte sich beim Warten auf den Zug müde an Yangs Rücken gelehnt, doch plötzlich erstarrte sie und flüsterte „Seht doch!" an seinem Hals und zeigte auf den Treppenaufgang. Im Metalldach über der Treppe waren runde Lampen eingelassen und vor der hellsten war eine riesige Spinne in ihrem großen Netz dabei, es neu zu verweben. „Wahnsinn! Ist das hell da! Ob die Spinne das gut findet?"

Maria zog sich die Jacke enger zu und Yang sagte: „Bestimmt. Da gibt es jede Menge Nahrung. Die Fliegen fangen sich wegen des Lichts im Netz."

„Du hast recht!"

Alle paar Sekunden flogen Mücken und kleinere Insekten oder Falter in das mit Leichen übersäte Netz, während die Spinne weiter wob und es nicht eilig hatte, die frische Nahrung zu verspeisen.

„Die hat die volle Auswahl!", sagte Viri schaudernd.

Die Zuganzeige zeigte an, dass der Zug in zwei Minuten eintreffen würde. Auf dem gegenüberliegenden Bahnsteig warteten nur zwei oder drei Fahrgäste, Maria sah gedankenverloren und eher beiläufig zur Bahnsteigbeleuchtung über ihnen hoch und schrie leise auf. Unter allen Lampen saßen große Exemplare von Spinnen in mehr oder weniger kunstvollen Netzen. Überall zappelte es. Auch vor den Lampen direkt über ihnen entdeckte sie Spinnen. Welcher Stern stand über so einer Abfahrt? Am Bahnsteig gegenüber fuhr mit lautem Getöse ein Güterzug durch. Die Spinnen tanzten im starken Luftzug und wurden so stark herumgewirbelt, dass die Netze zu reißen drohten. Sie zahlen einen hohen Preis für ihr Schlaraffenland, dachte sie. Wie die Menschen auch?

Als sie heimkamen, war es schon spät. Der Mond stand schräg als halbierte Kugel am Himmel, Yang erzählte von seinem Abend am See bei Manila, sie waren ausgelassen und scherzten miteinander.

„Seht ihr den Mond dort stehen? Er ist nur halb zu sehen, und ist doch rund und schön. So sind wohl manche Sachen, die wir getrost belachen, weil unsre Augen sie nicht sehn", sang Yang das Abendlied von Matthias Claudius und Viri kicherte.

Gibt es dort, wo du bist, auch Blätter an den Bäumen wie das Ahornblatt, das mir gestern vor die Füße gefallen ist? Es kam herab gesegelt wie eine gesungene Abfolge von Tönen und schien aus sich selbst zu leuchten, in einem Gelb, das durch den Kontrast zum Blau des Himmels warm erstrahlte. Der mittig leicht gebogene Stiel hatte mit seinem matten, in sich ruhenden Rot etwas von einem Fragezeichen. Ich war an der Sitzbank vorbeigegangen, die oben am Waldrand steht. Der Wind hatte Blätter auf sie geweht, die während mehrerer kalter Nächte verwandelt worden waren, immer ein Stückchen weiter in Richtung Verfall. Zuerst hatte ich den Impuls, sie von der Sitzfläche zu fegen, dann erkannte ich in ihnen die seltsame Schönheit, die auf den Aufnahmen vergessener Orte sichtbar wird, wenn in Schäbigkeit eingebettete, kostbare Details unter den forschenden Blicken aufblitzen wie Diamanten. Ich lief getröstet weiter und der Wind fuhr in das trockene Laub über mir und entlockte ihm einen stakkatoähnlichen Applaus.

Viri, gerade sehne ich mich sehr nach dir und muss meine Ungeduld zügeln. Ich sah eine Tiersendung über Mütter im Tierreich. Die kühl routinierte Stimme des Sprechers kommentierte künstlich getragen erst die Aufnahmen von Vögeln, Zebras, Meeresschildkröten und Bisons und am Ende des Films Szenen mit Elefanten. „Man sagt", dröhnte es mir dramatisch entgegen, „Elefanten vergessen nichts." Die Herde aus Jungtieren, Müttern und Großmüttern schlief, einige entspannt am Boden liegend, besonders die jüngeren Tiere, einige auch stehend. Große Ruhe lag über der Gruppe. Dann öffneten sie gleichzeitig die Augen und richteten sich schwerfällig auf. Am längsten schlief ein wenige Tage altes Baby. Seine Mutter stupste es mit dem Rüssel, rollte es sanft herum und versuchte, es zum Aufstehen zu überreden. Es bedurfte noch einigen Anschiebens mit dem Rüssel am Po, damit beide zur Gruppe aufschließen konnten. Unvermittelt zeigte die Kamera im Steppengras ausgebleichte große Knochen. Dort wäre eine Elefantenkuh verstorben. Seltsam nah rückte die Gruppe zusammen, alle umfuhren sanft mit den Rüsseln die Gebeine und spürten dem Wesen nach, das einst zu ihnen gehört hatte. Jedes Tier nahm für sich Kontakt auf zu den Überresten und doch waren alle Schulter an Schulter, umschlangen sich mit den Rüsseln, berührten sich, standen wie vereint in Trauer. Im Hintergrund der Elefantenherde sah ich den weißen Gipfel des Kilimandscharo.

Bist du gerade dort in der Nähe, Viri? Vielleicht verbindet uns mehr als ich ahne, vielleicht waren wir beide gerade mit unseren Ahnen verbunden, als ich diese Sendung sah. Und der weiße Berg stand für Yang.

Blattfall

In der Nacht nach Yangs Abreise in die Berge bei stabilem Spätsommerwetter mit angenehmen Temperaturen schlich sich Marias Schlaf durch das Schlüsselloch der Zimmertür fort und immer, wenn er durch den schmalen Spalt des geöffneten Fensters wiederkam, blieb er nur für kurze Zeit. Unten an der Kreuzung ließ sich die Ampel nicht davon abhalten, Maria mit verhaltenen Reflexen des gelben Dauerblinkens anzumorsen. Sie fragte sich, was sie mit diesen geschenkten Stunden anfangen sollte. Es war verlorene Zeit, die das Handeln am folgenden Tag untergraben würde wie ein Maulwurf die Wiese mit Stolperfallen. Während irgendwo ein Bewegungsmelder seiner Aufgabe nachging, vielleicht, weil ein Igel hin und her wanderte, lehnte sich Maria mit dem kleinen Wolkenkissen im Rücken an die Wand, trank ein Bier und versuchte, zu lesen, versuchte, ruhig zu bleiben, versuchte vergeblich, die schmerzenden Augen zu ignorieren, versuchte, nicht an morgen zu denken, an die Vorhaben, die ein ausgeschlafener Mensch ausführen und genießen konnte. Der Apfelbaum würde durch den Schlafmangel seinen rot-grünen Farbenklang verlieren und fahl erscheinen. Die Sonne würde sie blenden. Fragen nach dem Wann und Wie würden heraufbeschworen werden. Maria löschte das Licht. Noch immer kein Anzeichen von Helligkeit am Himmel. Nur ein Singvogel, vielleicht eine Meise, begrüßte voller Zuversicht den Neubeginn, oder warnte sie vor einem Feind? Vögel ahnten viel früher, dass sich die Erde zum Aufgang der Sonne bereit machte. Sie brauchte sich nur ein kleines Stück weiterzudrehen, dann würde in das Lied einer Einzelnen ein ganzer Chor einstimmen. Die meisten Menschen schliefen noch. Endlich erwachten die Amseln. Im Ort war das Lachen junger Männer zu hören. Sie hatten anscheinend gar nicht erst versucht, zu schlafen, wie klug in dieser Nacht.

Der nächste Morgen erschien der schleppend-ahnungsvoll vergangenen Stunden zum Trotz nicht fahl und krank, sondern entfaltete einen zerknitterten Vorhang aus Wolkenfetzen für großes Theater. Als erstes nahm Maria den Geruch von Staub in der Luft wahr. Ein Gewitter zog heran und sorgte für Abkühlung. Durch dicke silberne Regenstränge und unter Donnergrollen flatterte ein Schmetterling. Die Tropfen verdampften auf dem Pflaster und sammelten sich auf dem Garagendach zu Pfützen. Die Erde wölbte sich der Feuchtigkeit entgegen. Maria schien, als ob alles trank, auch die große Rotbuche, und sie freute sich über die dicken Blasen, die sich in den kleinen Bächen entlang des Gehwegs bildeten. Sie hörte dem perkussiven Tropfen zu, das in Wellen an- und abschwellend wie bei einem Orchesterstück eine Symphonie von Tönen darbot, das dann von einem Rauschen abgelöst wurde und schließlich von einem ganz zarten Trommeln, als klopften Fingerspitzen auf das gespannte Fell der Häuser, der Blätter und der Erde. Wind brachte Rascheln in die Welt. Unter Laubbäumen regnet es zweimal, sagte man, einmal, wenn der Regen fällt, und dann, wenn die Tropfen von den Blättern auf die Erde fallen. Kaum hatte sich die Wolke zurückgezogen, wurde das Pflaster wieder hell und trocken. Nur die Mülltonnen glänzten noch braun, schwarz und gelb. Schon erhoben sich die Schmetterlinge, da grollte der Donner ganz nah und laut und Maria zuckte zusammen. Ergeben neigten sich die Pflanzen. War das der Auftakt für den Hagel? Die Blätter fächelten sich Mut zu.

Maria nutzte die kurze Regenpause für den Weg zum Kindergarten, sie lief in einer intensiven Wolke aus feuchter Erde, Blütenstaub, Getreide und Grasmahd in Einem. Das Gewitter warf ihr eine Ladung Hagel vor die Füße, sie erreichte den Eingang gerade noch rechtzeitig. Dann plötzlich öffnete sich ein Wolkenloch, die Sonne erstrahlte und alles glänzte.

Am späten Nachmittag kam Maria vom Vorlesen nach Hause. Alles war abgetrocknet und schien friedlich, abgesehen von den dunkel geronnenen Schlieren aus Staub und den abgeschlagenen Blütenblättern im Rinnstein. Sie hatte es sich gerade mit einem Buch auf der Gartenliege bequem gemacht und hatte von einer Navajo-Frau zu lesen begonnen, die sich auf der Großen Mauer in China mit ihrer Trommel hinsetzte und den Bergen ein Lied über die Schönheit der Natur vorsang, als es plötzlich um sie rauschte und eine Windböe, wie ein Nachzügler des Sturms, sie mit kleinen Aststückchen vom Apfelbaum bewarf, die Schuppentür zuschlug und die Hecke zerzauste.

Es hat sich mir alles eingeprägt, wie die Spur eines harten Stiftes, den man beim Schreiben zu sehr auf die Unterlage gedrückt hat, ich erinnere mich an jede Sekunde dieser Nacht und dieses Tages. An diesem Mittwoch warst du ausgegangen und ich erwartete Yang am frühen Abend. Dieses Warten ist noch nicht beendet, und dieses Warten wird auch nie zu Ende sein. Ich warte auf seine Zeichen. Ich warte darauf, dass der Fineliner sich verweigert oder leer schreibt, weil meine Worte unzulänglich sind. Ich warte darauf, dass die Menschen mich finden, die mich suchen. Ich warte, dass die Frage nach dem Ort in mir zur Ruhe kommt. Manchmal warte ich darauf, dass das Bad sich von selbst putzt. Ich warte auf Träume, in denen meine Ahnen zu mir sprechen. Ich warte auf die richtigen Worte und die richtigen Sätze für meine Briefe an dich. Ich warte auf die richtigen Worte und die richtigen Sätze, um mein Buch fertigzuschreiben. Ich warte zum wiederholten Mal auf die Ankunft des Busses. Ich warte zum wiederholten Mal auf die Abfahrt des Busses. Ich warte auf den Vollmond und seinen großen, staunend geöffneten Mund. Ich warte darauf, dass Frauen respektiert werden. Ich warte auf die Empathie der Leute. Ich warte auf den Zauber-kühlschrank voll Gemüse, das sich von mir kochen lassen will. Ich warte auf eine Reise in ein anderes Land, unbe-schwert. Ich warte darauf, dass das Amselpärchen wieder ein Nest im Wacholder baut und dort seine Jungen großzieht wie früher. Ich warte auf die schöne, günstige Herbstjacke im Laden. Meinen Stern wieder vor den Karren spannen zu können, darauf warte und hoffe ich auch. Und dass du zu mir kommst, darauf warte ich an meisten.

Ja, mehr als auf Yang warte ich auf dich, aber es ist, als ob alle dir von Yang ererbten Zellen sich ebenfalls weigern, zu mir zu kommen, wie damals, als Yang ausblieb. Die vereinbarte Stunde verstrich. Ich zögerte meine Sorge hinaus, ich lief draußen die Straße auf und ab, bis der Schatten der Fichten am Waldrand auf mein Gesicht fiel. Dann stand ich eine Weile im Klang der Singdrosseln. Auf dem Rückweg zum Haus sprachen nur die blauen Blumen mit mir, sie leuchteten und waren ganz gegenwärtig. Als ich eintrat, kam der Anruf.

Alles andere weißt du.

Yangs Asche wurde vom Berg gestreut, flog wie ein grauer Fächer den Wolken entgegen und dann wieder zur Erde zurück, als du dort oben den Inhalt der Urne mit dem weiten Schwung deiner Arme verteilt hast. Ein Grab gibt es nicht und schon wieder fehlt mir ein Ort und ich muss mir etwas anderes suchen. Er wollte uns die Freiheit geben, zu gehen. Manchmal besuche ich den Friedhof im Dorf, dann, wenn mir die Stelle am Fuß des Felsens nicht mehr ausreicht, wenn es mir nicht gelingt, Yang dort nah zu sein. Dann brauche ich Kreuze und Gräber. Ich habe eine Art Ersatz gefunden. Du magst es seltsam finden, aber ich kümmere mich um eines der kleinen Kindergräber. Eines, das mich besonders berührt, eines mit einem selbstgemachten Traumfänger, in dessen Netz ein Bergkristall verwoben ist und unter dem Fasanenfedern schaukeln. Daneben ist ein weißes Spielzeugsegelboot gestrandet und für immer zum Stillstand gekommen.

Wenn ein kräftiger Wind weht, drehen sich auf der Gräberwiese schwirrend die Windräder und alles kommt in Bewegung, die Gräser, die Rosenstöckchen und die aufgehängten Herzen in den Bäumen, glitzernd türkis bis blassrosa, ebenso der tiefblaue Propeller eines roten Holzflugzeugs, aufgesteckt an einem Stab über einem Grabhügel. Groß breiten zwei Akazien ihre dunkelgrünen Schirme aus. Das Gras zwischen ihnen und dem Kreis der Gräber hat Platz für ein Rondell mit einer Kugel aus Stein gemacht, als Zeichen für Ganzheit, es ist meist ungestört bis auf die Momente, in denen der Grünspecht mit dem langen Schnabel in ihm herumstochert.

Viele Wochen danach, als du weggegangen warst, löste sich etwas in mir und die Gedanken in meinem Kopf fingen an, sich zu jagen wie wildgewordene Pferde. Die Frage nach dem

Warum wurde groß wie ein Achttausender. Nie hatte ich mich darum gekümmert, welche Sicherheitsvorschriften es beim Klettern gab und wie sehr sie für Yang von Belang gewesen waren. Ich hatte ihn immer als sehr verantwortungsbewusst eingeschätzt. Es gab Kletterer, an denen man sich orientierte, die bewundert wurden wegen ihrer herausragenden Leistungen, ein oder zwei Namen hatten die Runde gemacht, aber da mein eigener Ehrgeiz beschränkt und ich nur durch Yang damit in Berührung gekommen war, hatten mich diese Erfolgsgeschichten nicht weiter interessiert. Plötzlich wollte ich tiefer begreifen, was ihm das Klettern bedeutet hatte, ich wollte nachvollziehen können, was ihn angetrieben hatte und auch mehr über die Gemeinschaft erfahren, die er bei den Menschen gefunden hatte, die ein ähnliches Verhältnis zu Felsen hatten wie er. Ich wollte herausfinden, ob er glücklich war, als er starb.

Mir fielen die Mutter und ihr verunglückter Sohn ein, von denen Yang erzählt hatte, und ich kam auf die Idee, in seine Lieblingskletterhalle zu gehen. Im Internet traf ich auf die Öffnungszeiten und die Nachricht, dass sich zwei Tage zuvor ein schwerer Kletterunfall ereignet hatte und dass der Verunglückte mit lebensgefährlichen Verletzungen im Krankenhaus lag. Da rückte mir der Schmerz so nah, dass ich nicht mehr hinfahren konnte. Ich gab das Stichwort „Sicherung" in den Computer ein und mir kam auf dem Bildschirm das Schicksal eines jungen italienischen Klettertalents entgegen, der im Alter von zwölf Jahren abgestürzt war. Der Vater gab in Interviews seine Hoffnung zum Ausdruck, dass aufgrund der vierfachen Organspende andere Kinder weiterleben durften. Ich weinte. Auch die zwei Legenden der Szene, deren Namen sogar ich mir gemerkt hatte, waren bereits tot. Bei dem einen war bereits der kleine Bruder beim Klettern ums Leben gekommen und vor kurzem auch er, mitten in einer internationalen Karriere. Als wäre ihm nichts geschehen, sah er mich in einem Film ganz gelassen an und vertrat die Mei-

299

nung, man würde über den Umweg des Todesgedankens zu einem wesentlich intensiveren Leben geführt, weil man sich zu jeder Zeit bewusst wäre, dass man scheitern könne.

Das häufigste Wort in meiner Recherche war „extrem". Aber Yang war nicht dieser Typ Mensch gewesen, der permanent seine Grenzen ausloten wollte, sagte mir einer seiner Seilpartner. Yangs ganzer Ehrgeiz habe dem Wunsch gegolten, eins zu sein mit dem Berg, nicht, ihn zu bekämpfen, zu bezwingen oder im Griff zu haben. „Es strömte etwas in ihn ein und aus beim Klettern", hatte mir Toni geschrieben, der an dem Tag bei ihm gewesen war.

In der letzten Nacht kamen mich alle im Traum besuchen. Meine Mutter, eine kleine Frau mit schwarzen Haaren und dunkler Haut, meine deutschen, leicht transparenten Eltern, Yang kam und du auch. Ihr habt euch neben mich gestellt, ihr wart an meiner Seite und habt mich angesehen.

Was soll noch kommen, frage ich dich? Werden die Meisen sich weiterhin im Garten ihre Geschichten zurufen? Werden die beiden Tulpen, die große, rosafarbene links vom Weg, und die zierliche gelbe mit den breiteren Rundungen rechts davon, Jahr für Jahr weiterhin blühen? Heute denke ich, ja. Das Lagerfeuerrund, damals von uns dreien gemeinsam gebaut, starrte mich lange Zeit nachsichtig mit seinem großen schwarzen Aschenauge an. Zweifach gefärbte Fluginsekten, die vordere Hälfte leuchtendrot, die hintere türkis gefärbt, ließen sich auf mir nieder und wippten mit dem Hinterteil. Mir fiel es anfangs schwer, an die Zeichen zu glauben. Du musst nicht erschrecken, heute kann ich die Schönheit der Farben wahrnehmen. Aber ich muss gestehen, damals gesellten sich immer öfter nach den schönen Eindrücken gleich schlechte dazu. Sie schlichen sich ein, ohne dass ich etwas dagegen tun konnte. Zu den Erdbeerblüten gesellten sich die Bilder von Zecken. Zum Pochen des Spechts fiel mir nur das entstellte Interview mit mir in der Zeitung ein, das mich so verletzt hat mit seiner reißerischen, gejagten Art.

Ich gebe zu, ich war sehr lange Zeit wütend. Er hat dich und mich allein gelassen. Aber in der Zeit im Wald fühlte ich, dass alles so in Ordnung war, dass er mich begleitete, wenn auch auf eine neue Art, und dass es ihm gut ging. Anders war die stille Schönheit dort nicht zu deuten. Der Bogen eines fallenden Blattes, der Kontrast zwischen Schnee und schwarzen Ästen zum stahlblauen Winterhimmel, das Zittern eines Grashalms. Die Natur versöhnte mich auch mit den Bergen, denen ich die Schuld an seinem Tod gegeben hatte. Wenn du magst, fahre ich mit dir dorthin, direkt an die Stelle. Hier zu Hause habe ich einen anderen Ort gesucht und gefunden, um ihm nahe zu sein. Eine Stelle unterhalb des Rötelfelsens. Dort habe ich eine weiße Feder in den Stein gesteckt, die nur derjenige wahrnimmt, der sehr genau hinsieht. Darunter lege ich manchmal Blumen oder ein Mandala aus Steinen oder kleinen Stöcken.

Meine Liebe, wenn dich eine Schwere überfällt, etwas Unsägliches, das dich, als würdest du gebremst, langsam und müde werden lässt, so sehr, dass du nicht mehr weitermachen kannst und alles abbrechen und aufgeben willst, dann ist das die Trauer. Ich wünsche mir sehr, dass dann immer wieder eine Kraft dich erreicht, sich zu deinem Herzen gesellt und dir mit Flügeln der Zuversicht Hoffnung zufächelt, so dass du weitergehen kannst, Schritt für Schritt. Geh ins Freie, das ist das Einfachste, und setze einen Fuß vor den anderen. Im Gehen wird dir leichter werden und du wirst dich aufrichten und mit offenen Augen sehen, was ist, großartige Berge oder das Meer in seiner Schönheit, unberührte Strände oder ein lachendes Gesicht in einer Menschenmenge, je nachdem, wo du dich aufhältst. Du hebst eine Feder auf und weißt, du bist nicht allein.

Die Traurigkeit stellt einem schwierige Aufgaben. Was man versuchen muss, ist, sie zu verwandeln. Du kannst mit und für Menschen arbeiten, aber du kannst auch aus Steinen Spiralen legen oder tanzen, schreiben, malen. Das hat etwas

Einsames, aber es wird dich auf langer Sicht zu den Menschen hinführen. Denn was ich noch erkannt habe, und ich habe sehr lange dafür gebraucht, ist, dass wir Raum brauchen für die Klage, und Zeugenschaft. Menschen, die teilen, was wir fühlen. Glaub mir, das hilft. Für dich, mein Kind, wünsche ich mir, dass du diesen Raum und diese Menschen findest. Vielleicht bist du schon von ihnen umgeben. Und wenn nicht, werfe das alles Gott vor die Füße. Er muss das aushalten, denn er hatte Anteil. Das rufe ich dir zu, während draußen große Wolkengebirge voller Gesichter mit offenen, staunenden Mündern mir zustimmen.

Ich möchte dich etwas fragen, meine Liebe. Wenn du jetzt so weit in meinem Brief gelesen hast, habe ich nicht mehr die ganz große Angst, du würdest ihn dieser Frage wegen zerreißen. Kann es möglich sein, dass du dein ganzes Leben den Abschied suchst und doch alles tust, um ihn nicht zu erleben? Verstehst du, was ich meine? Du hattest nicht die Möglichkeit, dich von Carmen zu verabschieden. Und auch Yang hat dich allein gelassen, als sein Lebensfaden jäh zerriss. Du hast einen Beruf gewählt, in dem du alles tust, damit Abschiede nicht geschehen müssen. Aber bestimmt geschehen sie trotz allem, was du tust. Kann es sein, dass all dein Kampf gegen Abschiede nur daher rührt, dass sie dir genommen wurden und du verletzt und allein zurückgelassen wurdest, wie es Menschen sind, die das Liebste verloren haben? Ich konnte dir kein Ausgleich sein, nicht auf lange Dauer. Das habe ich schmerzlich verstanden.

Ich ging an Mülltonnen vorbei, die auf dem Gehsteig zur Leerung bereitstanden. Etwas Farbiges am Boden streifte meinen Blick. Du tust in Indien deinen Dienst und ich finde beim Spazierengehen eine Pfauenfeder. Federn, die es hier nur auf Rummelplätzen zu kaufen oder am Schießstand zu erringen gibt, Federn, die in Indien als Glücksbringer gelten. Ich tat den halben Schritt wieder zurück, bückte mich und hob sie auf. Blaugrün schillerte die herzförmige Mitte. Wir sind in Verbindung, soll das wohl heißen. Denkst du gerade an mich?

Bevor ich dir vom Wald erzähle, muss ich dir noch etwas anderes berichten. Ich habe lange gewartet damit, weil ich, wie ich gestehen muss, eifersüchtig bin. Zu gern wäre ich nämlich deine einzige Verwandte. Mein Schicksal scheint laut zu lachen, denn in Wahrheit bin ich mit niemandem verwandt. Aber weil ich weiß, dass das Band aus Liebe zwar in immerwährender Veränderung begriffen, aber unzerstörbar ist, ertrage ich meine Engherzigkeit und meinen Neid nicht länger und beginne endlich mit dem Ungeheuerlichen, dem überraschend Schönen.

In den ersten Wochen nach Yangs Tod und deinem Weggang erhielt ich einen Anruf. Ich trug den von neuem aufgeflackerten Plan, ebenfalls wegzugehen, in meinem Herzen und wendete ihn abwechselnd mit dem Schmerz hin und her, als das Telefon klingelte. Eine Frau war am Apparat und wollte gern mit Yang sprechen. Ich sagte nur, er wäre nicht da und es hätte keinen Sinn, noch einmal nachzufragen, aber sie ließ sich nicht so einfach abwimmeln und wollte unbedingt mit ihm sprechen. Er solle selbst entscheiden, ob er mit ihr zu tun haben wolle. Sie sagte den merkwürdigen Satz:

„Mein ganzes Leben habe ich ihn gesucht, und jetzt, wo ich ihn gefunden habe, lasse ich mich nicht davon abbringen, ihn zu sehen."

Dabei hatte sie eine ruhige und feste Stimme, die mich sofort überzeugte, dass sie die Wahrheit sprach.

Da ich schwieg und sie vielleicht Sorge hatte, ich würde auflegen, fügte sie schnell die Worte an:

„Sagen Sie ihm, ich bin seine Schwester."

Ja, meine Liebe. Ich habe sie kennengelernt, sie kam sofort zu mir und wir weinten zusammen. Du hast eine Tante und Yang eine Schwester, von der er nichts wissen konnte.

Ich bin erschrocken, als sie vor der Tür stand. Sie sieht aus wie er.

„Ist Ihnen nicht gut?", fragte sie zögernd.

Es war zu viel für mich, der Schmerz über den eben erst erlittenen Verlust und dann diese Dopplung – denn es ist seine Zwillingsschwester. Sie erzählte mir die ganze Geschichte. Yang wurde als Baby von seiner Mutter nicht adoptiert, wie sie gesagt hatte, sondern einfach aus einer Entbindungsstation mitgenommen. Seine eigentlichen Eltern erfuhren nichts davon und glaubten, es hätte nur das eine Kind gegeben.

So wie ich musst du diese Nachricht nun verdauen. Ich kann dir nur sagen, deine Tante Imme ist eine sehr beeindruckende Frau und will dich gerne kennenlernen. Sie wohnt im Norden und wartet auf dich. Alle warten auf dich. Besonders zwei, manchmal sehr traurige Frauen.

Ich sage es noch einmal. Ich wünsche mir sehr, dass du eines Tages vor meiner Tür stehst und sagst:

„Du hast mich gerufen und hier bin ich."

Und wegen meiner vor Überraschung weit aufgerissenen Augen fügst du an:

„Ja, ich bin wach. Ich schlafe nicht mehr."

Und dann werde ich einen Schritt nach vorn machen und du gibst mir ein Zeichen mit deinem Körper und ich darf dich in die Arme schließen. Und großes Glück wird mich überfluten, wenn du meine Umarmung erwiderst, warm und fest.

Jahresringe

Mehrere Gründe führten dazu, dass ich in den Wald ging. Yang war nicht mehr neben mir, sondern in seiner Welt, auf der anderen Seite und du warst fortgegangen, um allen Schmerz hinter dir zu lassen. Nichts hielt mich mehr in diesem Haus und an diesem Ort.

Wenn du mich allerdings fragst, was letztlich den Ausschlag gab, steht mir ganz klar ein Bild vor Augen. Ein Foto, das ich, ebenso wie deines, aus der Zeitung ausschnitt. Ein Schwarzweißfoto vom Ende des neunzehnten Jahrhunderts. Wahrscheinlich erlebte ich damals alles, was mir begegnete, so direkt, so unmittelbar schmerzvoll. Meine Seele lag bloß, ich konnte nichts wegschieben und verdrängen, mich beruhigen oder wegsehen schon gar nicht. Die Hand mit der Schere zitterte, als ich es ausschnitt. Zuerst sah ich die Männer in ihren Stiefeln und Latzhosen aus festem Stoff, ihre Hüte, Schnauzbärte und ihre Hemden, nicht gestreift wie die Oberteile, die hierzulande Holzfällerhemden heißen, sondern aus hellem Leinen genäht. Sie posierten für den Fotografen und sahen alle in die Kamera. Als nächstes fielen mir die Werkzeuge auf, riesige mannshohe Sägeblätter mit einem Griff an jeder Seite. Große scharfgeschliffene Sägezähne aus Metall glänzten und grinsten wie die Zahnreihen aus einem Haimaul. Vielleicht, weil ich es nicht wahrhaben wollte, vielleicht, weil mich schon immer eher die Details interessiert haben, sah ich das eigentliche unübersehbare riesenhafte Rund neben dem im Vordergrund stehenden Mann erst spät. Vom Kreiszentrum breiteten sich helle und dunkle Ringe aus bis zum Rand. Ich hatte es nicht einordnen können, es passte nicht zu meinen Sehgewohnheiten, mir fehlte die Fähigkeit, es zu deuten, dieses Rund, mehr als doppelt so lang im Durchmesser wie der Mann groß war. Ein Drittel davon schräg und schwarz verschattet, der Rest eine einzige große Fläche mit gerundetem Umriss. Dann traf mich die Erkenntnis. Es war die Baumscheibe eines gefällten Baumes. Vielleicht hatten meine asiatischen Ahnen eine besondere Beziehung zu Bäumen, vielleicht waren Schamanen darunter, vielleicht hat meine Ursprungsfamilie eine Baum-Schuld auf sich geladen, ich weiß es nicht, aber es durchfuhr mich ein Schmerz, der dem über Yangs Verlust nicht nachstand. Manchmal vermute ich, er hatte seine Hand im Spiel. Mein ganzes Denken begann darum zu kreisen, was wir anderen Lebewesen antun und der Rückzug von den Menschen erschien mir nicht als Versagen. Du bist ja auch weggegangen, zu gehen kann manchmal die einzige Möglichkeit sein, sich zu retten.

Ich packte meinen großen Rucksack mit allem, was ich für wichtig erachtete, ein Foto von uns dreien, eine Adlerfeder aus den Bergen, mein Wolkenkissen, Essen und Anziehsachen. Ich verschenkte die Zimmerpflanzen an die Frau, die lügt, vereinbarte, dass sie den Garten versorgte, schloss die Haustür hinter mir ab und verließ den Ort, mit dem ich immer gehadert hatte. Ich verließ auch Yangs Felsen und die Kinder im Kindergarten und viele Erinnerungsorte, die mit dir verknüpft waren, und das fiel mir schwer.

Ich nahm den Bus bis in die Stadt und dann einen Zug bis zur Endstation und kam über eine schwindelerregend hohe Behelfsbrücke wie in ein anderes Land. Eine schmale steile Straße führte vom Bahnhof zur Kirche. Schlüssel klapperten, eine Frau in Kittelschürze stieg die Stufen des Portals hoch und hielt mir die Kirchentür auf. Ich dankte. Nach dem Bekreuzigen mit Weihwasser und einem Knicks in Richtung des Altars öffnete sie zielstrebig im Hintergrund einen Schalterkasten. Kurz darauf begannen die Glocken zu läuten und die Tür fiel wieder ins Schloss. Ich war allein. Engel und Gold, geronnene Anbetung und bekannte Symbole, es gab nichts, was mich besonders berührte. Der Ausdruck Marias, die ihren toten Sohn auf den Knien hatte, wirkte seltsam erstarrt. Stirnrunzelnd betrachtete ich sie, dann, mit einem Mal, begriff ich. Sie bemühte sich, den Schmerz unten zu halten. Und sofort klopfte auch mein Herz wieder im Takt der Sehnsucht nach dir und nach Yang und ich begann zu weinen. Erlösende Tränen, weich und rau zugleich, wie meine Stimme, die mich in Verbindung brachte mit der Wahrheit. Der Raum war da und erlaubte mir, ihn mit Trauer zu füllen, bis ich meinen Weg fortsetzen konnte.

Nach einer Stunde erreichte ich den Wald und darin mein Ziel, einen mit Bäumen umstandenen Platz, der von einer dichten Hecke umgeben war. Diese Hecke mochte ich sofort, sie hatte Charakter. Sie verbarg mich vor den Wanderern, die der Klause, wie ich die Behausung nannte, die für Monate die meine werden sollte, ihre Besuche abstatteten.

Die Gemeinde war bereit, ein kleines Entgelt für die Dinge des persönlichen Bedarfs zu bezahlen, und man gewährte Kost und Logis denjenigen, die sich um die Klause kümmern wollten. Dass daraus Jahre werden sollten, konnte ich bei meiner Ankunft nicht ahnen.

Im Inneren der Klause, neben dem Raum mit Bett und Tisch für mich, hatte auf einem kleinen Steinvorsprung eine dunkle Marienstatue ihren Platz. Ich mochte diese Maria, die ähnlich wie ich ins Abseits geraten war, und ich mochte die Worte, die man neben ihr auf Holzbretter aufgemalt hatte. *Maria, weit tust du den Mond an Schönheit überwinden, weit heller bist du als die Sonn, an der kein Makel zfinden. Mariä Nam tut jederzeit seltsame Ding erwecken, den Frommen bringt er Trost und Freud, den Bösen Furcht und Schrecken.*

Manchmal fürchte ich, Viri, ich habe dir ebenfalls Furcht und Schrecken bereitet, dir, die du ja keinesfalls zu den Bösen gehörst. Lange konnte ich meine mangelnde Bodenhaftung nicht erkennen und hielt mich für überlegen und klug, weshalb mir für deine Rebellion das Verständnis fehlte, für deinen Schritt, weggehen zu wollen. Ich war blind dafür, dass du deine Freiheit brauchtest, und zwar auf deine eigene Art. Zu Unrecht war ich böse auf dich, als du dich nicht mehr gemeldet hast. Bitte verzeih mir.

Direkt vor der Klause hatte man einst einen besonderen Baum gepflanzt, einen Schnurbaum. Trotz der tiefborkigen längsverlaufenden Rinde hatten Stamm und Äste elegante Biegungen, die ihm etwas Anmutiges gaben. Er wirkte auf mich irgendwie asiatisch, vielleicht war er mir deshalb so nah. Die Spitzen seiner Blätter streckten sich mit besonders großer Sehnsucht der Erde entgegen, wie um eine Spur aufzunehmen, die bei anderen Baumarten bereits in Vergessenheit geraten war. Das Schönste an ihm waren die Blüten. Im Mai, Juni bildeten sich Rispen am Ende jedes kleinen Zweigs aus, deren Einzelblüten mich an zu groß gewachsene Löwenmäulchen erinnerten. Unzählige feinste Punkte und Striche kletterten aus dem Trichter an die Oberfläche ans Licht und verdickten sich am Rand des Kelchs zu zwei seitlichen rosafarbenen Strängen, eine leuchtende Einladung an Hummeln und Insekten zum Bestäuben. Selbst den abgefallenen Blüten entströmte noch ein betörender Duft, so dass sich die Insekten sogar in die vom Weiß ins Braun gewechselten, erschlafften Hüllen am Boden zwängten. Essbare Früchte trug dieser Baum keine, dafür aber ellenlange, schmale Schoten, die im Herbst nach dem Blätterfall lang und dünn von den Zweigen hingen. Diesem Baum gab ich einen Namen. Seiner Anmut wegen schien er mir weiblich zu sein und ich taufte ihn Flora. Im Garten hinter der Klause, in dem Kräuter wuchsen und Beerensträucher, die mir Früchte schenkten, streckte noch ein Ginkgo seine Blätterarme dem Himmel entgegen und eine alte Esskastanie brachte an ihrem geschützten Standort Maronen hervor. Diese drei Exoten waren für mich unsere Stellvertreter, Yang die mächtige Kastanie, du der schlanke Ginkgo und ich der Schnurbaum mit seinen Windungen. Im Sommer sang eine Amsel auf ihnen bis zur Ankunft der ersten Sterne. Im Winter war der Atem der Bäume ein Schwall herber Luft.

Anfangs blieben die Vögel aufgeregt in der Hecke sitzen und schienen zum Abschluss ihrer Strophen die Frage „Wann gehst du weg?" zu stellen. Aber ich blieb und sie gewöhnten sich an mich. Wenn die Sonne so weit gewandert war, dass die Schatten der Pappeln mich erreichten, sorgte die zunehmend sich ausbreitende Kühle dafür, dass ich meine Jacke nahm, in die Sandalen schlüpfte und freiwillig aufstand, obwohl ich nichts lieber tun wollte, als da zu sitzen und an nichts zu denken. In der Dunkelheit begann es an einigen Baumstrünken geheimnisvoll zu leuchten. Eine nachts blauschimmernde Larve hatte sich auf Pilzsporen spezialisiert. Sie spannte Netze an den Unterseiten der Pilze, fing darin die freigegebenen Sporen auf und fraß dann die Netze samt Inhalt auf. So kam ich mir selbst vor, nur, dass ich anstatt von Pilzsporen Tage, Stunden und Momente einsammelte, sie mir einverleibte in der Hoffnung, einmal wieder meine Wortnetze, von welchem Ort auch immer, über die Zeit werfen zu können.

Mein Kind, es dauerte nicht lange und man begann, von mir zu reden, von der Frau mit den schrägstehenden Augen oben in der Klause, und Leute kamen, die mit mir sprechen wollten. Heutzutage erzählen die Menschen lieber Fremden, was sie bedrückt. Erst taten sie so, als wanderten sie zufällig durch die Wälder und besahen mich aus der Ferne, dann näherten sie sich und fingen ein Gespräch an über Gott und die Welt. Danach gingen sie wieder, aber wenn sie das nächste Mal kamen, war schon ich gemeint. Und mein offenes Ohr.

Sie erzählten Geschichten von Schmerz und Enttäuschung und ich tat nichts anderes als absichtslos zuzuhören. Wenn sie zu Ende erzählt hatten, stand manchmal noch ein fragender Ton am Ende des letzten Satzes, wie ein Fragezeichen. Ich hielt das aus, ohne zu antworten. Ich nickte ihnen lächelnd zu, um zu zeigen, dass ich sie verstanden hatte. Dadurch übergab ich ihnen die Verantwortung, machte ihnen Mut, dass sie die Lösung in sich selbst finden würden, dass die Antwort in ihnen bereitläge und es nur eine Frage der Zeit und Beharrlichkeit sei, sie zu finden. Nach anfänglichem Zögern, und selten mit zusammengezogenen Augenbrauen, nahmen sie an, was ich ihnen zu geben hatte. Dankbar, manchmal mit Tränen in den Augen, gingen sie fort und ließen kleine Geschenke zurück, selbsteingekochte Marmeladen, Obst und Kuchen, Blumensträuße oder Kerzen. Eines Tages kam sogar der kleine Chor aus einem der Dörfer, die in der Nähe lagen. Zwölf oder dreizehn ältere Sänger und Sängerinnen und der über achtzigjährige gebeugte Chorleiter, was den gesungenen Liedern etwas Getragenes verlieh. Die Singenden hielten dicke Hefte in den Händen und nach kurzem Einstimmen sangen sie eine halbe Stunde lang für mich. Ich lernte viel in jener Zeit.

Was denkst du, meine Liebe: Erinnern sich die Felsen an Yang? Die vielen Bäume, auf die er geklettert ist, spüren sie noch den Druck seiner Füße auf der Rinde? Am Ende der Zeit im Wald bin ich meinem Schatten begegnet. Ich habe erkannt, dass ich mehr wollte als zurückgezogen leben. Ich wollte kämpfen lernen und für mich einstehen. Das, sagte mir der Schatten, konnte ich nicht. Früher hatte meine scharfe Zunge alle auf Abstand gehalten, nun wollte ich Überzeugungen teilen, und dazu gehörte, Menschen anzunehmen wie sie waren. Ich hätte diese Lektion allzu gerne ausgelassen, glaub mir. Aber das wird auch dir nicht gelingen, meine Liebe. Es gelingt niemandem, auch du musst lernen, wie eine Wächterin, aufzustehen für dich. Wachstum ist oft schmerzlich zu erringen. Ich habe mich im Wald verändert. Ich bin nicht mehr die Frau, die zurückgezogen aushält an ihrem Platz und dadurch handlungsunfähig bleibt. Ich habe mich entwickelt. Sei wachsam, mein Kind, und mutig. Sieh dich an und suche nach dem, was dich ausmacht, dann wird sich eines Tages auch ein „Du" einfinden für dich.

Diesmal hat es etwas länger gedauert, mein Kind. Ich habe den Brief unterbrochen und bin in die Berge gefahren. Es war ein starkes Bedürfnis, dem ich folgen wollte. Ich habe meine Angst vor ihnen überwunden.

Ich schwamm nahe meiner Unterkunft im See und ein Buchfink rief mir zu, ich solle in Freude leben. Weich war das Wasser und so klar, dass sich auf dem Sandboden die Wirbel, die ich beim Schwimmen erzeugte, als zarte Ringe abbildeten. Ein Schwarm kleiner Fische umkreiste mich neugierig. Sie stupsten mit den Mäulern an meine Haut, ob es dort etwas zu essen gäbe. Winzige zarte Fischbrut tanzte in den Wellen. Ich hatte ein großes Ypsilon aus schönen Steinen in den Uferkies gelegt. Ein Rauschen kam näher, zusammen mit den Wellen eines Bootes. Sie ergriffen den Buchstaben, wirbelten ihn durcheinander und lösten alles auf.

Die Berge sammelten ihre Wolken für den Abend ein. Die letzten Badenden gingen an Land und aus den Mäulern der Fische wurden Luftblasen frei. Erleichtert fächelten sie einander mit ihren Flossen zu, während ein Kormoran die Bugwellen eines Bootes Richtung Osten querte. Ich ging zum Friedhof und setzte mich auf eine Bank, mit der Leichenhalle im Rücken, in der Yang gelegen hat. Vor mir war auf einem Grabstein unter einem Medaillon zu lesen *Hier ruht unser inniggeliebtes, unvergessliches Kind Adolf Sedlmayr, Lehrerssöhnchen, geboren am 9.Sept.1888, gestorben am 22. Nov. 1893.* In kontrastreichem Schwarzweiß blickt ein Junge mit aufgeweckten Augen unter einer dunklen Ponyfrisur jeden Betrachter scheinbar zeitlos an, wäre nicht die große schwarze Schleife unter dem Kinn.

Am Morgen danach bestieg ich den Berg und wanderte bis zu dem Schuttkegel, auf dem Yang seinen letzten Atem ausgehaucht hat, unter mir wogte ein Wolkenmeer, aus dem die Berge ragten wie Schiffe.

Abends suchte ich Halt am See, indem ich die Rinde der Kastanie am Ufer berührte, indem ich dem Mond mit hellem Hof am Nachthimmel Grüße schickte und mich über die Kiesel beugte, die ihre Muster im Dunkel aber nicht mit mir teilen wollten. Im nahen Wald betrat ich das Reich der Glüh-würmchen und stand inmitten von Funkeln. In mir war alles ruhig.

Ich will diesen Ort nicht mehr verlassen. Weil du, mein Kind, auf diesen Wegen gegangen bist und auch weil Yangs Füße diese Erde und seine Hände diese Felsen berührt haben. Ich kann in eure Fußstapfen treten, ich kann die Geländer und Steine anfassen und eure Wärme spüren, so wie in den Tagen, bevor ihr gingt. Ich befürchte, ich verliere dich noch mehr, vielleicht für immer, wenn ich an einen neuen Ort ziehe. Ich habe gelernt, das Haus, die Straße und den Ort zu mögen. Ich will nicht mehr aufzählen, was mir hier nicht gefällt. Ich will dir schreiben, was ich mag. Ich liebe die Spiegelungen auf den Fassaden im Sommer. Ich bin befreundet mit den Meisen und Rotkehlchen, die jedes Jahr mein Fensterbrett besuchen. Ich stelle dem Igel ein Schälchen Futter hin. Die Frau, die lügt, sitzt manchmal neben mir auf der Bank und schweigt. An heißen Tagen kann ich sogar den Wind leiden, den ich früher als persönlichen Feind betrachtet habe. Ich mag die Begegnung mit den Kindern im Ort. Sie kommen mich manchmal sogar besuchen. Sie bringen mir ihre kleinen Kunstwerke, die sie durch die Anregung unserer gemeinsamen Basteleien oder mein Vorlesen angefertigt haben. Ich habe ihnen gezeigt, wie man Blätter mit Hilfe von Kiefernnadeln zu langen Schlangen näht oder Mandalas aus Steinen legt. Nicht in der Gesellschaft von Kindern zu sein, würde mein Leben ärmer machen. Ich bin also nicht allein. Der Austausch mit den Menschen über unser gemeinsames Ziel, das Engagement für eine gerechtere Welt, gibt mir zum ersten Mal das Gefühl, dazuzugehören, nach so langer Zeit. Ich weiß, das klingt missionarisch und birgt die Gefahr der Rechthaberei, aber ich weiß auch, dass sich Verhältnisse ändern können und müssen. Die Bäume haben mich darum gebeten, Yangs Sicht auf die Welt hat ihre Spuren in mir hinterlassen, die Augen der Kinder im Kindergarten rufen mich dazu auf, ebenso wie der Nachhall der Telefongespräche mit Imme, die wir regelmäßig führen.

Nur du fehlst mir. Das Gestell der Hollywoodschaukel hat Rost angesetzt, quietschend ruft sie ebenso laut wie ich deinen Namen. Neulich fand ich einen Federball unter dem Laub in der Dachrinne, unverändert rot leuchtend. Wie viele Jahre, nachdem dich Carmen zurückgelassen hatte, haben wir zusammen Federball gespielt? Über fünfzehn Jahre. Eine weite Spanne zwischen deinem festen Glauben, sie würde zurückkehren, und den Tränen nach Yangs Tod, wenn auch der festeste Glaube Risse bekommt, zumal bei einem Kind, egal, wie alt es ist.

Eines Tages nahm ich mir die Fotos vor, mit denen Yang seine Reisen dokumentierte. Ich überlegte, einige nachzureisen und der gelegten Spur zu folgen. Ich konnte Autonummern und Straßenschilder, Tunnel oder Brücken identifizieren. Ich zeichnete in meinen alten Atlas mit Bleistift Routen und Orte ein. Yang nachzufolgen und die Spuren seiner Füße mit meinen eigenen Schritten auszufüllen, würde auf jeden Fall Geld und Mut kosten, dachte ich. Ich müsste in Länder reisen, die ich aus eigenem Antrieb nie aufgesucht hätte. Ich müsste mit Menschen reden, ihnen Fotos zeigen und Fragen stellen. Bei der Planung wurde mir bewusst, wie schwer es mir fallen würde, das alles allein durchzuführen. Ich traute es mir nicht zu. Mit dir zusammen, Viri, würde ich es wagen. Ich bin ja nicht sehr pflegeleicht, das weißt du. Wer mich begleitet, muss auf viele Sinneswandel gefasst sein. Das kann schwierig werden. Wenn ich zum Beispiel Hunger habe, muss ich essen, und zwar sofort. Aber schön wäre es schon, auf Yangs Spuren zu wandeln. Ich glaube, an vielen Plätzen wäre ich sehr ergriffen. Es könnte ein Reisebericht entstehen. Vielleicht liest du das gern, meine Liebe, und es ist noch nicht zu spät. Du wirst eines Tages in diesem Zimmer stehen, nicht wahr? Du wirst sagen: „Maria, hier bin ich. Lass uns aufbrechen."

Meine Nachforschungen in Vietnam, um herausfinden, wo die Wurzeln meiner Kraft und Lebensfreude liegen, haben mich gelehrt, dankbar zu sein für die Hilfe und Unterstützung von Menschen. Eineinhalb Millionen Vietnamesen waren damals geflohen, die meisten über das Meer, es waren Bootsflüchtlinge wie heute im Mittelmeer. Es gelang mir, die Ahnen um Unterstützung zu bitten, so dass ich heute Dinge auflösen kann und nicht in die Zukunft trage. Weißt du, wie das Schlüsselwort heißt? Vertrauen.

Menschen wie wir, die wissen, wie wichtig Mitgefühl ist, sollen nicht für sich wie auf einer Insel leben, wir müssen an die Basis, nach vorne. Indem wir uns einbringen, weichen wir feste Strukturen auf und bewirken kleine Veränderungen, säen kleine Samen aus. Wenn wir uns jedoch zu viel in diesen fordernden Zusammenhängen bewegen, wird es schwer für uns, das Gleichgewicht zu halten. Das habe ich auch schon gespürt und erfahren.

Meine Liebe, ich glaube, bei allem geht es um Wahrnehmung. Wahrzunehmen und da sein zu lassen, was ist. Das ist nicht leicht, ich weiß es selbst. Es gab Zeiten, in denen mich die schmale, leuchtende Schärfe der frischen Mondsichel nicht berührt hat. Ich wollte mich nicht berühren lassen, also hat sie mich nicht erreicht. Die Welt drehte sich einfach weiter, nur ich war herausgefallen aus Allem. Es ist schwierig, dann wieder ins Handeln zu kommen. Und schwer, etwas schön zu finden. Wie sich in Baumkronen schwarze dichte Nester anhäufen, sammeln wir Knäuel aus Schwärze und Dunkelheit in uns.

Manche Leute gehen in den Wald und können die Veränderung nicht wahrnehmen. Die Leute leben in einer ganz anderen Zeitrechnung, aber die Veränderung liegt auf der Hand, wenn man sie sehen will. Verstehst du, was ich glaube? Die Leute wollen es nicht sehen. Sie wollen die Bäume prächtig und stark, die Berge unverrückbar finden. Sie sehen die Jahreszeiten, den Austrieb der Blätter, das grünwogende

Dach, den Laubfall, den Schnee auf den kahlen Zweigen, aber alles andere blenden sie aus, die Wunden der Kahlschläge, den Raupenbefall, den Niedergang des Unterholzes, das Ausbleiben der Spechte, den Rückgang der Singvögel. Denn was sie nicht wahrhaben wollen, kommt dadurch zum Ausdruck: dass die Welt kein sicherer Ort ist. Sie aber wollen, dass das so ist, sonst wächst ihre Angst. Es stresst sie, wenn ihre persönlichen Überzeugungen ihnen abhandenkommen. Ein anderes Beispiel ist das, was man Selbstwirksamkeit nennt. Man denkt, man kann Dinge beeinflussen. Doch das ist nur bedingt so. Das Schicksal zeigt uns das. Und es räumt auf mit den Annahmen, die Welt wäre gerecht. Die Welt ist nicht gerecht. Manchen Leuten passieren mehr schreckliche Dinge als anderen. Dennoch steht die Liebe über allem und kann alles verändern.

Ich wünschte, du könntest den Morgen dort draußen sehen! Im Tau vergehen die Stimmen. Nur leises Wispern ist hörbar, wie ein fernes Echo. Besonders die blauen Blumen sind es, die dieses Flüstern weitertragen. Unermüdlich lassen sie ihre zarten Klänge ertönen. Später, wenn die Sonne höher steigt, knicken ihre Stängel ein und sie legen sich erschöpft auf die Erde. Jahrelang geht das schon, aber noch nie habe ich es wahrgenommen wie vorhin, als ich mein Fenster öffnete, genau in dem Moment, als die blauen Blumen zu Boden sanken.

Wir müssen in unserem Leben Fehler machen, um zu erkennen, was die wirklich wichtigen Dinge für uns sind. Ich glaube, es sind die unfertigen Geschichten, die uns nicht loslassen, diese losen Enden. Das Ziel des Lebens ist nicht, perfekt zu werden. Es ist, zu lieben und geliebt zu werden. Zu feiern, wenn unsere Bedürfnisse erfüllt sind, und zu trauern, wenn sie nicht erfüllt sind. Es ist, all unsere Lachen zu lachen und all unsere Tränen zu weinen.

Deshalb sind Menschen wie du wichtig, meine Liebe. Lass dein Licht leuchten.

Maria ging zum Briefkasten, in der Hand eine Postkarte. „Lieber Toni, mein Buch ist fertig", war darauf zu lesen. „Es trägt den Titel: Forever Yang!"

Barbara Biegel

Manchmal bin ich ein Kirschbaum mit waagrechten Strichen auf der Rinde, die mein Wachstum betonen. Ich wurzele in fränkischer Erde, meine Holzfasern bestehen aus dem Kunststudium in Nürnberg, einer Buchbinderlehre in Hamburg, fast dreißig Jahren Selbstständigkeit als Künstlerin, aus dem Muttersein und der pädagogischen Arbeit. Ich bin Qigong-Lehrerin und Trauerbegleiterin. Seit mein Sohn beim Klettern in den Bergen abgestürzt ist, wollen mehr und mehr Worte ans Licht. Sie schmiegen sich in das Gewand dieses Buchs wie in eine maßgeschneiderte Haut.

Das Buch geht in die Welt, es wird jene, die müde geworden sind, sich den Problemen der Welt zu stellen, anstupsen und ihnen sagen, dass es sich lohnt, auf die innere Stimme zu hören, es wird diejenigen ermutigen, die ihre Wahrheit aus den Augen verloren haben, und seine Figuren werden den Lesenden zärtlich zuflüstern, wie beglückend es sein kann, von Liebe getragen zu sein.

Außerdem von Barbara Biegel erschienen:

Die Wolkendecke. Von Trauer und Auftrag. 2017
Imme Blau. Roman. 2018

Mehr Informationen: www.holunder-spirits.de

Dank

Ich danke S. und I. für ihre Liebe